Manuela Nufer

Carinas Traum vom großen Sieg

Impressum:

Titelfoto: © Irene Hohe Pferdefotografie; www.pferdefotos.de

Der Hengst auf dem Titelbild zeigt Deckhengst „Renegade's Return" geritten von Sarah Podolsky; (Facebook: Ausbildungsstall Sarah Podolsky)

Rückseite: „Shunjun"; © Lilly Heichen (Instagram: shun_lilly)

Autorenseite: © Tamara Harbalis Photography www.tamara-harbalis.de (Facebook: Tamara Harbalis Photography; Instagram: tamara.harbalis)

Einbandgestaltung: M. B. Art Design

Die Namen von Personen und Pferden sowie die Handlung sind frei erfunden.

3. Auflage, Februar 2019

www.tierbuchverlag.de

TIERBUCHVERLAG
Irene Hohe

ISBN: 978-3-944464-81-7

Hochkonzentriert saß Carina Reinders auf dem großen, dunkelbraunen Wallach, der leichtfüßig durch das weiß umzäunte Viereck schwebte.

›Herrliche Traversale. Halt ihn so. Ja, klasse!‹, dachte Rolf Niebaum. Er stand am Einlass, etwas abseits von den Zuschauermengen, und krallte die Hände um die Absperrung. Die Spannung stand ihm ins Gesicht geschrieben. Seine Lippen waren aufeinandergepresst und blass und ließen seine sonst weichen Gesichtszüge streng erscheinen; seine markanten Wangenknochen traten dadurch noch weiter hervor. Er legte nun die Stirn in Falten. Gleich kam die Galopptour. Seine wachsamen Augen verfolgten jede Bewegung seiner Schülerin und seines Pferdes. Er war ebenso konzentriert wie seine Schützlinge und wagte kaum zu atmen.

Die Diagonale gelang schnurgerade, wie es sein sollte, Mister X blieb im Takt und kaute ruhig auf dem Gebiss. Ein Lächeln huschte über das Gesicht der jungen Reiterin, als Mister X genau am Wechselpunkt den Hufschlag erreichte. Carina richtete ihn gerade, stellte ihn leicht nach außen und ließ ihn angaloppieren. Souverän sprang der Braune in einen taktreinen Außengalopp, seine zierlichen schwarzen Beine schienen kaum den Boden zu berühren. Die Galopptour gehörte stets zu seiner Lieblingsetappe in einer Prüfung – die saß einfach perfekt.

So auch dieses Mal. Nach mehreren direkt aufeinander folgenden Galoppwechseln folgten noch Trabverstärkungen und Traversalen auf der anderen Seite des Vierecks. Graziös bewegte sich der Braune durch den hellen Sand. Sein lackschwarzer Schweif pendelte federleicht im Takt. Einmal kam Mister X kurz aus dem Tritt, was Carina jedoch sofort mit kaum sichtbaren Hilfen zu korrigieren vermochte, so dass der grazile Wallach seine Vorstellung taktrein fortführte.

»Super, bleib dran!« Der Trainer fieberte mit seiner Schülerin mit, als säße er selbst auf seinem Pferd.

Trotz aller Konzentration lächelte das blonde Mädchen nun erneut. Der starke Trab gehörte zu Carinas Spezialitäten. Die Diagonale entlang zeigte Mister X eine herrliche Rahmenerweiterung mit bestmöglichem Schub aus der Hinterhand. Ein bewunderndes Raunen ging durch die Zuschauer, die den Dressurplatz umringten und wie gebannt auf den Turniercrack starrten, dem bei dieser Lektion Flügel zu wachsen schienen. Kurz bevor sie den Hufschlag erreichten, holte Carina ihr Pferd sachte wieder in den versammelten Trab zurück und ritt es mit weicher Zügelführung um das Viereck, das mit schneeweißen Holzpaneelen abgegrenzt war. Jeweils zwischen zwei solcher Begrenzungen standen dekorative Fuchsien, die in kräftigen Pink- und Rottönen einen malerischen Kontrast zum hellen Sand darstellten, durch den Mister X nun, erneut im starken Trab, zu schweben schien. Die klassische Musik, die durch die Lautsprecher erklang, überdeckte beinahe den rhythmischen Hufschlag des Pferdes. Der Wallach schwitzte. Rolf glaubte, jedes Äderchen unter dem dünnen Fell seines Pferdes pulsieren zu sehen, als Mister X an ihm vorbeitrabte. Er roch den Schweiß, der sein Pferd nun mehr und mehr bedeckte. Hals, Brust und die Flanken des Pferdes hatten sich dadurch bereits fast schwarz verfärbt. Vor dem Maul des Wallachs stand weißer Schaum, winzige Flöckchen davon sprühten nach allen Richtungen, als Mister X schnaubte. Dann galoppierte er versammelt an. Der Wallach war konzentriert und aufmerksam bei seiner jungen Reiterin. Seine feinen Ohren zuckten immer wieder aufmerksam nach hinten zu Carina.

Rolf wusste, dass Mister X allmählich ans Ende seines Potenzials gelangte, doch davon war heute nichts zu erkennen. Wer nicht wusste, wie alt der Braune mittlerweile war, hielt ihn, wenn er so durch das Viereck tanzte, in der Regel für zwölf oder dreizehn Jahre. Mit seiner jungen Reiterin brachte er es stets zu guten Platzierungen. Mister X war in seinem Element und Rolf war unsagbar stolz auf sein Pferd.

Nach einer perfekten Grußaufstellung, bei der Mister X keinen Muskel regte, verließen Carina und der Wallach am langen Zügel das Viereck. Das Mädchen strich dem Wallach mit beiden Händen kräftig über den Hals, was Mister X mit wohligem Schnauben quittierte und sich genussvoll streckte.

Kaum hatten sie die Bahnbegrenzungen passiert, fiel das Mädchen Mister X glücklich um den Hals. »Super, mein Großer, du warst einfach toll!« Sie lachte und streichelte den schweißnassen Hals des Braunen unaufhörlich. Ihre grünen Augen leuchteten glücklich. Carina richtete sich auf und lauschte. Es knackte im Lautsprecher. Mister X schritt unterdessen gelassen weiter in Richtung des Vorbereitungsplatzes, wo Carina ihn noch einige Minuten im Schritt bewegen würde.

»Wir haben das Ergebnis für die Startnummer dreihundertvier, Ben Richter mit Champion. Er erreichte einundachtzig Prozent im Gesamten, Richter bei A ...«, verkündete der Sprecher.

Carina nickte bewundernd. Ben Richter war einer der großen Nachwuchsreiter im Dressursport und hatte die Juniorenmeisterschaften bereits mehrfach für sich entschieden. Diese Saison startete er noch für die Junioren. Der große Schimmelhengst, den er heute vorgestellt hatte, war ein talentiertes Dressurpferd mit großem Potenzial und hatte seinen Reiter noch nie enttäuscht.

Carina lauschte dem Sprecher weiter: »... vierundachtzig: Gesamt neunundsiebzig Prozent! Richter bei A: einundachtzig Prozent ...«

»Juhu Carrie das bist du!«, brüllte Betty, die sich endlich durch die Zuschauer hindurch bis zu ihr durchgekämpft hatte und riss Carina beinahe aus dem Sattel vor Freude. Ihre roten Locken flogen nach allen Seiten bei dem Sturm auf ihre beste Freundin.

»Klasse Süße, der Hammer! So nah warst du noch nie an Ben Richter dran!«, rief sie aufgeregt und klopfte Mister X anerkennend den Hals.

Carina lächelte und blickte zu ihrem Konkurrenten hinüber, der ihr freundlich zunickte. Ben Richter saß aufrecht, jedoch entspannt im Sattel und hatte eine Hand ruhig auf den Mähnenkamm seines Schimmels gelegt.

»Wow, Mister X ist heute wirklich über sich hinaus gewachsen!«, freute sich Rolf, als er zu den beiden Mädchen stieß. »Klasse Carina, jetzt habt ihr es geschafft! Ihr seid qualifiziert!«

»Aber es kommen doch noch Nathalie und Rainer ...«, protestierte Carina und strich sich eine Haarsträhne aus der Stirn.

»Vor ihnen musst du keine Angst haben. Sie werden gut mitmischen, aber für sie beide ist die Qualifikation gelaufen. Da war die Leistung bei den letzten Starts einfach zu wenig. Die Punkte können sie heute gar nicht mehr aufholen«, erklärte er und rieb sich nachdenklich das Kinn.

»Wirklich?«, fragte Carina vorsichtig.

»Ja, wirklich!«, bestätigte ihr Trainer und strich seinem Pferd anerkennend über die Nase. »Feiner Bursche, das hast du super gemacht!«, lobte er den Wallach und steckte ihm einen Apfelschnitz zu.

Mister X forderte gierig mehr und hatte Erfolg - Rolf reichte ihm ein weiteres Stück.

»Nun ist es aber gut, mein Junge, später gibt es mehr! Am Ende verschluckst du dich, wenn du noch so außer Atem bist«, erklärte er seinem Pferd leise und schob das schaumige Maul sanft zur Seite.

»Er ist wirklich toll Rolf, ich bin so froh, dass ich ihn reiten darf!«

»Gerne, Carina! Ihr harmoniert so gut, und ich kann mit Stolz behaupten, dass ich ein klasse Schulpferd im Stall stehen habe.«

»Hach, wenn Bella doch ein wenig für Dressur zu begeistern wäre ...«, seufzte Betty. Ihre Schimmelstute Delta Belle war träge, schwunglos und schwerfällig.

»Na, bald kannst du es auch mal mit Mister versuchen, hatten wir doch ausgemacht!«, schaltete sich Rolf ein. Betty hatte viel Talent, nur bisher nicht das entsprechende Pferd gehabt. Dennoch liebte sie ihre Stute über alles, da ihr die sportlichen Erfolge nicht so wichtig waren.

»Da, ich hatte Recht«, verkündete Rolf nun und deutete auf den Monitor, der auf dem Vorbereitungsplatz aufgestellt war und auf dem die Zuschauer die Prüfungen und Ergebnisse verfolgen konnten. Nathalie Fischer hatte einen groben Fehler in den Traversalen gehabt, der sie Punkte kostete. Ihr Pferd hatte sich der Seitwärtsbewegung entzogen und war einige Tritte geradeaus getrabt. Zudem benahm sich ihre Fuchsstute heute wieder einmal mehr als daneben und scheute bei jedem Blumentopf.

»Crazy Girl trifft's echt ... diese Stute ist wirklich verrückt«, murmelte Betty.

»Tut mir irgendwie leid für Nathalie, sie macht ihre Sache wirklich gut. Schade, dass ihr die Stute immer wieder Steine in den Weg legt ... aber so ist es nun mal im Sport«, sinnierte Carina leise und blickte wieder zu Ben Richter hinüber, der ihr heute besonders ins Auge stach. Wie geschmeidig er auf seinem Schimmel saß. Weich folgte er jeder Bewegung seines Pferdes. Er und Champion bildeten eine herrliche Einheit. Der große Schimmel schwitzte nach seinem Ritt, so dass sein sonst schneeweißes Fell in dunklem Silber glänzte. Die noch dunkelgrauen Beine des Hengstes wirkten dagegen fast schwarz. Mit großen und wachsamen Augen blickte Champion um sich. Champion bog den Hals regelrecht majestätisch, seine Ohren spielten gespannt nach allen Richtungen. Wenn er sich bewegte, fand Carina ihn unheimlich edel. Sogar auf die Entfernung vermochte sie jeden Muskel zu erkennen, der sich in Harmonie mit seinem Reiter bewegte. Der Hengst deckte seinen Reiter optimal ab, so dass Carina jedes Mal aufs Neue erstaunt war, wie riesig der Hengst tatsächlich im Vergleich zu Mister X war. Jedoch war auch Ben groß und breitschultrig gebaut, so dass sie vollkommen harmonierten. Jetzt nahm Ben die Zügel auf und wies sein Pferd in Richtung des Einlasses. Gehorsam wendete der große Schimmel und schritt raumgreifend über den Vorbereitungsplatz. Carina blickte sich weiter um. Sie stellte fest, dass mehr und mehr Zuschauer zum Viereck strömten. Viele von ihnen trugen Sonnenhüte oder Caps gegen die zwar tiefstehende, aber noch immer kräftig scheinende Sonne. Der Schatten der Bäume, die den Springplatz umgaben, reichte nicht bis zum Dressurviereck. Als Schattenspender waren einige Sonnenschirme aufgestellt, dazu hatte man Bistrotische im Zuschauerbereich verteilt, an denen kaum noch jemand Platz finden konnte. Selbst um die kleinen Häuschen aus hellem Holz, in denen die Richter mit ihren Protokollschreibern saßen, drängten sich Besucher.

»Na dann Mädels, fertig machen zur Siegerehrung!« Rolf klatschte in die Hände und machte sich auf zum Viereck. Stolz blickte er sich um, als sie zusammen über den Abreiteplatz schritten. Einige Zuschauer setzten sich nun ebenfalls in Bewegung, als zur Siegerehrung aufgerufen wurde, und drängten sich an die Umzäunung. Die Sonne tauchte den Turnierplatz in warme Goldtöne. Das Fell der Pferde glänzte nahezu metallisch. Rolfs Blick blieb an seiner wohl erfolgreichsten Schülerin haften. Ihre Wangen waren gerötet, sie sah richtig glücklich aus. Die Zügel hielt sie locker in den Händen. Betty, ihre beste Freundin seit Kindestagen, hatte eine Hand auf die Mähne des Wallachs gelegt, den sie nahezu auf jedem Turnier betreute.

Carina wurde heiß vor Freude – nur zwei Prozentpunkte fehlten ihr auf den Sieg, so nah war sie Ben Richter tatsächlich noch nie auf den Fersen gewesen!

Mister X blieb während der Zeremonie vorbildlich stehen wie eine Statue, wohingegen Champion einen erschrockenen Satz zur Seite machte, als er die goldene Schleife ans Zaumzeug gesteckt bekam und man Ben einen Gutschein überreichte. Einer der Richter, ein großer Mann, der durch die Schulterpolster seines schwarzen Sakkos sehr imposant wirkte, klopfte Champion so energisch den Hals, dass dieser Augen rollend zurückwich.

»Ho, ho, Champ, alles in Ordnung ...«, hörte man seinen Reiter sanft murmeln, der nur leicht sein Gewicht verlagerte, ohne die Zügel anzunehmen. Champion prustete laut durch seine weit geblähten Nüstern und mochte nicht mehr still stehen.

Carina musste grinsen. »Ich weiß schon, was ich an dir habe, mein Guter!«, flüsterte sie und strich dem Braunen über den Hals. »Zu schade, dass du in die Jahre kommst«, murmelte sie leise, schob diese negativen Gedanken jedoch sogleich beiseite. Sie war froh, dass sie Mister X seit drei Jahren reiten durfte und hatte enorm viel von ihm gelernt.

Voller Stolz nahm nun auch Carina einen Wertgutschein entgegen und wartete, bis die silberne Schleife an Misters Zaum befestigt war.

»Gut gemacht Carina! Ich denke, wir dürfen dich demnächst im Dressurkader begrüßen.« Der Beauftragte der Landeskommission, der im grauen Nadelstreifenanzug vor ihr stand, lächelte sie freundlich an.

Carina hielt die Luft an, so sehr freute sie sich – zum Kader zu gehören war ihr absoluter Traum und Mister X hatte sie heute einen Schritt näher dorthin getragen! Wie in Trance bedankte sie sich für die Worte und konnte ihren heutigen Erfolg noch immer kaum fassen. Aus dem Augenwinkel sah sie, wie Champion neben ihr nervös zu tänzeln begann, als es im Lautsprecher knackte. Ben Richter sprach seinem mächtigen Schimmel ruhig zu, woraufhin er sich wieder beruhigte.

»Gratuliere, ein toller Ritt!«, sagte Carina zu Ben, als die Herren zu den weiteren Platzierten traten.

»Danke! Champ war heute super. Aber ihr beide habt euch nochmal irre gesteigert, ich habe heute schon um Gold gezittert«, gab Ben zu. Seine dunkelblauen Augen strahlten sie an.

Carina entgegnete sein Lächeln und beide gaben sich, wie es sich zwischen den Platzierten und dem Sieger gehörte, die Hand.

»Danke dir! Mal sehen wie das Turnier in München verläuft«, sinnierte Carina.

»Startest du auch in Kulmbach?«, fragte Ben und blickte sie gespannt an.

»Ja, hab ich vor.«

»Gut, ich auch.« Ben lächelte erneut.

Dann setzte die Musik ein, die Reiter begannen ihre Ehrenrunde im Galopp.

›Ich muss mit ihren Eltern sprechen ...‹ dachte Rolf und legte die Stirn in Falten. Die Sonne, die zunehmend hinter dem Wald am Rande des Turnierplatzes verschwand, ließ einige Strähnen seines dunklen Haares silbern glänzen. Seine kräftige Statur zeugte von den vielen Jahren harter körperlicher Arbeit, die als Betreiber eines renommierten Reit- und Ausbildungsstalles nicht nur im Reiten und Unterrichten bestand. Natürlich hatte er Helfer auf dem Hof, die ihm beim Füttern und Ausmisten der Ställe zur Hand gingen, oder zur Stelle waren, wenn Zäune gerichtet oder Heu geliefert wurde. Jedoch war es sein Hof und er arbeitete gerne draußen. Carina half in ihrer Freizeit, wo sie konnte und er hatte ihr mittlerweile einige feste Unterrichtsstunden anvertraut. Im Gegenzug unterrichtete er sie regelmäßig selbst.

›Es wäre schade, wenn sie nicht weiter gefördert werden würde, aber Mister X wird bald in Rente gehen müssen ...‹

Wieder am Heimatstall angekommen, brachten Carina und Betty Mister X auf die Weide hinter den Stallungen. Misters eisenbeschlagene Hufe klapperten gleichmäßig über den gepflasterten Hof, bis sie den Sandweg erreichten, der zwischen den beiden Stallgebäuden hindurch zu den nahegelegenen Koppeln führte. Jerry, der braun-getigerte Stallkater, begleitete sie und umschmeichelte sie abwechselnd. Er gurrte und maunzte auffordernd.

»Du kleiner Vielfraß!« Betty lachte und bückte sich nach dem Kater, der die Aufmerksamkeit sichtlich genoss. Er war ein großartiger Mäusefänger, bestand jedoch darauf, dass die Mädchen ihm abends seinen Futternapf füllten. Jerry kuschelte sich an Betty und schmiegte seinen Kopf in ihre Hände. Er schloss genießerisch die Augen und schnurrte, bis sie sich wieder erhob und Carina und Mister X das Koppeltor öffnete. Jerry rannte begeistert an dem braunen Wallach vorbei und schlug rasch einen gezielt wirkenden Weg durch die Wiese ein. Hier gab es jede Menge Mauselöcher - die Futterschüssel im Stall konnte warten!

Mister X wälzte sich zunächst genüsslich und begann danach, das saftige Gras zu rupfen. Zufrieden schnaubend wanderte er dabei über die Wiese und rieb zwischenzeitlich seine Mähne genussvoll an einem der Apfelbäume, die in der Koppel standen. Später genoss er grasend die Abendsonne. Der Himmel verfärbte sich rötlich, die wenigen Wolken am Himmel leuchteten in zartem Rosa am Horizont. Carina und Betty lehnten am hölzernen Zaun und sahen Mister X eine Weile beim Fressen zu. Sein zufriedenes Malmen vermischte sich mit dem abendlichen Grillenzirpen.

»Wahnsinn Carrie, letztes Jahr hast du die erste L-Dressur geritten und jetzt M, fast schon international - wenn das mal keine Berufung ist!«

»Ach, übertreib mal nicht, ohne Mister ginge das nie.«

»Quatsch, du weißt genau, dass du Talent hast.«

»Es macht mir großen Spaß, und ich kann mir gar kein anderes Leben mehr vorstellen!«

»Weiß ich doch! Mir wäre das viel zu stressig – auch wenn Bella ihre Flossen mir zuliebe schon gelegentlich mal etwas eleganter heben könnte. Immerhin ist sie zur Hälfte Lipizzaner und könnte wenigstens mal so tun, als hätte sie von dem Adel ihrer Vorfahren was geerbt.«

Carina grinste. Bella war wirklich alles andere als graziös, aber auf ihre Art absolut liebenswert und im Gelände eine Lebensversicherung. Sie musste oft an ihre ersten Ausritte mit Betty vor vielen Jahren denken, die sie zu zweit auf Bellas breitem Rücken unternommen hatten. Die Stute hatte sie stets sicher wieder nach Hause gebracht.

»Wollen wir noch eine Runde ausreiten?«, fragte Betty.

»Hm, wollen schon, aber ich muss noch Mathe lernen«, gab Carina zerknirscht zu.

»Ach was, heute noch? Oh Carrie ...«

»Ja, ich kapier von dem Stoff wieder mal gar nichts.«

Betty seufzte. »Das fällt dir ja früh ein ... na los, pack den Krempel ein. Ich bin zwar auch keine Leuchte in Mathe, aber vielleicht kriegen wir's in Teamwork hin. Und Latein wirst du vermutlich obendrein abschreiben wollen?«

Carina schaute verlegen ihre Stiefelspitzen an.

»Auf geht's, trödle nicht rum. Der Abend wird lang«, verkündete Betty energisch und öffnete das Weidetor.

Carina drückte Mister X einen dicken Abschiedskuss auf die samtigen Nüstern und folgte ihrer Freundin widerstrebend. Wozu brauchte man beim Dressurreiten schon Mathe und Latein?

Am nächsten Morgen trafen sich Carina und ihre Freundinnen nach der Matheklausur in der großen Aula. Die Klausur hatte bis in die Pause hinein gedauert. Am Verpflegungsstand war noch immer viel los; die Schlange reichte bis in den gegenüberliegenden Seitengang hinein, welcher unter der Aula hindurch zu den Werkräumen der Schule führte. Überall standen Schülergrüppchen, auf den Seitenstufen in Marmoroptik wurden noch eilig Hausaufgaben erledigt oder angeregte Gespräche geführt. Die Raucher zog es nach draußen, wo es einen kleinen Raucherbereich gab, der allerdings nur von volljährigen Schülern genutzt werden durfte. Auch Carina und ihre Freundinnen zog es nach der Mathearbeit ins Freie. Auf dem Pausenhof drängten sich einige Schüler um die beiden steinernen Tischtennisplatten, die im Schatten zweier mächtiger Buchen errichtet worden waren, welche mittig im Schulhof standen. Einer der Tische wurde von Spielern der Oberstufe besetzt, wohingegen es die Unterstufe an den zweiten Tisch geschafft hatte. Man sah den Jungen und Mädchen den Stolz über ihre Errungenschaft regelrecht an, denn gewöhnlich hatten sie das Nachsehen gegenüber den älteren Schülern.

»Und, wie war's?«, fragte Linda, mit der sie lose befreundet war.

Carina verdrehte bloß genervt die Augen. »Nicht so ...«, wich sie aus und blickte gedankenverloren zu den Tischtennisplatten hinüber, wo die Spieler aus der Unterstufe offenbar beschlossen hatten, ›Rundlauf‹ zu spielen, so dass jeder an die Reihe kam.

»Mist, und jetzt? Wird ziemlich eng heuer, oder?«

»Ja, verdammt. Aber ich kapier's einfach nicht«, gab Carina betrübt zu.

»Tja, vielleicht solltest du dich mal den wichtigen Dingen im Leben widmen«, mischte sich Nadine im Vorbeigehen ein und rückte ihre überdimensionale Sonnenbrille in den lackschwarzen Haaren zurecht. Ihr knappes Top zeigte eine perfekte Figur und ein provokantes Tattoo über dem Bund ihrer knappen Jeans. Mit wichtigen Gesten bedeutete sie ihren Freundinnen, ihr zu folgen.

»Tussi!«, fauchte Betty.

»Mh ...«, grummelte Carina. »Versteh ich nicht, wie so eine bei einem Kerl wie Ben landen konnte.«

Betty zog eine Augenbraue hoch und blickte Carina skeptisch an. Carina klang, als würde sie dieser Umstand wirklich ärgern.

»Tja, der wird schon oberflächlich genug sein. Wissen wir doch. Ben führt doch eine Strichliste und hat nur solche Weiber am Start. Die Wievielte ist sie heuer? Die Vierte? Außer 'ner netten Figur hat die hohle Nuss doch nicht viel zu bieten.«

»Betty!«

»Was? Ich hab doch Recht? So eine eingebildete Ziege - tut mir leid, aber die kann mich kreuzweise. Die ist doch in Mathe keinen deut besser als wir.«

»Na und? Aber ihre Eltern drohen ihr wenigstens nicht damit, ihr das Reiten zu verbieten, wenn sie sitzen bleibt«, grollte Carina und musste heftig schlucken.

Nun verschlug es Betty die Sprache. »Was? Ist das dein Ernst?«

Carina nickte.

»Mensch Carrie, dann müssen wir dringend was unternehmen!«

Gerade als Carina zu einer Antwort ansetzte, sagte jemand hinter ihr: »Hey, Carina! Na, hast du gestern noch ordentlich gefeiert?«

Sie drehte sich um und stand direkt vor Ben, der sie strahlend ansah. Seine Haare glänzten in der Sonne tiefschwarz.

»He, wow ... mit dir hab ich jetzt gar nicht gerechnet«, stammelte sie völlig perplex. »Aber nein, ich hab Mathe gepaukt.« Ihre Miene verfinsterte sich.

»Oh weh, und das nach so einem tollen Erfolg gestern.«

»Tja, Carrie hat's mit Pferden, aber nicht mit Zahlen. Sehr zum Leidwesen ihres Vaters«, erklärte Betty, da Carina keinen Ton mehr hervorbrachte.

»Klingt nicht gut. Aber du kommst im August schon zum Lehrgang, oder?«

Carina schwieg weiter und biss sich auf die Unterlippe. Ben blickte sie erwartungsvoll an.

»Mal sehen ...«, wich sie aus.

»Wie, mal sehen?«, hakte Ben ungläubig nach und fummelte nebenbei in seiner Hosentasche nach einer Zigarette.

»Ach, wär ich bloß schon achtzehn ... ich darf nur am Lehrgang teilnehmen, wenn ich nicht durchgefallen bin«, erklärte Carina seufzend.

»Das klingt aber gar nicht gut. Woran hakt es denn?«, erkundigte sich Ben mitfühlend und ließ die Kippe stecken.

Carina fiel das tiefe Blau seiner Augen auf, als er erneut ihren Blick auffing und sie abwartend ansah. Sie errötete und meinte verlegen: »Ich hab Mathe noch nie kapiert und bin immer schon grade noch so auf einer Vier minus rumgeeiert. Heuer komm ich von der Fünf einfach nicht weg und in Latein sieht es leider ähnlich aus.«

»Was macht ihr denn gerade in Mathe?«, erkundigte sich Ben nachdenklich und vergrub beide Hände in den Hosentaschen.

»Vektorgeometrie.«

»Mann Ben, jetzt komm endlich!« Nadine kam entnervt angerauscht, packte ihren Freund am Arm und zerrte ihn Richtung Raucherecke. Nebenbei warf sie Carina einen herablassenden Blick zu. Nun war es Ben, der perplex kein Wort mehr hervorbrachte und nur versuchte, Carina anzulächeln, ehe Nadine ihn beschlagnahmte.

»Die hat Nerven«, knurrte Betty. »Unverschämtheit.«

»Na ja, er ist ihr Freund.«

»Ja, he, aber sowas - nein, also echt. Was findet der nur an ihr?«

Carina zuckte die Achseln und seufzte. Lustlos biss sie in ihr Pausenbrot und packte es gleich wieder ein. Wenn sie an die letzte Auseinandersetzung mit ihren Eltern dachte, wurde ihr schlecht.

Sie musste Gas geben und in Mathe auf eine Vier kommen. Sonst war es aus mit dem Traum vom großen Sieg. Das hatte ihr Vater ihr am gestrigen Abend deutlich zu verstehen gegeben.

Carinas Eltern waren selbst keine großen Pferdefreunde, erfreuten sich jedoch an den Erfolgen ihrer Tochter und unterstützten sie nach Möglichkeit. Doch die Schule ging vor, und dieses Jahr kamen die Schularbeiten deutlich zu kurz.

Carina kam von der Schule heim, nahm sich anschließend in der Regel zunächst Zeit für ihre Border-Collie-Hündin Sky, ehe sie das Mittagessen hinunterschlang. Kurz darauf saß sie bereits auf dem Fahrrad in Richtung Stall, um auszumisten. Neuerdings sprang sie auch beim Unterrichten der Reitschüler ein. Dafür durfte sie umsonst die Pferde ihres Reitlehrers reiten.

Wenn sie abends heimkam, war es bereits dunkel und die Hausaufgaben wurden im Eilverfahren oder manchmal gar nicht erledigt. Zum Lernen nahm sie sich sehr selten wirklich Zeit, und das war es, was ihre Eltern störte. Für Carina gab es nur Pferde und, an turnierfreien Wochenenden, die Partys in der Umgebung. Wenn Carina an diesen Wochenenden samstags mit Betty und den Mädels loszog, konnte es schon vorkommen, dass die Eltern ihre Tochter erst Sonntagabend wieder zu Gesicht bekamen, wenn sie nach dem Ausschlafen sofort wieder in den Stall fuhr und erst nach Stunden mit den Pferden fertig war.

Pferde waren ein schönes Hobby, aber in den Augen ihres Vaters nichts, womit man sich eine Zukunft aufbauen konnte. Das hatte er mehrfach klarzustellen versucht und war dabei jedes Mal auf heftigen Widerstand seiner Tochter gestoßen. Sie wollte Bereiterin werden und junge Pferde ausbilden. Wie konnte man nur solche Flausen im Kopf haben, wenn man auf dem Weg zum Abitur war?

Ihre Mutter hatte zumindest ein wenig Verständnis für den Berufswunsch ihrer Tochter und wollte nur, dass Carina das Jahr nicht wiederholen musste. Doch ihr Vater war Akademiker und wollte nur das Beste für ihre berufliche Laufbahn. Ihr älterer Bruder studierte in Wien Wirtschaftsrecht im vierten Semester – ein Jammer, fand er, dass Carina so wenig schulischen Ehrgeiz zeigte.

Entsprechend angespannt verlief das Mittagsessen an diesem Tag. Carina hatte versprochen, heute ausnahmsweise erst am späten Nachmittag zum Stall zu fahren und gleich nach der Schule Latein zu pauken. Die nächste Arbeit stand in Kürze an.

»Wie war Mathe?«, fragte ihr Vater und nahm noch ein paar Kartoffeln aus dem Topf. Er sah seine Tochter abwartend an, während seine Frau das Besteck sinken ließ und ihm beschwichtigend eine Hand auf den Arm legte. Er runzelte die Stirn unter seinen braunen Haaren, als er seine Frage wiederholte.

»Weiß nicht«, murmelte Carina und stocherte in ihrem Spinat herum.

»Aha, ›weiß nicht‹ heißt ›versemmelt‹, oder wie?«

»Ich weiß es nicht«, maulte Carina und wünschte sich, sie wäre am Stall und würde mit Mister X trainieren. Ausgerechnet heute hätte sie außerdem noch Rolfs Privatpferd Cassidy reiten dürfen.

»Fliegst du heuer echt durch?«, fragte ihr kleiner Bruder neugierig und starrte sie mit offenem Mund an.

»Halt die Klappe Flori«, schnauzte Carina genervt.

»Einen anderen Ton, junge Dame, oder du fährst heute gar nicht zum Stall!«, mahnte Herr Reinders seine Tochter.

»Haha!«, provozierte Florian seine ältere Schwester und streckte ihr frech seine Zunge entgegen.

»Flori, Schluss! Sonst gibt's keine Playstation heute!«

Dem zehnjährigen Blondschopf fiel die Kinnlade herunter und er verstummte sofort.

»Siehste«, murmelte Carina gehässig.

»Fräulein, so nicht«, wies ihr Vater sie erneut zurecht. Carina seufzte. Dass sie sich von ihrem kleinen Bruder aber auch immer so reizen ließ.

»Liebling, lass uns doch später darüber reden«, versuchte Carinas Mutter zu schlichten und drückte den Arm ihres Mannes. Sie kannte ihre Tochter gut genug, um zu wissen, wie ihr zumute war.

»Ich hab keinen Hunger heute. Darf ich aufstehen? Ich muss noch Latein lernen«, sagte Carina und nahm ihren Teller, um ihn in die Küche zu bringen. Die schwarze Hündin, die zu ihren Füßen gelegen war, sprang auf und folgte dem Mädchen erwartungsvoll.

»Kommt nicht in ...«

»Liebling, lass sie doch, wenn es ihr nicht gut geht«, unterbrach Frau Reinders ihren Mann und legte ihm nun die zweite Hand auf den Arm. Er fing ihren Blick auf und seufzte schließlich, bevor er kopfschüttelnd weiter aß.

Um kurz nach vier Uhr radelte Carina endlich zum Stall. Mit Bettys Hilfe am Telefon hatte sie den Lateintext übersetzen können und war somit wenigstens gegen das Abfragen am nächsten Tag gewappnet. Ihr Lehrer pflegte stets, ein oder zwei Schüler die Hausaufgabe vortragen zu lassen, was im Anschluss benotet wurde. Allerdings stellte er zwischendurch zusätzlich Verständnisfragen und ließ einzelne Wörter durchkonjugieren, um sicher zu gehen, dass die Texte nicht nur abgeschrieben, sondern in häuslichem Fleiß erarbeitet worden waren.

»Hey mein Großer, wie geht's dir denn heute?«, rief Carina schon von Weitem, als sie eilig den Stall betrat. Beinahe wäre sie dabei über Jerry gestolpert, der ihr in freudiger Erwartung einer frisch gefüllten Futterschüssel den Weg abschnitt und dann empört maunzend die Flucht ergriff. Schuldbewusst wandte sie sich dem Kater zu, der sich auf dem Rundballen, der mitten in der Stallgasse stand, in Sicherheit gebracht hatte, und strich ihm liebevoll über den Kopf.

»Tut mir leid, Kerlchen!«, murmelte Carina und kraulte den Brauntiger hinter den Ohren. Jerry liebte das, und begann sogleich wohlig zu schnurren. Sie verweilte einen Moment bei dem Kater, ehe sie ihren Weg zu Mister X fortsetzte, der sofort den Kopf aus dem Heu erhob und erwartungsvoll an der Boxentür stand.

»Tut mir leid, mein Lieber, es ging nicht früher«, entschuldigte sich Carina und strich ihm über die Nase. »Du hast heute Urlaub Mister, aber wir gehen ein wenig spazieren, ja?«

Rolf legte Wert darauf, dass Mister X einen Ruhetag in der Woche hatte und in der Regel war das der Montag, wenn am Wochenende Turnier gewesen war. So legte Carina dem Wallach das Halfter an und führte ihn aus der geräumigen Box in den Innenhof. Dort band sie ihn an der hölzernen Anbindestange an, die parallel zur Stallwand verlief. Darauf waren mehrere Metallringe angebracht, durch die man die Anbindestricke führen konnte. Nachdem Mister X angebunden war, überquerte Carina den Innenhof, um aus der gegenüberliegenden Sattelkammer Misters Gamaschen zu holen, die sie ihm für den Spaziergang anlegen wollte. Auf keinen Fall sollte sich Mister X verletzen, wenn sie mit ihm durch den Wald spazierte. Auf dem Anbindeplatz neben der Sattelkammer warteten drei Schulpferde auf den Beginn der nächsten Reitstunde. Sie waren bereits gesattelt, ihre Reiterinnen und Reiter waren gerade dabei, sie aufzutrensen. Carina lächelte. Sie erinnerte sich an die Zeit, in der die wöchentliche Reitstunde ihr absolutes Highlight gewesen war. Sie war stets schon zeitig vor der Reitstunde hier gewesen und hatte Pferde geputzt und den weitläufigen, gepflasterten Hof gefegt. Nach den Stunden hatte sie sich immer noch Zeit genommen, um beim Ausmisten der Boxen zu helfen. Seit die Schulpferde im Offenstall untergebracht waren und nur im Krankheitsfall oder vor Turnieren in die Boxen kamen, erledigte dies ein Angestellter von Rolf, der vormittags beim Misten und Füttern half und dafür mit dem Hoflader in den Offenstall fuhr. Von der Sattelkammer aus konnte Carina auf die Schulpferde blicken, die jetzt, im Sommer, dauerhaft Zugang zu den Weiden hatten. Der Offenstall war komplett befestigt, so dass die Tiere stets trockenen Boden unter den Hufen hatten, und die Liegebereiche waren tief mit Stroh eingestreut. Sie erkannte den Fliegenschimmel Sioux, der eines dieser ›Strohbetten‹ aufgesucht hatte und in Seitenlage schlief. Sein Freund, der rotbraune Isländer Pumuckl, stand wachsam neben ihm.

Rasch nahm Carina die Gamaschen aus dem Spind von Mister X und kehrte zu ihrem Wallach zurück, der artig an der Anbindestange stand und döste. Sorgsam legte sie dem Wallach den Beinschutz an und vergewisserte sich, dass die Verschlüsse nicht zu eng verschnallt waren. Dann strich sie dem Dunkelbraunen über das seidig glänzende Fell und löste den Anbindestrick.

»Komm, mein Lieber, wir gehen!«, forderte sie ihn liebevoll auf. Mister X gähnte wohlig und folgte dem Mädchen aus dem Hof hinaus. Die Zufahrt war mit Linden und Weidenbäumen gesäumt. Parallel zur Straße verlief ein Pfad, der am Ende der Zufahrt zunächst zwischen den Heuwiesen und den großen Sommerkoppeln und um die Rückseite des Hofes führte, ehe man schließlich zum Wald gelangte. Der Sandboden schluckte den Hufschlag des Wallachs nahezu gänzlich. Es wehte ein leichter Wind, der das Gras auf den Heuwiesen zu Carinas linker Seite sachte wog und die Zweige der Apfelbäume neben dem Pfad sanft schaukeln ließ. In der Dämmerung hatte Carina schon öfter beobachtet, wie Füchse aus dem Wald auf die Felder kamen. Carina liebte die Umgebung um Rolfs Hof. Für sie war es wie ein kleines Paradies und sie genoss den Spaziergang mit ihrem Pferd. Sie kannte die Wege, die durch den Wald führten, wie ihre Westentasche und entdeckte dennoch manchmal noch neue kleine Pfade. Die Abwechslung im Gelände bei diesen Ausritten bereiteten Mister X sichtlich Freude. Er war mutig, unerschrocken und blieb sogar in heiklen Situationen immer gelassen. Carina konnte sich nicht erinnern, dass er jemals nervös oder aufgeregt gewesen war. Daher hatte Rolf ihr bald erlaubt, allein mit dem Dunkelbraunen durch die Wälder zu streifen.

Der Führstrick hing locker durch, als Carina den Wallach auf einen kleinen Trampelpfad dirigierte, der zwischen dicht stehenden Fichten hindurchführte. Mister X schnaubte und blickte sich aufmerksam um. Carina war sich sicher, dass der Wallach diese Spaziergänge genauso liebte wie sie. Mit gespitzten Ohren schritt er neben ihr dahin. In diesen Momenten konnte Carina ihre Sorgen um die Versetzung vergessen und fühlte sich unendlich glücklich.

Am Wochenende darauf startete Carina in Kulmbach in zwei Prüfungen. Sie hatte eine M-Dressur der Kategorie B und eine in der Kategorie A genannt. Am vergangenen Wochenende hatte sie bewiesen, dass sie und Mister in Hochform waren und sich an die anspruchsvolleren Prüfungen wagen konnte.

Carina wusste, dass der halbe Juniorenkader beide Prüfungen genannt hatte, lediglich Ben Richter und Sandra Schwarz durften nur noch in der schweren Kategorie A starten. Sie hatten sich bereits zu Saisonbeginn in die höhere Leistungsklasse einstufen lassen, damit sie Prüfungen der schwersten nationalen Klasse S reiten konnten.

Betty begleitete Carina wie so oft und half ihr, wo sie konnte. Gemeinsam mit Rolf stand sie am Abreiteplatz.

»Schau dir Nightdancer an Betty, Lisa-Marie hat einiges rausgeholt aus dem Pferd«, sagte der Trainer anerkennend. Sein Blick schweifte über die Teilnehmer, die ihre Pferde warm ritten. Ganz hinten am Vorbereitungsplatz erkannte er Ben Richter. Er und Champion waren kaum zu übersehen. Konzentriert saß der junge Mann auf seinem Schimmel und ließ ihn Einerwechsel springen. Dann gab er seinem Pferd die Zügel hin und unterhielt sich mit Kristin Klein, die auf ihrer jungen, hoffnungsvollen Stute Intermezzo saß. Das dunkelhaarige Mädchen war klein und zierlich, und passte somit wunderbar zu der ebenso feingliedrigen schwarzen Stute, die sie ritt. Der kleine weiße Stern auf der Stirn des Pferdes leuchtete im Sonnenlicht. Kristin hatte diese Saison viel erreicht mit ihr und würde starke Konkurrenz für Carina darstellen.

Rolf war stolz darauf, dass Carina so weit gekommen war und darauf, dass sie diese Saison in den Kader berufen werden würde. Mit Mister X schickte er sie, wann immer er konnte, auf Lehrgänge. Doch der Landestrainer redete bereits seit einiger Zeit auf ihn ein, dass Mister X ihr allmählich nicht mehr genügen würde. Er wollte, dass sie nächste Saison vermehrt Prüfungen in der Klasse S ritt und hatte sie nächste Saison für den Kader im Visier. Rolf grübelte. Carina war gut, das stand außer Frage. Viel fehlte nicht mehr, um sie auf eine Höhe mit Lisa-Marie, Sandra und Kristin zu bringen, die heute die weite Anreise auf sich genommen hatten, um auf diesem Turnier wertvolle Punkte zu sammeln. Rolf strich sich gedankenverloren über das Kinn. Sie würde wirklich bald ein anderes Pferd brauchen.

Carina lobte Mister X und ließ ihm die Zügel etwas länger. Er sollte vor seinem Start noch einmal zur Ruhe kommen und nur in Bewegung bleiben, damit die Muskulatur locker blieb.

»Hey, Carina!«, rief jemand hinter ihr. Sie drehte sich um und erkannte Ben.

»Hey, Ben!«

»Viel Erfolg!«

»Danke dir. Ich hoffe, ich versau es nicht.«

Ben lächelte sie an. »Quatsch. Du hast doch heuer schon viel erreicht, also wieso sollte das jetzt schiefgehen?«

Carinas Herz machte einen Sprung. Ein solches Kompliment aus Bens Mund – das war schon was wert!

»Danke. Für dich ist das hier alles ein Kinderspiel, oder?«

Ben lachte. »Na ja, für mich vielleicht, aber für Champ nicht.«

›Es klingt nicht einmal arrogant, wenn er das sagt‹, wunderte sich Carina. Überhaupt wirkte Ben gar nicht so oberflächlich, wie sie immer gedacht hatte. Vielleicht hatte sie ihn bislang falsch eingeschätzt, überlegte sie, weil er generell im Mittelpunkt stand. Beim Reiten zog er aufgrund seiner Erfolge alle Blicke auf sich, die er natürlich eher dem Geldbeutel seines Vaters zu verdanken hatte. Der stellte ihm schließlich einen ganzen Stall guter Pferde zur Verfügung. Auch in der Schule kannte jeder seinen Namen – und brachte ihn mit vielen wechselnden Freundinnen in Verbindung. Zudem sagte man ihm nach, dass er nach jeder Party ein Mädchen aufriss.

»Du hast Silverano heute auch dabei, hab ich gesehen«, stellte Carina fest, um das Schweigen zu durchbrechen, das in ihrer kurzen Grübelei entstanden war. Auf dem Parkplatz hatte sie den Rappen entdeckt, den Ben außer Champion genannt hatte.

Ben nickte. »Ja, ich muss mal wieder 'ne schwere S reiten. Damit ich damit mehr Routine bekomme, bevor ich Champ das antue.« Er wirkte total locker und kein bisschen aufgeregt, seine Worte klangen nicht ansatzweise überheblich. Er war gut, das war kein Geheimnis.

Champion schnaubte und schüttelte den Kopf. Die Kinnkette seiner Kandare klirrte leise.

»Na denn, ich muss los, wir sind gleich dran. Mach's gut Carina, und viel Erfolg!« Ben wendete Champion und trabte zum Vorbereitungsplatz, wo Kristin und zwei andere Reiter schon in Bereitschaft standen. Carina schaute ihm fasziniert nach.

Betty kam auf sie zu. »Ey, was war das denn?«, riss sie ihre beste Freundin völlig aus den Gedanken.

»Hm?«

»Du weißt genau, was ich meine! Das war ein echter Flirt!«

»Ach was«, wehrte Carina lachend ab, »Quatsch, er hat mir nur Glück gewünscht!«

Betty legte den Kopf schief und grinste. »Wir werden sehen!«, sagte sie geheimnisvoll.

Carina runzelte die Stirn. ›Flirt‹, dachte sie, ›so ein Blödsinn.‹ Wie kam Betty denn bloß darauf? Sie trafen Ben öfter auf Turnieren und ab und zu in der Schule, da gehörte so ein Austausch doch dazu, wie immer. Auch wenn sie zugeben musste, dass sie in letzter Zeit öfter mal ins Gespräch kamen. Und dass sie neuerdings immer fieberhaft nach Worten suchen musste, wenn er sie ansprach.

Ihr Blick schweifte ab und suchte Bens Schimmel. Der stand ruhig am Einlass des Vierecks und wartete auf seinen Einsatz. Ben hatte mittlerweile ausbandagiert und rückte sein Sakko zurecht. Carina wunderte sich gerade, wie Ben das alles ohne Helfer schaffte - da erklang die Glocke und Champion trabte an. Im Trab umrundete er zunächst das Viereck auf der Sandbahn, die ringsherum führte. Dann galoppierte Ben an und ritt in sauberem versammeltem Galopp ein. Sogar aus der Ferne wirkte die ganze Vorstellung so harmonisch, so leicht und Champion nicht ansatzweise so riesig, wie er eigentlich war!

»Kaum zu glauben, dass man so viele Jahre dafür braucht – bei Ben sieht das immer aus wie ein Kinderspiel!«, sinnierte sie.

Betty wickelte Mister X die Bandagen ab und gab ihm einen Klaps auf den Hintern. »Na los, nach Ben kommt Sandra und danach bist du dran«, trieb sie ihre Freundin grinsend an. ›Ertappt! Wusste ich es doch‹, dachte Betty, ›und wie sie ihn anhimmelt!‹

»Komm, vom Vorbereitungsplatz aus hast du einen viel besseren Ausblick aufs Viereck!«, feixte sie und ging voraus.

Carina lachte. Ihr Magen wurde flau. Seltsam, so kannte sie sich gar nicht, sie war doch nicht etwa aufgeregt wegen der M-Dressur?

Ben traversierte mit Champion an der langen Seite. Der Schimmel bewegte sich flüssig und wie von Geisterhand gelenkt vorwärts-seitwärts durch den Sand. Der Kadertrainer, Dr. Stefan Walter, stand am Einlass und musterte seinen Schüler genau. Er rückte seine Hornbrille zurecht und kniff die Augen zusammen, um jede noch so kleine Hilfe zu erkennen, die der junge Mann seinem Pferd gab. Als Ben nach der Schlussaufstellung im Schritt die Prüfung verließ, zog sich ein zufriedenes Lächeln um die Mundwinkel Dr. Walters.

»Spitze, Ben! So hab ich mir das vorgestellt!«, sagte er zufrieden und klopfte Champion den Hals. Der Hengst beäugte den untersetzten Mann von oben herab argwöhnisch, ließ sich das Lob jedoch gefallen und schnorchelte nur aufgeregt.

Ben schmunzelte. Champion ließ sich nicht gern von Fremden anfassen und eigentlich wusste Dr. Walter das. Dass er ihn trotzdem so überschwänglich lobte, bezog Ben auf seinen Ritt, den er selbst als hervorragend empfunden hatte. Tatsächlich - er wurde mit achtundachtzig Prozent bewertet.

Sandra, Kristin und Carina sahen sich kurz an. Es war allen klar, wer diese Prüfung schon jetzt gewonnen hatte. Ben und Champion waren fast nicht mehr zu schlagen.

Auch Sandra ritt eine saubere Prüfung, hatte aber Pech als Douglas Queen bei der letzten Traversale die Vierecksbegrenzung touchierte und vor dem Geräusch des Hufeisens auf dem Holz so erschrak, dass sie einen entsetzten Satz nach innen machte und aus dem Takt kam. Ein enttäuschtes Raunen ging durch die Zuschauer, die um das Viereck standen.

»Mist – das hätte es nun wirklich nicht gebraucht!«, schimpfte der Trainer und ballte die Fäuste.

Sandra kam zerknirscht aus der Prüfung. »Scheiße«, sagte sie enttäuscht und lobte ihre dunkelbraune Stute dennoch.

Als Carina an Ben vorbei einritt, hörte sie ihn nochmals »Viel Glück!« rufen und lächelte still. Ihr Magen flatterte nun ganz gewaltig. Zum Glück störte sich Mister X nicht daran und blieb gesetzt im Galopp, bis sie die ganze Parade zum Halten gab.

Carina grüßte die Richter, die ihr gegenüber in dem weißen Holzhäuschen saßen. Mister X blieb stehen wie ein Denkmal, belastete alle vier Beine gleichmäßig und regte keinen Muskel. Lediglich die Ohren bewegten sich langsam vor und zurück. Er wartete auf Carinas Signal zum Antraben und setzte es dann sogleich mit viel Schwung um.

Der starke Trab auf der Diagonalen lief bestens, Carina liebte diese Lektion, bei der sie stets das Gefühl hatte, zu fliegen.

Ben beobachtete Carina. Mister X gab sein Bestes und seine Reiterin ebenfalls. Er fand es schade, dass sie nur dieses eine Pferd zur Verfügung hatte. Dennoch hatte sie ihn am letzten Wochenende fast geschlagen. Sie hatte eine unheimlich feine Art zu reiten und war nun auf dem Weg an die Spitze. Sein Magen kribbelte.

›Mann, ich sollte vor den Turnieren aufhören zu feiern‹, dachte Ben und grübelte. Vielleicht hatte er gestern Abend doch zu viel getrunken? Oder wurde er etwa nervös, weil Carina so eine solide Vorstellung lieferte? Immerhin war sie in den letzten Wochen rasant besser geworden, so dass sie sich nun fast auf jedem Turnier begegneten. Sie war ihm bereits mehrfach dicht auf den Fersen gewesen in der Bewertung. Vielleicht fiel sie ihm deshalb so sehr auf? Ben verfolgte ihren Ritt wie gebannt. Sie und der braune Wallach harmonierten perfekt. Geschmeidig schwang sie mit seinen Bewegungen mit, so dass Ben sich absolut sicher war, sie waren eins. Würde sie ihn heute schlagen?

Der zierliche Wallach galoppierte federleicht durchs Viereck. Gerade brachen sich die Sonnenstrahlen an den Strasssteinchen im Stirnband des Wallachs, was ihn noch erhabener wirken ließ. Seine Schwäche, die halben Pirouetten, wurden auch immer besser. Nicht fehlerfrei, aber gut, kamen sie durch diese Lektion.

»He, von was träumst du denn?«, riss ihn Kristin völlig aus den Gedanken.

Ben war total verwirrt. Ungewöhnlicherweise fiel ihm keine Antwort ein.

Kristin grinste. »Gut, nicht?«, meinte sie und nickte zu Carina hinüber.

Ben sagte nichts. Champion bog den Hals und schnoberte interessiert zu Intermezzo hinüber, die Kristin auf ein paar Meter Abstand zu ihm angehalten hatte.

»Hab gehört, dass Dr. Walter sie zum Lehrgang eingeladen hat! Freut mich total, auch wenn wir uns langsam in Acht nehmen müssen«, erklärte Kristin lächelnd.

»Da hast du Recht, ich hab's letzte Woche schon fast erfahren.«

»Tja, das wirst du schon verkraften. Wieso sollte es dir anders gehen als dem Rest, wenn jemand so blitzartig in unsre Klasse aufsteigt?«, meinte Kristin und klopfte ihm dann im Vorbeireiten kameradschaftlich auf die Schulter.

Ihr war nicht entgangen, dass Ben Carina schon während des ganzen Tages immer wieder beobachtet hatte.

Freudestrahlend verließ Carina unter dem Beifall der Zuschauer das Viereck. Sie wusste, dass sie eine gute Leistung erbracht hatte, und fiel Mister X um den Hals. Der streckte sich wohlig und schnaubte.

»Feiner Junge! Gut gemacht«, flüsterte sie und blickte sich um, während sie Mister X Schritt gehen ließ.

Carinas Eltern waren zum Zuschauen vorbeigekommen und standen bei Rolf am Einlass. Sie unterhielten sich angeregt.

›Auweia, hoffentlich reden sie nicht über die Schule‹, dachte Carina und wurde nachdenklich, während Mister X gelassen unter ihr dahinschritt. Mathe musste besser werden, das wusste sie selbst. Sie hatte wirklich keine Lust, die Klasse zu wiederholen. Nur war es ihr ein Rätsel, wie sie in Mathe auf eine Vier kommen sollte.

Als ihre Punkte auf der Anzeigetafel erschienen, stieß sie einen leisen Freudenschrei aus: Sie lag knapp hinter Ben und alle bekannten Lokalmatadore waren bereits gestartet!

»Klasse!«, gratulierte Ben, der während Carinas Grübelei näher gekommen war, und streichelte Mister X an der Schulter. Er führte seinen Hengst am Zügel und hatte die Steigbügel hochgezogen. Champion blickte den Braunen skeptisch an und sog die Luft durch weit geblähte Nüstern ein.

»Danke! Er war großartig heute«, freute sich Carina. Einen Moment lang trafen sich ihre Blicke. Verlegen lächelten sie sich an.

»Ja, du, dann sehen wir uns gleich zur Siegerehrung«, erklärte Ben schnell. Himmel, was redete er für einen Mist? Er fragte sich, seit wann er nach Worten suchen musste. Er, der normal für alles einen lockeren Spruch auf den Lippen hatte?

»Alles klar!«

Bens Blick fing den ihren nochmals kurz auf, bevor er mit Champion zu seinem Trainer ging, der ihm etwas zurief, was er aus der Entfernung nicht verstehen konnte.

Dr. Walter versammelte seine Kaderschützlinge um sich und lobte sie geschlossen. Alle fanden sich dicht beieinander auf den vorderen Plätzen wieder.

»Großartig! So machen wir weiter«, lobte er die Reiter und dachte bereits an die deutsche Meisterschaft. Sandra, Lisa-Marie und Kristin waren längst qualifiziert, Ben als Vorjahressieger natürlich ebenfalls seit Langem. Carina hatte den Sprung letztes Wochenende geschafft.

Dieses Jahr würde es eng werden um den Titel, wobei Ben Richter mit Champion der klare Favorit war. Prüfungen der Klasse M und S waren mittlerweile ein Kinderspiel für ihn, Champion wurde immer gelassener und sicherer. Dr. Walter sah ihn nächstes Jahr schon im internationalen Grand Prix starten. Ben Richter hatte zweifellos Talent für mehr und er hatte die entsprechenden Pferde. Sandra und Kristin ebenso, sie hatten beide zwei starke Pferde, mit denen sie konstant gute Leistungen zeigten. Er musste unbedingt mit Rolf Niebaum sprechen, wie Carinas Aussichten auf ein weiteres Pferd standen. Auch sie konnte sicher bald in die Klasse S einsteigen. Allerdings nicht dauerhaft mit Mister X. Der braune Wallach kam an seine Grenzen.

In der Ehrenrunde erfüllte ihn großer Stolz: Vorweg ritt Ben, gefolgt von Carina und Kristin, danach kam ein Nichtmitglied des Kaders und auf dem fünften Platz lag Sandra. Schade, dass Douglas Queen sich erschrocken hatte. Aber so war das nun mal. Sandra wusste, dass solche Pannen dazu gehörten, und nahm ihrer Stute die Situation nicht übel. Aus den Lautsprechern erklang lautstark ›We are the Champions‹, während die jungen Reiter ihre Ehrenrunde ritten.

Dass Ben später in der schweren Klasse mit Silverano Zweiter wurde, wunderte niemanden mehr.

Dr. Walter stand neben Carina und Betty am Zaun, als Ben seine Ehrenrunde auf dem Rappen drehte. Das Mädchen beobachtete Ben und sein Pferd wie gebannt. Ihre Freundin musste sie mehrfach in die Rippen boxen, als sie ihr etwas mitteilen wollte. Carina wirkte, als würde sie ihr kaum zuhören.

Als Ben an ihnen vorbeiritt, applaudierte Carina ungewöhnlich laut. Dr. Walter schenkte ihr einen Seitenblick und war sich nicht sicher, ob sich dieser Applaus nur auf die Reiterei Ben Richters bezog.

Betty und Carina befanden sich später geradezu in einem Siegestaumel und trafen sich mit ihren Freundinnen auf einer Oberstufenparty, wie sie von der Abschlussklasse alle paar Wochen organisiert wurde, um kräftig anzustoßen. Außer Betty hatte zwar keine etwas mit Pferden zu tun, aber alle freuten sich für Carina und ihren Erfolg. Auch ihre Eltern waren begeistert gewesen und hatten die Wörter ›Schule‹ oder ›Mathe‹ an diesem Tag nicht in den Mund genommen. Rolf hatte ihre Eltern nach der Siegerehrung zu einem Glas Sekt eingeladen und berichtet, was ihre Tochter in den letzten Wochen für tolle Leistungen erbracht hatte mit seinem

Pferd. Da hatte sogar Carinas Vater zugeben müssen, dass er einen enormen Stolz verspürte.

Die Party fand im Freien statt. Zahlreiche kleine Pavillonzelte, welche über Holztische aufgestellt waren, fungierten als Bars und umringten die mit Holzdielen ausgelegte Bühne. Dort hatte der DJ sein Reich aufgebaut und legte leidenschaftlich einen Mix nach dem anderen auf. Es wehte ein lauer Wind, der den Hochsommer einläutete. Die Freundinnen tanzten ausgelassen und stießen mit Prosecco an.

»Auf Carrie!«, rief Betty und drückte Carina einen dicken Kuss auf die Wange. Tanja und Linda umarmten sie ebenfalls und ließen die Gläser klirren.

Der DJ legte sich weiter mächtig ins Zeug und machte aus seinen Handgriffen an den Turntables eine regelrechte Show, die Stimmung war perfekt für eine Siegesfeier. Carina fühlte sich klasse und leerte das Glas, das Svenja gebracht hatte, in einem Zug. Sie musste lachen, als ihre Freundinnen sie angrinsten.

Das Mädchen ließ seinen Blick über die Tanzfläche schweifen. Sicher feierte Ben seine heutigen Erfolge ebenfalls mit seinen Freunden. Carina signalisierte ihren Mädels, dass sie gleich zurück sein würde, und ging in Richtung der Toiletten um die Tanzfläche. Nach wenigen Metern fühlte sie sich von ihren Freundinnen beobachtet und kämpfte sich durch die Menge, die rings um die Bühne stand. Sie setzte ihren Weg um die Bühne fort und war bald auf der gegenüberliegenden Seite angekommen. Dort war Ben auch nicht. Sie blickte sich weiter um.

›Du spinnst doch‹, dachte sie sich. Seit wann interessierte sie sich für Ben Richter?

»He, die Klos sind da drüben!« Betty grinste und sah sie belustigt an.

»Wo kommst du denn her?«, fragte Carina perplex und taumelte leicht.

Betty lachte nun laut. Ihre roten Locken hatte sie mit Haarnadeln hochgesteckt, was aber nicht verhindern konnte, dass ihr einzelne Strähnen in die Stirn fielen und wie kleine Spiralen auf und ab tanzten. »Glaubst du echt, ich hätte nicht gesehen, dass du die ganze Tanzfläche abgescannt hast?«

»Ich? Abgescannt?«, fragte Carina verdattert und fuhr sich verlegen mit einer Hand durch die langen seidigen Haare, die sie offen trug.

»Ja meine Liebe, und zwar genauestens. Das Objekt deiner Begierde befindet sich fast vor deiner Nase, aber ich weiß nicht, ob du das sehen willst«, erklärte Betty und nickte in Richtung der Tequila-Bar.

Tatsächlich, da stand Ben mit seinen Jungs – und einer Brünetten, die wohl heute seine Trophäe war. Er flirtete zwar mit den anderen Mädels, die mit in der Gruppe standen, nicht weniger, doch die Brünette hing an seinem Arm und legte es eindeutig auf mehr an.

Carina seufzte und konnte ihren Blick dennoch kaum von ihm wenden.

Als Ben provokativ vor seinen Jungs mit der Brünetten zu knutschen begann, wandte sie sich schnell ab und bestellte sich an der Bar ein Getränk. Der Anblick hatte ihr einen Schlag in die Magengrube verpasst, dabei war es wirklich nicht das erste Mal, dass sie Ben Richter so sah. Im Gegenteil. Er hatte den Ruf als Aufreißer schon lange, und es war eher verwunderlich, wenn man ihn in der Pause oder auf einer Party ohne einen Schwarm Mädchen antraf. Böse Zungen behaupteten sogar, er würde tatsächlich eine Strichliste über seine Eroberungen führen.

›Kein Wunder‹, dachte Carina. Ben zog ganz offensichtlich auch ohne Silverano und Champion alle Blicke auf sich. ›Er ist einfach ein Siegertyp‹, überlegte sie weiter. ›Er sieht klasse aus, reitet obendrein fantastisch und er hat Charisma. Ist doch klar, dass alle Mädels auf ihn fliegen, ob sie nun reiten oder nicht.‹

»Süße, du bist echt verschossen«, stellte Betty nicht sehr intelligent fest.

»Quatsch, doch nicht in den Oberchecker«, wich Carina aus und nahm gleich noch einen Schluck.

Betty seufzte. Sie musste ihre Freundin irgendwie ablenken. Sie hielt es für keine gute Idee, das Thema Ben weiter anzusprechen. Dass er sich offenbar für Carina interessierte, machte ihr, wenn sie ehrlich war, ein wenig Sorgen.

»Fährst du denn nun zu dem Lehrgang in den Ferien? Rolf hat doch heute lange mit deinen Eltern geredet«, fragte sie.

»Hm, ja ... wenn ich nicht durchgefallen bin bis dahin. Sonst darf ich nicht«, erklärte sie betrübt.

»Dann solltest du dem Ganzen doch mal etwas mehr Zeit widmen, Süße ...«, riet Betty nachdenklich. Sie hatte gehofft, dass das Gespräch mit Rolf an diesem Ultimatum etwas geändert haben mochte.

Carina lachte auf. »Ja, klar, ich erkläre es mir selber oder wie ...«

Betty zog eine Augenbraue hoch und zuckte mit den Schultern. »Tja, dann trinken wir jetzt auf 'nen Geistesblitz würd ich sagen. Cheers!«

Sie stießen so heftig an, dass Carinas Glas überschwappte. Lachend leerten die Freundinnen ihre Drinks.

»Hey, da feiert wohl noch jemand ein erfolgreiches Wochenende?«, rief plötzlich jemand hinter Carina. Erschrocken drehte sie sich um und stand Ben gegenüber, der mehr als nur einen Kopf größer war als sie. Völlig perplex sah sie ihn an und hatte das Gefühl, so rot anzulaufen wie eine Ampel.

»Trinkst du was mit mir? Auf unsere Siege und Platzierungen?«, fragte er und blickte sie durchdringend an.

»Gerne!«, sagte Carina schnell. Ihr Herz klopfte heftig.

Betty zwinkerte ihr zu und legte ihr die Hand auf die Schulter.

»Du, ich schau mal nach den Mädels, nicht dass die schon 'nen Suchtrupp losschicken«, erklärte sie und verschwand in der tanzenden Menge, bevor Carina reagieren konnte.

Ben lachte. »Sie hätte ruhig einen mit trinken können. Was möchtest du gerne? Ich lade dich ein. Habe ja nicht oft die Gelegenheit, von Sieger zu Sieger anzustoßen.« Abwartend legte er den Kopf schief.

»Eine Piña colada wäre toll, danke! Ich ... ich mach das auch nicht so oft ...«, antwortete Carina. Ihr Magen kribbelte. Seit wann stotterte sie?

Ben musterte sie kurz. Das dunkelblaue kurze Kleid stand ihr ausgezeichnet, fand er. Ihr langes blondes Haar glänzte golden und fiel ihr in weichen Wellen über die Schultern. Bens Knie wurden weich. Das musste am Absinth liegen, den Dom vorhin verteilt hatte.

»Also, auf weitere Erfolge, und darauf, dass du bald im Kader bist!«, sagte Ben feierlich und hob sein Glas.

»Und darauf, dass unsere Pferde fit bleiben und ich nicht durch Mathe durchknalle«, ergänzte Carina.

Die Gläser klirrten. Der DJ legte nun heiße Rockmusik auf. Ben hielt ihren Blick gefangen und fühlte sich seltsam. Sie wirkte so unnahbar für ihn – sie war keine von denen, die ihm zu Füßen lagen, und dennoch spürte er, dass sie ihn genauso ansah wie er sie. Er stand auf sie, so viel war ihm klar, aber irgendetwas war anders.

Plötzlich stand die Brünette neben ihm und küsste ihn. Irritiert sah sie zwischen ihm und Carina hin und her, als er ihren Kuss nicht erwiderte. Er schob sie bestimmt zur Seite. Dann sah er Carina an, lächelte, und beugte sich zu ihr hinüber. »Willst du tanzen?«

Ihre Kehle wurde trocken. Er wollte mit ihr tanzen obwohl seine Eroberung des Abends neben ihm stand?

›Immerhin hat er sie eiskalt abgewehrt‹, überlegte sie schnell.

»Gerne«, sagte sie unsicher und folgte ihm auf die Tanzfläche.

Seine Hand hielt ihre fest umschlossen. Die Brünette stand mit offenem Mund an der Bar und traute ihren Augen nicht.

Carina stellte fest, dass Ben nicht nur im Dressurviereck ein Meister war, er konnte auch tanzen und sie wurde allmählich lockerer. Sie überließ ihm die Führung und konnte ihren Blick kaum von ihm wenden. Dann erklang ein Kuschelsong aus den Boxen. Ihr Herz raste, als er sie zu dem Lied so eng an sich zog, dass sie sein Aftershave einatmen konnte. Ihre Blicke trafen sich erneut und hielten einander stand, was Ben nahezu um seine Fassung brachte. Sie war anders als die anderen und diese Spannung war ihm unheimlich. Dennoch fühlte sie sich gut an und er wollte mehr davon. Er wagte kaum zu atmen, als er sie noch ein klein wenig näher an sich zog, ohne seinen Blick von dem ihren zu lösen.

»Du tanzt auch ohne Mister X super gut, finde ich«, flüsterte er ihr ins Ohr.

»Danke, du bist ohne Champion ebenfalls konkurrenzfähig«, konterte sie und lachte ihn an.

›Himmel, seine Augen sind so blau wie das Meer!‹, dachte sie und fühlte sich plötzlich hilflos. Betty hatte Recht. Sie war verschossen, ausgerechnet in den Oberchecker der ganzen Schule!

Ben wiegte sie sanft im Takt der Musik.

»Wie hast du das vorhin eigentlich gemeint mit dem Durchfallen?«, erkundigte er sich nachdenklich.

Er hatte seine Hände sachte auf ihrer Taille liegen. Sie hatte ihre Arme um seinen Nacken gelegt. Dennoch hielt sie einen Abstand ein, den er nicht überschreiten wollte, obwohl er sich genau danach sehnte. Ben verstand sich selbst nicht mehr. Es entging ihm auch nicht, dass Dom und die Jungs ihn beobachteten. Normalerweise stand er bei solchen Songs nicht auf der Tanzfläche, das war etwas für Softies.

»Na ja, ich bin 'ne ziemliche Mathe-Null und wenn ich dieses Jahr hängen bleibe, war's das mit der Reiterei«, erklärte sie betrübt.

»Du hast Glück«, sagte Ben überzeugend.

»Wie, Glück?«, fragte Carina verständnislos. Auweia, nun verstand sie schon nur noch Bahnhof. Das konnte ja heiter werden.

»Vor dir steht ein Mathegenie«, meinte Ben und sah sie abwartend an.

Mathegenie? Sollte das etwa heißen ...

»Wenn du willst, seh ich mir den Kram mit dir mal an. So schwer ist das nicht, wenn man es mal verstanden hat.«

»Echt, würdest du das machen? Also, hast du überhaupt Zeit dafür? Ich meine ...«

Ben grinste. »Ja und ja – ich würd das machen und ich hab Zeit. Ich hab schließlich keine Lust, meine stärkste Konkurrenz wegen einer Mathenote zu verlieren.«

»Klasse!«, stammelte Carina und strahlte ihn an.

Jetzt war es Ben, dem beinah die Worte fehlten, als er sie ansah. »Montagabend um acht bei mir? Passt das?«

»Na klar!«

»Freut mich! Dann stoßen wir nochmal an würde ich sagen.«

Sie nickte und folgte ihm zurück zur Bar.

Betty und ihre Freundinnen warfen sich verheißungsvolle Blicke zu. Da schien der coole Ben Richter gerade gar nicht mehr so cool zu sein, wie sonst. Er hatte zwar weiter eine Hand auf Carinas Taille gelegt, als sie zur Bar gingen, aber ansonsten konnten sie keine Starallüren erkennen.

»Müsste er nicht längst mit ihr rummachen wollen? «, fragte Betty in die Runde.

Die Mädels zuckten mit den Schultern. Eigentlich hätten sie das bei Ben erwartet. Wie immer eben. Aber es sah nicht so aus, als würde es Ben darauf anlegen. Er versuchte nicht einmal, Carina zu küssen, und es wirkte, als sei es völlig in Ordnung so, wie sie beisammen standen. Oder war es Carina, die ihn auf Abstand hielt? Würde Ben das in Kauf nehmen, wenn er nur auf einen schnellen Spaß hinaus wollte?

Als Carina ihrer besten Freundin später von der geplanten Mathenachhilfe erzählte, verschlug es Betty doch tatsächlich die Sprache. Damit hatte sie nun wirklich nicht gerechnet.

Ben stellte seine Reitstiefel in die Abstellkammer und hängte seine Jacke auf.

»Du bist schon fertig mit dem Training? Das ging aber fix heute«, rief sein Vater von oben die Treppe hinab.

»Wieso, es war ein normales Training.«

»Normales Training?«, hakte Raimund Richter nach, »Dass mir da ja kein Schlendrian einreißt!«, ermahnte er seinen Sohn.

»Nein, aber ich hab Champ heute nur leicht arbeiten lassen. Ich will ihn nicht überlasten. Die letzten Wochenenden waren anstrengend für ihn.«

»Unfug«, schnauzte Raimund Richter.

»Bitte, lass mich doch einfach mein Pferd nach meinen Prinzipien trainieren.« Ben verdrehte genervt die Augen. Sein Vater wusste generell alles besser.

»Darf ich dich daran erinnern, was das Pferd im Monat kostet?«

Ben erklomm die Treppe nach oben, indem er immer zwei Stufen auf einmal nahm. Das vergoldete Geländer der Treppe fühlte sich eiskalt in seiner Hand an. »Ja, ich weiß, was er kostet, und was Déjà-vu und Silverano kosten. Und ich geh jeden Donnerstag brav jobben, um wenigstens einen kleinen Teil dazu beizusteuern.«

»Darum geht es nicht, dass du das nicht musst, habe ich dir mehrfach gesagt. Es gefällt mir nicht, dass mein Sohn an der Tankstelle steht und jobbt, als ob er sein Taschengeld aufbessern müsste. Champion könnte längst routiniert in S laufen, wenn du ihn etwas härter anpacken würdest. Du verhätschelst ihn geradezu wie ein Mädchen.«

›Immer die gleiche Leier!‹, dachte Ben und beschloss, nichts mehr dazu zu sagen. Er wich dem strengen Blick seines Vaters aus, der nun mit verschränkten Armen vor ihm stand.

»Und überhaupt, Nadine hat mindestens fünf Mal angerufen, weil du nicht ans Handy gegangen bist.«

Ben zuckte die Achseln. Konnte die ihn nicht mal einen Nachmittag in Ruhe lassen?

»Habt ihr Stress?«

»Nein.«

»Wieso gehst du dann nicht ran?«

»Hab's nicht gehört«, murmelte Ben desinteressiert und setzte seinen Weg fort in den zweiten Stock.

Er hatte keine Lust auf Diskussionen, schon gar nicht wegen Nadine. Sie war schon toll. Klasse Figur, klasse Ausstrahlung, und man konnte sich mit ihr überall sehen lassen. Seine Kumpels beneideten ihn um seine Freundin. Sie war ein Blickfang an seiner Seite und es fühlte sich einfach gut an, im Mittelpunkt zu stehen. Auch wenn jeder wusste, dass er es mit der Treue nicht so hatte.

So wie gestern Abend. Den Namen der Brünetten hatte er schon vergessen, oder er hatte sie nicht einmal danach gefragt. Da war er sich nicht sicher. Er erinnerte sich nur noch daran, dass er lange mit Carina getanzt hatte und sie sich unterhalten hatten. Die Jungs hatten ihn ganz schön blöd angemacht, weil nichts gelaufen war. Weil das untypisch gewesen sei für ihn. Eigentlich musste er bei dem Gedanken daran sogar grinsen. Es hatte sich nämlich ganz gut angefühlt, so wie es gewesen war.

»Ben, du solltest sie zurückrufen«, riss ihn sein Vater aus den Gedanken.

»Pa, ich muss lernen. Wichtige Mathearbeit nächste Woche!«, rief er und war schon beinahe oben.

›Ah, da liegt der Hase im Pfeffer‹, dachte Raimund Richter, ›sehr löblich, dass er bei der Bewerbung für Jura auch an die Naturwissenschaften im Zeugnis denkt.‹

Ben flüchtete regelrecht zu seinem Zimmer. Das Obergeschoss des Hauses war sein Reich, mit eigenem Bad und Küche und zwei großzügigen Zimmern. Im Hause Richter fehlte es an nichts.

Bevor er durch die Tür trat, drehte Ben sich kurz um und blickte auf die feinen Marmorplatten der Treppenstufen und das goldfarbene Geländer. Er atmete tief durch und schloss die Tür hinter sich, dann ließ er sich auf das Sofa fallen und starrte an die weiß gestrichene Decke. Konnte sein Vater nicht einfach aufhören, sein Leben zu kontrollieren und zu planen? Er hatte noch nie danach gefragt, was Ben sich vorstellte. Klar, was die Reiterei anging, war es offensichtlich, dass Ben weiterkommen wollte und sein Vater stellte ihm die entsprechenden Pferde hin. Auch mit Geld geizte er nicht, wenn es um die Ausrüstung, Lehrgänge und Nenngebühren für die Turniere ging. Überhaupt spielte Geld im Haus seines Vaters keine Rolle. Davon gab es genug, sodass Ben einen neuen BMW geschenkt bekam, weil sein Vater nicht wollte, dass er mit einem schäbigen alten Auto gesehen wurde, wie seine Kumpels sie fuhren. Für seine Partywochenenden, Kurzurlaube mit den Jungs und alles Weitere war stets genug Geld auf seinem Konto, und für die Studienzeit hatte sein Vater ebenfalls bereits genügend beiseitegelegt. Wenn er daran dachte, wie schwer es manche seiner Kumpels nach dem Abi haben würden, weil sie an die Uni wollten und sich bereits jetzt über staatliche Unterstützungen und Fördergelder informierten, musste er den Kopf schütteln. Über all das brauchte er sich keine Gedanken zu machen. Dass er derzeit ein paar Stunden in der Woche an der Tankstelle aushalf, lag nur daran, dass es ihm Spaß machte. Der Job stellte für ihn eine Abwechslung dar. Ursprünglich war er nur bei der Inventur der Tankstelle eingesprungen, als Mike, ein Freund, der eigentlich dort jobbte, sich den Arm gebrochen hatte. Man hatte ihm danach eine feste Aushilfsstelle angeboten und Ben hatte ohne groß darüber nachzudenken zugesagt. Bei dem Gedanken daran musste er kurz schmunzeln. Sein Vater war aus allen Wolken gefallen und hatte ihm kurzerhand die monatliche Überweisung auf sein Konto erhöht, weil er dachte, Ben würde mehr Geld benötigen. Doch darum ging es ihm nicht. Die paar Stunden in der Woche reichten aus, damit er den Hufschmied für seine Pferde bezahlen konnte, was sich, wie er verwundert festgestellt hatte, gut anfühlte. Auch wenn sein Vater ihm ständig erneut erklärte, dass er den Gedanken nicht leiden mochte, dass sein Sohn einem Nebenjob nachging, wo er doch alles hatte, was er brauchte und sich im Studium nicht um die Finanzierung seines Unterhalts würde sorgen müssen. Ja- warum grübelte er bloß immer wieder, wo er doch alles hatte, was man brauchte? Er hatte Geld, er konnte reiten und hatte gute Pferde, er würde studieren können ohne sich um das Geld sorgen zu müssen. Er hatte eine Freundin, die gut aussah und sich gut machte an seiner Seite. Dennoch reizte es ihn jedes Mal auf's Neue beim Ausgehen, eine andere aufzureißen. Anfangs hatten seine Kumpels und er gewettet, wer am Abend alles ein Mädchen mit nach Hause nahm. Ben hatte nach ein paar Drinks auf Anhieb Erfolg gehabt bei den Mädels und es wurde fast zur Tradition, wenn er mit den Jungs loszog. Erst wurde ein wenig geraucht und getrunken, dann ging es auf die Tanzfläche. Er, Ben, wickelte sie alle um den Finger und die Jungs bewunderten ihn dafür. Bisher hatte sich das gut angefühlt, wenn ihm Dom oder Mike am nächsten Tag auf die Schulter geklopft hatten und ihm dazu gratulierten, dass er wirklich jede haben konnte. Warum ging ihm jetzt bloß der Abend mit Carina nicht aus dem Kopf? Er war alles andere als erfolgreich gewesen, die Jungs zogen ihn sogar deswegen auf, was ihn aber erstaunlicherweise kalt ließ. Ben verstand sich selbst nicht mehr, als er sich immer sicherer wurde, dass es sich tatsächlich gut anfühlte, wie der Abend verlaufen war. Ben wollte mehr – und er war sich nicht sicher, ob sich das nur auf Carina, oder auch auf sein perfekt durchgeplantes Luxusleben bezog.

Als Mike anrief und ihn zu einem Bier bei ihrem gemeinsamen Kumpel Sid animierte, erhellte sich Bens Miene. Ein paar Bier und ein Joint waren genau das, was er jetzt brauchte. Ein wenig abschalten eben. Er sagte schnell zu und freute sich auf die Ablenkung. Nadine würde er heute sicher nicht zurückrufen.

Carina saß wie gewohnt in Misters Sattel und trainierte. Damit er Abwechslung hatte, baute sie heute Cavaletti mit ins Training ein. Das machte dem Wallach Spaß und er wurde schnell locker. Danach arbeitete sie an der Traversalverschiebung; hierbei war Mister nicht immer ganz so taktsicher und kam zu schnell wieder aus der Bewegung nach vorwärts-seitwärts in die Geradeausbewegung.

Betty lehnte an der Bande vor der Tribüne und achtete, wie Carina sie gebeten hatte, darauf, wie Mister kaute. Er neigte dazu, die Laden zu kreuzen, wenn ihm etwas unangenehm war. Nach der lösenden Cavalettiarbeit war jedoch keine Spur von Unbehagen zu erkennen, sodass Carina schon bald zufrieden war mit seiner Leistung und ihm lobend die Zügel hingab, um ihn trocken zu reiten.

Ein Blick auf die große Uhr über dem Halleneingang ließ ihren Magen flattern. Halb sechs - in etwas mehr als zwei Stunden würde sie mit ihren Mathesachen zu Ben radeln!

»Na, schon aufgeregt wegen deinem Date?«, grinste Betty.

»Mathe, Süße. Wir lernen Mathe«, verteidigte sich Carina.

»Klar. Deswegen wirst du jetzt so rot.«

»Was, echt?«

Betty lachte, da Carina ein entsetztes Gesicht machte.

»Ne. Aber du stehst auf ihn.«

»Er ist doch vergeben. Und viel zu cool«, wich Carina aus.

»Ach was, das sind Gründe, aber keine Hindernisse.«

»Außerdem macht er vor keiner halt, die einigermaßen gut aussieht. Weiß doch jeder, dass er ein Aufreißer ist ... und auf so was steh ich gar nicht. Ich hab keine Lust nur mal eben was mit ihm zu haben und dann abgemeldet zu sein, wenn er die nächste am Start hat.« Als Carina das sagte, fand sie es richtig schade, doch es war nun mal so, dass Ben keinen Hehl draus machte, dass er jede haben konnte. Dennoch hatte sich ihre Begegnung auf der Party am Samstag gut angefühlt.

Sie saß ab und lockerte den Sattelgurt, dann ging sie neben dem großen Wallach her, bis sich seine Atmung normalisiert hatte. Betty begleitete sie.

»Hm ...«, murmelte Betty, »immerhin hat er vor dir nicht den großen Checker gespielt auf der Party.« Natürlich war ihr nicht gerade wohl dabei, dass Carina sich ausgerechnet in den größten Aufreißer der Schule verliebt hatte. Aber Ben hatte sich so ungewöhnlich gezeigt auf der Tanzfläche, dass sie sogar den Verdacht hegte, dass Ben vielleicht gar nicht auf einen schnellen Spaß mit Carina aus war.

»Was ziehst du an?«, fragte Betty.

»Keine Ahnung. Mann woher weißt du, worüber ich grad ...«

»Süße, wozu ist eine beste Freundin da?« Betty legte einen Arm um ihre Freundin. »Ich bin um halb sieben bei dir, dann sehen wir weiter.«

»Betty, du bist ein Schatz!«, freute sich Carina.

»Weiß ich«, feixte die und knuffte sie freundschaftlich in die Seite.

»Wann siehst du Frank wieder?«, erkundigte sich Carina. Bettys Freund studierte in Coburg und kam nur selten nach Hause.

»Hoffentlich übernächstes Wochenende! Wenn er nicht da auch noch Praktikum hat, aber wenn's so sein sollte, fahr ich eben hin.«

»Du Arme, ich könnte das gar nicht, glaube ich ...«, sinnierte sie.

»Einfach ist es nicht ... aber wir telefonieren täglich. Und bald hat er Ferien und kommt heim!« Bettys Augen leuchteten. Sie und

Frank waren seit zwei Jahren ein Paar und die Fernbeziehung funktionierte wirklich gut.

»Schaust du nach Bella, wenn ich zu ihm fahre?«, fragte Betty.

»Na klar, weißt du doch.«

»Danke dir! Ich freu mich schon drauf, wenn wir endlich unser Abi haben und ich zu ihm ziehen kann!«, träumte Betty vor sich hin.

»Glaub ich dir. Aber wehe, du lässt dich hier nicht mehr blicken ...« Carina klang traurig. Allein der Gedanke an einen möglichen Abschied von ihrer besten Freundin schmerzte.

»Keine Sorge, du bist schließlich wie meine Schwester!«, beteuerte Betty und zog Carina aufmunternd an sich.

Carina wurde nachdenklich. Eigentlich stand für so viele ihrer Freundinnen bereits fest, wo sie studieren würden. Die wenigsten dachten an eine Lehre, fast alle zog es an eine Hochschule.

Gemeinsam versorgten Betty und Carina den braunen Wallach und verräumten das Sattelzeug. Dann fuhren sie auf Bettys Roller zu Carina nach Hause.

»Also, bis später. Ich hole dich nachher ab!«, verabschiedete sich Betty, ehe sie weiter fuhr.

Kaum hatte Carina die Haustür aufgeschlossen, wurde sie schon von ihrer Mutter in Beschlag genommen. »Gut, dass du kommst, Herr Niebaum hat angerufen. Was habt ihr wieder geplant? Dein Vater ist nicht sehr begeistert, dass ihr hinter unserem Rücken ...«

»Mam! Was weiß ich? Wir haben nichts hinter eurem Rücken ausgemacht. Wir haben heute nur über die Schule geredet und ich hab ihm erzählt, dass ich ab heute Mathenachhilfe habe. Und weil ich viel zu spät dran bin, muss ich mich jetzt beeilen, damit ich dort pünktlich bin«, erklärte Carina schnell und pfefferte ihre Reitstiefel in die Besenkammer.

»Wie bitte?« Frau Reinders sah ihre Tochter ungläubig an. »Mathenachhilfe? Du? Heute?«

»Ja. Sorry Mam, darf ich mal?« Carina zwängte sich an ihr vorbei die Treppe hoch und huschte ins Bad.

Kopfschüttelnd setzte sich Frau Reinders zu ihrem Mann ins Wohnzimmer und berichtete ihm von den Worten ihrer Tochter. Der zog verwundert eine Augenbraue hoch und lugte über seiner Zeitung hervor.

»Nachhilfe? Na, endlich wird sie vernünftig. Das ist doch mal ein Schritt in die richtige Richtung, auch wenn ihr das eher hätte einfallen können.« Dann widmete er sich wieder den Börsennachrichten und beschloss, dass das Gespräch mit seiner Tochter bis zum nächsten Tag warten konnte. Sie schien ohnehin noch nichts von Niebaums Plänen zu wissen, so dass er sie nicht von der wichtigen Nachhilfestunde abhalten wollte.

Wie vereinbart erschien Betty pünktlich und die Mädchen brachen sofort zusammen auf. Doch nach einigen hundert Metern trennten sich ihre Wege.

»Also, meine Liebe, cool bleiben! Denk dran, es geht um Mathe.«

»Ja, Chef, alles klar.« Carina lachte, drückte ihre Freundin und trat in die Pedale.

Es wehte ein lauer Wind und die Sonne stand tief über den Bäumen am Ortsrand. Sie tauchte die Umgebung in ein warmes Licht. Ben hatte ihr noch am Nachmittag seine Adresse und eine Wegbeschreibung aufs Handy gesendet. In einer SMS hatte er zwar geschrieben, dass sie die Straße, in der er wohnte, aufgrund der zunehmend luxuriöseren Häuser kaum übersehen konnte, aber als sie schließlich in die Ahornallee einbog, kam Carina der Gedanke, dass er damit untertrieben hatte. Ihr wurde mulmig zumute. Man sah dem Viertel deutlich an, dass hier die ›bessere Gesellschaft‹ wohnte. Überall standen villenartige Häuser im toskanischen oder griechischen Stil. Fein gepflasterte Zufahrten mit schmiedeeisernen oder goldfarbenen Umzäunungen säumten die Straße. Carina konnte kein Grundstück ohne Swimmingpool und Marmorskulpturen entdecken. Kunstvoll beschnittene Hecken zierten die Gärten. Durch diese Außenanlagen rannten vielfach exotische Rassehunde bellend an den Zäunen entlang. In den offenstehenden Garagen und Zufahrten parkten Autos, die Carina nur aus Boulevardzeitungen kannte.

Vor der Hausnummer zwölf standen Bens neuer blauer BMW und ein dunkelgrüner Jaguar mit cremefarbenen Ledersitzen. Sie stieg ab und kam sich seltsam vor, als sie ihr altes Mountainbike die Zufahrt hinauf schob und schließlich am Zaun abstellte. Dann ging sie zaghaft die Stufen zur Haustüre hinauf. Was sollte sie bloß sagen, wenn seine Eltern aufmachten? Einen kurzen Moment lang war sie versucht, einfach kehrtzumachen. Sie atmete jedoch durch, zählte bis drei und drückte beherzt auf die Klingel. Keine Sekunde später öffnete sich die Tür und Ben stand ihr gegenüber. Ihr Magen schien Saltos zu schlagen.

»Hi«, sagte sie betont lässig.

»Hey, schön dass du da bist«, begrüßte sie Ben. Sein Lächeln haute sie um. Sie hoffte, dass er nicht merkte, wie ihre Wangen glühten. Er trug eine dunkelblaue Jeans und ein kariertes Designerhemd. Die Haare hatte er wie immer sorgsam mit Gel betont, was ihnen einen noch dunkleren Glanz verlieh.

»Die kannst du anlassen«, sagte Ben, als Carina ihre Schuhe ausziehen wollte. Er brachte sie hinauf in sein Apartment.

Es entging ihm nicht, dass Carina sich bewundernd im Treppenaufgang umschaute. So viel Luxus war ihr fremd, aber es schien Eindruck zu machen.

»So, da wären wir«, meinte Ben lässig und führte sie in sein Wohn- und Arbeitszimmer.

»Wow, ist das riesig!«, staunte Carina und ließ ihren Blick durch das Zimmer schweifen.

In dem geräumigen Zimmer stand unter der Dachschräge ein großes schwarzes Ledersofa. Die Wand dahinter war in beige gestrichen, die Fensterrahmen schneeweiß. Ein weinroter Teppich rundete den Sofabereich mit einem dunklen Fernsehtisch unter dem Breitbildfernseher ab. Daneben befand sich ein ebenso dunkler Schrank mit einer Glastür, hinter der sich unzählige DVDs befanden. Man sah dem Appartement an, dass Bens Familie Geld hatte. Carina dachte daran, wie ihr Zimmer aussah. Die Kommode passte farblich nicht ganz zum Bettgestell, und ihr Fernseher war viel kleiner und älter. Alles war viel enger und kleiner als hier. Das ganze Haus der Richters wirkte teuer. Bens Arbeitsbereich lag hinter einer eingezogenen halben Wand in einer Nische. Ein großer Schreibtisch neben einem PC-Board nahm nur einen kleinen Teil des Raumes ein. An der Wand entlang verlief ein großes Bücherregal mit Glasfront. An der Längsseite des Zimmers, die von beiden Raumteilen aus ersichtlich war, standen an jedem Ende je eine Vitrine mit Pokalen und Rosettensammlungen. Carina lächelte in sich hinein. Eine Vitrine mit Rosetten und Pokalen hatte sie mittlerweile auch, wenngleich sie natürlich in der Anzahl mit Ben nicht mithalten konnte. An der Wand hingen mehrere Fotografien von Ben auf seinen Erfolgspferden. In der Mitte stand ein großer Glastisch mit vier dunklen Lederstühlen, ebenfalls auf einem weinroten Teppich.

Carina trat zu den Fotos. »Ist das Champion?«, fragte sie und blickte auf ein Bild mit einem dunkelgrauen Pferd.

»Ja, da war er vier Jahre alt. Das war in Warendorf beim Bundeschampionat«, erklärte Ben stolz.

»Schick schaut ihr aus.«

»Danke!«, erwiderte Ben.

»Wo habt ihr eure Pferde denn stehen?«, erkundigte sich Carina gespannt. Sie konnte sich nicht vorstellen, dass Richters ihre Pferde hier im Wohngebiet untergebracht hatten.

»Die stehen bei meinem Trainer, Michael Braun, nur ein paar Minuten von hier entfernt. Er und mein Pa haben die Anlage vor ein paar Jahren gemeinsam renoviert und wir haben da sozusagen einen eigenen Stalltrakt.«

»Also stehen noch weitere Pferde dort, und nicht nur eure?«, fragte Carina.

»Ja, Michael hat ein paar Einsteller, die ihre Pferde bei ihm zum Beritt haben und eine Handvoll feste Pensionspferde.«

»Das ist sicher eine größere Anlage, oder?«

Ben winkte ab. »Nein, eure ist größer. Wir haben zwar eine Halle und einen Außenplatz, aber insgesamt sind es nur zwanzig Boxen und derzeit sind nicht alle belegt.«

»Na, zwanzig Boxen sind eine Menge. Kommt ihr euch da beim Training nicht in die Quere?«, wollte sie weiter wissen.

An Rolfs Stall fand zu festen Zeiten Reitunterricht statt. Sie durfte zwar parallel dazu in die Reithalle, jedoch wurde es teilweise schon eng und anstrengend, wenn die weniger routinierten Reiter mit den Bahnregeln überfordert waren.

»Ach, weißt du, der Trainer hat da mit meinem Pa was vereinbart ... ich habe mit meinen Turnierpferden sozusagen Vorrang und ich kann die Halle für mich haben ...«, erklärte Ben.

Carina staunte nicht schlecht. Das war in ihren Augen tatsächlich Luxus. Sie hatte dieses Privileg nur, wenn sie bei Rolf im Privatunterricht ritt, wofür sie dankbar war.

»Das da ist mein Lieblingsbild.« Ben ging ein paar Schritte weiter zum nächsten Panoramabild, welches ein schwarzgraues Fohlen zeigte, das auf den Hinterbeinen stand und seine Mutterstute in die Mähne kniff, während seine Vorderbeinchen sich an der Schulter seiner Mutter abstützten.

»Champi und Grazia.«

»Du hast ihn von klein auf?«

»Ja, und ich war es auch, der Grazia statt Santa beim Tierarzt zum Besamen hingestellt hat.«

»Du hast was?«

Ben zuckte lässig mit den Achseln. »Ich wollte ein Fohlen von Grazia. Pa nicht, weil sie eigenwillig ist. Ich mochte das aber und fand, dass Cassini viel besser zu ihr als zu Santa passte. Also hab ich dem Tierarzt Brief und Siegel geschworen, dass Pa sich bei den Namen vertan hat und da sie ohnehin in der Rosse war ...«

Carina musste lachen. »Irre! Das Resultat kann sich sehen lassen.«

»Allerdings. Hat Pa dann auch zugegeben, als Champ gekört wurde. Seitdem kann's ihm aber nicht schnell genug gehen mit den Erfolgen ... aber wir wollten uns Mathe ansehen.«

Ben legte flüchtig seine Hand auf ihre Schulter und wies sie in Richtung Schreibtisch.

Bald schon lagen verschiedene Bücher und Notizblätter auf dem Tisch ausgebreitet und Ben erklärte Carina die Grundlagen der Vektorgeometrie von Anfang an. Oft musste er wieder einen Schritt zurückgehen, bis sie begriff, worum es ging. Aber allmählich klärten sich die Tatsachen und Carina begann zu verstehen, was eigentlich verlangt wurde.

Plötzlich surrte Bens Handy auf dem Tisch. ›Nadine ruft an‹ stand auf dem Display und leuchtete im Sekundentakt auf. Ben warf dem Gerät einen kurzen Seitenblick zu und drückte den Anruf weg. Carinas fragenden Blick quittierte er mit einem charmanten Lächeln.

Das Handy surrte erneut.

»Wird sie nicht sauer?«, fragte Carina vorsichtig. Im Geheimen triumphierte sie jedoch. Ben ignorierte seine Freundin weil er mit ihr lernte – durfte sie darauf etwas geben, oder war das Routine bei ihm, wenn er sich mit einem Mädchen traf?

»Wenn sie gern sauer ist, soll sie's meinetwegen sein«, sagte Ben nüchtern und drückte den Anruf erneut weg. »Meinst du, dass du die Aufgabe hier lösen kannst?«, fragte er und schob ihr das Übungsbuch hin.

»Ich versuch's!«

»Ok, dann organisiere ich uns was zu trinken. Was darf's denn sein?«

»Ich trinke alles«, behauptete Carina.

»He, das nehm ich wörtlich«, feixte Ben.

»Darfst du gerne, ich lass mich überraschen«, konterte Carina.

Während Carina sich der Aufgabe widmete, ging Ben in die Küche, mixte flink zwei Cocktails und nahm noch eine Flasche Sprudel mit aufs Tablett.

Als Carina gerade die Lösung auf den Block schrieb, stand er mit zwei Gläsern in der Hand hinter ihr und schaute ihr über die Schulter.

Carina wagte kaum zu atmen, in ihr kribbelte alles. Dicht neben ihrem Ohr sagte Ben: »Hier, eine kleine Erfrischung. Lass mal sehen, das schaut doch gut aus!«

Als er ihr das Glas in die Hand gab, berührten sich kurz ihre Finger. Sofort jagte Carina ein süßer Schauer über den Rücken und ihr Magen wurde flau. Ihr Herz klopfte so laut, dass sie fürchtete, Ben könnte es hören. Einen Moment lang sahen sie sich an, dann stützte Ben seinen Arm dicht neben Carina auf die Tischkante und blieb hinter ihr stehen. Ihr Herz raste.

»Vergiss den Exponenten nicht«, erinnerte er sie, als sie die Aufgabe löste.

»Danke! Den hätt ich fast übersehen ...«

Ben beobachtete weiter, wie sie vorging. Auch sein Magen wurde langsam flau und eine ihm unbekannte Spannung lag in der Luft. ›Mann, bleib cool‹, sagte er sich selbst. So kannte er sich gar nicht.

»Fertig!«, stellte Carina fest und legte den Stift zur Seite.

Ben kontrollierte jeden Bearbeitungsschritt und nickte anerkennend. »Super!«, lobte er sie und hob sein Glas. »Ich hab doch gesagt, so schwer ist das nicht.«.

»Na dann, cheers! Auf die erste verstandene Lektion!«

Die Gläser klirrten leise, während sie sich lange in die Augen sahen. Die Stille, die während diesem Moment eintrat, wurde Ben unheimlich. Er fragte sich, was eigentlich sein Problem war. Er konnte sich nicht erklären, warum ihm beinahe die Worte fehlten, um das Schweigen aufzulösen. Was ihm Kopfzerbrechen bereitete, war der Umstand, dass er es nicht fertigbrachte, sie um den Finger zu wickeln, wie die ganzen anderen Mädchen. Irgendetwas in ihm hielt ihn davon ab, und gab ihm das Gefühl, dass es falsch sein würde, mehr zu verlangen. Seltsamerweise wollte er jetzt, zu diesem Zeitpunkt, gar nicht mehr. Allein, ihr in die Augen zu schauen, ließ sein Herz rasen. Er hatte das Gefühl, dass die Luft zwischen ihnen vor Spannung knisterte und er war einen Moment lang unfähig, sich zu bewegen, was ihm direkt unheimlich vorkam.

»Kommst du kurz mit raus?«, fragte Ben, als er seine Fassung wieder erlangt hatte, und zog eine Zigarette aus der Hosentasche. Noch länger hätte er ihrem Blick nicht standhalten können. Er spürte jeden Pulsschlag bis zum Hals.

»Klar! Ein wenig Frischluft schadet nicht nach der Flut an Lernstoff.«

Sie traten auf den Balkon hinaus. Man hatte einen herrlichen Ausblick auf den Stadtrand, der im Sonnenuntergang märchenhaft leuchtete. Die Häuser und Felder, sogar die Straßen und Autos wirkten, wie in Gold getaucht. Sie hörten Kinderstimmen vom Fußballfeld ein paar Straßen weiter, und irgendwo bellte ein Hund.

Ben lehnte lässig am schmiedeeisernen Geländer und zog an seiner Zigarette.

»Auch eine?«, fragte er.

»Ausnahmsweise«, antwortete Carina. »Eigentlich rauche ich nur beim Weggehen ab und zu.« ›Und wenn ich tierisch aufgeregt bin‹, fügte sie in Gedanken hinzu.

»Wie läuft es mit dem Training bei dir?«

»Gut! Mister macht alles immer so toll und heute war er richtig schön locker. Er macht sich manchmal im Rücken ein wenig fest, so dass ich regelmäßig den Schwerpunkt auf Vorwärts-Abwärts und lösende Lektionen lege. Heute haben wir mal wieder Stangen und Cavaletti integriert, das tut ihm sichtlich gut. Außerdem glaube ich, dass es ihm viel Spaß macht. Und Champion?«

»Spitze! Ich werde ihn in München die M Kür laufen lassen.«

»Wow, eine M Kür wäre mein Saisonziel dieses Jahr«, meinte Carina verträumt.

»Na, das schaffst du doch, du hast ein super Pferd!«

»Aber Mister ist nicht mehr der Jüngste, für nächstes Jahr suchen wir gerade einen Nachfolger«, erklärte sie.

Ben schaute sie nachdenklich an. Ihre grünen Augen funkelten in der Dämmerung.

»Ich hör mich mal mit um, wenn du willst«, bot er an.

»Gerne! Wäre schade, wenn ich nächstes Jahr ohne Pferd da stünde, ich würde so gern für den Kader starten. Für ein eigenes reicht's bei uns leider nicht ... und das kommt Pa sehr gelegen.«

»Ach was, kann ich mir nicht vorstellen.«

»Doch, es geht mit großen Schritten aufs Abi zu.«

»Ja, aber du willst doch sicher mit Pferden weiter machen?«

»Schon. Aber das akzeptiert mein Pa nicht ... er will unbedingt, dass ich studiere.«

»Na ja, mal ganz ehrlich, du bist bald volljährig.«

»Ja, schon ... nur ist es halt blöd ganz ohne Rückhalt.«

»Kenn ich.«

»Wie, kennst du?«

Ben hatte doch alle Möglichkeiten, oder etwa nicht?

»Weißt du, mein Dad ist Materialist. Ich meine, schau dir das Haus an. Gold, Marmor, handgeschmiedete Zäune, schön ... aber braucht man das wirklich?«

Ben fragte sich, warum er ihr das alles erzählte. Er pausierte einen Moment und nahm noch einen langen Zug. Eigentlich fühlte es sich gut an, seine Gedanken auszusprechen.

»Er sieht mich schon als Anwalt im Bundesgerichtshof sitzen«, sagte er.

»Wie, Jura?« Carina war überrascht.

»Ja. Aber das kann er vergessen.«

Ben und Jura - das konnte sie sich in der Tat nicht vorstellen.

»Was hast du stattdessen vor?«, fragte Carina nach.

Es war seltsam. Sie kannten sich nur flüchtig von einzelnen Turnieren und hatten bisher bestenfalls über den Sport geredet. Und um ehrlich zu sein, hatte Carina Ben bisher wirklich, seinem Ruf entsprechend, für einen ziemlich oberflächlichen Poser gehalten. Ben stand immer und überall im Mittelpunkt und führte offensichtlich ein unbeschwertes Leben. Und nun standen sie in der Luxusvilla seiner Eltern mit einem Caipirinha auf dem Balkon, und unterhielten sich über so persönliche Dinge ...

»Ich möchte Tiermedizin studieren, aber erst mal muss das Abi nächstes Frühjahr was werden. Ich habe zwar dieses Jahr schon gut Punkte sammeln können, aber für die Zulassung zur Tiermedizin müssen die Abiprüfungen selbst auch mit einer Eins vor dem Komma ausgehen. Die Semesternoten von diesem und dem kommenden Schuljahr sind somit zwar ein praktisches Polster, aber noch keine Garantie für eine Zulassung«, erklärte Ben.

»Tiermedizin, das ist doch toll!«, sagte Carina begeistert und dachte zugleich mit Unbehagen an das Bewertungssystem, welches auch sie nach den Sommerferien erwartete. Ein gutes Abitur erforderte tatsächlich während der gesamten beiden Schuljahre der Kollegstufe gute Leistungen, da ein Großteil der Halbjahresnoten in den Abiturschnitt mit einberechnet wurde.

»Mein Pa findet den Studienwunsch gar nicht toll. Er ist Anwalt, wieso sollte ich das nicht auch werden. Und nebenbei soll ich natürlich weiter reiten, als der Super-Sohn ...«

»Das ist doch Blödsinn. Aber da können sich unsere Väter die Hände reichen.«

Ben nickte. »Sieht so aus ... aber deinem Vater zeigen wir, dass du die Kurve kriegst.«

»Ja, danke übrigens.«

»Kein Thema, mir fällt Mathe leicht. Ich hoffe, unser gemeinsames Lernen bringt dir was?«

»Ich denke schon. Immerhin weiß ich schon mal, was die Skizzen mit den Formeln zu tun haben.«

»Na, das ist ein riesiger Fortschritt! Bald löst du die Aufgaben im Handumdrehen.«

»Na hoffentlich!«

»Sicher. Willst du heute noch weiter machen?«

Carina sah auf ihre Uhr. »Kurz vor zehn ... ja, ich denke, ein wenig geht's noch. Außer es wird dir zu spät?«

»Nö, ich kann morgen ausschlafen. Ich hab erst zur vierten Stunde Unterricht.«

»Glückspilz. Ich hab gleich morgen früh Mathe.«

»Na das passt doch!« Ben leerte sein Glas in einem Zug und drückte die Kippe im Aschenbecher aus. »Na dann, Endspurt!«

Am nächsten Morgen musste Carina Betty Rede und Antwort stehen. Betty konnte es nicht lassen, sie wollte jedes Detail wissen. Durch das Schwätzen fiel Carina natürlich ihrem Mathelehrer auf und durfte sofort an die Tafel, um eine Aufgabe zu lösen.

Zum Erstaunen der ganzen Klasse kam sie auf den richtigen Lösungsweg. Sie stockte zwar und kam nicht bis zum Ende, aber vor der Nachhilfe wäre sie an der Tafel verzweifelt.

»Ok, das reicht. Setzen.« Herr Lohmeier nickte verwundert.

Aus dem Augenwinkel sah Carina, wie Nadine die Stirn in Falten legte und sie finster anstarrte. Carina fragte sich, ob Nadine vermutete oder gar wusste, dass Ben ihren gestrigen Anruf ihretwegen ignoriert hatte. Unter der Bank tippte sie eine SMS an Ben: ›Hey Ben, wurde eben abgefragt. Lohmeimer ist platt, dass ich bis zur Hälfte kam - danke!! LG Carrie!‹

Sekunden später vibrierte ihr Handy. Aufgeregt las sie Bens Antwort: ›Klasse, freut mich! Wie sieht's heut Abend bei dir aus? LG Ben‹

Sie rempelte Betty an und hielt ihr das Handy hin. Betty schmunzelte, nahm ihr das Handy aus der Hand und tippte ›Passt perfekt, wieder um acht?‹

›Alles klar, ich freu mich! Bis später!‹, kam die Antwort genau so schnell wie zuvor zurück.

In der Mittagspause sah Carina Ben mit einigen Mädels zusammen stehen. Nadine war nicht dabei. Er und Mike unterhielten sich mit ihnen, sie gehörten ebenfalls zur Kollegstufe. Ben stand nahe mit einer Blonden zusammen, und flirtete ganz offensichtlich mit ihr. Das war der Ben, den jeder kannte. Lässig stand er da, lächelte charmant und zog an seiner Kippe. Er und Mike redeten kurz miteinander, klopften sich lässig auf die Schultern, dann lachten beide und wandten sich wieder den Mädels zu.

Plötzlich entdeckte Ben Carina und Betty, er ließ die Blonde wortlos stehen und kam lächelnd herüber. Carina rutschte das Herz in die Hose.

»Hey Carrie, gratuliere zu Mathe«, sagte er leise und ließ die Hand ohne Kippe verlegen in der Hosentasche.

»Danke! Der hat vielleicht dumm geschaut.«

Ben grinste. »Wird er noch öfter, wirst sehen.»

»Meinst du?«

»Klar. Heut Abend gibst du mir Recht, wetten?«

»Okay, ich bin gespannt!«, gab Carina nervös zurück.

»Na, dann stör ich euch nicht länger«, meinte er und lächelte Betty an, die einen Blick auf die große Wanduhr geworfen hatte. Die Pause war bald zu Ende.

»Ach wo, du störst doch nicht!«

»Puh, Glück gehabt«, sagte Ben und kam sich unbeholfen vor.

»Aber wir sollten langsam hoch gehen Carrie, ich muss noch die Lateinhausaufgabe von jemandem abschreiben und du glaub ich auch ...«

»Uah Latein?« Ben verzog das Gesicht, Carina nickte. »Viel Vergnügen.«

»Danke. Bin ich froh, wenn ich das nächstes Jahr endlich los bin ... also wenn ich das Jahr schaffe.«

»He, jetzt hör mir mal zu«, sagte Ben ernst. »Wir kriegen das hin mit Mathe. Vertrau mir. Wenigstens ein bisschen. Ok?«

Als sich ihre Blicke trafen, musste Ben hart schlucken. Was zum Teufel war nur los mit ihm?

»Ich freu mich auf heut Abend«, fügte er leise hinzu, küsste sie schnell auf die Wange und drückte ihre Hand, bevor er sich abwandte, den Freundinnen nochmals zuzwinkerte und Mike zum Chemiesaal folgte.

»Jetzt bin ich aber platt«, sagte Betty trocken und riss Carina aus ihrer Versteinerung. »Carrie, ich glaube, du wirst zum Mathegenie in absehbarer Zeit.«

»Ah ja?«, sagte Carina völlig perplex.

»Ich hoffe es für uns beide. Dann kann ich mal von dir abschreiben.«

Carina grinste und knuffte Betty in die Seite. »Ok, aber zuerst brauch ich Latein von dir.«

Betty zog eine Grimasse.

Als die Freundinnen nach der letzten Stunde das Schulgebäude verließen, vibrierte Carinas Handy erneut. Sie zog das Telefon aus der Tasche und sah ›Rolf‹ auf dem Display stehen. Schnell nahm sie den Anruf an und meldete sich aufgeregt. »Hallo Rolf.«

»Hey Carina, kannst du sprechen?«, erkundigte sich der Trainer.

»Ja, wir sind gerade auf dem Weg zum Rollerparkplatz.«

»Gut, Mädchen, gebt mal Gas und kommt gleich zum Stall – wir fahren zwei Pferde Probe reiten!«

Carina blieb abrupt stehen, weshalb Betty sie fragend anblickte.

»Wie Probe reiten? Was meinst du?«, fragte Carina überrascht.

»Ein guter Bekannter von mir, Mirko Brehm, hat zwei Turnierpferde im Stall, von denen er dir gegebenenfalls eines zur Verfügung stellen würde, wenn ihr zusammenpasst. Er möchte dich gerne kennenlernen und sehen, wie du mit den beiden klar kommst. Ein Sichtungsreiten sozusagen.«

»Oh, das ist der Wahnsinn!«, rief Carina und packte aufgeregt Bettys Arm. Die schüttelte lachend den Kopf und rückte nah an Carina heran, um dicht neben ihrem Ohr der Stimme des Trainers lauschen zu können.

»Am besten flitzt ihr ohne Umweg gleich hier her, wir fahren eine gute Stunde zu Brehms Anwesen.«

»Wir sind schon unterwegs! Ich ziehe mich daheim nur rasch um«, sagte Carina schnell, ehe sie sich verabschiedete.

»Ich fasse es nicht!«, rief sie aus und fiel ihrer besten Freundin um den Hals. »Das gibt es doch gar nicht, wir fahren zwei Pferde ausprobieren, wovon ich eines eventuell geliehen bekomme!«

Betty stimmte in ihren Jubel mit ein und legte einen Arm um Carinas Schultern. »Na, dann sollten wir uns beeilen. Worauf wartest du?«

Lachend eilten die Freundinnen zum Parkplatz, wo Bettys feuerroter Roller abgestellt war.

Kaum war Carina hinter Betty aufgesessen, gab diese so kräftig Gas, dass Carina sich ordentlich festkrallen musste, um nicht den Halt zu verlieren.

Zwanzig Minuten später erreichten sie den heimatlichen Hof, wo Rolf sie bereits mit angelassenem Motor in seinem Geländewagen erwartete.

Wie der Blitz sprangen die Mädchen auf die Sitze und gurteten sich an. Dann hielt Carina die Spannung nicht mehr aus und fragte: »Und wie erklären wir das meinen Eltern?«

»Mit denen ist schon alles geklärt«, versicherte der Trainer ruhig.

Nun wurde Carina klar, was ihre Mutter am Vorabend gemeint hatte. »Ach, deshalb dachte meine Mutter, wir hätten hinter ihrem Rücken irgendetwas ausgemacht!«, sagte sie überrascht.

Rolf blickte sie fragend an. »Wie, ihr habt nicht darüber gesprochen?«

Carina schüttelte den Kopf und erklärte Rolf verlegen: »Ich hatte einen Termin zur Mathe-Nachhilfe und war ein bisschen spät dran. Mam hat mich regelrecht damit überfallen, dass du angerufen hast, und wollte partout wissen, was wir beide ausgeheckt hätten. Ich habe in dem Moment, glaube ich, befürchtet, dass das nächste Ultimatum wegen des Lehrgangs kommt und bin ins Bad geflüchtet.«

Der Trainer musste lachen. Seine grauen Augen funkelten das Mädchen belustigt an. »So, so, da ist mir also tatsächlich die Überraschung mehr als gelungen? Dass du gar nichts davon erfährst, hatte ich nicht geplant, aber dass Mathe Vorrang hat, ist sehr löblich.« Er pausierte kurz und schmunzelte. »Eigentlich sollte das Treffen morgen Abend stattfinden, aber Mirko hat mich heute Morgen angerufen, dass es ihm heute Nachmittag besser passen würde. Daher hatten deine Eltern wirklich keine Gelegenheit mehr, mit dir zu sprechen.« Seine Mundwinkel zuckten verräterisch.

Carina ahnte, dass Rolf zwischenzeitlich erneut mit ihren Eltern gesprochen hatte, und sollte Recht behalten, denn Rolf fuhr fort: »Deine Eltern haben mir heute versichert, dass sie sich an den Kosten für ein Leihpferd beteiligen, solange du die Schule ernst nimmst und deine Leistungen dort konstant bleiben. Das sind ihre Bedingungen, damit sie das Ganze erlauben. Kriegst du das hin?«

Carina war einen Moment lang sprachlos.

Betty kickte ihr unsanft den Ellenbogen in die Seite.

»Ja, na klar, auf jeden Fall!«, rief Carina aufgeregt.

»Prima!«, meinte Rolf. »Dass du ausgerechnet gestern mit der Nachhilfe angefangen hast, war natürlich für meine Überzeugungskünste sehr hilfreich. Deine Eltern waren zwar offensichtlich überrascht, aber auch beeindruckt«, sagte Rolf.

»Was sind es denn für Pferde?«, wollte Carina nun unbedingt wissen.

»Ein Wallach und ein Hengst, beide achtjährig. Twilight und Twister heißen sie. Beide sind M angeritten, hatten aber wegen der Schwangerschaft von Mirkos Frau nun das Nachsehen und stehen seit einem halben Jahr größtenteils herum, wenn man vom Beritt alle paar Tage absieht. Verkaufen wollen die Brehms nicht, aber sie würden dir einen der beiden für zwei Jahre überlassen. Das hieße, Ausbildung bis S und Turnierteilnahme als Gegenleistung dafür, dass du fast ein eigenes Pferd hast. Die Routinekosten beim Schmied und Tierarzt blieben ihre Sache, Stallmiete ebenso. Alles Weitere wäre deine Verantwortung: Verletzungs- und Krankheitskosten, Ausrüstung, und so weiter. Deine Eltern müssten aber im Notfall einspringen. Ich denke, das werden sie tun, wenn es dir gelingt, dich an die Abmachung zu halten.«

»Wow!«, sagte Carina. »Das ist ein großzügiges Angebot.« Sie war ganz aufgeregt und nestelte nervös an ihrer Armbanduhr herum. »Welche Linien stecken in den beiden?«

»Twilight ist über Acapulco gezogen, Twister geht auf San Marco zurück. Sein Vater ist allerdings recht unbekannt, ein Trakehner, von dem ich noch nicht viel gehört habe. Aber beide sind klasse. Twilight ist ein Fuchswallach. Twister ist noch Hengst und farblich ein wenig extravagant: Er ist ein Rotschimmel. Ich bin gespannt, wie dir die Burschen liegen.«

»Wie bist du auf sie gekommen?«, fragte Betty.

»Mirko Brehm ist ein alter Kaderkollege von mir und vorgestern hat er mich gefragt, ob ich nicht jemanden für seine Pferde wüsste. Wir haben uns vor einiger Zeit schon einmal unterhalten, und er hat natürlich deine Erfolge mit Mister X mitverfolgt.«

»Das nennt man Schicksal«, prophezeite Betty. »Manchmal lösen sich Probleme doch ganz von selbst. Siehst du mal, was aus alten

Freundschaften alles entstehen kann. Da wird aus der kumpelhaften Frage, wie es denn so geht, plötzlich ein Pferd für Carrie.«

Als sie den Gutshof erreichten, wurden sie bereits von einem leger gekleideten Mann erwartet. Das musste Mirko Brehm sein. Er und Rolf gaben sich die Hand und klopften sich freundschaftlich gegenseitig auf die Schultern.

»Ich bin Mirko Brehm. Schön, dass ihr da seid«, begrüßte Rolfs Bekannter sie und führte sie gleich in den Stall, ehe sich die Mädchen orientieren konnten. »So, meine Damen, dann mache ich euch gleich mal bekannt. Der Rechte ist Twilight, links steht Twister«, erklärte Herr Brehm freundlich.

Rechts neben Carina stand ein großer Fuchs mit vier weißen Stiefeln und einem kleinen Stern auf der Stirn in seiner vergitterten Box. Die Front der Box war nur halb hoch, so dass er ihr freundlich den Kopf entgegenstreckte. Er prustete sie neugierig an und bog den graziösen Hals über die Boxentüre. Zu ihrer Linken stand ein etwas kleinerer Hengst mit steil gespitzten Ohren und weit geblähten Nüstern und blickte den Besuchern neugierig entgegen. Sein Fell war ungewöhnlich weiß-rot meliert, wobei manche Körperpartien weniger aufgehellt waren als andere. Eine breite unregelmäßige Blesse verlief auf seinem Nasenrücken bis zwischen seine Nüstern.

Carina betrachtete beide Pferde eingehend und unterhielt sich mit Herrn Brehm über die Ausbildung der beiden, auch wenn sie darauf brannte, zu den herrlichen Tieren in die Box zu gehen, um sie aus der Nähe zu betrachten.

»Woher hat Twister denn die Farbe?«, wollte Rolf schließlich wissen.

»Das kommt über die Mutterlinie, Rolf. In der Vaterlinie kommen nur Dunkelbraune und Rappen vor. Twisters Mutter ist, wie auch der Hengst Rio Grande, ein Rotschimmel«, erklärte Mirko und klang dabei ein wenig unglücklich.

»Ich finde die Farbe toll, mal was anderes«, sagte Carina fasziniert. Der Rotschimmel hatte sich sofort in ihr Herz geschossen.

»Möchtest du den Fuchs zuerst reiten?«, fragte Herr Brehm. »Der ist schon geputzt, du könntest ihn gleich satteln!«

Carina nickte, das klang gut.

Brehm brachte ihr das Sattelzeug und ließ sie mit dem Wallach allein. Er erklärte ihr noch, dass die Pferde zum Satteln in der Box blieben, da sonst schnell Unruhe unter den Hengsten entstand.

Carina nickte und war froh, dass die Pferde zuhause in dieser Hinsicht nie problematisch waren. Allerdings war die Stallgasse auf Rolfs Hof um einiges breiter, so dass man zu beiden Boxentrakten genug Abstand hatte, wenn man ein Pferd vor seiner Box anbinden wollte. Dass sie Twilight selbst satteln durfte, freute Carina. So konnte sie gleich feststellen, wie er sich im Umgang verhielt.

»Twilight ist manchmal ein wenig hitzig im Umgang, aber ein Traum im Viereck!«, schwärmte Brehm und beobachtete das Mädchen, das ruhig auf den Wallach zuging und ihm freundlich über den Hals strich, ehe es ihm den Zaum anlegte und schließlich den Sattel auf seinen Rücken hob. Twilight drehte sich zu ihr um und beschnoberte ihren Rücken, als sie den Gurt schloss, blieb aber ganz ruhig und widersprach somit den Worten seines Besitzers.

Kurz darauf saß Carina im Sattel. Betty, Rolf und Brehm folgten ihr zum Außenreitplatz hinüber, der den Stallungen gegenüber lag. Links und rechts des gepflasterten Hofes befanden sich Paddocks, dahinter waren Koppeln abgesteckt.

Twilight bewegte sich entspannt und schwungvoll unter ihr und betrat mit großen Schritten den Sand des Vierecks. Er war größer als Mister X und seine Bewegungen fühlten sich daher ganz anders an – aber angenehm anders. Sachte tastete sich Carina an die Arbeit mit dem Pferd heran. Ohne auf ihre Zuschauer zu achten, ritt sie ihn zunächst ausreichend lange am lockeren Zügel vorwärts-abwärts, nahm die Zügel anschließend nach und nach auf und verlangte Schulterherein und Schenkelweichen, sowie Kurzkehrtwendungen und Galoppwechsel. All das machte Twilight anständig und willig, nur bei der Trabverstärkung kam er aus dem Takt und begann zu ›ticken‹.

›Na, na, komm schon‹, dachte Carina. ›Du bist so ein toller Kerl, lass mich nicht hängen!‹

Der Wallach wirkte beinahe auf einem Vorderbein lahm. Es fehlte am Schub aus der Hinterhand, sodass er dort ins Laufen geriet und der Schwung verloren ging. Das führte zu dieser Taktunreinheit, die Carina zwar nach einigen Minuten weitestgehend heraus geritten bekam, jedoch wurde sie nachdenklich, wie sich dieses Problem langfristig beheben lassen würde. Möglicherweise lag es nur daran, dass er in letzter Zeit wenig geritten worden war und an Muskulatur eingebüßt hatte? Ansonsten war er ein tolles Pferd, von dem sie begeistert abstieg. Über die Taktunreinheit würde sie mit Rolf sprechen. Sie wagte nicht, einzuschätzen, inwieweit dies ein Risiko in wichtigen Prüfungen darstellen konnte. Schließlich konnte sie nicht vorhersehen, ob diese durch entsprechendes

Training vollständig korrigierbar war. Sicherlich konnte Rolf das aufgrund seiner Erfahrung besser abwägen und würde sie ehrlich beraten.

Mirko Brehm nahm ihr Twilight sogleich ab und schickte sie zu Twister, den sie zunächst putzte. Sie näherte sich dem Rotschimmel ebenso wie Twilight zuvor und sprach ruhig mit ihm. Ihre Hände glitten sanft über das seidenweiche Fell des Hengstes, der ihre Berührung abwartend geschehen ließ und ihre Wange sanft mit seinen Lippen berührte. Als sie ihm die erste Bandage anlegen wollte, stampfte er unwillig mit dem Vorderbein. Carina sprach weiter beruhigend auf ihn ein und strich mit sanftem Druck an dem Bein auf und ab, ehe sie die Bandagierunterlage erneut anlegte, und anfing, die Bandage zu wickeln. Nun hielt Twister still und ließ sie an den anderen Beinen ebenso gewähren. Rolf, Mirko Brehm und Betty beobachteten sie von der Stallgasse aus und tauschten anerkennende Blicke aus. Twister kaute auf einem Büschel Heu, während Carina ihm den Sattel auflegte und diesen zunächst locker angurtete.

Auch beim Aufsitzen und Anreiten benahm sich der Rotschimmel vorbildlich. Als Carina seinen raumgreifenden Schritt spürte, fühlte sie sich wie auf Wolken. Twister schnaubte sofort ab und ließ sich sehr weich reiten. Bald trabte sie ihn an und hatte das Gefühl, zu schweben.

Auch Travers, Trabverstärkungen und Galoppwechsel waren mit Twister einfach nur wunderbar. Er stand weich an den Hilfen, reagierte sensibel auf ihre Waden und fügte sich seiner Reiterin willig und mit großem Eifer. Carina strahlte über das ganze Gesicht.

Rolf wusste bereits, wie sie sich entscheiden würde.

»Ich bin platt, Rolf. So locker ist der Kerl lange nicht mehr gelaufen. Eigentlich ist Twilight der Einfachere von beiden. Der Bursche scheint seinen Meister gefunden zu haben. Ich muss Ellie, meine Frau, rasch dazu holen«, erklärte Brehm mit geröteten Wangen und fuhr sich mit der Hand durch die blonden Locken, ehe er im Laufschritt zum Wohnhaus eilte.

»Sieht gut aus, hm?«, meinte Betty zu Rolf.

»Das kannst du laut sagen. Schau dir das an, wie harmonisch – das ist ein Volltreffer!«, murmelte Rolf lächelnd.

Betty freute sich, dass Carina ein Pferd gefunden zu haben schien. Dass ihre Entscheidung rot-weiß-meliert war, stand so gut wie fest.

Brehm kam mit seiner Frau zurück, die sich staunend an den Zaun lehnte und schweigend zusah. Carina setzte zur Zickzacktraversale an und Twister bewegte sich wie ein Tänzer vorwärts-seitwärts auf dem Sand des Vierecks. Seine Ohren waren aufmerksam gespitzt und drehten sich impulsartig zu Carina nach hinten, wenn sie ihn lobte. Jetzt strich sie ihm nach Beenden der Traversale anerkennend über den Hals. Er kaute eifrig auf dem Gebiss und schnaubte.

»So ist er noch nie gelaufen, Mirko! Hätte er sich in Warendorf auf dem Bundeschampionat mal so gezeigt, ...«, sagte Ellie Brehm aufgeregt zu ihrem Mann und griff nach seiner Hand.

»Ja Liebling, wenn er so gelaufen wäre, wäre er vielleicht sogar sehr weit vorne dabei gewesen.«

»Die Chemie scheint zu stimmen. Wie lief es mit Twilight?«, fragte Frau Brehm.

»Auch super, sie hat eine ruhige Hand und reitet sachte, aber bestimmt. Und schau dir an, wie weich sie mitschwingt! Sie reitet ihn ganz präzise und mit viel Gefühl.«

Twister streckte sich im starken Trab durch die Bahn und entwickelte mächtigen Schub aus der Hinterhand, der es Brehms oft schwer gemacht hatte, ihn auszusitzen.

Carina kam im Trab zum Zaun und parierte Twister ohne sichtbare Hilfen zum Halten durch. Atemlos vor Begeisterung keuchte sie: »Dieses Pferd ist der Hammer!«

Rolf lachte, Brehms tauschten kurz einen Blick aus, dann sagte Mirko Brehm lächelnd: »Ihr scheint euch zu verstehen, da ist Twilight wohl aus dem Rennen?«

»Ja, sieht so aus. Er ist ebenfalls super, aber Twister - das ist wie auf Wolke Sieben«, schwärmte Carina. »Darf ich eine kleine Runde mit ihm ins Gelände gehen? Nur, um zu sehen, wie er sich dort verhält?«

»Ich weiß nicht, er war nicht oft draußen ...«, zögerte Frau Brehm und strich sich nachdenklich über den Bauch, der bereits deutlich von ihrer Schwangerschaft zeugte.

»Wisst ihr, wir reiten oft mit den Turnierpferden aus, das macht sie ausgeglichener. Auch Mister X und Cassidy hat das gut getan«, erklärte Rolf, »ich weiß, dass ihr davon nicht so überzeugt seid, aber ihr könnt Carina vertrauen.«

»Na gut, Rolf, wenn du meinst. Ich vertraue dir und damit auch Carina. Bandagiert ist er ja, von daher kann nicht viel passieren.«

Glücklich ritt Carina vom Reitplatz und schlug den Schotterweg ein, der vom Hof in die Felder führte. Betty begleitete sie.

»Irre, Betty, er ist klasse!«, rief Carina und strahlte über das ganze Gesicht.

»Du bist verliebt, was?«

»Ja, total! Und schau dir die roten Ohrspitzen an!«

»Das war richtiges Glück, dass Rolf mit Mirko geredet hat.«

»Allerdings! Und stell dir vor, er hat mit meinen Eltern echt einen Deal hinbekommen, ist das spitze?«

»Sicher, Carrie! Du musst nur an Mathe dran bleiben.«

»Werd ich!«, versprach Carina, und ihr Grinsen wurde noch breiter, wenn sie an den bevorstehenden Abend dachte.

»Schon aufgeregt wegen heute?«

»Ja, ziemlich sogar ...«

»Na, mach dich mal locker. Die Aufregung verschwindet bestimmt im Nu.« Betty klang zuversichtlich.

Als die Freundinnen mit einem völlig entspannten Twister zurückkamen, stand für Brehms fest, dass ihr Pferd für die nächsten zwei Jahre in Rolfs Stall ziehen würde. Die Formalitäten würden sie am kommenden Wochenende im Beisein von Carinas Eltern festlegen, dann würde Twisters Umzug zu Rolfs Stall nichts mehr im Wege stehen. Rolf sagte gleich zu, dass er mitkommen würde, um den Hengst selbst zu transportieren.

Reinders freuten sich trotz der Schulprobleme für ihre Tochter. Rolf hatte ihnen erklärt, was ein Pferd wie Twister in der Anschaffung kostete, und eine Summe genannt, für die man gut einen noblen Neuwagen bekam. Daher waren sie sich der Ehre, die ihrer Tochter zuteilwurde, durchaus bewusst geworden und ein gewisser Stolz kam nun doch zum Vorschein. Wer konnte schon von sich behaupten, dass die Leistungen seiner Tochter so honoriert wurden? Zudem freuten sie sich über Carinas Aussichten auf eine Aufnahme in den Kader. Carina träumte schon lange davon, vielleicht würde mit diesem Pferd aus dem Traum Wirklichkeit werden.

Carina war nach dem Abendessen kurz mit ihrer Border Collie Hündin Sky Gassi gewesen und danach sofort im Bad verschwunden. Sie duschte eilig, zog sich um und rannte kurz darauf mit ihren Mathebüchern die Treppe hinunter. An der Tür rief sie hastig: »Tschüss, kann spät werden! «

Da mussten ihre Eltern schmunzeln. Sie schien die Nachhilfe sehr ernst zu nehmen. Wie schnell sie doch einsichtig geworden war.

Dieses Mal stand Ben gerade an seinem Auto, als Carina angeradelt kam.

»Hey!«, rief sie schon von Weitem.

Ben kam ihr freudig entgegen. »Hi du, Mensch du hast ja ein Leuchten in den Augen – was ist passiert? Ist ein Dressurpferd vom Himmel gefallen?«

»Ja!« Carina lachte schallend.
Ben schaute sie verwundert an und Carina erzählte ihm bis ins kleinste Detail von dem ereignisreichen Nachmittag.
»Super! Siehst du, manchmal geht so was richtig fix. Da zahlen sich gute Kontakte aus und Brehms haben definitiv auch was davon. Immerhin stellst du ihr Pferd auf Turnieren vor und bildest es weiter aus. Dass sich das so ergeben hat, freut mich sehr für dich! Willst du Twister denn gleich zum Lehrgang mitnehmen?«
»Ich denke schon. Mister tut's gut, wenn er nicht täglich so hart arbeiten muss. Und bei Twister kann ich ein Intensivtraining gut gebrauchen.«
Ben musterte sie unauffällig von der Seite. Wie glücklich sie aussah! Ihre grünen Augen strahlten, die langen blonden Haare glänzten wie Gold. Wie anders sie in Jeans und Top aussah - in der Turnierkluft war ihm nie aufgefallen, wie verdammt hübsch sie war. Ben musste heftig schlucken. Was, zum Teufel, war nur mit ihm los? Wurde er nun sentimental? Er, der eigentlich jede haben konnte, wie seine Kumpels immer sagten? Er, der sich einfach nur nahm, was und wen er wollte, war doch nicht etwa dabei, sich wirklich zu verlieben?
Carina ging Ähnliches durch den Kopf. Es war ihr nicht entgangen, wie intensiv Ben sie anschaute. Ihr ging es genauso. Warum auch immer, fühlte sie sich seit einiger Zeit stark zu ihm hingezogen. Es fühlte sich anders an, als die vergangenen Flirts mit irgendwelchen Typen auf einer Party.
»Lust auf 'nen Caipi als Einstimmung?«, fragte Ben und fand seine Fassung wieder.
»Gerne.«
Ben sperrte sein Auto ab und öffnete die Haustür. Zum Glück waren seine Eltern noch nicht zu Hause, er wollte nicht wieder irgendeine Debatte lostreten, weil Nadine schon wieder mehrfach angerufen hatte.
»Kann ich dir bei den Caipis helfen?«
»Logisch, gerne.«
Carina legte die Bücher auf dem Schreibtisch ab und folgte Ben in die Küche. Sie war riesig, wie der Rest seines Apartments, und erstaunlicherweise sehr ordentlich. Das hatte Carina nun nicht erwartet. Wenn sie an die Studentenbude ihres älteren Bruders dachte, fiel ihr immer nur ›Chaos‹ ein.
Ben reichte ihr Limetten und ein großes Messer und begann, Eis zu crushen. Aus den Augenwinkeln beobachteten sie einander und sahen beide sofort schnell wieder weg, als sie es merkten.
Mit den Drinks traten sie auf den Balkon. Von dort konnte man zur einen Seite das Wohnviertel sehen, zur anderen blickte man

über Wiesen und Felder bis zum Wald. In der Ecke des Balkons stand eine weiße Hollywoodschaukel, die mit ihren weichen Polstern äußerst gemütlich aussah.

»Wollen wir uns kurz setzen?«, fragte Carina begeistert.

»Na klar«, stimmte Ben lächelnd zu.

Die Schaukel knarzte leise, als Ben sich neben ihr niederließ.

»Cheers, Carrie - auf Twister!«, sagte Ben und hielt ihren Blick gefangen. Carinas Herz schlug ihr bis zum Hals. Als sie anstießen, berührten sich wieder ihre Hände und es war Ben, als hörte er das Knistern, das in der Luft lag. Es fiel ihnen schwer, sich später auf Mathe zu konzentrieren. Immer wieder entstanden Pausen, in denen sie sich einfach nur ansahen und dann verlegen wieder zur Aufgabe zurückkehrten.

Als Carina am späten Abend aufbrach, begleitete er sie nach draußen.

»Soll ich dich fahren? Ist doch schon dunkel jetzt, und so ...«

»Mensch, das wär ein Ding, aber dann steht mein Rad hier bei euch rum?«, murmelte Carina unsicher.

»Macht nichts. Ich kann dich nach der Schule mitnehmen, wenn du willst?«

»Da fahre ich normalerweise gleich zum Stall, weil ich so lange Unterricht habe. Da spare ich mir den Umweg nach Hause.«

»Ich könnte dich hinfahren. Champ hat morgen frei - er wird geimpft«, erklärte Ben schnell und wagte kaum zu atmen.

Carina lächelte. »Dann gerne, wenn's dir nichts ausmacht.«

»Ich würd mich freuen!« Mit diesen Worten öffnete er seinen BMW.

»Schick, dein Auto. Sowas würde ich nie in die Finger bekommen von Pa.«

»Mir war mein alter Opel lieber, aber der BMW macht schon was her«, erklärte Ben.

Mit den breiten Reifen und der Tieferlegung war sein Auto ein Blickfang auf den Straßen.

Als sie wenige Minuten später in Reinders Einfahrt standen, entstand eine kurze Verlegenheitspause. Ihre Blicke trafen sich, Carina verlor völlig die Fassung. Was sollte sie denn jetzt sagen? »Ciao!«, klang doof. »Tschüss« genauso. Ihr Magen flatterte und ihr wurde in schnellen Wechseln heiß und kalt.

Als Ben sich zu ihr hinüber beugte, um sie kurz zu umarmen, hielt er plötzlich inne, strich ihr zart über die Wange und küsste sie schnell auf den Mund.

»Bis morgen«, verabschiedete er sich.

»Bis morgen, Ben«, antwortete sie und hoffte, er hörte nicht wie laut und heftig ihr Herz schlug, »und danke fürs Heimbringen!«

Ben zwinkerte ihr zu, als sie ausstieg und zum Haus ging.

Als er weiterfuhr, schwirrte ihm der Kopf. Er zündete sich eine Zigarette an und merkte, wie seine Hände zitterten. Er ließ das Fenster für die Fahrt herunter und setzte sich zu Hause mit einem kühlen Bier auf seinen Balkon. Nun war er sich sicher: Er, der coole Ben, der Aufreißer, hatte sich verliebt.

Sky bellte laut, als Carina die Tür aufsperrte.

»Schschsch, Sky, ruhig«, flüsterte sie und beugte sich zu der Hündin hinab. »Pscht, Kleine, weck doch nicht alle auf!«

Liebevoll kraulte sie Sky hinter den Ohren. Grummelnd setzte sich die Hündin und legte ihren Kopf in Carinas Schoß.

»Ach, mein Mädchen, ich konnte dich nicht mitnehmen, aber ich mach's wieder gut, ja?«

Sky stupste sie mit der Nase auffordernd an.

Carina schlug das Herz noch immer bis zum Hals. Ben hatte sie wirklich geküsst! Erst in der Schule und jetzt nochmal. Einerseits war sie glücklich, andererseits wahnsinnig unsicher, ob sie etwas darauf geben durfte. Aber es fühlte sich gut an.

Sky winselte und wollte Aufmerksamkeit.

»Na gut, komm mit!«, gab Carina schnell nach. »Aber sei still. Du weißt, dass Pa das nicht mag.«

Carinas Vater war alles andere als begeistert, wenn Sky in ihrem Zimmer schlief. Doch es war ihr Hund, und es kam nicht selten vor, dass die Hündin nachts ins Zimmer getapst kam. Türen zu öffnen war kein Problem für sie, daher sagte er kaum noch etwas dagegen. Er mochte es nur nicht, wenn seine Tochter Sky noch dazu aufforderte.

Am nächsten Morgen hatten sie erst zur dritten Stunde Unterricht. Betty kam mit ihrem Roller um die Ecke gedüst, um sie abzuholen. Carina musste ihr natürlich alle Einzelheiten des Abends erzählen. Gegen den Wind war das gar nicht so einfach, da Betty kaum etwas verstand. Also brüllte Carina ihr die Erzählung fast ins Ohr.

Als sie die Schule erreichten, kamen sie auf dem Weg zum Rollerparkplatz an der Raucherecke vorbei. Dort standen einige Schüler aus der Kollegstufe – auch Ben. Lässig stand er mit Mike und Dom neben den Papiercontainern und drückte seine Kippe aus, um sich gleich darauf die nächste anzustecken. Sein rechter Fuß wippte im Takt zur Musik, die aus einem iPhone die ganze

Raucherecke unterhielt. Dom erzählte irgendetwas, woraufhin Ben und Mike laut loslachten.
Carina war hin und weg von Bens Lachen.
Ben hatte sie nicht erkannt, da Betty ganz schön Gas gegeben hatte, und sie Lederjacken und einen Helm trugen.
Kurz vor halb zehn erreichten sie den Biologiesaal. Das heutige Thema interessierte Carina, es ging um Rudimente und Atavismen. Hierfür war das Pferd in vielen Fällen ein Paradebeispiel. Dass sie ausgerechnet heute abgefragt wurde, kam ihr sehr gelegen. Es wunderte niemanden, dass sie die Entwicklungsgeschichte des Pferdes bis ins Detail mit allen Entwicklungsstufen wiedergeben konnte. Die Eins war ihr sicher. Bio war ihr Lieblingsfach und bei dem Thema konnte sie sich problemlos die ganze Doppelstunde konzentrieren.
Um eins verließ Carina nervös den Physiksaal. »Wann bist du heute am Stall?«, fragte sie Betty.
»So gegen vier, denke ich. Ich muss mit Arco zum Tierarzt, er hat sich gestern beim Spaziergang was eingetreten und hinkt immer noch.« Arco, der Bruder von Sky, gehörte Betty. Die beiden Hunde stammten aus dem Wurf von Rolfs ehemaliger Hündin Fleur.
»Oh je, hoffentlich wird das schnell wieder! Ich muss Sky jetzt mal öfter mitnehmen, Pa ist schon ganz genervt davon, dass Flori sie die ganze Zeit rumzieht.«
»Du, sobald Arco wieder fit ist sprechen wir uns ab, dann können sie miteinander spielen, während wir reiten.«
»Klasse, da freut sich Sky sicher.«
»So, viel Spaß und bis später«, feixte Betty und düste mit ihrem Roller davon.
Carina schlenderte weiter zum Parkplatz, wo Bens BMW jedem ins Auge stach. Das schillernde Blau mit den polierten Tiefbettfelgen fiel deutlich auf. Auch der Badlook über den schwarzen Scheinwerfern war auffällig.
Ben stand mit seinen Kumpels ein paar Meter weiter und rauchte. Als er Carina erblickte, huschte ein Lächeln über sein Gesicht. »Hey, Carrie«, begrüßte er sie und ging auf sie zu.
»Hi«, entgegnete sie.
»Ben, was ist jetzt mit heut Abend?«, rief Dom ihm nach.
»Ich bin dabei.«
»Alles klar, und sei pünktlich!«, rief Mike und ging mit Dom zu seinem Auto.
»Na, Tag überstanden?«, erkundigte sich Ben.
»Ziemlich gut sogar.«
»Stand Mathe heute nicht auf dem Stundenplan?«

»Ne«, Carina grinste, »aber morgen gleich in der Früh.«
Ben sah sie nachdenklich an. »Meinst du, dass du fit bist?«
»Keine Ahnung.«
»Wir können über die Aufgaben ja nochmal drüber schauen. So wie ich den Lohmeier kenne, holt er dich gleich nochmal raus, um zu checken, ob das letzte Mal ein Zufallstreffer war.«
»Das befürchte ich«, sagte Carina unglücklich.
»Na, lass uns erst mal zum Stall fahren dann sehen wir weiter.« Ben lächelte aufmunternd und drückte auf den Handsender. Der BMW klackte kurz, die Blinker leuchteten auf. Dann öffnete sich das Verdeck.
»Darf ich bitten?« Er öffnete gentlemanlike die Beifahrertür.

Kurze Zeit später kamen sie am Stall an. Ben hatte auf dem Privatparkplatz angehalten. Reitschüler mussten draußen parken, da der Privatparkplatz den Pferdebesitzern vorbehalten war.
»Ich zieh mich schnell um, willst du so lange 'nen Kaffee?«
Ben nickte, ein Kaffee war eine gute Idee. Er war noch bis spät in die Nacht auf dem Balkon gesessen und hatte nach dem dritten Bier endlich aufgehört zu grübeln.
Er sah sich um. Der Hof war schön gelegen und U-förmig angelegt. Ein großer Außenplatz lag neben der Reithalle, die an den Stalltrakt anschloss, welcher die Privatpferde beherbergte. Das Futterhaus und Heulager befand sich zwischen den beiden Stallgebäuden an der kurzen Seite des Hofes, daneben führte ein Weg zu den angrenzenden Koppeln. Zwischen dem Außendressurplatz und einem Springplatz stand eine Longierhalle mit zwei Zirkeln. Für einen Stall dieser Größe kam er Ben sehr ruhig vor. Man merkte kaum, dass hier an die vierzig Pferde standen.
Carina führte ihn in den Stalltrakt der Privatpferde und dort gleich eine Treppe hinauf. Über dem Stalltrakt gab es Umkleideräume, Duschen und einige Privatspinds. Eine Küche mit Kaffeeautomat und Einbauherd befand sich am Ende und bot durch eine Glasfront einen herrlichen Blick auf die darunter liegende Reithalle.

Ein paar junge Reitschüler saßen in der Küche auf der Eckbank und brüteten über Sachbüchern. Kater Jerry lag zusammengerollt auf dem Schoß der schwarzhaarigen Sonja und schnurrte. Das Mädchen kraulte dem Tiger voller Hingabe das Kinn, das er in die Hände der Kleinen vergraben hatte.
»Hi, wie geht's euch?«, grüßte Carina.
Schnell sprangen einige der Mädchen auf und umringten sie.

Jerry gähnte herzhaft und räkelte sich auf Sonjas Schoß, beschloss dann aber, sich erneut dort niederzulassen, und forderte das Mädchen gurrend zu weiteren Streicheleinheiten auf.

»Hey Carrie!«

»Wir haben eine Frage!«

»Du musst uns was erklären!«

»Hast du jetzt einen Freund?«

»Was ist ein Griffelbein?«

Carina lachte. »Hey, nicht alle auf einmal!«

Sofort schwiegen alle und starrten sie gespannt an.

»Was gibt's denn?«

»Wir haben doch in den Ferien Prüfung. Und es gibt Unmengen Stoff zu lernen. Ich wusste gar nicht, dass ein Pferd so viele Knochen hat!«

»Rolf hat gesagt, wir müssen die Theorie bis Freitag können! Damit der Lehrgang Sinn macht, weil Eva doch immer noch krank ist und er so wenig Zeit hat ...«

Die Reitlehrerin war dieses Jahr schon öfter ausgefallen, so dass Carina gelegentlich einsprang. Den Vorbereitungslehrgang für das Reitabzeichen hielt Rolf jedoch selbst ab, damit Carina sich auf ihre Prüfungen konzentrieren konnte.

»Wartet kurz, ich mache Ben nur eben einen Kaffee und ziehe mich um, dann schauen wir weiter, ok?« Zu Ben gewandt meinte sie, »Ist das ok für dich? Dauert nicht lange.«

»Na klar, kein Problem!«

»Wer bist du denn?«, fragte Rosaly, ein blond gelocktes Mädchen, das einen pfiffigen Isländer besaß, den sie Pumuckl genannt hatte. Seinen eigentlichen isländischen Namen konnte das Mädchen kaum aussprechen, daher hatte sich der lustige Rufname am ganzen Stall eingebürgert.

»Ich heiße Ben und schaue mir heute mal euren Stall an.«

»Kannst du reiten?«, fragte eines der anderen Mädchen.

»Ja, ein bisschen schon«, Ben lächelte, »ihr könnt mich gerne was fragen, wenn ihr wollt!«

»Au ja, was ist denn nun ein Griffelbein?«, ereiferte sich Rosaly.

Ben lachte, setzte sich mit den Kindern an den Tisch und erklärte ihnen das Skelett eines Pferdes, das farbig in dem aufgeschlagenen Buch abgebildet war.

Carina schmunzelte. So kannte sie Ben gar nicht. Der coole Checker nahm sich Zeit für Kinder und es schien ihm gar nichts auszumachen. Schnell zog sie sich um und war froh, dass sie erst gestern ein sauberes Shirt im Spind gelassen hatte.

›Cool bleiben!‹, dachte Carina, warf einen Blick in den Spiegel und verließ die Umkleide. »Na, darf ich Ben jetzt mitnehmen?«, fragte sie die Kinder.

»Wenn's sein muss.« Sie grinsten.

Ben lachte und folgte Carina zu den Stallungen.

Jedes Pferd hatte eine geräumige Box mit eigenem Paddock. Die Trennwände waren nur halb hoch und mit längs gezogenen runden Holzstangen erhöht, sodass die Pferde Sozialkontakt zu den Nachbarn hatten. Ben stellte fest, dass einige Hengste friedlich neben Wallachen, und einer sogar neben einer Stute, standen.

»Das sollte Pa mal sehen. Bei uns sind die Trennwände bis zur Decke vergittert«, erklärte er.

»Ich bin froh, dass Rolf sich so viel Mühe gibt. Die Schulpferde stehen fast alle im Offenstall und kommen nur, wenn sie mal krank sind oder aufs Turnier gehen, in eine Box. Die stehen da hinten.« Sie deutete auf das Gebäude gegenüber. »Das ist total toll, weil die Schulpferde einfach Pferd sein können nach getaner Arbeit. Komm, ich zeig dir Mister, wir wollen heute an der halben Pirouette arbeiten.«

»Oha, Champs Lieblingslektion!«

»Echt?«

»Ja, da muss ich ihn immer richtig abfangen, weil er das unheimlich gern macht. Einmal hab ich mir eine Platzierung versemmelt, weil er statt einer halben gleich zwei Ganze gemacht hat.«

»Aber das zeugt doch von Talent.«

»Allerdings!«, bestätigte Ben, und der Stolz in der Stimme blieb Carina nicht verborgen.

Sie begrüßte einige Stallkollegen, die bereits nachmittags zum Reiten kamen. Dann erreichten sie das Stallende, wo Mister X und Bella standen.

»Hey, Großer!«, rief sie.

Mister spitzte die Ohren und brummelte ihr entgegen. Sie reichte ihm wie jeden Tag einen Begrüßungsapfel. »Na, wollen wir loslegen?«

Mister schmatzte und schloss genießerisch die Augen.

»Soll ich dir vorher die anderen Pferde noch zeigen? Einige kennst du vielleicht von Turnieren.«

»Gerne.« Ben freute sich und streichelte Mister X über den Hals.

›Schon klasse, dass sie ihn reiten kann. So ein talentiertes Pferd hat nicht jeder Reitbetrieb im Stall stehen‹, dachte Ben anerkennend und musterte den Braunen nochmals. Als sein Blick auf die Namenstafel fiel, verstand er, warum Rolf ihn in Rente schicken wollte. Er wurde achtzehn im nächsten Monat.

Carina zeigte ihm einige Dressurpferde. Ein paar davon waren fest eingestellt, der Großteil jedoch waren Berittpferde, die Rolf für ihre Besitzer aus- oder weiterbilden sollte.

»Den da kennst du bestimmt«, sagte sie und stellte ihm einen großen Hannoveraner vor. ›Paradox‹ stand auf der Stalltafel.

»Ja, den kenn ich – du hattest ihn auf dem Abzeichenlehrgang vor zwei Jahren dabei!«

»Genau! Damals hatte sich Mister einen Tag vorher vertreten, sodass er lahmte, und Frau Wild war so nett, mir Paradox zu leihen.«

»Das ist viel wert. In welcher Box wird Twister stehen?«

Carinas Augen leuchteten bei dem Gedanken an Twister. »Wir wollen versuchen, ob er sich mit Mister X versteht. Der ist Hengsten gegenüber eigentlich recht aufgeschlossen. Dafür zieht Louis, eines der Schulpferde, eine Box weiter. Wobei, der ist eh meistens im Offenstall drüben. Wir holen ihn nur nachts rein, wenn es stark regnet, da er zu Rückenproblemen neigt, wenn die Muskulatur kalt wird. Wir haben es schon mit Regendecken versucht, aber die haben ihm seine Kumpels zu oft beim Spielen und Kraulen beschädigt, so dass er doch wieder nass und kalt wurde. Daher hat er jetzt sozusagen eine Schlechtwetterbox für sich.«

»Klingt doch gut. Champ und Déjà-vu verstehen sich auch ausgezeichnet und gehen zusammen auf die Weide.«

»Wer ist Déjà-vu?«

»Ein Wallach meines Vaters. Ich soll ihn M-fertig machen, anschließend will er ihn verkaufen. Du hast ihn sicher schon gesehen, der kleine Rotfuchs.«

»Ah, ja, natürlich. Du hast ihn aber bisher kaum vorgestellt, oder?«, erinnerte sich Carina.

»Nur drei Mal, weil er recht sensibel ist.«

»Wie viele Pferde habt ihr denn?«

»Fünf im Moment, wobei mein Pa immer wieder mal eins kauft und verkauft. Champ ist meiner, die anderen sind seine Sache. Auch Déjà-vu, wobei er mich mehr und mehr überzeugt und ich gerne hätte, dass Pa ihn behält.«

»Hast du denn deinen kleinen Dunkelfuchs noch, mit dem du im Ponykader warst?«

»Ja, meinen D`Artagnan hab ich noch. Und der bleibt. Das wären dann also eigentlich sechs insgesamt. Meine Mum ist zum Glück so vernarrt in ihn, dass meinen Pa der ›unnütze Fresser‹ nicht weiter stört. Das macht mich froh, denn er hat mich zu vielen wichtigen Erfolgen gebracht und er war ein toller Lehrmeister. Ein wenig pummelig ist er auf seine alten Tage geworden, aber das hat er sich verdient.«

»Ist ein schickes Kerlchen gewesen«, erinnerte sie sich.

»Ja, D`Artagnan ist ein tolles Pony. Schade, dass so was nicht mitwächst ...«

D`Artagnan war ein Welsh-C-Pony, aus dem Ben sehr schnell heraus gewachsen war. Das Fell des Tieres war dunkelbraun wie auch Mähne und Schweif, die Beine waren bis zu den Karpal- und Sprunggelenken weiß. Eine breite Blesse reichte dem Pony bis zwischen die Nüstern. Carina konnte sich gut an den kleinen Wallach erinnern, der ihr auf den Turnierplätzen oft aufgefallen war. Mit ihm hatte Ben seine ersten M-Erfolge verzeichnet. Auch gegen Großpferde – bis dann immer öfter im Protokoll stand, dass er endgültig zu groß für sein Pony geworden war.

»Wie kommst du mit den Pirouetten klar?«, wollte Ben wissen, als sie Mister putzten.

»Na ja, wir finden noch nicht immer den richtigen Takt. Ich glaube, es liegt ein wenig an Misters Alter. Es fällt ihm nicht mehr ganz so leicht, hinten viel Last aufzunehmen.«

»Kann gut sein. Übernächste Woche hast du auch die M in München genannt, oder?«

Carina nickte. »Genau, und Rolf wollte, dass ich Twister nun nachnenne.«

»Nicht schlecht.«

»Was hast du genannt?«

»Die M mit Champ und Déjà-vu. Und eben die M-Kür. Und Champi geht am Sonntag noch seine erste S.«

»Wow! Bis ich eine S hinbekomme, ist's noch ein weiter Weg ...«

»Ach, mit dem richtigen Pferd geht das schneller, als du denkst.«

»Meinst du?«

»Klar. Willst du nicht doch noch eine mit Mister reiten?«

Carina schüttelte entschieden den Kopf. »Nein, das wäre nicht fair. Wir wollen ihn auf dem Höhepunkt seiner Karriere pensionieren und nicht dann, wenn er an seine Grenze gelangt ist und nur noch im Mittelfeld läuft.«

»Ja, da ist was dran«, gab Ben nachdenklich zu. Bei seinem Vater wurden die Pferde so lange in der jeweiligen Klasse vorgestellt, bis sie ihre Grenzen erreichten und dann im Idealfall durch bessere Pferde ersetzt.

»Was war das Größte, was du jemals geritten bist?«, fragte Carina und legte Mister den Sattel auf.

»Intermediaire. Mit Silverano.«

»Respekt, davon träume ich so oft ...« Carina seufzte. Eine internationale Prüfung auf höchstem Niveau war schon etwas Besonderes.

»Ist schon ein wahnsinnig tolles Gefühl. Grand Prix Special ist mein Ziel, und ich glaube, Champ hat das Zeug dazu. Aber er braucht Zeit«, erklärte Ben.

»Ich glaub's dir. Du hast das Zeug dazu aber auch.«

Carina wusste, dass Ben sich mit dem Special das höchste aller Ziele gesteckt hatte. Daran wagte sie noch nicht zu denken, jedoch träumte sie oft davon, auch irgendwann internationale Prüfungen zu reiten.

»Danke. Mein Pa hat nach München eine Intermediaire für mich genannt. Silverano ist fit und danach soll er in Rente gehen.«

»Wo? In Wettersbach?«

»Genau. Und Champ nochmal eine S.«

»Ich komme zuschauen!«, versprach Carina, während sie die Riemen an der Kandare schloss und Mister aus der Box führte.

Ben legte ihr kurz die Hand auf die Schulter und sah sie einen Moment lang forschend an. »Willst du mit mir mitfahren nach Wettersbach?«

»Na klar, gerne!«

»Super«, sagte Ben leise.

Sein Herz klopfte. Das war ihm unheimlich. Schnell nahm er Carinas Hand und hoffte, dass sie nicht merkte, wie verwundert er über sich selbst war. Sie sahen sich kurz an, dann verschränkten sich ihre Finger ineinander.

Hand in Hand erreichten sie den Außenplatz, wo Rolf gerade ein Jungpferd trainierte. Er grüßte sie mit einem Kopfnicken und stellte verwundert fest, dass Ben Richter hier war - und dass es offensichtlich gefunkt hatte zwischen den beiden.

›Hoffentlich wird das nicht zum Problem‹, dachte er und schob diesen Gedanken jedoch sofort beiseite. Es würde schon alles seinen Lauf nehmen.

Er beobachtete Carina aus den Augenwinkeln beim Training.

Ben stand am Zaun und korrigierte sie goldrichtig. Mister X schaffte es tatsächlich, eine saubere, halbe Pirouette zu treten und kam dabei perfekt auf die Hinterhand, sodass seine Vorderbeine leichtfüßig die Figur beschrieben. Er wusste, dass Ben reiterlich um einiges weiter war als Carina, und dass er stets die richtigen Pferde hingestellt bekam, als sein Vater das Talent seines Sohnes entdeckt hatte.

Bereits in der Ponyklasse mischte Ben stets auf den vorderen Plätzen mit. Ben und Champion würden in der Zukunft zu den

Großen gehören, wenn der Schimmel sich so weiter entwickelte, wie er es derzeit tat, da war sich Rolf Niebaum sicher. Und solange er mit Silverano noch hin und wieder höhere Klassen ritt, behielt er auch dort die Routine. Raimund Richter konnte stolz sein auf seinen Sohn, ebenso sein Trainer.

Jetzt zeigte Mister X einen traumhaften versammelten Galopp: gesetzt, in Aufrichtung, hochkonzentriert. Die Traversalverschiebung klappte wie am Schnürchen - seine Schülerin und sein Wallach waren definitiv fit für München!

›Ich bin gespannt, wie es mit Twister läuft‹, dachte Rolf und lobte seinen Grauschimmel gleichzeitig, der heute zum ersten Mal zaghaft Anlehnung suchte. Er saß bald danach ab und führte das junge Pferd vom Platz. Im Vorbeigehen nickte er Ben und Carina zu.

Carina lächelte und vollendete die Traversale in reinem Takt und ohne den geringsten Fehler. Ein paar Mal ließ sie den Braunen noch zwischen versammeltem Trab und starkem Trab wechseln, danach ließ sie ihn die Zügel aus ihrer Hand kauen und beendete das Training mit großem Lob.

Da gerade niemand sonst auf dem Platz war, sattelte sie Mister X ab und ließ ihn frei. Er trabte ein paar Meter weiter, ließ sich sogleich genüsslich grunzend in den Sand fallen und wälzte sich voller Behagen. Nach dem Aufstehen schüttelte er sich den Sand aus dem Fell und gähnte herzhaft, dann trottete er langsam über den Platz bis zum Zaun und rupfte die einzelnen Grashälmchen, die zur angrenzenden Wiese gehörten.

Ben hatte den Arm um Carina gelegt. Eine Weile sahen sie Mister zu, bis ein Mädchen auf einem großen Rappen auf den Platz wollte. Sie holten Mister vom anderen Ende des Vierecks und brachten ihn auf die Weide zu den anderen Wallachen. Danach half Ben Carina rasch, die Löcher von Misters Wälzplatz zuzuschaufeln und den Sand an diesen Stellen zu ebnen.

»Was hast du noch vor heute?«, erkundigte er sich.

»Eigentlich wollte ich Betty noch eine Reitstunde geben, sobald sie vom Tierarzt zurück ist.«

»Okay, hm – und was machst du heute Abend?«

Carina grinste. »Ich sollte lernen.«

»Hast du Lust auf Mathe mit Party am See im Anschluss?«, fragte Ben.

»Party am See?«

»Dom feiert seinen Geburtstag und wir treffen uns am Wildsee.«

Carina wusste nicht, was sie darauf sagen sollte. Alle von Bens Freunden würden da sein – konnte sie sich da so ohne Weiteres blicken lassen? Was, wenn Nadine auftauchen würde?

»Wegen Nadine brauchst du dir keine Sorgen machen«, erklärte Ben, als hätte er ihre Gedanken gelesen.

Verwundert sah Carina zu ihm auf.

»Wir sind nicht mehr zusammen. Wenn, dann läuft das schon fair ab für dich.«

Carina merkte, wie eine riesige Anspannung von ihr abfiel. Bedeutete das, dass er wirklich offiziell mit ihr zusammen sein wollte?

»Also, bist du dabei?«, fragte Ben gespannt.

»Klar«, bestätigte sie und schaute Ben dabei fest in die Augen.

»Freut mich«, erwiderte er und küsste sie zart.

Eine Weile standen sie noch am Weidezaun und genossen die friedliche Stille hier draußen. So idyllisch war es bei Ben am Stall selten. Ständig wollte entweder der Trainer oder sein Vater etwas von ihm, und wenn es nur darum ging, ihm Ratschläge zu geben oder Anweisungen zu erteilen. Ben hatte Carina fest im Arm und genoss das Kribbeln im Magen.

Als Betty anrief, dass sie auf dem Weg sei, verabschiedete sich Ben. Er wollte mit Silverano noch ein paar Übergänge trainieren.

»Ich hol dich ab, ja?«

»Wann soll ich fertig sein?«

»Halb acht, schaffst du das?«, schlug Ben vor.

»Sicher!«, sagte sie schnell.

»Alles klar. Bis später«, sagte Ben leise. Dabei hob er sachte ihr Kinn an und gab ihr einen weiteren Kuss.

Nach ihrer Reitstunde brachte Betty Carina nach Hause. Dort wurde sie schon von Sky begrüßt, die in wilden Verrenkungen neben ihr hochsprang und sie dabei freudig umkreiste.

»Hey, hey, ich bin ja da!«

Sky bellte und legte ihre weißen Vorderpfoten auf Carinas Schultern.

»Vorsicht, Mädchen«, mahnte Carina und schob sie hinunter. Ein Blick auf die Uhr sagte ihr, dass noch genug Zeit war für einen Spaziergang mit Sky. Also nahm sie zwei Tennisbälle mit, hängte sich die Leine über die Schulter und zog die Haustüre hinter ihnen zu.

Während sie mit Sky durch die Felder streifte, schwirrte ihr der Kopf. Wenn sie Ben richtig verstanden hatte, war sie nun seine Freundin – oder sah er das Ganze unverbindlicher?

›Schon komisch‹, dachte Carina, ›da reitet man jahrelang quasi nebeneinander von Turnier zu Turnier, sieht sich ab und zu auf irgendwelchen Lehrgängen, und es passiert nichts. Und auf einmal ...‹

Sie warf für Sky einen der Tennisbälle. Begeistert sprintete die Hündin los und fing ihn noch in der Luft. Die Hündin stürmte schwanzwedelnd zu Carina zurück und gab ihr den Ball in die Hand. Sie quietschte und jaulte auffordernd, bis sie dem Ball ein weiteres Mal hinterherrennen durfte.

›Ist ja nicht so, dass wir noch nie miteinander geredet hätten ...‹, sinnierte Carina weiter und verlor sich erneut in Gedanken.

Was würden ihre Eltern dazu sagen, dass sie nun einen Freund hatte? Ihre Mutter hatte sich ständig beklagt, dass sie sich mehr für Pferde interessierte als für Jungs, im Gegensatz wie es die meisten aus ihrer Klasse handhabten. Als sie endlich ihren ersten Freund hatte, war ihre Mutter glücklich gewesen – da der aber mit Pferden gar nichts hatte anfangen können, währte die Geschichte nicht lange. Clara Reinders hatte ihrer Tochter damals prophezeit, sie würde auf ewig alleine bleiben, wenn sie sich nicht besinnen würde.

›Tja, so kann man sich täuschen, Mam!‹, dachte Carina und machte sich mit Sky auf den Heimweg. Die Hündin hatte sich verausgabt und trabte nun hechelnd neben ihr her. Ständig hob sie den Kopf und stupste Carinas Hand sachte mit der Schnauze an.

»Feines Mädchen! Ich hab dich lieb«, sagte Carina und strich ihr über die weiße Blesse auf der Stirn.

Zu Hause verschwand sie im Bad, nachdem Sky frisches Wasser bekommen hatte, und duschte ausgiebig.

Danach stand sie ratlos vor ihrem Kleiderschrank. Sie nahm beinahe jedes Kleidungsstück heraus, hob es vor den Spiegel und legte es beiseite. Hilflos tippte sie eine SMS an Betty.

›Hilfe, was soll ich nur anziehen?‹

Sekunden später klingelte es an der Haustür. An Skys Bellen erkannte sie, dass Betty mit Arco draußen wartete. Verblüfft ging sie in ein Handtuch gewickelt zur Haustür.

»Sag mal, kannst du hellsehen oder bist du aufs Beamen umgestiegen?«, rief sie erfreut und schloss ihre Freundin in die Arme.

»Ne, aber ich kenn dich doch. Hier, ich hab was für dich!«

Betty hielt ihr eine große Plastiktüte unter die Nase, die vollgestopft war mit allen möglichen Klamotten.

Arco begrüßte Sky und schien sich an der blaugeringelten Socke über seinem rechten Vorderlauf nicht zu stören.

Lachend verschwanden die Freundinnen in Carinas Zimmer, während die Hunde im Garten tobten.

»Wie geht's seiner Pfote?«

»Passt schon, hat nur ein wenig geblutet, als sie den Dorn rausgeholt haben. Du siehst ja, Schmerzen hat er keine. Der Verband muss bis morgen dran bleiben, daher die Socke«, erklärte Betty. »So, wie sieht dein Plan aus?«

»Plan?«

»Du musst doch 'nen Plan haben. Oder denkst du, dass du um elf wieder zu Hause bist?«

Soweit hatte Carina noch gar nicht gedacht. Unter der Woche bestand ihr Vater darauf, dass sie um elf Uhr zuhause war. Am Wochenende sah er das schon lockerer.

»Shit ...«

»Du kennst doch Ben und seine Leute. Party people, Baby!«

»Und jetzt?«

»Wir lernen Mathe und du pennst bei mir.«

»Wie?«

»Ich hab vorhin mit deiner Mum telefoniert. Deswegen weiß ich auch, dass sie jetzt mit deinem Bruder beim Zahnarzt und danach einkaufen ist und sie leider nicht mitbekommt, dass Ben dich abholt.«

»Du bist echt die Beste. Wahnsinn, woran du alles denkst!«, beteuerte Carina überwältigt.

»Tja, ich bin zwar kein Profi im Reiten, aber als beste Freundin durchaus zu gebrauchen!«

Carina gab ihr einen dicken Kuss auf die Wange.

Bald waren passende Klamotten gefunden. Wenn jemand einen ganzen Kleiderladen zu Hause hatte, dann Betty. Und das, ohne dabei wie eine Tussi zu wirken.

»Wann holen wir Twister eigentlich?«

»Samstag um neun fahren wir.« Carina grinste über das ganze Gesicht. Oh, wenn doch die Woche schneller vergehen würde!

»Super! Ich bin gespannt, wie das läuft. Jetzt darf Ben sich ranhalten, wenn er weiterhin auf Goldkurs bleiben will.« Betty grinste.

»Na, er hat ja noch Silverano. In vier Wochen reitet er eine Intermediaire mit ihm. Und Champ in der S! Deswegen darf er nur die M-Prüfungen in der A-Kategorie reiten.«

»Ok, ich gebe zu, derzeit hat er noch einen Vorsprung. Aber der wird Augen machen, wenn du in München mit Twister ankommst. Und außerdem wirst du dann wohl endlich für den Kader nominiert, oder?«, erwiderte Betty überzeugt.

»Ich hoffe es!«

Carina freute sich unsagbar auf Samstag, endlich konnte sie die Sorge um einen Nachfolger für Mister X hinter sich lassen!

Sie hoffte, dass alles wie geplant verlaufen würde. Rolf hatte sogar vorgeschlagen, sollte sich Twister entsprechend einleben, die deutsche Meisterschaft mit ihm zu nennen und Mister X als Reservepferd bereit zu halten. Allerdings wollte Carina dieses große Ereignis eigentlich noch mit Mister X erleben.

»Wann ist die Deutsche?«

»Anfang September.«

»Ah, also gleich nach dem Lehrgang?«

»Drei Wochen danach.«

»Passt doch super. Reitet Ben noch mit?«

»Ja, heuer schon noch. Er ist mit Champ qualifiziert. Silverano hat zu viele Ranglistenpunkte auf dem Konto.«

Um kurz vor halb acht verließen sie das Haus und schlenderten mit den Hunden die Zufahrt auf und ab. Pünktlich kam Bens BMW um die Ecke gebogen.

»Also, bis morgen – und wehe, du verpennst! Ich muss Bio noch von dir abschreiben«, mahnte Betty.

»Kein Thema! Bis dann!«

»Schönen Abend!« Betty lachte und pfiff nach Arco, der trotz seiner verletzten Pfote mit einem großen Satz über den Gartenzaun sprang. Sie winkte Ben zu und verschwand mit Arco hinter der Kurve.

Carina stieg ein und bekam einen Begrüßungskuss.

»Du siehst klasse aus«, sagte Ben leise und rang nach Fassung.

»Danke«, erwiderte Carina und merkte, dass sie rote Wangen bekam.

»Ist das dein Hund da am Zaun?«

»Ja, das ist Sky. Sie würde gerne mit, aber ich glaube, da hätten deine Ledersitze was dagegen.«

»Och, die vielleicht schon, aber ich nicht. Nächstes Mal nehmen wir sie mit.«

Sky setzte sich nach Carinas Kommando anständig hin und schaute ihr nach, bis das Auto verschwunden war. Dann trottete sie in ihre Hundehütte neben der Terrasse.

Bens Vater kam ihnen an der Haustür entgegen.

»Hi Pa, das ist Carina«, erklärte Ben schnell.

Herr Richter gab ihr förmlich die Hand und stellte sich kurz vor. Sie kam ihm bekannt vor, und er fragte sich, woher er sie wohl kannte.

»Wir gehen rauf, am Stall ist alles in Ordnung, keiner hat Fieber«, fuhr Ben fort. Beim letzten Impfen hatte Déjà-vu leicht erhöhte Temperatur gehabt.

Raimund Richter nickte und entschuldigte sich. Er hatte es eilig, musste dringend in die Stadt und den Lkw aus der Werkstatt abholen. Nach dem letzten Turnier hatte er den Pferdetransporter zur Hauptuntersuchung dorthin gebracht.

Ben war froh, dass sein Vater im Stress war und von daher hoffentlich kein Bedürfnis hatte, ihm Vorträge zu halten. So blieb ihm keine Zeit, ihn wegen Nadine anzusprechen. Obwohl er Schluss gemacht hatte, rief sie ständig auf dem Festnetz an.

»War beim Lkw viel kaputt?«, erkundigte sich Ben daher, um vom Thema abzulenken.

»Die Achslager waren ausgeleiert, aber ansonsten war alles in Ordnung. TÜV hat er bekommen und bei der Gelegenheit habe ich gleich den Innenboden neu machen lassen. Der alte sah schon so schäbig aus.«

›Oh klasse, weil die Pferde das merken ...‹, dachte Ben und nickte statt einer Antwort nur, bevor er mit Carina, die er bei der Hand hielt, ins Haus ging.

Heute hatte Carina zum ersten Mal das Gefühl, die Zusammenhänge der Geometrie zu verstehen. Allerdings fiel es ihr schwer, sich zu konzentrieren. Immer wieder blieb ihr Blick an Bens haften. Sie merkte, wie sehr er sich selbst beherrschen musste, um bei der Sache zu bleiben.

»Mach die dritte Aufgabe noch, dann solltest du fit sein für morgen«, sagte er schließlich und beobachtete jeden ihrer Rechenschritte. Zögerlich, aber völlig korrekt, löste sie die Aufgabe.

»Siehst du, so schwer ist das gar nicht.«

»Kannst du nicht morgen neben mir sitzen und schauen, dass ich alles richtig mache?«

Ben lachte leise. »Ich kann's gerne versuchen. Fällt aber wahrscheinlich auf, wenn wir knutschend im Unterricht sitzen.«

Beide lachten und ließen die Mathesachen liegen. Die Zeit schien still zu stehen, als Ben Carina in seine Arme zog.

Wie versprochen war Carina am nächsten Morgen pünktlich in der Schule. Ben steckte solche Partynächte offenbar wunderbar weg, sie dagegen fühlte sich wie gerädert, aber glücklich.

Bis vier Uhr früh hatten sie gefeiert, dann hatten Ben, Carina und Mike bei Dom übernachtet, der dort in der Nähe wohnte. Bens Freunde waren ganz anders, als sie bisher gedacht hatte. Eigentlich fand sie die meisten ganz nett. Besonders mit Dom, Bens bestem Freund, verstand sie sich auf Anhieb. Er wirkte offen, freundlich und locker. Zudem hatte er Humor und brachte wirklich jeden in heitere Stimmung. Er war es auch, der ihr ständig

Getränkenachschub gebracht hatte. Ben hatte wohlweislich ein Auge darauf gehabt und wusste es zu verhindern, dass es ihr zu viel wurde – er kannte seinen Kumpel, der ihr in unbeobachteten Momenten verschmitzt grinsend nachgeschenkt hatte. Carina schmunzelte bei dem Gedanken und ertappte sich bei der Frage, ob Dom sie nur hatte testen wollen, oder ob er ernsthaft versucht hatte, sie abzufüllen?

Auf dem Weg zur Schule hatten sie kurz beim Drive In angehalten und zwei starke Kaffees besorgt.

»Sag mal, wie machst du das? Du siehst total ausgeschlafen aus!«, wunderte sich Carina, als Ben lässig die Schultasche über die Schulter warf und die Autotür zukickte. Er lachte, zog sie an sich und meinte: »Gewohnheitssache, glaub ich. Aber dir sieht man's auch nicht an. Du siehst prima aus.«

Sie grinste. »Na immerhin, das ist doch schon mal was, und wie mir der Schädel brummt, sieht zum Glück keiner.«

Mit dem Kaffee wurden die Kopfschmerzen aber allmählich besser. Sie standen noch ein paar Minuten am Biotop der Schule und tranken den Kaffee zu Ende, dabei hielt Ben ihre Hand fest umschlossen.

Farne und Schilf bewuchsen das Ufer des kleinen Biotops, das einige Goldfische und gescheckte japanische Kois beherbergte, die in der Morgensonne dicht unter der Wasseroberfläche schwammen. Sie schimmerten in verschiedenen Weiß-, Orange- und Rottönen um die Wette. Schmetterlinge und Bienen erfreuten sich an der Streuwiese, die das Biotop umgab. Die Holzbänke waren noch feucht vom Morgentau, daher setzten sie sich nicht, sondern spazierten um die Anlage.

Betty stand schon ungeduldig am Eingang der Schule, als sie schließlich den Hof betraten. Im Rauchereck warteten Mike und seine Jungs. Dom fehlte, wie Carina feststellte.

»Kommst du noch mit rüber?«, fragte Ben und zog eine Zigarette aus der Tasche.

»Du, Betty braucht noch Bio von mir ...«

»Ah, verstehe, Arbeitsteilung.«

»Genau!«

»Okay, dann viel Erfolg beim Lohmeier. Denk an gestern, du kannst das.«

Oh ja, und wie sie an gestern denken würde!

»Mach ich.«

Ben nahm ihr Gesicht zärtlich zwischen seine Hände und küsste sie lange und innig. Carina störte es nicht, dass gefühlt die ganze Schule dabei zusah. An Bens Seite würde sie sich daran gewöhnen müssen, im Mittelpunkt zu stehen, und alles, was sie wahrnahm, war Ben.

Herr Lohmeier hatte sie tatsächlich erneut an die Tafel geholt. Dieses Mal konnte sie die Aufgabe fast fehlerfrei lösen.

»Carina, Sie sind mir ein Rätsel. Wieso klappte das nicht schon die letzten zwei Jahre?«, erkundigte sich der Lehrer verwundert und starrte sie durch seine Nickelbrille hindurch kopfschüttelnd an.

Die Mitschüler in der letzten Reihe begannen zu tuscheln und zu kichern. Jeder kannte mittlerweile den Grund.

Die Einzige, die finster dreinschaute, war Nadine. Sie hatte zwar schon den Nächsten an der Angel, aber es war dennoch nicht einfach für sie, eine Abfuhr von Ben Richter erhalten zu haben.

Doch das störte Carina nicht. Sie war froh über die mündliche Zwei, die ihre Jahresendnote immer näher an die Vier brachte. Die Reiterei war gerettet, sofern die Klausur ähnlich verlaufen würde. Und sie war total verliebt. Im Moment konnte es kaum besser laufen.

Wegen starkem Regen wurde das Open Air Konzert der ›Bandits‹ auf Samstag verlegt. Carina war beinahe froh darüber, so konnte sie am Freitag zeitig zu Bett gehen und ausgeschlafen mit ihren Eltern, Betty und Rolf Twister holen, ohne dass sie ihren Freundinnen absagen musste. Zudem bot es sich an, Twisters Ankunft am Samstag auf dem Open Air Konzert zu feiern. Ben zog an diesem Abend mit seinen Kumpels durch die Stadt und wollte sie am Samstag besuchen, um sich Twister anzusehen.

»Ich muss schon sagen, wir sind stolz auf dich«, begann ihr Vater beim Frühstück.

Carina schaute ihn verwundert an.

»Eine Zwei in Mathe, das ist doch ganz ordentlich!«

»Danke. Liegt aber vor allem an der Nachhilfe. Ich hab eigentlich nie gewusst, was ich da mache ...«

»An der ›Nachhilfe‹ liegt so einiges in letzter Zeit, hm?«, schmunzelte ihre Mutter.

»Carina ist verknallt!«, krähte Florian.

Carina errötete und strich eifrig Nutella auf ihr Brot.

»Willst du uns den jungen Mann nicht mal vorstellen?«, hakte ihr Vater nach. Vermutlich fragte er sich, welcher Kerl so viel Pferdewahnsinn bloß aushalten konnte.

»Den kennt ihr längst«, antwortete Carina verlegen und mit vollem Mund.

Ihre Eltern blickten sie verständnislos an.

»Ben. Der mit dem großen Schimmel letztens auf dem Turnier in Kulmbach.«

»Ben Richter?« Ihr Vater ließ das Brotmesser sinken.

Carina nickte und griff nach dem nächsten Brötchen.

»Na, hoffentlich könnt ihr da eine klare Grenze zum Sport ziehen«, meinte er.

»Pa, das sind doch zwei Paar Schuhe.«

»Das sagst du jetzt.«

»Na, heuer heißt der deutsche Juniorenmeister eh wieder Ben Richter. Ist doch klar.«

»Wie, ist doch klar?«, fragte ihre Mutter.

»Mam, Ben und Champion, die sind Seriensieger. Mit Silverano reitet er noch viel schwerere Klassen als ich.«

»Ja, aber mit deinem neuen Pferd hast du doch gute Chancen, aufzusteigen«, betonte ihr Vater und zitierte Rolfs Worte.

»Natürlich habe ich die. Aber Ben und Champ haben Routine, die sind ein Team. Twister und ich müssen uns erst kennenlernen.«

»Na, wir werden sehen. Aber sei nicht zu unglücklich, wenn diese Freundschaft doch nicht so einfach wird, wie ihr jetzt glaubt.«

»Blödsinn, was soll schon sein? Ben hat schon immer Gold geholt und ich Silber, passt doch.«

»Na, wie du meinst. Ich hoffe, er ist keiner von diesen Kerlen, die nur auf das Eine aus sind ...«

»Pa!«, empörte sich Carina. Gut, dass er vom Schul-Tratsch nichts mitbekam und in Ben vermutlich nur den Dressurnachwuchs und Sohn des reichen, ortsbekannten Anwalts sah.

»Ich meine ja nur«, verteidigte sich der Vater.

»Soll Sky eigentlich mit?«, lenkte ihre Mutter vom Thema ab. Wie auf Kommando bellte die Hündin bei diesem Satz und stand aufbruchbereit an der Treppe zur Haustür.

»Siehst du doch«, erklärte Carina.

Als Betty unten klingelte, brachen Reinders auf zum Hof, wo Rolf bereits mit dem Transporter wartete. Im Konvoi fuhren sie zu den Brehms.

Twister stand schon einbandagiert und eingedeckt in seiner Box und fraß die Reste seines Frühstücksheus. Aufmerksam blickte er Carina und Betty an, die ihn bewundernd betrachteten. Er war blitzblank geputzt und die fuchsrote Mähne war frisch gekürzt. Einen Moment lang hielt Twister inne und sog die Luft durch seine feinen Nüstern hörbar ein. Ein Heubüschel hing ihm seitlich aus dem Maul, als er das Kauen einstellte und nach den Stimmen vor dem Stall lauschte. Brehms hatten Carinas Eltern herzlich begrüßt und unterhielten sich angeregt. Die Ohren des Hengstes waren steil gespitzt, als er einen Schritt nach vorne trat, um über die Boxentür zu blicken. Er stand ein paar Sekunden regungslos und schaute gespannt in den Hof hinaus, dann widmete er sich wieder seinem Heu und begann, ruhig zu kauen.

Brehms luden sie zum Kaffee ein, noch bevor Reinders und Rolf den Mädchen in den Stall folgen konnten. Carina wäre gern bei Twister geblieben, sie wollte jedoch unbedingt dabei sein, wenn ihre Eltern den Überlassungsvertrag unterschrieben.

»Komm Sky, und bleib hier bei Fuß«, raunte sie ihrer Hündin zu, die sofort gehorsam neben ihr Schritt hielt, als sie den Hof überquerten.

Brehms führten die Gäste in das geräumige Stübchen der Reitanlage, wo es bereits nach frisch aufgebrühtem Kaffee duftete. Die Holzwände waren mit Turnierschleifen und Fotos von erfolgreichen Reiterpaaren geschmückt. Carina glaubte, auf einigen davon Mirko Brehm zu erkennen.

Sie setzten sich auf die gepolsterte Eckbank des Stübchens. Nachdem alle Kaffee hatten und Florian, der bisher noch kein Wort gesagt hatte, an seiner heißen Schokolade nippte, packte Mirko Brehm den Vertrag aus und ging ihn mit Carinas Eltern durch.

»Wie ist das mit den Tierarztkosten?«, erkundigte sich ihr Vater nochmals, »es kann ja doch einmal vorkommen, dass etwas passiert, beim Training oder auf der Weide.«

Mirko Brehm nickte. »Natürlich. Wir haben eine Beihilfeversicherung abgeschlossen, falls er operiert werden muss. Somit bliebe im schlimmsten Fall ein Selbstbehalt in Höhe von zwanzig Prozent der Gesamtrechnung stehen, für die Ihre Tochter, beziehungsweise Sie, aufzukommen hätten. Twister hat zudem eine Lebensversicherung, falls ihm etwas Schlimmes zustoßen sollte. Wichtig ist uns, dass wir in solchen Fällen informiert werden, bevor etwas unternommen wird. Wir möchten die Entscheidungen, sollten welche nötig sein, selbst treffen.«

Herr Reinders nickte. Soweit war alles klar.

»Wir wollen mal nicht vom Schlimmsten ausgehen«, sagte Frau Brehm beruhigend, als sie feststellte, dass Carinas Mutter ein wenig bleich geworden war, als sie dieses Thema angesprochen hatten.

Herr und Frau Reinders lasen den Vertrag nochmal still durch und unterzeichneten ihn anschließend. Carina hielt es kaum noch aus auf der Eckbank. Flori wippte ungeduldig mit dem Knie und schaute seine große Schwester erwartungsvoll an.

Betty stellte fest, dass sie Carinas kleinen Bruder noch nie so brav erlebt hatte.

»So, wo ist denn nun das Wundertier?«, wollte Carinas Mutter wissen.

Sie begaben sich zum Stall zurück, wo Twister sofort den Kopf hob und sie gespannt beobachtete.

»Ist der groß!«, staunte Florian, als er direkt vor der Box stand.

»Darf man ihn anfassen?«, fragte ihre Mutter.

»Natürlich, aber Vorsicht bei Hengsten, die treten schon mal nach vorne aus und zwicken in Finger, wenn man nicht aufpasst«, warnte Rolf.

Vorsichtig gingen Reinders auf den Hengst zu. Flori hielt ihm eine Karotte auf der flachen Hand hin, wie er es von Carina gelernt hatte. Mit samtigen Lippen nahm der Hengst diese und schmatze zufrieden vor sich hin. Florian kicherte.

»Gebt Bescheid, wenn ihr angekommen seid. Er ist normalerweise recht ruhig beim Fahren.«

Ellie Brehm nickte zustimmend.

»Machen wir«, versicherte Herr Reinders.

Zu Carina gewandt fragte Rolf: »Willst du ihn selber führen oder soll Mirko das machen?«

»Ich übernehme das schon«, sagte sie und griff nach dem Strick, während Mirko Brehm und ihr Vater die Holzkiste mit Twisters Sachen zum Transporter trugen, die schon vor seiner Box gestanden hatte.

Twister trat stürmisch aus der Box und wieherte laut. Einige Pferde aus den Nachbarboxen wurden unruhig und antworteten. Twister schnaubte aufgeregt und begann zu tänzeln. Dennoch blieb er folgsam neben Carina und ließ sich problemlos von ihr verladen. Willig folgte er ihr die Laderampe hinauf und stand still, während Rolf die Trennwand neben ihm einrastete.

»Guter Junge, dir wird es bei uns gefallen, ganz bestimmt«, flüsterte Carina und streichelte seine weichen Nüstern, als sie die beiden Anbindestricke seitlich von ihm in den Halterungen befestigte und die Karabiner überprüfte, die sie in die seitlichen Halfterringe eingehakt hatte. Rolf schloss die Laderampe und sicherte die Schlösser. Carina stieg zur Seitentür aus und warf einen letzten Blick auf den Rotschimmel, der gespannt durch das kleine Fenster blickte und laut durch die Nüstern prustete. Rolf bat sie, einzusteigen. Sie wusste, dass er gerne zügig los fuhr, damit die Pferde damit beschäftigt waren, sich im Transporter auszubalancieren und wenig Zeit hatten, sich schon zu Beginn aufzuregen.

»Gute Fahrt, und viel Erfolg nächste Woche!«

»Danke. Wir geben euch Bescheid, wie es gelaufen ist«, versicherte Rolf.

Carina kam sich vor wie im Traum, als sie auf dem Heimweg waren. Im Transporter vor ihr stand Twister!

»Kneif mich mal, Betty, damit ich sicher weiß, dass ich nicht träume!«

Betty lachte und kniff Carina so kräftig, dass sie sich dessen sicher sein konnte.

Die Deutsche Meisterschaft konnte kommen!

Als sie am Heimatstall ankamen, waren natürlich einige Besucher vor Ort, um den Neuzugang zu betrachten. Es hatte sich wie ein Lauffeuer verbreitet, dass Carina ein Pferd zur Verfügung gestellt bekam. Rolf hatte nur wenige feste Einsteller, dafür aber umso mehr Reitschüler, für die Carina ein Idol geworden war.

Rolf parkte den Transporter direkt vor dem Stall und sorgte für genügend Platz um die Rampe herum, indem er alle zur Seite schickte, die sich um den Transporter drängten, um einen ersten Blick auf Twister zu erhaschen.

»Bringen wir ihn erst mal in den Stall, damit er sich erholen kann. Später lassen wir ihn eine Weile auf die Koppel. Was meinst du?«, meinte er, zu Carina gewandt.

Das Mädchen nickte.

Betty gab ihr den Führzügel und ließ die Rampe herunter. Sie und Rolf sicherten den Ausstieg zu beiden Seiten, damit Twister nicht seitlich abrutschen konnte. Twister wieherte heiser und stampfte ungeduldig mit den Hufen, als zahlreiche Antworten aus den Ställen kamen.

»Ho, ho, Twister«, murmelte Carina und strich ihm beruhigend über den muskulösen Hals.

Er schwitzte leicht vor Aufregung. Auf Rolfs Zeichen hin wies sie den Hengst langsam rückwärts die Rampe hinab. Schließlich berührten alle vier Hufe das Pflaster. Er schaute sich gespannt um und stand eine Weile zitternd vor Aufregung im Hof. Seine Ohren waren steil gespitzt und zuckten vor Anspannung.

»Ah« und »Oh« raunten die Einsteller und Reitschüler von allen Seiten.

Carinas Eltern und Florian hielten freiwillig Abstand und beobachteten, wie ruhig Carina mit dem aufgeregten Tier umging. Ihrer Mutter war dabei nicht ganz wohl, wohingegen ihr Vater tief beeindruckt war, wie das Mädchen das muskulöse, stattliche Pferd scheinbar mühelos bändigen konnte. Florian blickte fast bewundernd drein.

Twister schnorchelte laut und wieherte erneut.

Rolf nahm ihm die nassgeschwitzte Transportdecke ab und legte ihm eine leichte Abschwitzdecke über.

»Komm, bring ihn rein, bevor er explodiert vor Anspannung!«, schlug er vor und ging voraus, um die Boxentüre zu öffnen.

Die Pferde in den vorderen Boxen reckten dem Neuankömmling die Hälse neugierig entgegen und brummelten teilweise freundlich.

Twister prustete durch weit geblähte Nüstern und wieherte laut und schrill. Tänzelnd folgte er Carina in sein neues Heim zwischen Mister X und Louis.

Während Mister X ihn zunächst nicht beachtete, klebte Louis regelrecht an der Trennwand und schnoberte freundlich zu dem unbekannten Kollegen hinüber. Seine braune Nase drückte sich fast durch die beiden Holzstangen, die ihn von dem neuen Nachbarn trennten. Twister wieherte unaufhörlich und wühlte in der Einstreu. Er entdeckte den angrenzenden Paddock und trabte hinaus, um gleich auf der Hinterhand umzudrehen und wieder hineinzutraben. Das wiederholte er einige Male wiehernd und schnaubend. Erst als Carina eine kleine Portion Hafer in die Krippe streute, beruhigte er sich ein wenig. Vorsichtshalber hatte sie den Hafer angefeuchtet, damit er sich in seiner Aufregung nicht so leicht verschlucken konnte.

»Lassen wir ihn ein Weilchen allein. Er muss erst ein wenig runterkommen. Ausbandagieren können wir ihn, wenn er sich beruhigt hat«, empfahl Rolf.

Betty schlug vor, in der Nähe zu bleiben und ein Auge auf ihn zu haben, da sie Bella ohnehin putzen und anschließend reiten wollte.

»Gute Idee. Wenn Twister ruhig ist, komme ich mit. Mister X freut sich bestimmt, wenn er mal wieder ins Gelände darf.«

»Wie geht's dir mit ihm mit den halben Pirouetten?«, erkundigte sich Rolf auf dem Rückweg zum Transporter, wo Carinas Eltern sich mit ein paar Einstellern unterhielten.

»Als Ben da war, lief es super.«

»Freut mich! Wenn du willst, nehmen wir uns am Montag beide Pferde vor. Ich bin gespannt, wie Twister in unbekannter Umgebung läuft.«

»Ich auch, und wie!«

Bei dem Gedanken an den ersten Ritt in ihrem Heimatstall schlug ihr das Herz bis zum Hals. Sie fragte sich, wie der Rotschimmel sich wohl benehmen würde, und ob er sich unter dem Sattel wieder so wunderbar anfühlen würde wie bei Brehms?

Rolf parkte den Transporter auf dem Hängerparkplatz, Carina nahm mit ihren Eltern Twisters Zubehör und verstaute es in der Sattelkammer. Dort hatte Rolf bei den Privatpferden einen alten, olivgrünen Militärschrank leer geräumt. Auf dem aufgeschraubten Metallschild stand eingraviert ›Twister‹ auf der rechten Tür, auf der linken stand ›Mister X‹. Rolf war der Meinung, dass die Sachen seines Braunen nun bei den Privatpferden besser aufgehoben waren, wo er doch nur noch von ihm und Carina geritten wurde.

Für Carina war dies eine Ehre, denn es fühlte sich beinahe so an, als sei Mister X ihr Pferd - und nun gehörte noch Twister dazu!

Nachdem alles ordentlich eingeräumt war, kehrten sie zu Twister zurück und stellten fest, dass er schon gelassener war.

»Hübsches Tier. Wenn auch mit einer merkwürdigen Farbe«, stellte ihre Mutter fest. »Wird er denn irgendwann so weiß sein wie Champion?«, erkundigte sie sich.

»Nein, weiß wird er nicht werden. Twister ist ein Rotschimmel, Mama. Die bleiben so. Er wird mit dem Fellwechsel mal eine Nuance heller oder dunkler, aber die Grundfarbe bleibt so, wie sie jetzt ist. Rotschimmel sieht man bei Warmblütern nur sehr selten.«

»Stimmt, so eine Fellzeichnung habe ich noch nie gesehen.«

»Ist auch gut so, die Richter sollen sich den Anblick bloß gut merken«, stellte ihr Vater fest und verschränkte die Arme vor der Brust. Langsam entwickelte er doch einen gewaltigen Ehrgeiz, wenn er an die künftigen Erfolge seiner Tochter dachte.

Eine Weile standen sie an Twisters Box und beobachteten ihn, wie er zaghaft am Heu zupfte und nur noch gelegentlich aus seiner Box auf den Auslauf schritt, um sich umzusehen.

»Nehmt ihr Sky mit nach Hause?«, fragte Carina, als ihre Eltern sich verabschiedeten. »Nicht, dass sie noch unter die Hufe gerät wenn ich heute so durch Twister abgelenkt bin.«

Ihre Eltern nickten und pfiffen einmal kurz nach der Hündin, die sofort angelaufen kam.

Dann griff Carina zu Misters Putzsachen, die sich in der Tasche befanden, die sie an eine Halterung vor der Box gehängt hatte, und begann, ihn zu striegeln. Natürlich nicht, ohne immer wieder innezuhalten und Twister zu betrachten. Sie freute sich auf den ersten Ritt mit ihm.

»Wir sind heute Abend bei Müllers eingeladen, ich stell dir dein Essen warm«, meinte Frau Reinders im Gehen.

Carina lief ihr nach, umarmte sie und gab ihr einen Kuss. »Danke Mam! Und dir auch, Pa! Danke dass ihr mich nun doch unterstützt.«

»Wir wollen nur das Beste für dich. Bleib an Mathe dran, dann helfen wir dir gern.«

Reinders verabschiedeten sich und fuhren mit Sky nach Hause.

Bald darauf galoppierten Carina und Betty einen Feldweg entlang. Mister griff weit aus und schnaubte bei jedem Galoppsprung. Carina streichelte ihm den Hals und gab ihm die Zügel hin. Ein paar Galoppsprünge lang schloss sie die Augen und hatte das Gefühl, zu fliegen. Es war alles so perfekt in diesem Moment!

Seite an Seite mit Bella flog Mister weiter dahin. Rechts und links von ihnen befanden sich Maisfelder, der Weg dazwischen war gerade so breit, dass die beiden Pferde bequem nebeneinander Platz hatten. Ihr rhythmischer Hufschlag klang dumpf auf dem weichen Boden. Auch Betty genoss diese Galoppaden, und heute hatte Bella ausnahmsweise Lust zu laufen und war nicht so triebig wie sonst.

Als sie auf den Waldrand zuritten, parierten sie ihre Pferde durch, die kräftig abschnaubten und sich genießerisch streckten. Vor ihnen lagen nun brach liegende Felder, die hoch mit Gras bewachsen waren.

»Wow, das war toll!«, schwärmte Betty und lobte ihre Stute. »Feines Mädchen, siehst du mal, wie toll laufen sein kann!« Liebevoll zauste sie die lange schneeweiße Mähne ihres Pferdes.

Eine Weile schwiegen die Freundinnen und lauschten den Geräuschen der Natur. Ein Greifvogel zog seine Kreise und kreischte über ihnen. Im Kontrast dazu hatten das Rascheln der Bäume, die verschiedenen Vogelgesänge und das Grillenzirpen in den hohen Gräsern, sowie das Meckern der Ziegen, die am Waldrand gehalten wurden, etwas Entspannendes.

Bald schluckte der weiche Waldboden den Hufschlag der Pferde fast vollständig. Nebelschleier zogen sich dampfend über den Boden und durch die Baumreihen.

»Wunderschön, nicht?«, flüsterte Carina.

Betty nickte nur und gab Bella die Zügel hin. »Genau deswegen reite ich keine Turniere. Weil ich dann viel seltener hier raus reiten könnte.«

Carina nickte. Betty hatte recht. Während sie oft bei dem harten Training schwitzte und sich konzentrieren musste, ritt Betty hier draußen und ließ die Seele baumeln.

Aber sie, Carina, träumte vom Grand Prix und mehr – und das hatte seinen Preis.

»Sag mal, meinst du, dass die uns nächstes Jahr wenigstens in die gleichen Kurse stecken?«

»Ich will's hoffen. Sonst wird Deutsch sterbenslangweilig«, grummelte Betty.

»Na und Geschichte erst. Wie kann man nur Geschichte als Leistungsfach belegen.«

»Auswendig lernen fällt mir nun mal leicht ... aber wenigstens sehen wir uns in Bio!« Beide hatten Bio als Hauptfach gewählt, Carina Englisch dazu und Betty Geschichte.

»Na, warten wir's ab. Was hat Ben für Fächer?«

»Mathe und Bio. Drittes Fach wird zwangsläufig Geschichte und Kolloquium macht er in Französisch.«

»Auch nicht ohne, die Kombi.« Betty schauderte. Beide lachten. Mathe war ihnen beiden nur ein notwendiges Übel – aber immerhin wurde es langsam verständlicher für Carina.

»Wollen wir nochmal galoppieren?«, fragte Betty, als sie den Wald verließen.

Statt einer Antwort gab Carina ihrem Wallach bereits die Galopphilfe, da konnte auch Bella nicht widerstehen und folgte ihrem Kollegen.

»Juhuuu!«, rief Betty und stellte sich in die Steigbügel.

Als die Freundinnen am Hof ankamen, stand Bens BMW schon auf dem Parkplatz. Ben selbst unterhielt sich mit Rolf, der eine junge hellbraune Stute an der Doppellonge führte und auf dem Weg zur Halle war. Ein Lächeln huschte über Bens Gesicht, als er Carina entdeckte.

Kaum war Carina im Hof abgesessen, küsste sie Ben zart. Neugierige Blicke vom Putzplatz hafteten auf ihnen.

Betty schmunzelte nur. Sie freute sich für ihre Freundin und verdrängte die Skepsis gegenüber Ben.

»Na, wie war's?«, fragte Ben.

»Super! Mister hat es genossen. Allerdings war der Boden stellenweise etwas matschig draußen.«

»Dachte ich mir«, meinte Ben und lachte. »Nicht zu übersehen!«

Beide Pferde hatten unzählige Lehmspritzer an den Beinen und am Bauch. Betty hatte Bella bereits zum Waschplatz geführt und spritzte sie ab. Allmählich kam das weiße Fell an den Beinen wieder zum Vorschein. Mister X wurde ebenfalls abgeduscht und durfte dann, wie auch Bella, auf die Weide.

Carina nahm Bens Hand und ging mit ihm zum Stall zurück, um ihm Twister zu zeigen. Der Hengst stand mittlerweile ruhig in seiner Box und kaute zufrieden auf dem Heu, das Rolf ihm zuvor nachgelegt hatte.

»Na, mein Hübscher, können wir dir die Decke ausziehen, ohne dass du dich erschrickst und dir weh tust?«

Twister hob den schmalen Kopf und schaute sie erwartungsvoll an.

»Sieht aus wie der kleine Bruder von San Marco nach einer Färbeaktion«, behauptete Ben. Er schmunzelte und trat näher heran. Der ganze Körperbau des Pferdes erinnerte an den Prämienhengst, der bekanntermaßen zahlreiche charakter- und bewegungsstarke Nachkommen aufweisen konnte.

»Da steckt Potenzial drin, wie mir scheint. Ich bin gespannt, wie er sich bewegt.«

»Wirst du gleich sehen«, versprach ihm Carina.

»Er darf jetzt raus, nachdem er sich beruhigt hat. Ich will ihn noch ausbandagieren. Hältst du ihn kurz?«

»Klar.« Ben griff ins Halfter, während Carina die Bandagen samt der Unterlagen abwickelte und alle Beine sorgfältig abtastete. Keines war sonderlich warm oder pulsierte. Die Bandagen schmiss sie kurzerhand vor die Box und legte ihm für die Weide Gamaschen mit schlagfester Schale an. Dann nahm sie den Führstrick vom Haken und klinkte ihn ins Halfter des Hengstes ein. Sachte streichelte sie seinen Hals und zauste seine rote Mähne.

»Auf welche Weide soll er denn?«, erkundigte sich Ben.

»Rolf meinte, zunächst auf die kleine Wiese hier hinter dem Stall. Damit er sich eingewöhnen kann.«

Carina führte Twister um das Stallgebäude, an dessen Rückseite drei kleinere Koppeln abgesteckt waren. Der Außenzaun bestand aus dunkelbraunem Holz, auf dessen Innenseite Stromlitzen verliefen. Die einzelnen Koppelteile waren mit Metallpfählen und Elektroband voneinander abgetrennt, zudem hatte jede Koppel ein eigenes Eingangstor. Rolf nutzte diese kleineren Koppeln meist zum Eingewöhnen neuer Pferde, die noch einzeln auf die Weide gingen.

Twisters Schritt war schwungvoll und raumgreifend. Als er tänzelte, konnte man das Spiel vieler starker Muskeln unter dem seidigen, rot-weiß melierten Fell erkennen. Ben öffnete das Weidetor für seine Freundin, die Twister hindurch führte und ihn sogleich umdrehte, damit er ihr gegenüber stand. Kaum hatte Ben das Gatter geschlossen und Carina sodann den Hengst losgelassen, trabte er mit aufgestelltem Schweif über die Koppel und wieherte erregt. Dann galoppierte er vom einen Ende der Weide zum anderen, so dass Grasbüschel unter seinen Hufen hinweg flogen, warf sich herum und wiederholte das Ganze.

Carina wurde ganz heiß vor Freude. ›Fast bist du mein Pferd, Twister!‹, dachte sie stolz und schmiegte sich an Ben, der einen Arm um sie legte. Ihm war, als spürte er, wie glücklich Carina war.

Twisters Bewegungen waren leichtfüßig, graziös und voller Schwung und Raumgriff. Der Rücken schwang trotz der Anspannung des Hengstes, der nun den Hals aufwölbte und im Trab über die Wiese schwebte.

»Wann reitest du ihn?«

»Montag. Morgen will ich ihn nur an der Longe bewegen, bevor es richtig losgeht«, erklärte Carina.

»Klingt gut. Darf ich zusehen?«

»Klar!«

»Ich glaube, Champ und ich haben ernstzunehmende Konkurrenz bekommen«, sinnierte Ben.

»Irgendwer muss euch ja mal auf dem Teppich halten«, feixte Carina.

»Da hast du Recht. Ich bin gespannt, wer alles zur EM fährt.«

»Du denkst schon an die EM? Lass doch erst mal die Deutsche vorbeigehen.«

»Hab ich doch schon zweimal. Ich will zur EM!«, sagte Ben überzeugt.

»Du bist bestimmt aufgestellt, oder?«

»Wenn Champ fit bleibt, ja. Mit Silverano darf ich dabei nicht mehr starten, der hat dafür zu viele Ranglistenpunkte. Aber nachdem Corinna ausgefallen ist, fehlt nun wieder jemand im Team.«

»Und das heißt?«

»Ich denke, dass sie bei den kommenden Lehrgängen Ausschau halten werden.«

Carina schaute verwirrt drein.

»Was ich damit sagen will, ist: Das ist deine Chance!«, erklärte Ben ihr eindringlich.

»Ben, die EM, ist das nicht eine Nummer zu groß für dieses Jahr? Ich bin noch nicht mal fix im Kader, da gibt es eine Menge andere Reiter, die sich schon lange bewährt haben.«

»Ich hab da so ein Gefühl. Wart's ab. Du hast das Zeug dazu. Ich hatte bisher nur Glück, dass Mister X seine Leistungsgrenze erreicht hatte, sonst wärst du uns nicht nur auf den Fersen, sondern sicher auch mal vor uns platziert gewesen. Der da«, sagte er und deutete auf Twister, »könnte alles verändern, wenn er das hält, was er verspricht.«

Carina wusste nicht, was sie darauf sagen sollte.

»Mach nicht so ein Gesicht Carrie! Lass es auf dich zukommen«, sagte er schließlich und zog sie an sich.

»Heute Abend feiern wir erst mal deinen neuen vierbeinigen Freund.«

»Au ja, ich freue mich schon. Die ›Bandits‹ spielen, einfach toll! Ab wann sind die anderen denn da?«, fragte Carina.

Mit ihren Freundinnen war das Konzert der Band schon seit langer Zeit fest ausgemacht. Umso mehr freute sie sich darüber, dass auch Ben und seine Kumpels dort sein würden, sodass sie zusammen hinfahren konnten.

Ben zuckte mit den Schultern. »Dom und der Rest starten so gegen zehn. Aber wir können gerne selber fahren.«

»Ach, du, zehn passt schon. Betty und die Mädels sind auch so um den Dreh da. Wir wollten uns am Einlass treffen.«

»Alles klar, dann um zehn, das wird spitzenmäßig.«

»Ja, bestimmt.«

»Vor allem kenne ich die Jungs von der Bar«, sagte Ben verschmitzt.
»Noch besser!«, meinte Carina.

Auch wenn Ben beim Feiern noch immer stets cool wirkte und immer einen lässigen Spruch auf den Lippen hatte, fühlte sich Carina wohl an seiner Seite. Er machte allen unmissverständlich klar, dass sie zu ihm gehörte. Ben ließ sie nicht aus den Augen, als Carina und Betty sich an der Bar einen Drink bestellten.
Während die Mädchen dort warteten, sprach sie ein sportlich aussehender Blonder an und schenkte Carina ein charmantes Lächeln.
Ben ließ Dom augenblicklich stehen und blickte den blonden Mann eiskalt an, während er energisch auf ihn zu ging. Mit wenigen Schritten war er bei den Freundinnen angelangt und hörte Carina » ... lieb von dir, aber nein, danke!«, sagen. Dann wandte sie sich von ihm ab und sagte etwas zu Betty, die daraufhin den Kopf schüttelte. Ihre roten Locken tanzten dabei in dicken Spiralen auf und ab.
Der Blonde strich sich durch sein modisch geschnittenes und gegeltes Haar und legte Carina seine Hand auf die Schulter.
Die drehte sich erschrocken um und wand sich aus der Berührung. Sie brachte nicht mehr als ein »Hey, was ...« hervor und fragte sich, was an ihrer Antwort nicht zu verstehen gewesen sei. Sie fühlte sich unwohl, als der Typ näher an sie heranrückte.
»Komm schon, überleg es dir nochmal!«, hakte der Blonde nach.
»Zieh Leine!«, antwortete Ben an Carinas Stelle schneidend und baute sich vor ihm auf.
»Hey, alles cool, Mann ...«, beschwichtigte der Blonde.
»Lass die Finger von ihr, klar?« Bens Stimme klang drohend. Er machte noch einen Schritt auf den Typen zu, ehe er nach Carinas Hand griff und diese fest umschloss. Dann zog er seine Freundin dicht an sich und küsste sie so heftig, dass ihr beinahe die Luft wegblieb.
Der Blonde wandte sich wieder seinen Freunden zu und verschwand mit diesen in der Menge.
»Alles okay?«, fragte Ben, dicht an Carinas Ohr.
»Ja, alles okay. Damit hat er wohl nicht gerechnet. Mein Nein hat er offenbar nicht verstanden«, erklärte Carina. Sie ertappte sich bei dem Gedanken, dass es sich durchaus gut anfühlte, dass Ben dem Unbekannten sogleich klar gemacht hatte, dass sie seine Freundin war.
»Das will ich hoffen, sonst kann er was erleben«, antwortete Ben grollend.

»Na, kommt ihr Turteltauben, lasst uns wieder zu den anderen gehen, was haltet ihr davon?«, brachte sich Betty ein.

Sie hatte die Szene beobachtet, und sah die beiden auffordernd an. Die bestellten Drinks hatte sie in den Händen und reichte Carina den ihren.

Ben stimmte Betty zu. Die Drei bahnten sich ihren Weg durch die Menschenmenge.

Betty beugte sich unterwegs zu Carina hinüber. »Ich glaub, dein Lover hat `nen leichten Hang zur Eifersucht«, flüsterte sie ihrer besten Freundin zu.

»Na, der Typ eben hat mein Nein aber auch nicht kapiert«, erklärte Carina und klang, als würde sie Ben verteidigen.

»War nicht böse gemeint, Süße! War nur eine Feststellung!«, bestätigte Betty und legte einen Arm um Carinas Schultern. Mit einem dicken Kuss auf die Wange versicherte sie ihr: »Ich glaub, er meint es wirklich ernst, sonst würde er nicht so reagieren, nur weil dich jemand auf einen Drink einladen wollte.«

Carina lächelte Betty glücklich an und drückte dabei Bens Hand, die ihre noch immer umschlossen hielt.

Betty gesellte sich zu Linda und Sina, die gerade von der Tanzfläche zurückkamen. Dom und Mike kehrten wohl ebenfalls gerade von der Bar zurück, denn sie kamen auf Ben und Carina zu und drückten Ben ein Bier in die Hand.

»Alles gut, Bro?«, erkundigte sich Dom und musterte Ben, der nicht von Carinas Seite zu weichen schien.

»Ja, jetzt schon.«

»Du meinst den Typen von vorhin, der Carrie angegraben hat, oder?,« fragte Dom vorsichtig.

»Der soll sich ja nicht wieder in ihrer Nähe blicken lassen«, erklärte Ben und nahm einen Schluck von seinem Bier.

»Na, entspann dich, Bro, wir haben mit dir ein Auge auf deine holde Maid, die fasst keiner so einfach an. Versprochen.«

»Dank dir, Dom«, sagte Ben und fühlte sich erleichtert. Allmählich wurde er wieder lockerer. Es war nicht das erste Mal, dass jemand versucht hatte, seine Freundin anzumachen, jedoch stellte Ben fest, dass es ihm vorhin zum ersten Mal nicht darum ging, dass jemand nicht mitbekommen zu haben schien, mit welchem Mädchen er gerade zusammen war. Nein, dieses Mal war es ihm nicht um sein Image gegangen. Dieses Mal hatte ihn ein Gefühl übermannt, das er noch nicht einordnen konnte. Sein Puls war augenblicklich in die Höhe geschnellt und er hatte absolut rot gesehen, als der Blonde Carina angefasst hatte.

Ben verdrängte den Gedanken daran und gab Carina schnell einen zarten Kuss.

Dom zwinkerte seinem besten Kumpel zu und erhob sein Glas, um mit den Freunden anzustoßen. Dom prostete zuerst Carina zu, dann empfing er Betty mit seinem erhobenen Bierglas, die mit den Freundinnen dazu gekommen war. Sina und Linda hatten jeweils ihren Freund dabei. Die Jungs begrüßten Bens Kumpels mit einem lässigen Handschlag.

Ben fühlte sich in diesem Moment überaus glücklich.

Seine Kumpels schienen Carina ebenfalls zu mögen und kamen auch mit ihren Freunden gut aus, sodass die beiden Cliquen an diesem Abend bunt gemischt waren.

Beim Tanzen hielt Ben ihren Blick lange gefangen. Wie so oft, wenn er mit ihr zusammen war, hatte er das Gefühl, einen Schwarm wild flatternder Schmetterlinge im Bauch zu haben und er fragte sich, ob es ihr wohl genauso ging? Es fühlte sich gut an, dieses Bauchkribbeln. Es regte sich noch viel mehr in Ben. Carina sah einfach toll aus in dem kurzen Rock und dem Top. Ihre Augen hatte sie sehr dunkel betont, was ihn unheimlich anmachte.

Gegen sie war Nadine gar nichts. Bei ihr hatte er nie irgendetwas Großartiges gefühlt. Bei Carina wurde seine Kehle trocken, wenn sie ihn intensiv anschaute. Ihre Küsse brannten auf seinen Lippen, und wenn sie sich an ihn schmiegte, hatte er Mühe, seine Coolness zu bewahren. Das war ihm bisher noch nie passiert.

Dom gab eben eine weitere Runde Wodka Bull aus. Die Band spielte spitzenmäßig, die Tanzfläche war brechend voll. Die ›Bandits‹ waren im Landkreis heiß begehrt und die Stimmung war riesig.

»Pass auf, was Dom so mischt«, warnte Ben Carina noch, ehe sie einen weiteren Drink von seinem Kumpel nahm.

Sie sah Ben fragend an.

»Dom steht auf Absinth.«

Zugleich warf er Dom einen kritischen Blick zu, doch Dom grinste ihn nur frech an und hob den Daumen hoch.

Ben nahm Carina das Glas ab und probierte einen Schluck.

»Dom, das ist mehr Absinth als alles andere«, rief er empört.

»Hau weg das Zeug!«, antwortete Dom lallend und exte sein Glas. Mike kam zu Ben hinüber und klopfte ihm auf die Schulter. »Hey Mann, wir gehen kurz rüber zu Sid, die anderen warten schon an seinem Bully, kommst du mit?«

Ben blickte kurz zu Carina und zögerte.

»Komm schon«, drängte Mike.

Ben nickte. Mike hatte Recht. Er wusste gar nicht, worum er sich gerade sorgte, es war doch alles gut. Heute wurde gefeiert wie die anderen Wochenenden auch, und ein Treffen im Bully, seinem alten VW-Bus, in dem sie oft beisammen saßen, gehörte nun mal dazu.

»Ich bin gleich wieder da, ok?«, raunte Ben seiner Freundin ins Ohr und drückte ihre Hand. Sie nickte. Sein Kuss war wie Feuer auf ihren Lippen.

Carina gesellte sich zu Betty und den Mädels.

»Wo ist Ben?«, fragte Sina und strich sich eine schwarze Haarsträhne aus der Stirn, die sich aus ihrer Hochsteckfrisur gelöst hatte.

»Gleich wieder da«, antwortete Carina und schwankte leicht. Ben hatte Recht gehabt mit dem Absinth.

Betty schaute sie skeptisch an.

»Ich hol mir 'ne Cola, komm gleich wieder!«, erklärte Carina ihren Freundinnen und marschierte los zur Bar.

Betty kam vorsichtshalber mit.

Carina torkelte, während sie sich durch die tanzende Menge zwängte. Als sie an der Bar ankamen, erklärte sie: »Absinth. Dabei hat Ben mich noch gewarnt.«

»Na, viel Spaß mit deinem Schädel morgen!«, sagte Betty düster.

»Danke«, antwortete Carina trocken.

Linda und Sina waren ihnen gefolgt. »Cheers Carrie, auf dich und Ben!«, rief Linda übermütig.

Gläser klirrten und die Mädels lachten und feierten vergnügt. Bald zog es sie wieder auf die Tanzfläche.

Auf dem Weg dorthin lief Carina Ben geradewegs in die Arme, der sie stürmisch küsste und mit ihr zu tanzen begann.

Später spielte die Band einige Kuschelsongs. Bei ›Crash – I suddenly fell for you‹ tanzten Ben und Carina eng umschlungen.

»Das Lied trifft's – plötzlich verliebt, obwohl wir uns so lange kennen ...«, raunte ihr Ben ins Ohr.

»Hab ich mir auch schon gedacht. Du warst viel zu lange nur der mit dem tollen Schimmel.«

Ben lächelte und streichelte ihre Wange. »Jetzt geht die Saison erst richtig los. Der Sommer wird toll werden«, versprach Ben.

Noch eine Woche bis zum Turnier in München, drei Wochen später die Intermediaire, weitere vier Wochen danach war das Schuljahr vorüber und der Lehrgang mit der EM-Sichtung stand an. Drei Wochen danach ging es um die Deutsche Meisterschaft! Und alles mit Carina an seiner Seite. Nie hätte er es sich träumen lassen, dass dieses Magenflattern, das in ihrer Gegenwart nahezu ebenso allgegenwärtig zu sein schien, wie die knisternde Spannung, die er verspürte, wenn sie sich berührten, ihn so umhauen konnte.

Ja, Dom hatte vorhin Recht gehabt, er war bis über beide Ohren verliebt. Und ja, diesmal war es ihm wirklich ernst. Dieses Mal ging es ihm um sie, und nicht um das, was die anderen dachten. Auch wenn er es natürlich genoss, dass sie ihn beneideten. Aber dass Ben immer bekam, was er wollte, war nichts Neues. Alle waren ganz verwundert gewesen, als er dieses Mal nicht auf Sids Schwester Pia eingestiegen war. Mit ihr war sonst immer etwas gelaufen, auch, als er eigentlich mit Nadine zusammen gewesen war.

Doch irgendetwas in ihm hatte sich verändert. Er hatte kein Verlangen nach den anderen Mädchen. Für ihn war es absolut neu, dass er seinen Gefühlen gegenüber machtlos war. Ben war froh, dass er es zugelassen hatte, weil sich diese Art von Kontrollverlust unsagbar großartig anfühlte.

Deshalb hatte er den Joint, nachdem er kurz daran gezogen hatte, schnell an Mike weitergegeben und hatte den Bully verlassen. Vor Carrie musste er nicht den Obercoolen markieren und er wollte nicht länger unter den verwunderten Blicken der anderen bleiben. Zumindest Dom würde das schon verstehen.

Simon und Mike kamen herüber und hatten Prosecco dabei.

»Auch ein Glas?«, fragte Mike.

Ben nickte. »Wir müssen noch anstoßen, Carrie. Auf Twister und die Saison. Darauf, dass wir heute feiern bis zum Umfallen, weil die nächsten Wochenenden Turnier ist. Und wir müssen auf uns anstoßen. Cheers!« Ben lallte ein wenig.

Simon musterte seinen Kumpel skeptisch. Was redete er da für einen Müll? Und was sollte das vorhin, dass er Pia hatte abblitzen lassen? Das hatte es noch nie gegeben. Den schien es wirklich voll erwischt zu haben. Aber das musste er schließlich selbst wissen.

»Cheers!«, sagte er schulterzuckend und Mike und Carina stimmten mit ein.

Am nächsten Morgen fiel es niemandem leicht, aufzustehen. Das Lager auf dem alten Heuboden bei Dom erfreute sich großer Beliebtheit. Bens bester Freund lebte auf einem Bauernhof, der jedoch nicht mehr bewirtschaftet wurde. Doms Eltern pflegten zwar einige Gemüsebeete und einen Obstgarten, nutzten den Heuboden aber selbst nicht mehr. Somit stand dieser nahezu leer, lediglich ein paar alte Möbelstücke und der restaurierungsbedürftige Oldtimer seines Vaters beanspruchten ein paar wenige Quadratmeter und waren mit Leintüchern abgedeckt. Seine Eltern nahmen es locker, wenn ihr Sohn seine Freunde dort zum Übernachten einlud. Sie ließen ihm viel Freiraum. Somit kam es nicht selten vor, dass Doms Freunde nach den Partys in der

Umgebung dort übernachteten. Meistens wurde noch bis in den frühen Morgen weiter gefeiert. Am Abend hatten die Freunde noch spontan das Strategiespiel ›Risiko‹ begonnen, bis einer nach dem anderen vor Müdigkeit kapitulierte.

Gegen fünf Uhr hatten sich sogar Simon und Mike schlafen gelegt und waren lange nicht wach zu bekommen.

Betty, Ben und Carina machten sich jedoch am späten Vormittag auf den Heimweg. Ben hatte drei Pferde zu trainieren und Carina zwei; zudem sollte Mathe nicht zu kurz kommen, da am Ende der Woche eine wichtige Arbeit anstand. Wenn die gut verlief, war das Schuljahr nahezu gerettet.

Ben brachte die beiden Freundinnen nach Hause. Er hatte einen Mordskater, aber entgegen der Gewohnheit zog er es heute vor, seine Vorhaben zu erfüllen und den Tag nicht zwischen Aspirin und literweise Wasser auf dem Sofa zu verbringen.

Nachdem er sich umgezogen hatte, fuhr er direkt zum Stall, wo Champion ihn schon erwartungsvoll anblickte, als er den Stall betrat. Er holte den Schimmel aus der Box und band ihn in der Stallgasse an.

Wie immer war der gepflasterte Boden sauber gefegt und auf den Gitterstäben konnte Ben kein Stäubchen ausmachen. Die Holzpanels der Boxenwände waren messingfarben eingefasst, genauso wie die Gitterstäbe, welche die Pferde in den aneinandergrenzenden Boxen voneinander trennte. Ben musste an die Stallungen bei Rolf denken und wünschte sich, Champion könnte wenigstens ein bisschen Kontakt zu seinen Boxennachbarn haben. Er stand oft Nase an Nase mit Déjà-vu, doch ein Zusammenschnuppern war nur durch die Gitterstäbe möglich. Immerhin hatte Ben durchsetzen können, dass Champions Boxentür nur in der unteren Hälfte geschlossen und die obere Hälfte ausgehängt wurde. So konnte der Hengst wenigstens in die Stallgasse hinaus schauen.

Ben putzte sein Pferd sorgsam, dann sattelte er es und führte es aus dem Stall. Der Schimmel war voller Tatendrang und trat ungeduldig von einem Bein auf das andere, als Ben aufsitzen wollte.

»He, Champ, lass das!«, tadelte Ben sein Pferd.

Unbeeindruckt trippelte Champion umher und schnaubte aufgeregt. Kaum saß Ben jedoch schließlich im Sattel, war die Welt für Champion in Ordnung.

Ben ritt heute auf dem Außenplatz der Anlage die Dressur-Kür für das Wochenende durch und wollte sich an den Lektionen der S-Dressur vom Sonntag versuchen. Er wusste, dass sein Pferd so weit war, dennoch war er froh, dass er ihm die Zeit gegeben hatte, die er brauchte. Er würde das Hauptaugenmerk auf die M Kür legen.

Champion zeigte sich im heutigen Training von seiner besten Seite, sodass Ben am liebsten die ganze Welt umarmen wollte.

Michael Braun, sein Trainer, stand am weiß gestrichenen Zaun und beobachtete ihn. Er nestelte an seinem Schnauzbart herum, wie immer, wenn er sich konzentrierte. Mit Argusaugen beobachtete er den jungen Mann auf dem Hengst. Der Schimmel war bestens versammelt und kaute ruhig auf dem Gebiss. Seine grauen Beine setzen sich leichtfüßig in den weichen beigen Sand, sein Schweif pendelte im Takt. Ben strich dem Hengst kurz mit der inneren Hand über den Hals, um ihn zu loben, und leitete ihn sachte in die nächste Lektion. Braun war sich sicher, dass Ben und seinem Schimmel Großes bevorstand. Champion war ein Spitzenpferd und Ben war noch längst nicht an seine Grenzen gestoßen. Dass er im EM-Kader sein konnte, freute ihn sehr.

›Hoffentlich bleibt Champion fit‹, dachte er und staunte nicht schlecht, als der Schimmel fast perfekte Einerwechsel zeigte. Er kam nur kurz aus dem Takt, doch Ben lockerte den Kandarenzügel sofort ein kleines bisschen und sofort waren die Wechsel wieder taktklar und ordentlich durchgesprungen. Champion schnaubte bei jedem Galoppsprung und war hochkonzentriert.

»Hallo Michael, dass ich dich mal wieder treffe!«

»Ah, Raimund, ja ist eine Weile her«, antwortete Michael Braun und begrüßte Bens Vater, der seine Sonnenbrille zurechtrückte und die Arme vor der Brust verschränkte, während er neben ihn trat.

»Bist du schon lange hier?«

Richter schüttelte den Kopf. »Nein, ich bin eben erst gekommen.«

»Ich war wohl so auf deinen Sohn konzentriert, dass ich dich nicht kommen hörte«, entschuldigte sich Braun.

»Sein Training ist wichtig. Gut, dass du Ben im Auge hast. Ich habe derzeit viel zu tun in der Kanzlei, so dass ich meist nur am Wochenende hier bin«, erklärte Raimund Richter.

Auf seinen glänzend polierten schwarzen Schuhen spiegelte sich die Sonne.

Richter blickte zu seinem Sohn hinüber und schien jede Bewegung seines Pferdes zu analysieren. »Und, ist er fit für die EM?«, fragte er knapp.

»Ja, mit Sicherheit. Ich sag dir was, Raimund, dein Sohn könnte zur Weltspitze gehören!«

»Ich weiß. Wenn er nur Champion ein wenig mehr fordern würde. Der könnte längst erfolgreich in S-Prüfungen laufen.«

»Raimund, lass ihn. Oft ist es gut, ihnen ein wenig Zeit zu geben. Beide sind jung.«

»Aber der Hengst hat Klasse, das wurde beim Bundeschampionat schon festgestellt. Er war nicht umsonst Drittplatzierter bei den jungen Dressurpferden damals!«

»Raimund, Ben macht das schon. Sieh ihn dir an, heute könntest du die beiden tatsächlich in eine S schicken. Aber ich muss Ben darin Recht geben, dass es für Champion noch zu früh ist, ihn nur noch in der schweren Klasse zu starten. Das hat Zeit bis nächstes Jahr. Lass den Hengst sich erst mal völlig auswachsen, er hat muskulär noch ordentlich zugelegt und da kommt noch ein Schub, da bin ich mir sicher.«

»Nächstes Jahr erwarte ich das. Er verliert sonst den Anschluss. Wir müssen uns bald umsehen, wo es in Uninähe einen guten Trainingsstall gibt.«

Michael Braun zog die Augenbrauen hoch und schaute Herrn Richter verwundert an.

»Ben wird Jura studieren, da kann er nicht pendeln. Er wird eine Wohnung in der Nähe der Uni brauchen, und deshalb auch einen Stall mit guten Trainingsbedingungen.«

»Ach, er will Jura studieren und weiter reiten? Nicht schlecht, davon hat er nie etwas gesagt.«

»Jetzt weißt du es, deshalb darf kein Schlendrian einreißen im Training. Heuer macht ihm keiner mehr den Rang streitig, und bei der Deutschen Meisterschaft hat er kaum Konkurrenz.«

»Raimund, vergiss Sandra Schwarz, Kristin Klein und Carina Reinders nicht!«, rief Michael Braun aufgebracht.

Schlagartig wurde Raimund Richter bewusst, woher er das Mädchen kannte, das ihm Ben kürzlich vorgestellt hatte. Er konnte doch nicht so verrückt sein, und mit seiner Konkurrentin ...?

»Die Pferde der Mädchen sind minderwertig«, entgegnete er daher schnell.

»Reinders haben ein Pferd zur Verfügung gestellt bekommen«, erklärte Braun.

»Was interessiert uns das? An Champion kommt so leicht keines ran. Vergiss nicht, welche Linien sich in ihm vereinen.«

»Ja, Raimund, ich weiß. Aber ich kenne den Hengst, den Carina bekommen hat. Und Schwarz' haben mit Douglas Queen ein echtes Ass im Ärmel, wenn La Rouge nicht mehr auf die Beine kommt, wonach es derzeit aussieht. Wir dürfen die anderen keinesfalls unterschätzen Raimund, sie sind in den letzten Monaten sehr stark geworden.«

Raimund Richter zuckte desinteressiert mit den Schultern. »An Ben kommen sie nicht so einfach ran. Was La Rouge betrifft, na, das soll uns nur recht sein, wenn es kein Gerücht, sondern Fakt ist.«

»Raimund ...«, begann Michael Braun empört, doch Bens Vater winkte ab.

»Mit meinem Sohn werde ich noch ein ernstes Wort reden müssen.«

»Wieso? Was hast du nun schon wieder?«

»Mir passt seine neue Freundin nicht«, schnauzte Richter.

»Raimund, der Junge wird neunzehn, lass ihn doch seine Erfahrungen machen.«

Raimund Richter drehte sich auf dem Absatz um und funkelte den Trainer zornig an. »Aber nicht mit Carina Reinders! Das kann nicht gut sein, er muss an seine Karriere denken.« Wütend stampfte er mit geballten Fäusten zum Reitplatz und kickte unterwegs einen Stein aus dem Weg, der in den Geranien landete, die das Trainingsviereck ringsum säumten.

Braun starrte ungläubig auf Ben und seinen Schimmel. Er fragte sich, wie der Junge sich nur auf eine Beziehung mit der Konkurrenz einlassen konnte. Das würde vermutlich seinen Ehrgeiz gefährden, da beide in der gleichen Klasse ritten. Ben war immer zielstrebig gewesen, aber würde er weiterhin alles geben, wenn es wieder einmal knapp werden sollte zwischen ihm und Carina? In den letzten Monaten waren sie immer öfter nur wenige Punkte auseinander gelegen. Unter diesem Aspekt musste er sich eingestehen, dass er den Unmut Raimund Richters, was Bens neue Freundin betraf, tatsächlich teilte. Bislang hatte Ben keine feste Freundin in seiner Turnierklasse gehabt, so dass es nie Anlass zur Sorge gegeben hatte, seine Leistungen könnten einem Mädchen zuliebe nachlassen. Dass er nun offenbar mit einer seiner stärksten Konkurrentinnen zusammen war, bereitete ihm nun aber Kopfzerbrechen. Noch hatte Ben Carina reiterlich einiges voraus, aber die hatte sie im Lauf des letzten Jahres schnell weiter entwickelt und der Trainer wusste, dass das Mädchen Potenzial für mehr hatte. Er dachte an die Deutsche Meisterschaft und wagte sich kaum auszumalen, dass Ben und Carina möglicherweise mit einem Punktegleichstand ins Finale einziehen würden. Nachdenklich rieb er sich das Kinn. Würde Ben wirklich seine Karriere aufs Spiel setzen?

Carina führte Twister am Kappzaum zur Longierhalle. Sie wollte ihn ohne Ausbinder sehen und ihm die Möglichkeit bieten, sich frei und locker zu bewegen. Rolf und Betty begleiteten sie.

Nach ein paar Minuten im Schritt wechselte das Mädchen die Hand und ließ den Hengst anders herum schreiten. Twister schaute sich interessiert um, drehte aber anständig seine Runden und war mit einem Ohr stets bei Carina. Er war gut ausgebildet, wie sie feststellte, und vor allem auch an der Longe sehr sensibel. Ein leises Zupfen an der Longe ließ den Rotschimmel augenblicklich anhalten. Wenn sie dann die Peitsche nur wenige Zentimeter vom Boden anhob, trat der Hengst gehorsam wieder an.

Als seine Anspannung ein wenig nachließ, trabte sie Twister an. Der Hengst machte einen Bocksprung und trabte danach mit viel Elan los. Dabei dehnte er sich phasenweise vorwärts-abwärts, schaute jedoch beim geringsten Geräusch aufmerksam um sich. Er schnaubte gut ab und wieherte, als ein Pferd an der Halle vorbeigeführt wurde, hielt aber brav das Tempo und zerrte nicht an der Longe. Er reagierte auch im Trab prompt auf die Kommandos, die Carina ihm gab, sodass sie bald an einfachen Übergängen arbeiteten. Twister begann, leicht zu schwitzen, konzentrierte sich aber voll auf Carina und war bemüht, sofort das umzusetzen, was sie verlangte.

Rolf war begeistert. Dass der Hengst so leicht zu handeln war, hatte er nicht gedacht. Seine Galoppade war traumhaft, Rolf stellte sich in Gedanken vor, was Carina mit diesem Pferd in den nächsten beiden Jahren erreichen konnte.

»Lass es gut sein, Carina, morgen gehen wir dann ins Detail«, rief er ihr nach etwa dreißig Minuten zu.

Sie nickte und parierte Twister zum Schritt durch. Dann ließ sie ihn anhalten, wickelte die Longe auf und ging zu ihm, strich ihm lobend über den Hals und kraulte ihn am Widerrist. Dass er das mochte, hatte sie zuvor beim Putzen festgestellt.

»Feiner Twister, gut gemacht! Ich bin gespannt, wie du dich morgen machst«, sagte sie leise zu dem Rotschimmel.

Twister schaute sie erwartungsvoll an, seine roten Ohren waren steil gespitzt.

»Komm wir gehen noch ein wenig spazieren. Du schwitzt, mein Hübscher.«

Mit diesen Worten nahm sie den Führstrick vom Tor der Longierhalle und führte den Hengst noch ein paar Minuten um den Hof. Sie redete viel mit ihm und versuchte, herauszufinden, was er mochte und was nicht. Twister sah sich neugierig um, machte jedoch keine Anstalten, sich aufzuregen. Offenbar war er dabei, sich schnell und gut einzuleben. Er wieherte lediglich einige Male, blieb aber stets auf Carinas Höhe und zerrte kein einziges Mal am Strick.

»Feiner Junge. Ich bin gespannt, wie unser erster Ritt wird.« Sie kraulte ihn unter der Mähne und träumte von der Deutschen Meisterschaft. Es würde sicher spannend werden unter ihren

Mitstreitern. Sie würde die Einzige sein, die mit einem neuen Pferd startete, sofern sie sich für Twister entscheiden würde. Aufgeregt dachte sie daran, wie es sein würde, mit Twister zur größten Prüfung ihrer bisherigen Reiterkarriere einzureiten. Auf Mister X war in solchen Situationen Verlass - Carina fragte sich, ob Twister ebenso spüren würde, wenn ihr eine Prüfung besonders wichtig war. Bei Mister hatte sie immer das Gefühl, dass er wusste, wenn es um etwas ging und dann erst recht alles gab. Bei diesem Gedanken musste Carina lächeln und strich Twister gedankenverloren über den Hals.

Als Twister versorgt war, sattelte Carina Mister X. Rolf wollte mit ihr an den Übergängen und an den halben Pirouetten arbeiten.

Der Trainer erwartete das Mädchen bereits in der Reithalle und ließ die vergangenen Jahre Revue passieren. Carina und Betty hatten bei ihm reiten gelernt. Er schmunzelte, als er daran dachte, wie ihre Eltern mit den beiden Mädchen, die damals gerade im Kindergartenalter waren, jeden Sonntag zum Ponyreiten gekommen waren. Schon damals wollten die Mädchen nach dem Reiten noch lange die Ponys putzen, füttern und waren kaum zum nachhause gehen zu bewegen. So kam es, dass aus dem sonntäglichen Ereignis bald eine Routine wurde, die um einen Tag unter der Woche erweitert wurde. Die Eltern wechselten sich mit der Begleitung ab und freuten sich, dass ihre Kinder so viel Spaß mit den Ponys hatten.

Im Grundschulalter durften beide ihre ersten Einzelstunden an der Longe bekommen und wechselten nach wenigen Monaten in die Ponygruppe zu den Kindern, die bereits im Schritt frei reiten konnten und dann das Traben erlernten. Bereits damals war Carina durch ihr Talent aufgefallen. Sie hatte schnell gelernt und die anderen Kinder in der Gruppe bald an Können überholt, so dass sie eigentlich viel früher in eine Gruppe für fortgeschrittene Kinder hätte wechseln können. Da Betty und Carina aber unbedingt zusammen bleiben wollten, ritt Carina in der Einsteigergruppe mit, bis auch Betty so weit war und wechseln konnte.

Schon damals kamen die Freundinnen nicht nur an den beiden Tagen, an denen sie Unterricht hatten in den Stall, sondern waren, wann immer sie jemand fahren konnte, im Stall anzutreffen. Bald wurde das Welsh-Pony Gypsy ihr Pflegepony, mit dem die damalige Reitlehrerin die Mädchen zusätzlich in die Bodenarbeit einwies. So verbrachten Betty und Carina nahezu ihre ganze Freizeit am Stall und wollten bald beim Heu füttern und Misten helfen.

Rolf musste lachen, als er daran dachte, wie sehr er die Freundinnen ausbremsen musste, als sie das erste Mal eine Mistgabel in den Händen hielten und diese kaum auf die Schubkarre entleeren konnten. Er hatte ihnen damals aber nicht helfen dürfen. Sie hatten darauf bestanden, selbst eine Karre voll aus dem Offenstall zu räumen. ›Fleißig waren die beiden schon immer‹, sinnierte Rolf.

Mit dem Wechsel in die Gruppe der Jugendlichen, hatten Bettys Eltern ihrer Tochter ein eigenes Pferd versprochen. Rolf hatte sie damals beraten und mit ihnen unzählige Pferde besichtigt. Carina durfte meistens mitfahren und die Kandidaten ebenfalls reiten. Als sie schließlich die Schimmelstute Delta Belle entdeckten, war Betty auf den ersten Blick verliebt und die Stute zog bereits wenige Tage nach dem Proberitt in Rolfs Stall ein. Von diesem Tag an waren Betty und Carina täglich am Stall. Bella wurde geputzt, spazieren geführt, und im Unterricht geritten. Bald schon traute Rolf den Mädchen zu, mit ihr ausreiten zu gehen. Er lieh Carina damals seinen Wallach Sioux, der sich, wie Bella, absolut zuverlässig und unerschrocken verhielt.

In den großen Sommerferien nach Bellas Kauf meldeten beide Eltern ihre Töchter zum Reitabzeichenkurs an. Diesen bestand Carina mit so guten Wertnoten, dass Rolf ihr vorschlug, im Herbst bereits das nächste Abzeichen zu absolvieren. Damals führte er das erste längere Gespräch mit Carinas Eltern. Er war sich sicherer denn je, dass Carina großes Talent zeigte und er hatte den Entschluss gefasst, das Mädchen zu fördern, auch wenn die finanziellen Verhältnisse der Reinders kein eigenes Pferd zuließen. Deshalb hatte er ihren Eltern damals vorgeschlagen, dass Carina bei ihm im Einzelunterricht weiter reiten und mit seinen Schulpferden an Turnieren teilnehmen konnte. Bereits bei den ersten Starts war sie gut platziert gewesen und konnte im Folgejahr schon in die Klasse A einsteigen und an ihre Erfolge anknüpfen. Bis dahin war sie gerne gesprungen, doch nach und nach hatte sich ihre Leidenschaft für die Dressur herauskristallisiert. Als er sie erstmals auf Mister X setzte, war ihm, als habe das Pferd nur auf das Mädchen gewartet. Vom ersten Moment an hatte alles zwischen den beiden gepasst und Carina hatte sich nahezu in jeder Unterrichtsstunde mit Mister X weiter gesteigert. Ihr erstes Turnier mit dem Braunen hatte sie mit Abstand gewonnen - von diesem Tag an hatte Rolf ihr Mister X zur freien Verfügung gestellt und sie half dafür im Stall mit.

›Mädchen, du kannst eine ganz Große werden‹, dachte Rolf und sah zu, wie sie geschmeidig in der Hüfte mitschwang, wenn Mister X seine Einerwechsel ausführte. Eine solche Harmonie erreichten nicht viele Reiter. Er hoffte, dass sie und Twister ebenso harmonieren würden.

Carina saß glücklich auf dem großen Braunen und zeigte nun eine ausdrucksstarke Traversale. Die Seitengänge zählten zu ihren Lieblingslektionen.

Mister X schwitzte. An seinem Hals konnte man unter dem dünnen Fell jedes Äderchen pulsieren sehen. Man sah ihm sein Alter nicht an, und Rolf war sich sicher, dass ihn der Sport fit hielt. Betty würde ihn weiter reiten im nächsten Jahr, um ihn im leichten Training zu halten.

Er war davon überzeugt, dass Mister schnell abbauen würde, wenn er nicht mehr gebraucht würde. Zu oft hatte er erstklassige Sportpferde in Pension gehen und dann rasch altern sehen, weil sie nutzlos geworden waren und ohne Aufgabe herumgestanden hatten. Das würde er Mister X nicht antun, dafür verdankte er ihm zu viel.

Durch Carinas Erfolge, und die seines Sohnes Tom früher, waren seine Reitschule und die kleine Zucht weithin bekannt geworden und standen in einem guten Ruf. Rolf lächelte bei dem Gedanken an seinen Sohn, der zunächst für ein Praktikum und anschließend für eine Festanstellung nach Holland gezogen war. Mittlerweile betrieb er dort ein kleines Gestüt und bildete Springpferde aus.

Rolf hoffte, dass Carina am Ball bleiben würde, und sah ihre Zukunft, wie die seines Sohnes, bei den Pferden.

›Ach was, sie sagt immer, sie will mit Pferden arbeiten, ich sollte mich nicht sorgen‹, dachte er und beobachtete Carina in der halben Pirouette. Seit Ben hier gewesen war, klappte diese Lektion immer besser. Sie lernte schnell und Ben konnte sein Wissen offenbar bestens weitergeben.

Zufrieden beendete Carina nach dem Unterricht die Arbeit mit Mister X. Freudestrahlend saß sie in seinem Sattel und lobte ihn überschwänglich. Sie war sich sicher, dass sie in diesem Moment der glücklichste Mensch auf Erden war.

Am Montag fuhr Carina gleich nach der Schule mit Ben nach Hause. Es ging mit großen Schritten auf die Mathearbeit zu. Nachdem sie in Geometrie langsam sicherer wurde, ging es heute um Algebra, die ihr besonders schwerfiel. Es dauerte gute zwei Stunden, bis Ben beschloss, es sei genug für heute.

Carina rauchte sprichwörtlich der Kopf.

»Bist du sicher, dass ich das bis Freitag wirklich intus habe?«, fragte sie zweifelnd. Algebra war ihr noch immer ein Graus.

»Na klar, Carrie, hab ein bisschen Vertrauen«, sagte Ben und nahm sie von hinten in seine Arme. Er küsste ihren Nacken und meinte, »mach dir keine Sorgen, das kriegen wir hin! Immerhin wollen wir beide gemeinsam zur Deutschen und zur EM.«

Carinas Miene erhellte sich schlagartig. »Das wäre schön«, sinnierte sie.

»Was heißt hier wäre – das wird schön!«, betonte Ben und spielte mit ihren Fingern.

Sie drehte sich zu ihm um und schaute ihm in die Augen. »Du, Ben ...«

»Hm?«, murmelte Ben und küsste sie zart.

»Mein Dad ist sehr in Sorge, dass wir unsere Reiterei gefährden ... denkst du, dass das wirklich ein Problem werden könnte?«

»Nee. Ich halte es für Blödsinn.«

»Dann bin ich beruhigt, wenn du das genauso siehst wie ich.«

»Hey«, sagte er leise, aber bestimmt, hob ihr Kinn sachte an und fuhr fort, »wir können das doch super trennen. Jeder wird sein Bestes geben, das ist ganz sicher. Mal bist du besser, mal hab ich mehr Punkte – na und? Das ist doch normal in unserem Sport, oder nicht?«

»Hab ich doch gesagt, aber Papa ...«

»Ja, meiner sieht das ebenfalls anders. Ich hab den Trainer die Tage mit ihm reden sehen. Aber denen werden wir es zeigen. Schau dir Maren und Stefan Meindl an, da klappt es auch, und die stellen das halbe Olympia-Team. Wieso sollte das also bei uns anders sein?«

Carina blickte ihn eindringlich an. »Ich bin froh, dass du das sagst, weil ...«, sie machte eine kurze Pause und küsste ihn, »weil, ich glaub, ich hab mich ganz schön in dich verliebt.«

Ben zog sie wortlos an sich und spürte, wie sein Herz raste. Er fühlte sich einen Moment lang machtlos. Dann ließ er es jedoch zu und genoss das warme, kribbelnde Gefühl, das ihn durchströmte.

»Geht mir genauso, Carrie«, flüsterte er atemlos.

Am späteren Nachmittag machten sich Ben und Carina auf zu Rolfs Stall. Dort holten sie zuerst Twister von der Weide und putzten ihn gemeinsam.

»Morgen zeig ich dir unsere Pferde, wenn du willst!«, schlug Ben vor.

»Sehr gerne, ich bin schon gespannt, was bei euch noch so alles an Champions rumsteht.«

Ben lächelte und sattelte Twister, dann kontrollierte er die Bandagen und hielt den Hengst fest, damit Carina aufsitzen konnte.

Rolf unterrichtete noch in der Halle und hatte Carina nur kurz angewiesen, Twister gleich auf Kandare zu zäumen.

Auf dem Weg zur Reithalle sah sich der Rotschimmel aufgeregt um und sog die Luft der neuen Heimat schnorchelnd durch weit geblähte Nüstern ein. Dennoch blieb er ruhig, wenngleich er der neuen Umgebung heute mehr Aufmerksamkeit schenkte als am Tag zuvor.

Ben und Rolf standen nebeneinander an der Bande und sahen Carina zu, wie sie den Hengst zunächst am lockeren Zügel im Schritt warm ritt.

Als sie auf den großen Spiegel zukamen, prustete Twister aufgeregt und machten einen Satz zur Seite, doch Carina konnte ihn umgehend einrahmen, und weich wieder auf den Hufschlag führen. Beim nächsten Mal interessierte er sich kaum noch für sein Spiegelbild. Rolf und Ben nickten sich zu. Das war sehr gut.

Langsam nahm Carina die Zügel auf und trabte an. Twister schnaubte aufgeregt und spielte hektisch mit den Ohren. Der Sand unter seinen Hufen verursachte dumpfe Geräusche, wenn er an der Bande vorbeilief. Ganz allmählich stellte Carina den Rotschimmel an die Hilfen und hatte ihn, nachdem sie sich viel Zeit genommen hatte, um ihn zu lösen, bald in Versammlung. Sie beschäftigte ihn heute mit einfachen Wechseln und Seitengängen. Die Traversalverschiebung klappte nicht ganz so reibungslos, wie an Twisters Heimatstall.

»Nimm die Wade einen Touch zurück, ja, und jetzt - nachgeben mit der rechten Hand! Viel besser, jetzt noch einen Impuls geben – na also!«

Rolf korrigierte Carina sofort und schon wurde es besser. Carina strich mit der inneren Hand lobend über Twisters Hals, der sich daraufhin wohlig dehnte.

Ben schwieg die ganze Zeit. Rolf war der Trainer und es lief gut.

»Mit welchen Pferden fährst du zum Lehrgang, Ben?«, fragte Rolf schließlich.

»Ich nehme Champion und Déjà-vu mit; beiden tut es gut und Déjà-vu würde ich gern noch weiter fördern, bis Pa ihn verkauft. Er ist ein tolles Pferd, aber nicht immer einfach.«

»Ist das der Fuchs, den du in Thalhausen dabei hattest?«

Ben nickte.

»De Angelo, oder?«

»Ja, über die Mutter ist De Angelo in seiner Abstammung. Wir haben ihn in Marbach gekauft. Er wurde nicht gekört, zeigt aber gute Anlagen. Ich finde es fast schade, dass Pa ihn nicht behalten will.«

»Kann ich verstehen. In Wettersbach reitest du mit Silverano nochmal Intermediaire, hab ich gehört?«

»Genau, wir versuchen es nochmal. Bevor Silver in Rente geht. Champ braucht noch eine Weile, bis er so weit ist. Ich will ihm Zeit geben, sich zu entfalten.«

Rolf nickte zustimmend. Sehr vernünftig war der Junge, und er hatte Talent. Bestimmt würde Ben später beruflich mit Pferden arbeiten wollen. Dass das Jurastudium, von dem sein Vater ständig erzählte, sein Wunsch war, konnte er nicht glauben. Doch erst kürzlich hatte Rolf, als er auf einem Turnier an der Kantine angestanden war, mitbekommen, wie Raimund Richter dem Trainer von Kristin Klein von den Studienplänen seines Sohnes erzählt hatte.

Zu Carina gewandt sagte er: »Willst du an den Galoppwechseln nochmal arbeiten? Dass er im Takt bleibt?«

Sie bestätigte und galoppierte an.

»Eins, zwei, drei, vier – ja, so ist es besser!«, zählte Rolf im Takt mit und sah fasziniert zu, wie Carina und der Hengst mit feinsten Hilfen kommunizierten. Unglaublich, da sie sich noch gar nicht lange kannten!

›Wahnsinn‹, dachte Carina und warf Ben einen glücklichen Blick zu. Sie hatte das Gefühl, zu schweben, wenn Twister sich bewegte. Er war enorm gut ausgebildet und reagierte auf so sensible Hilfen, dass sie direkt aufpassen musste, nicht zu deutlich zu werden.

»Feiner Twister, ich bin so froh, dass du hier bist«, raunte sie ihm zu.

Rolf beobachtete seine Schülerin mit Argusaugen, während sie seine Anweisungen umsetzte und sich in ihr Pferd hineinfühlte. Die Galoppwechsel waren nicht gerade Twisters Stärke, aber hier fehlte es den beiden vielleicht wirklich nur an der Routine. Dann würde der Takt sicherer werden. Die Trabverstärkungen waren dafür einfach grandios, fand Rolf. Carinas Gesicht sprach Bände, sie strahlte, während sich Twister im Rahmen erweiterte und mächtig aus der Hinterhand zu schieben begann.

›Es fühlt sich an, als würde er fliegen!‹, dachte das Mädchen. ›Ich will nie aufhören, Dressur zu reiten! Twister, du bist mein Glück! Wir werden allen zeigen, wie toll du bist. Und vielleicht sieht auch Pa dann irgendwann ein, dass ich nicht im Büro landen will.‹

Sie streichelte den nassgeschwitzten Hals des Hengstes und parierte ihn zum Schritt durch. Carina war außer Atem und bat Ben, ihr die Wasserflasche zu reichen, die an der Bande stand. Twister blieb mustergültig stehen, als Ben sie ihr gab.

»Irre, du hast da echt ein Goldstück bekommen, weißt du das?«

»Ja, sieht so aus. Dank Rolf!« Sie strahlte ihren Trainer an. Der klopfte dem Rotschimmel lobend den Hals.

»Jetzt müssen Champ und ich uns ranhalten, wenn wir hin und wieder Gold sehen wollen«, erklärte Ben und drückte die Hand seiner Freundin.

»Abwarten!«, sagte Carina. »Noch wissen wir nicht, wie er sich auf Turnieren benimmt.«

Am nächsten Nachmittag nahm Ben Carina von der Schule mit nach Hause. Sein Vater war in die Stadt gefahren, doch seine Mutter lud sie zum Mittagessen ein. Sie wirkte zunächst ein wenig distanziert, taute jedoch auf, als sie bei Tisch saßen und sie feststellte, dass Ben Carina offensichtlich wirklich mochte. Nun wusste Carina, von wem Ben seine tiefblauen Augen und die fast schwarzen Haare hatte. Sie mochte den französischen Akzent, mit dem Elaine Richter sprach. Sie wirkte so ganz anders als ihr Ehemann und Carina fühlte sich bald sehr wohl in ihrer Gegenwart. Ben merkte das und drückte unter dem Esstisch verstohlen Carinas Hand, was seiner Mutter nicht verborgen blieb. Sie konnte sich nicht erinnern, dass Ben einem anderen Mädchen je solche Blicke zugeworfen hatte und jede Gelegenheit nutzte, ihre Hand zu nehmen und ihr nahe zu sein. Bislang hatte er nur Wenige überhaupt zum Essen mitgebracht, und bei Keiner hatte er dieses Leuchten in den Augen gehabt. Carina schien so natürlich, und hatte doch etwas Besonderes, was ihr gefiel. Natürlich kam sie nicht aus reichem Hause, aber ob ihn das störte oder nicht musste Ben selbst wissen, fand sie.

Raimund Richter sah das anders als seine Frau. Doch der war nicht hier, und das war Bens Mutter ganz recht.

Ben fiel ein Stein vom Herzen, dass seine Mutter Carina so freundlich gesonnen war.

Nach dem köstlichen Essen füllte Frau Richter eine Tüte mit Karotten und Äpfeln.

»Für D'Artagnan!« Lächelnd gab sie Carina die Tüte in die Hand.

»Mam, der platzt irgendwann«, behauptete Ben lachend.

»Ach wo, gönn ihm doch sein Bäuchlein, er ist in Rente und darf das haben«, verteidigte seine Mutter den kleinen Dunkelfuchs.

Ben lachte, legte Carina einen Arm um die Schultern und schob sie sachte zur Tür hinaus.

Bis zum Stall waren es nur wenige Kilometer, die sie mit offenem Verdeck fuhren.

Während der Fahrt sah Ben immer wieder zu Carina hinüber. Er hatte ihre Hand noch immer in der seinen und führte sie vorsichtig zum Schalten mit, um sie nicht loslassen zu müssen. Sie lächelte ihn glücklich an, ihre Haare wehten im Fahrtwind.

Mit einer lässigen Wendung parkte Ben den Wagen in der Einfahrt des Stallgeländes. Alle Zäune waren aus Holz und weiß gestrichen, was dem Anwesen etwas Edles gab. Hinter den Stallungen standen hohe Tannenwäldchen, der Dressurplatz war an einer Seite mit Büschen und ringsum mit Kästen voller Geranien gesäumt. Die Reithalle lag hinter dem Stallgebäude. Der Stall lag wirklich sehr idyllisch. Carina sah sich gespannt um. Die Weiden schienen riesengroß zu sein.

Ben öffnete ihr gentlemanlike die Tür und nahm sie beim Aussteigen wieder bei der Hand.

»Darf ich bitten, holde Maid? Das ist unser Stall.«

»Klasse Anlage«, schwärmte Carina und ließ ihren Blick über das Anwesen schweifen.

»Ja, ziemlich pompös und so. Aber ist ganz praktisch, ich hab hier alles, was ich brauche, und Champ geht es sehr gut hier.«

»Wie viele Pferde habt ihr aktuell?«

»Mit unseren derzeit nur zwölf, aber es sind nicht alle Boxen belegt. Ein paar Einsteller haben sich nicht an die Spielregeln des Trainers gehalten und mussten gehen. Neben den paar Einstellern, die noch hier sind, gibt es außer unseren also grade nur noch die zwei Pferde von Michael selbst. Er und mein Vater sind schon lange befreundet.«

Ben deutete zum Putzplatz an der Front des Stalles, wo ein Brauner und ein Schimmel angebunden waren.

»Die beiden sind eingestellt. Gehören den Mädels da drüben.«

Eine Blondine und eine Brünette traten aus dem Nebengebäude und hatten jeweils Sattel und Zaumzeug über dem Arm hängen. Als sie sich ihnen näherten, festigte sich Bens Griff um Carinas Hand.

»Hey, Ben!«, riefen beide wie aus einem Mund. Die Blonde lächelte ihn mit großen, dunkel geschminkten Augen an.

»Hey Jess, hi Franzi!«, grüßte Ben zurück.

Carina entging nicht der Blick, den die beiden Mädels austauschten. Es bestand kein Zweifel daran, dass sie auf Ben standen. Klar, männliche Reiter waren selten, und Ben sah dazu noch richtig gut aus. Ben war nicht der einzige Reiter mit einem ganzen Fanclub, das wusste sie. Ihr Herz machte einen Sprung, als Ben Jess und Franzi erklärte: »Das ist Carrie, ich dachte, es wird Zeit, ihr hier mal alles zu zeigen, nachdem wir nun doch schon eine Weile zusammen sind.«

Die Mädchen nickten höflich.

»Wollt ihr in die Halle oder auf den Platz?«, erkundigte sich Ben.

»Auf den Platz, wir haben doch am Wochenende auf dem Turnier in Bibingen genannt, und eigentlich hatten wir gehofft, dass du uns noch 'ne Stunde geben könntest ...«

Carina spürte eine Spur Eifersucht in sich aufflammen. Sie beschwichtigte sich selbst, immerhin gab sie doch selbst Unterricht.

Ben sah kurz zu Carina hinüber und meinte dann, zu Jess gewandt: »Jess, sorry, aber ich hab heute unsre Pferde zu trainieren und bin froh, dass Carrie mir dabei hilft. Ich hab 'ne wichtige Matheklausur morgen und Physik steht auch an, und du weißt, dass wir für die Deutsche und die EM trainieren.«

»Jaaa ...«, sagte Jess enttäuscht.

»Wirklich, tut mir echt leid – aber vor Saisonende hab ich einfach keine Luft mehr.«

»Und was ist an den turnierfreien Wochenenden?«, hakte Franzi hoffnungsvoll nach. »Wir richten uns ganz nach dir!«

»Die Wochenenden«, sagte Ben entschlossen, »sind ebenfalls schon verplant.« Mit diesen Worten zog er Carina in seine Arme und küsste sie zärtlich. Ben spielte mit Carinas Fingern und fing ihren Blick auf, dann strich er ihr sachte über die Wange und küsste sie wieder. Es dauerte eine Weile, bis sie sich voneinander lösten.

»Sind sie weg?«, flüsterte Ben dicht neben Carinas Ohr.

Sie schielte kurz zur Seite und grinste. »Ja, sind sie.«

»Puh. Gott sei Dank.«

Carina sah ihn fragend an.

»Weißt du ... also das ist jetzt vielleicht blöd und ein total unangebrachter Zeitpunkt, aber ich will ehrlich zu dir sein, auch wenn ich normal nicht über sowas rede und so.« Er sah ihr fest in die Augen.

»Mit Jess lief mal was, also – nur auf einer Party, und da war überhaupt nichts dahinter. Und ich weiß, dass du das vielleicht nicht nachvollziehen kannst. Ist wohl typisch Mann. Und ja, ich hab ziemlich viele solche Geschichten gehabt. Und Franzi rennt mir schon seit Ewigkeiten nach.«

Carina wusste nicht, was sie darauf sagen sollte. Sie schaute Ben an und drückte seine Hand. Einerseits war sie froh, dass er solche Dinge sagte. Andererseits war es schon ein komisches Gefühl, zu wissen, mit welchem Mädchen was gelaufen war.

»Du denkst dir jetzt sicher deinen Teil, oder?«, sagte Ben leise und schaute sie unsicher an.

»Ich fühle mich gerade ein wenig überfordert ... aber ich bin froh, dass du ehrlich bist. Was war, ist Vergangenheit. Und auch wenn es eine Menge sind, die da in deiner Vergangenheit rumgeistern ... ich bin froh, dass ich deine Gegenwart bin!«, antwortete sie leise.

Ben drückte sie wortlos an sich. »Danke«, sagte er leise. »Ich bin sehr froh, dass ich dich als meine Gegenwart habe. Und ich hoffe doch auch für die Zukunft ...«

»Spinner«, flüsterte Carina. Sie löste sich aus seiner Umarmung und forderte: »Na los, jetzt will ich aber endlich die Pferde sehen.«

Ben lachte. »Klar, komm mit!«

Champion und Déjà-vu befanden sich im Paddock auf der Rückseite des Stalles. Carina musterte den Fuchs mit der breiten Blesse. Ihr war, als tat er dasselbe mit ihr, so durchdringend blickte der Wallach sie an. Seine feinen Ohren waren gespitzt und lauschten in ihre Richtung. Die großen dunklen Augen folgten ihr und Ben, als sie näher kamen. Das Fell des Wallachs schimmerte wie flüssiges Rotgold. Champion brummelte leise und kam Ben zum Tor entgegen, um ihn zu begrüßen. Déjà-vu blieb wie angewurzelt stehen und beobachtete das junge Paar aus der Ferne.

»Das Kerlchen ist ein bisschen skeptisch«, entschuldigte Ben den Fuchs. »Aber wenn er einen mal kennt und man ihm Zeit gibt, ist er total anhänglich. Ein echtes Sensibelchen eben.« Er machte eine kurze Pause und fuhr dann fort, »Da drüben sind Rubino und Ginger. Wenn du willst, kannst du die beiden reiten. Sie können noch nicht so viel, aber sie machen sich ganz gut.«

»Super«, beteuerte Carina und betrachtete die beiden Rappen im übernächsten Auslauf.

»Ich würde dich Déjà-vu reiten lassen, aber ich fürchte, Pa tickt aus, wenn er das mitbekommt ... ist eigentlich sein Pferd ... die Nachwuchspferde interessieren ihn dagegen wenig, weil sie erst im Aufbau sind und ich sie, wenn, nur in Jungpferdeprüfungen starte, bei denen es noch um wenig geht«, erklärte Ben betrübt.

»Ich reite die beiden jungen Pferde gerne!«, sagte Carina erfreut.

»Okay, dann holen wir sie eben rein und ich zeig dir, wo du Putzzeug, ihre Sättel und alles findest«, beschloss Ben und nahm zwei der am Zaunpfahl aufgehängten Führstricke.

Carina ritt zuerst den Wallach Rubino.

»Pa hat ihn letzten Herbst gekauft, angeritten. Ich hab ihn mittlerweile auf L-Niveau, aber er ist nicht wirklich einfach. Kann manchmal ein wenig stur sein. Da darfst du ruhig mit Nachdruck ran gehen. Aber er ist ein gutes Pferd, vielleicht sogar ein aufgehender Stern. Mal sehen.

Ginger ist gerade erst angeritten, sie ist vier und soll im Herbst zur Leistungsprüfung. Ich mach noch nicht viel mit ihr. Ein wenig vorwärts-abwärts, Anlehnung ausbauen und leichte Cavalettiarbeit. Pa will sie für die Zucht behalten, sofern sie bei der Leistungsprüfung gut abschneidet. Vielleicht belegen wir sie mit Indigo.«

»Wow, große Pläne für die Kleine! Indigo ist schon der Hammer«, bestätigte Carina und dachte an den dunkelbraunen Deckhengst des Haupt- und Landesgestüts, der in der Zucht seit zwei Jahren heiß begehrt war.

»Ja, ist er. Aber alles Zukunftsgefasel.« Ben grinste und trabte Champion an, dessen Hufschlag im Sand der Halle kaum zu hören war.

Carina arbeitete konzentriert mit Rubino und hatte richtig Spaß daran, mit dem jungen Wallach die Trabverstärkung und Kurzkehrtwendungen zu trainieren. Er arbeitete willig mit, pflegte jedoch, den inneren Schenkel ein wenig zu ignorieren. Dennoch war sie sehr zufrieden und schaute Ben glücklich an. Dass sie seine Pferde reiten durfte, hatte sie nicht erwartet.

Sie hoffte nur, dass es keine Konsequenzen für Ben haben würde. Immerhin hatten Jess und Franzi sie reiten sehen und waren eine ganze Weile beobachtend an der Bande gestanden.

›Ben wird schon wissen, was er tut‹, versuchte Carina, sich selbst zu beschwichtigen, und konzentrierte sich wieder auf den schwarzen Wallach. Schließlich galoppierte sie ihn an und erfreute sich an den raumgreifenden, schwungvollen Sprüngen des jungen Pferdes.

Nachdem alle Pferde trainiert waren, begleitete Ben sie zu Twister und Mister X.

Da die Zeit zum Lernen langsam knapp wurde, beschloss Carina, die beiden Pferde an diesem Tag nur zu longieren. Sie standen gut im Training und würden von einer leichten Sequenz ohne Reitergewicht nur profitieren. Twister zeigte sich sehr locker und gelöst, was Carina unheimlich freute. Er reagierte auf feinste Signale und arbeitete willig und fleißig mit.

Mister X war an diesem Tag gut aufgelegt und schoss erst einmal buckelnd im Galopp los, als Ben ihn auf den Zirkel schickte.

»Bist du sicher, dass du den in Rente schicken willst?« Ben amüsierte sich über das überschäumende Temperament.

»Wenn er so weitermacht, sicher nicht«, antwortete Carina und war begeistert, dass Mister X in so guter Verfassung war. Die Deutsche Meisterschaft würde hartes Training erfordern und er war ihr Verlasspferd, Twister nur ein Joker. Zumindest nach dem derzeitigen Stand der Dinge.

Abends lernten sie wieder intensiv Mathe. Integrale und Ableitungen hatten es in sich, und Carina tat sich sehr schwer mit den Zusammenhängen. Doch Ben hatte viel Geduld und erklärte Carina das Ganze in kleinen, verständlichen Etappen. Als sie endlich kapiert hatte, worum es ging, war es beinahe Mitternacht.

Am Freitag verlief die Kurzarbeit dann sogar so, dass Carina ein gutes Gefühl hatte, als sie die Blätter abgab und in die Pause ging. Gedanklich war sie schon im Wochenende und ging die Dressuraufgaben im Kopf durch.

Betty fuhr bereits nach der Schule zu ihrem Freund. Carina nahm es ihr nicht übel, dass sie daher ohne sie auf das Turnier fahren musste, doch natürlich fehlte ihr die Freundin bei den Vorbereitungen. Es mussten nicht nur die Pferde gewaschen und ihre Mähnen eingeflochten werden. Obendrein musste das Sattelzeug geputzt werden und schließlich galt es noch, den Transporter einzuräumen, damit sie am nächsten Morgen ohne Stress losfahren konnten, sobald die Pferde verladen waren. Da Ben ebenfalls mit zwei Pferden fuhr, und wie Carina keinen Helfer hatte, sahen sie sich am Abend nicht mehr.

Vor dem zu Bett gehen, richtete Carina ihre Reithosen und die Bluse zurecht. Ihre Mutter brachte ihr noch Frack und Zylinder.

»Ich hab deine Sachen reinigen lassen, damit alles tadellos sauber ist, wenn du deine Premiere mit Twister hast«, erklärte sie stolz. Sie und ihr Mann würden zum Zuschauen kommen. Nun wollten sie doch nichts verpassen, wenn sie schon so etwas wie Pferdebesitzer waren.

»Danke, Mam!«, freute sich Carina und umarmte ihre Mutter.

»Bleib nicht mehr zu lange auf heute, nicht dass du morgen unausgeschlafen bist«, sagte sie liebevoll. »Die letzten Tage war es immer sehr spät.«

»Ja, wegen Mathe ...»

Ich weiß, Carina. Und ich bin froh, dass Ben dir dabei hilft. Und dass du glücklich bist mit ihm. Aber Schlaf ist genauso wichtig vor einem Turnier.«

Carina gab ihrer Mutter einen Kuss auf die Wange. Sie hatte natürlich Recht.

Als Carina endlich in ihrem Bett lag, konnte sie lange kein Auge zu tun. Zu viele Fragen schossen ihr unaufhörlich durch den Kopf. Würde morgen alles klappen mit Twister? Wie würde Mister X abschneiden? Wer von beiden würde die bessere Leistung erzielen? Und wie erging es wohl Ben mit Champion und Déjà-vu?

›Schon irre, wie schnell das gehen kann‹, überlegte sie, ›wir sind noch nicht lange zusammen, und doch ist es so, als wäre er ein Teil von mir.‹ Bei diesem Gedanken lächelte sie.

Kurz darauf rief Ben an, um ihr eine gute Nacht zu wünschen. Danach schlief sie glücklich ein und träumte von einem Sieg mit Twister.

»Guten Morgen Süße! Viel Erfolg mit deinen Jungs – ich will Gold sehen! Hab dich lieb!«

Bettys SMS weckte Carina pünktlich um sechs Uhr morgens. Sie war doch einfach die allerbeste Freundin, die man sich vorstellen konnte!

Rasch machte sie sich fertig und griff nach der Tasche mit den Turnierklamotten und dem Frühstück, das ihre Mutter ihr vorbereitet hatte.

Sky stand schwanzwedelnd an der Treppe.

»Nein, Sky, ich kann dich nicht mitnehmen. Pass schön auf Flori auf, meine Kleine! Los, wo ist Flori?«, sagte sie zärtlich und strich der Hündin mit der freien Hand über den Kopf.

Sky legte den Kopf schief, als würde sie überlegen. Dann trabte sie in den ersten Stock, wo Carinas Bruder sein Zimmer hatte. Vor dessen Tür rollte sich Sky zusammen und wartete, bis Florian aufstehen würde.

Am Stall erwartete Rolf das Mädchen bereits. Er hatte schon gefüttert und die Pferde mit Transportgamaschen ausgestattet. Gemeinsam räumten sie den Hänger fertig ein und gingen die Checkliste nochmal zusammen durch. Seit Carina einmal ihren Zylinder vergessen hatte, vergewisserte sie sich lieber doppelt, dass sie alles dabei hatte.

Rolf blickte auf seine Uhr. »Komm, für einen Kaffee haben wir noch Zeit«, meinte er und Carina folgte ihm hinauf in die Küche.

Kater Jerry heftete sich an ihre Fersen und umschmeichelte ihre Beine. Er gurrte und maunzte, während er Carina erfolgreich zu seinem Futterplatz in der Küche drängte, wo er abwartend zwischen ihr und dem leeren Futternapf hin und her blickte. Sein Schwanz pendelte ruhig von links nach rechts, als er sich setzte und erneut maunzte. Seine mit hellbeigen Fell umrandeten, großen grünen Augen verfolgten Carina, die zwei Kaffeetassen aus dem Schrank nahm.

»Na, da hat aber jemand Hunger!«, stellte Rolf lachend fest und schaltete die Kaffeemaschine an. »Gab es heute Nacht etwa keine Maus für dich, Jerry?«, scherzte er.

Carina hob den Braunträger auf und streichelte ihn liebevoll.

Jerry legte seine hellen Pfoten über ihre Schulter. Er schmiegte seinen Kopf an den Hals des Mädchens und schnurrte. Mit der freien Hand füllte Carina die Keramikschale für den Kater. Begeistert sprang Jerry von ihrer Schulter, als sie die Schale zu Boden stellte, und machte sich über sein Frühstück her.

Carina liebte diese Turnierwochenenden, wenn früh morgens außer ihrem Trainer und ihr, und manchmal Betty, noch niemand im Stall war.

Der Nebel zog sich noch wie dünne Schleier über die Weiden und brach die ersten Sonnenstrahlen. Die Pferde malmten zufrieden ihr Frühstücksheu. Einige Vögel trällerten ihre Morgenlieder und der Hahn des Nachbarhofes begann in der Ferne, heiser und sehr unmelodisch, jedoch pünktlich, zu krähen. Schöner konnte ein Turniertag doch gar nicht beginnen, als mit dieser Idylle!

Beim Verladen lief alles nach Plan, Mister X stieg zuerst in den Transporter, dann Twister.

»Seid anständig da oben, Jungs! Macht's gut, bis später«, sagte Carina leise und strich beiden liebevoll über die Nüstern. Beide Pferde widmeten sich gleich ihren Heunetzen und wirkten völlig ruhig.

»Wie gut, dass ihr euch versteht‹, dachte Carina und betrachtete Mister X und Twister eine Weile. Dann steckte sie beiden ein Leckerchen zu, bevor Rolf die Rampe schloss.

Am Turnierplatz angekommen hielt Carina Ausschau nach dem Transporter von Richters. Sie parkten nicht weit von ihnen entfernt und hatten noch nicht ausgeladen. Ben konnte sie nicht entdecken. Dafür stand sein Vater am Lkw und rauchte seine Pfeife. In der anderen Hand hielt er ein Blatt Papier – wohl die Teilnehmerliste – und studierte es eingehend.

Carina machte sich auf den Weg zur Meldestelle. Auf dieser Reitanlage war stets alles gut organisiert, die Meldestelle war früh besetzt und lange musste man nie warten, bis man an der Reihe war. Tatsächlich standen nur zwei Leute vor ihr an. Während sie wartete, überflog sie die Starterliste der M-Dressur.

Da sie mit zwei Pferden startete, würde sie wohl ziemlich am Anfang mit dem ersten und in der zweiten Hälfte mit dem zweiten an der Reihe sein. Darauf achteten die Organisatoren des Turniers, das war wirklich fair. Rolf hatte vorgeschlagen, erst Twister zu reiten, da Mister X so viel Routine hatte, dass sie ihn mit kurzem Abreiten solide vorstellen konnte. Bei Twister hatte sie lieber mehr Zeit als zu wenig.

Sie war als dritte und als vorletzte Starterin der fünfundzwanzig Teilnehmer vorgesehen. Sie rechnete. Jeder Reiter brauchte etwa fünf Minuten für die Aufgabe. Sie würde genug Zeit haben, um Twister trocken zu reiten und Mister X aufzuwärmen.

Als sie Bens Namen an erster und letzter Stelle las, begann ihr Herz zu klopfen. Ben war der einzige Kaderreiter heute. Er hatte Déjà-vu als erstes Pferd genannt.

»Gleiche Taktik«, murmelte sie.

Als sie an der Reihe war, legte sie beide Equidenpässe vor und erhielt die genaue Zeiteinteilung als Ausdruck. Zwischen dem elften und dem zwölften Reiter gab es eine zehnminütige Pause.

›Dann wird es noch angenehmer als gedacht‹, überlegte sie.

Bis die Prüfung begann, hatten sie noch rund anderthalb Stunden Zeit.

»Lassen wir sie noch auf dem Hänger?«, fragte Carina mit einem Blick auf die Pferde, die noch immer ruhig ihr Heu fraßen.

Rolf nickte. »Sie wirken ganz zufrieden, lassen wir sie frühstücken und sehen wir uns um. Im Stadion läuft gerade eine Springpferde-Prüfung, mich interessieren da zwei Youngster«, erklärte er.

»Von Tom?«

»Ja, er hat zwei Wallache in unsere Gegend verkauft, die heute ihre Premiere haben. Äußerst interessante Pferde, er hat lange gezögert mit dem Verkauf!«

Carina war gespannt. Tom Niebaum hatte schon so manches erfolgreiche Nachwuchspferd in die Heimat verkauft.

Nebeneinander schlenderten sie zum alten Stadion hinüber. Die Jungpferde zeigten sich allesamt vorbildlich in der Springprüfung, Rolf nickte anerkennend. Es war gut, zu wissen, dass die Sportpferdezucht stetig voranging. Ein Wallach seines Sohnes zeigte einen fehlerfreien Umlauf und wurde angesichts seiner Springmanier hoch bewertet. Der Zweite war etwas nervöser, was er aber auf die junge Reiterin schob, die recht unsicher wirkte. Dennoch zeigte das Pferd solide Anlagen und ein enormes Sprungvermögen.

»Tut gut, zu sehen, was mein Sohn da drüben treibt«, erklärte Rolf.

Natürlich standen er und sein Sohn in regelmäßigem Kontakt, seit er in den Niederlanden lebte. Jedoch war es beiden nicht oft möglich, die weite Strecke für einen Besuch zu fahren. Daher freute sich Rolf jedes Mal, wenn er die Pferde, von denen sein Sohn ihm berichtete, auf Turnierplätzen sehen konnte. Tom hatte in Holland mittlerweile einen sehr guten Ruf als Ausbilder und Züchter, was Rolf mit großem Stolz erfüllte.

Eine halbe Stunde später erreichten sie den Transporter wieder. Sie luden beide Pferde aus. Rolf nahm Mister X und überließ Twister Carina. Mister X war ein Profi und interessierte sich nicht für den Trubel rundherum. Twister jedoch war, kaum dass er den ersten Huf von der Rampe auf den Boden gesetzt hatte, angespannt und explosiv und tänzelte unruhig um Carina herum. Er wieherte laut und stellte die Ohren steil auf, ließ sie schnell nach allen Richtungen spielen und prustete immer wieder laut durch die Nüstern.

»He, ruhig, Twister, he ...«, versuchte Carina, ihn zu beruhigen, und zog sicherheitshalber die Führkette durch das Halfter. Twister wieherte schrill und bekam von allen Seiten Antwort.

»Kommst du klar?«, rief Rolf, während er Mister X die Gamaschen abnahm.

»Ja, ich führe ihn ein wenig herum, bestimmt beruhigt er sich gleich wieder«, sagte Carina schnell und griff zugleich mit einer Hand ins Halfter, als Twister neben einem kleinen Terrier vor Schreck leicht stieg. Der Hund flüchtete entsetzt und Twister schnorchelte laut.

»Viel herumgekommen ist er wohl nicht«, stellte Carina beunruhigt fest. »Das kann ja heiter werden. Ich habe gar nicht daran gedacht, Brehms zu fragen, wie viel Turniererfahrung er hat und wie er sich auf Turnieren benimmt. Dass er so ein Nervenbündel ist, hätte ich nicht gedacht.«

Sie verließ den Transporter und führte Twister auf einen der Sandwege, welche die verschiedenen Bereiche der Anlage in großer Anzahl miteinander verbanden. Doch Twister wollte sich nicht beruhigen, er wieherte immer wieder und zitterte vor Aufregung. An den Stallzelten vorbei passagierte er vor Spannung und begann, zu schwitzen. Carina schlug den nächsten Weg ein, der zum Parkplatz zurückführte und hatte Mühe, nicht umgerissen zu werden von dem erregten Hengst. Ein weiterer Hund kreuzte ihren Weg. Twister sprang erschrocken zur Seite und war kaum noch zu halten.

»Mensch, Twister, jetzt reiß dich mal zusammen, das ist doch alles normal auf einem Turnier!«, mahnte Carina den Rotschimmel und ruckte deutlich an der Führleine, als er auf der Stelle zu galoppieren begann, weil ein Mann sie auf einem scheppernden Fahrrad überholte.

Auf ihrem Rückweg zum Transporter kamen sie am Würstchenstand vorbei, wo gerade Sonnenschirme aufgestellt wurden – das war schließlich wirklich zu viel für Twisters Nerven und er setzte zur Flucht an, indem er auf den Hinterbeinen kehrt machte und losstürmen wollte.

»Hey!«, rief Carina und warf sich mit aller Kraft ins Halfter, doch Twister ließ sich nicht beirren – bis jemand neben dem Würstchenstand vorbei stürzte und energisch ins Halfter griff, um den Hengst an seiner Flucht zu hindern, indem er ihn herumriss.

»Alles okay?«

»Ben!«, rief Carina erleichtert und merkte erst jetzt, dass ihre Hände zitterten. »Ja, jetzt schon ... Himmel, ich dachte, der haut mir gleich ab.«

»Noch so ein Nervenbündel wie Déjà-vu ...«

»Sieht so aus. Das wird ein Spaß ... hast du die Sonnenschirme gesehen, die rings ums Viereck stehen?«, fragte Carina unglücklich.

Ben nahm ihr den Führzügel ab, ermahnte Twister nachdrücklich, hinderte ihn an einem erneuten Fluchtversuch wegen eines weiteren Radfahrers und legte dann einen Arm um Carina.

»Hey, ganz ruhig, Carrie. Kann schon sein, dass er guckig ist und mal einen Hüpfer macht – besonders starke Nerven scheint er nicht zu haben. Aber du hast später die Möglichkeit, ihm zu zeigen, dass das alles nicht schlimm ist. Was meinst du, wie es mir mit Déjà-vu geht? Der hat vorhin den halben Transporter zertrümmert, als wir angekommen sind und ich ihn oben hab stehen lassen. Auf Erfolg dürfen wir mit den beiden heute nicht reiten wollen. Dafür sind Champ und Mister X dabei«, erklärte er ihr und drückte sie an sich.

Twister zog am Strick und tänzelte nach wie vor, versuchte aber nicht wieder, sich loszureißen.

»Du hast ja Recht ... hoffentlich kann ich ihn hernach halten. Er war ganz schön ungestüm vorhin.«

»Mach dir nicht so viele Sorgen! Natürlich kannst du das. Ist von oben einfacher als nebendran. Versuch, Abstand zu halten zu den anderen Pferden. Halte ihn abseits und lass ihn schauen. Mach ihm keinen Druck, versuch, ihn locker zu kriegen beim Abreiten. Déjà-vu ist auch schrecklich aufgeregt und kommt immer recht gut runter, wenn er sich das Ganze mit Distanz anschauen kann. Der wird von Mal zu Mal entspannter, und genau so wird es mit Twister sein, da bin ich mir sicher.«

»Okay, ich werd's versuchen.«

»Ne, nicht versuchen. Machen!«, forderte Ben eindringlich.

Carina nickte. Gemeinsam brachten sie Twister zum Transporter zurück, wo Rolf sich schon gesorgt hatte, als er Twisters Eskapaden von Weitem gesehen hatte.

»Na, das fängt ja gut an ... zum Glück warst du in der Nähe Ben, danke«, sagte er erleichtert und nahm Twister in Empfang, um ihn am Transporter anzubinden. Er nahm ihm die Gamaschen ab und warf ihm eine leichte Decke über, da er stark schwitzte.

»Zieh dich um, ich mache ihn fertig«, sagte Rolf zu Carina und blickte auf die Uhr. Lieber hatte sie zu viel Zeit für Twister, als zu wenig. Dass er sich so aufregen würde, hatte der Trainer nicht erwartet.

Ben begleitete Carina noch zur Sattelkammer des Transporters, wo ihre Reitsachen verstaut waren. Sie nahm die Tasche aus dem Staufach und stellte sie neben sich ab.

»Hey, Carrie«, sagte Ben leise und streichelte ihre Wange, »bleib cool und reite wie zu Hause. Die Punkte sind unwichtig, die zählen bei Mister X. Du machst das schon!«

Sie küssten sich. Schlagartig fiel alle Anspannung von Carina ab und sie beruhigte sich. Ben drückte ihre Hand.

»Ich schau nachher rüber zu dir, wenn du mit ihm durch bist.«

Carina lächelte ihn an und küsste ihn nochmals. »Danke! Jetzt geht's mir schon besser. Viel Glück mit Déjà-vu!«

»Danke dir. Kann ich brauchen bei dem Sensibelchen! Aber denk dran, Mister und Champ sind die Stars des Tages.« Er zwinkerte ihr zu, dann ließ er sie allein und bereitete seinen Fuchs vor.

Rolf ging neben Twister auf dessen Kopfhöhe her, um notfalls einzugreifen, während Carina zum Abreiteplatz ritt. Noch war nicht viel los dort, lediglich drei Reiter wärmten ihre Pferde auf und ein paar Leute, vermutlich Angehörige und die ersten Zuschauer, standen am Rand der Umzäunung.

»Ruhig, Twister, ruhig!«, raunte sie, als sie die neuerliche Anspannung spürte.

Der Hengst wieherte und schlug mit dem Kopf. Als er zahlreiche Antworten erhielt, stieg er leicht. Carina konnte ihn jedoch sofort wieder zu Boden bringen. Rolf griff in den Zaum und warf Carina einen besorgten Blick zu. War sie wirklich so weit, um mit einem derart unerfahrenen Pferd Leistung zu bringen? Ein mulmiges Gefühl plagte den Trainer plötzlich.

Sie hatten Twister vorsichtshalber eine rote Signalschleife in den Schweif gebunden, die andere Reiter darauf hinweisen sollte, Abstand zu halten, da Twister möglicherweise auskeilte. Der Hengst kaute nervös auf dem Gebiss und schlug unwillig mit dem Kopf. Er wieherte ständig und passagierte mehr, als dass er Schritt ging. Die Kinnkette der Kandare klirrte leise.

Am Abreiteplatz löste Rolf seinen Griff und sagte zu Carina: »Lass ihn traben, das Gezackel beruhigt ihn nicht und bringt nichts. Dann sieh lieber zu, dass du ihn beschäftigst.«

»Mach ich«, bestätigte sie, dachte aber stattdessen: ›Oh Mann, hoffentlich geht das gut.‹ Sie kam sich vor wie auf einem Sprengsatz mit brennender Lunte.

»Jetzt komm!«, forderte sie dem Rotschimmel auf, der schnorchelnd und mit weit aufgerissenen Augen an den am Zaun entlang aufgestellten Bierbänken vorbei schritt.

Carina versuchte, ihn bestmöglich mit den Beinen einzurahmen, und trabte ihn, wie Rolf sie angewiesen hatte, an. Twister wollte losschießen, nahm dann jedoch die Hilfen an und besann sich bald dessen, dass er einen Reiter trug. Allmählich ließ er sich regulieren und die Spannung reduzierte sich.

Langsam fühlte sich Carina wieder sicherer. Sie strich ihm sachte über den gebogenen Hals und lockerte die Zügel ein wenig, um den Druck von ihrem Hengst zu nehmen. Seine Ohren schnellten nach wie vor nach allen Richtungen und seinen Augen entging nichts, doch er beruhigte sich allmählich weiter.

Am anderen Ende des Abreiteplatzes sah sie Ben mit dem zierlichen Fuchswallach, der sich nicht minder aufregte wie Twister. Neben den Sonnenschirmen, die ein Helfer gerade verrückte, machte auch Déjà-vu einen erschrockenen Satz zur Seite und schnorchelte aufgeregt, doch er ließ sich bald beruhigen, begann abzukauen und Ben gelang es, ihn an die Hilfen zu stellen. Bald hatte er ihn in korrekter Versammlung und ließ ihn traversieren und einige Galoppwechsel ausführen, dann lockerte er die Zügel und ritt ihn im Schritt auf gebogenen Linien.

Carina merkte, dass er oft zu ihr hinüber blickte. Als sich ihre Blicke trafen, wurde sie ruhiger.

Schließlich fing Twister an, abzukauen. Dann begann sie, mit ihm zu arbeiten.

»Wie zuhause«, sagte sie zu sich selbst. »Es ist alles in Ordnung.«

Es wurde voller auf dem Abreiteplatz. Daraus schloss Carina, dass es langsam Zeit wurde. Sie sah sich nach Rolf um, der auf seine Uhr blickte und ihr zuwinkte.

Sie ritt zum Zaun, wo Rolf dem Hengst die Bandagen abnahm.

»Gut so. Versuch einfach, ruhig zu bleiben. Die Platzierung spielt bei ihm keine Rolle. Schau, dass ihr einigermaßen durchkommt. Mehr ist für ihn heute nicht wichtig.«

»Okay.«

»Lass ihn ruhig noch ein wenig traben und galoppieren, achte auf die Tempowechsel. Halte ihn beschäftigt, das gibt ihm Sicherheit. Und biete ihm deutliche Anlehnung an. Lass ihm nichts durchgehen, sei konsequent und achte darauf, dass er prompt reagiert.«

Carina nickte und ritt weiter.

Ben hatte ebenfalls seinen Trainer aufgesucht, der seinen Fuchs ausbandagierte. Er rückte seinen Frack zurecht und strich Déjà-vu beruhigend über den Hals. Der Wallach stand am Zügel und kaute eifrig auf der Kandare, so dass sein Maul schäumte. Jetzt nickte er nervös mit dem Kopf und weiße Schaumflöckchen flogen von seinem Maul nach allen Richtungen.

Plötzlich knackte es im Lautsprecher. Der Prüfungsbeginn wurde angekündigt.

Ben galoppierte Déjà-vu nun an und hielt ihn auf dem Zirkel, wo er ihn nochmals korrekt versammelte. Dann verließ er den Abreiteplatz und ritt im Trab auf die Sandbahn, die das Prüfungsviereck umgab. Déjà-vu war zum Zerspringen angespannt. Bei jedem Blumenbukett neben den Richterhäuschen sprang er kurz schnorchelnd zur Seite und machte es Ben schwer, ihn gerade zu halten.

Ben wurde aufgerufen und galoppierte seinen Wallach sogleich an.

Carina versuchte, sich auf Twister zu konzentrieren und zudem etwas von Bens Ritt zu sehen.

Die Grußaufstellung hatte schon gut geklappt. Beim Anreiten war der Fuchs zwar nervös, gehorchte aber den Hilfen seines Reiters. Der Mitteltrab durch die ganze Bahn war schwungvoll und harmonisch, die Traversale im Anschluss konnte sich ebenfalls sehen lassen.

Twister begann wieder, zu prusten und zu tänzeln, sodass Carina ihn antrabte und Schulterherein verlangte, um die Aufmerksamkeit wieder auf sich zu ziehen. Sie entfernte sich langsam von den anderen Reitern und versuchte, Twister wieder zu beruhigen. Mit einem mulmigen Gefühl im Bauch fragte sie sich, ob es an ihr lag, dass er so nervös war, oder ob es wirklich seine Unerfahrenheit war, die es ihnen so schwer machte. Immerhin war er ihr erstes junges Pferd und sie war es bislang gewohnt gewesen, dass sie sich auf ihr Pferd verlassen konnte. Mister X hatte sie in den letzten Jahren nie in ähnliche Nöte gebracht wie Twister allein in der vergangenen Stunde. Grübelnd ritt sie weiter und bemühte sich, ihre ganze Aufmerksamkeit dem Hengst zu widmen, der sich anfühlte, als wollte er jeden Moment vor Anspannung platzen.

Die zweite Starterin ritt bereits auf den Vorbereitungsplatz. Twister wieherte plötzlich schrill und stieg.

»Himmel nochmal, Twister, nun beruhig dich doch«, raunte Carina ihm zu und verstärkte den Wadenschluss.

Twister nahm den Kopf tiefer und kaute auf der Kandare. Bens Ergebnis bekam sie nicht mit. Sie wies den Rotschimmel nun in Richtung des Vorbereitungsplatzes.

Rolf trat zu ihr und versuchte, ihr gut zuzureden. Er wusste, wie schwer es für sie war, jetzt Ruhe zu bewahren. Das war für sie eine völlig neue Situation, von einem Routinier wie Mister X auf einen unerfahrenen Hengst wie Twister umzusteigen. Es würde sie aber weiter bringen und früher oder später musste jeder, der vorne dabei sein und bleiben wollte, diese Erfahrung machen.

»Rolf, hast du meine Eltern gesehen? Hoffentlich haben sie das bisherige Theater nicht mitbekommen.«

»Denk nicht an sowas. Konzentrier dich.« Rolf lächelte ihr zu und gab ihr einen freundschaftlichen Klaps auf die Schulter.

Carina atmete tief durch und trabte Twister an. Als die zweite Reiterin das Viereck verließ, ritt sie auf die Sandbahn und durfte schon gleich Vorsicht walten lassen, weil Twister sich vor dem ersten Blumenkübel am Eingang erschrak. Sie ließ ihn weiter traben und war auf Hüpfer vorbereitet. Sie gab unzählige halbe Paraden und hielt ihn konstant an der Wade.

Als sie einreiten durfte und angaloppierte, schwand all ihre Anspannung wie auf Knopfdruck. Sie nahm nur noch den Hengst unter sich wahr, der nun etwas ruhiger zu kauen begann, beim Einreiten kurz schnorchelte, weil ein Helfer hinter ihr die Absperrung schloss, und gehorsam auf die ganze Parade zum Halten kam.

Die Grußaufstellung verlief mau, da Twister nicht ruhig stehen blieb, sondern hibbelig von einem Bein auf das andere trat. Als sie antrabten, war er jedoch wieder konzentriert bei der Sache, wenn auch weiterhin angespannt. Beim Mitteltrab verlieh ihm diese Spannung erstaunlichen Schub aus der Hinterhand, die Traversalen wirkten im Anschluss aber taktunrein.

Beim ersten Angaloppieren neben einem Richterhäuschen brach Twister kurz nach innen aus und schnaubte aufgeregt, ließ sich aber wieder an die Hilfen stellen und beendete die Aufgabe solide, jedoch längst nicht so gut, wie er es eigentlich konnte. Als Carina am langen Zügel die Bahn verließ und Twister vor der Absperrung beinahe nochmals zur Seite gesprungen wäre, fühlte sie sich richtig mies.

»Ich bin noch nie so miserabel geritten!«, rief sie Rolf unglücklich zu, der am Zaun wartete.

»Unsinn. Du hast das gut gemacht, sonst wäre er wohl schon bei der Grußaufstellung auf und davon gewesen. Reiterlich war nicht mehr drin heute, weil er nicht bei der Sache war. Und was den Rest angeht, na, das kommt mit der Zeit Carina. Du hattest heute genug damit zu tun, ihn bei dir zu behalten, da darf niemand erwarten, dass du an den Feinheiten der Lektionen feilen kannst.«

Rolf griff ins Zaumzeug und hielt Twister fest, damit sie beide der Ansage aus dem Lautsprecher lauschen konnten.

»Nummer einhundertundachtzehn, Ben Richter auf Déjà-vu, zweiundsiebzig Prozent ... Nummer zweihundertsieben, Andrea Stark auf Comtess, achtundsechzig Prozent ...«

Eine Pause entstand, die Carina unangenehm war.

»Die Startnummer zweihundertunddreiunddreißig, Carina Reinders auf Twister erhält dreiundsechzig Prozent.«

»Na toll, ich hab doch gesagt, ich bin fürchterlich geritten ...«, stellte Carina frustriert fest.

»Carina, denk dran, dass du ein unerfahrenes Pferd unter dir hast! Dafür war es eine solide Vorstellung«, versuchte Rolf sie aufzumuntern.

Doch Carina fühlte sich schlecht. Was hatte sie erwartet? Hatte sie ernsthaft geglaubt, Twister würde beim ersten Start mit ihr sofort Glanzleistungen vollbringen?

»Ja«, gestand sie sich ein, »genau das hab ich eigentlich gedacht. Ich Schaf ...« Sie saß ab und versuchte, sich ihre Enttäuschung nicht anmerken zu lassen.

»Rolf, ich führe ihn noch eine Weile und bring ihn dann zurück auf den Transporter.«

»Nein, das erledige ich, geh du was trinken und mach Mister fertig.«

Carina übergab ihm Twister und klopfte dem Hengst, trotz ihrer Enttäuschung, den schweißnassen Hals.

»Wird schon werden, mein Lieber«, flüsterte sie und ging zum Transporter. Jetzt, wo sie allein war, konnte sie nicht verhindern, dass ihr eine Träne die Wange hinunter kullerte.

»Verdammt!«, schalt sie sich selbst. »Hör auf! War doch klar, dass wir uns erst aneinander gewöhnen müssen.« Sie holte tief Luft und zwang sich zur Disziplin.

Am Transporter angekommen, holte sie Mister X heraus und ließ ihre Finger über sein seidiges dunkelbraunes Fell gleiten. Er sah sie mit gespitzten Ohren an und blickte sich aufmerksam um. Sie musste lächeln. Mister X war ihr Routinier, ihr Lehrmeister, und er würde sie nicht im Stich lassen. Sie ertappte sich bei dem Gedanken, dass ihre Erfolge möglicherweise mehr an seiner Routine, als an ihren Fähigkeiten liegen konnten und ein dicker

Kloß bildete sich in ihrem Hals. Mister X knuffte sie just in dem Moment in die Seite und blickt sie erwartungsvoll an.

»Du bist einfach der Beste, mein Großer«, flüsterte sie und küsste den Wallach auf die samtigen Nüstern.

»He, ich will auch!«, lachte Ben und umarmte sie von hinten. Sie drehte sich zu ihm um und gab ihm einen zarten Kuss.

»Wie geht's dir?«, fragte Ben leise.

»Hm ... ich hab mehr erwartet«, gestand sie.

»So wie ich früher. Wenn man es gewohnt ist, vorne dabei zu sein, fühlt sich das saublöd an, wenn man bei sechzig Prozent rumkrebst.«

»Allerdings ...«

»Aber weißt du was? Man gewöhnt sich dran. Mit unerfahrenen Pferden ist das nun mal so. Ich musste da auch durch und frag nicht, wie sauer ich bei den ersten Starts mit Champ war. Am Tag zuvor die S mit Silverano gewonnen, und dann bin ich mit Champ in der M nicht mal platziert gewesen. Dabei war er zu Hause immer so spitzenmäßig, dass ich damals von einem Sieg geträumt hab.«

Carina schwieg. Sie wusste, dass Ben Recht hatte. Dennoch zweifelte sie an ihrem Können.

Als hätte Ben ihre Gedanken erraten, sagte er: »Komm, jetzt zeigen wir ihnen, was wir können, wenn wir eins werden mit unsren Pferden! Déjà-vu und Twister werden ihre Routine bald haben, Carrie, und dann können wir bei ihnen auf Platzierungen hoffen. Das sind junge Pferde, die brauchen Zeit.« Er lächelte sie an und zog sie an sich. »He, jetzt schau nicht so unglücklich.« Er strich ihr eine Träne von der Wange und küsste sie zärtlich.

»Na komm, satteln wir unsere Profis«, flüsterte er, »jetzt sind wir nämlich dran, uns Gold zu holen, was meinst du?«

»Okay, ich hab's kapiert.« Carina versuchte es mit einem aufgesetzten Lächeln.

»Na endlich, dann kann ich jetzt Champ holen. Ich hab schon befürchtet, dass ich ohne aufzuwärmen starten muss, bis du wieder lachst«, schmunzelte Ben und drückte ihre Hand, bevor er sich zu seinem Pferd aufmachte.

Es war ein ganz anderes Gefühl, am langen Zügel entspannt mit Mister X auf den Abreiteplatz zu reiten, dort einige Runden im Schritt zu drehen und den Wallach allmählich anzutraben, zu lösen und schließlich zu versammeln. Mister X war in Hochform und aufmerksam bei der Sache. Korrekt befolgte er jede Hilfe seiner Reiterin. Es kam ihr vor, als wollte er sie trösten. Dass neben ihm eine junge Stute plötzlich stieg, interessierte den Braunen gar nicht. Carina streichelte ihm den Hals.

Als sie aufgerufen wurde, galoppierte Mister versammelt und taktrein schnurgerade auf der Mittellinie, reagierte am Punkt auf die ganze Parade und stand still wie eine Statue. Die komplette Prüfung hindurch zeigte der Braune sich von seiner besten Seite, sogar die halben Pirouetten liefen völlig fehlerfrei. Im Schritt dehnte sich Mister X vorbildlich, als sie ihn die Zügel aus der Hand kauen ließ, um ihn kurz darauf sachte wieder aufzunehmen. In den Traversalverschiebungen fühlte sich Carina völlig eins mit ihrem Pferd, und als der Wallach schließlich die Galoppwechsel schwungvoll, taktklar und gleichmäßig durchsprang, wusste sie, dass sie in völliger Harmonie mit Mister ritt.

Sie verließ das Viereck entspannt am langen Zügel, Mister X streckte sich wohlig unter ihren lobenden Streicheleinheiten. Am Einlass wartete Ben mit Champion und hielt ihren Blick gefangen. Kurz darauf knackte es im Lautsprecher.

»Nummer zweihundertundelf, Carina Reinders, mit Mister X, vierundachtzig Prozent.«

Carina stieß einen Freudenschrei aus und fiel dem Wallach um den Hals.

»Klasse! Siehst du, auf unsere alten Hasen ist Verlass«, erklärte Ben.

Sie warf ihm eine Kusshand zu, als er Champion angaloppierte und auf den Dressurplatz einritt.

Wie erwartet zeigten Ben und Champion eine tadellose Vorstellung. Carina saß entspannt auf Misters Rücken, der am langen Zügel seelenruhig dahin marschierte. Bei ihm brauchte sie keine Bedenken zu haben, während sie Ben zusah.

Plötzlich kam Champion jedoch für den Bruchteil einer Sekunde bei den Galoppwechseln aus dem Takt.

›Verflucht!‹, dachte Carina und konnte kaum weiter hinsehen. Nun durfte es keinen Fehler mehr geben.

Champion zeigte sich im weiteren Verlauf großartig. Carina wusste, dass Ben den Schimmel künftig mehr in der Klasse S einsetzen würde. M war bereits ein Kinderspiel für den großen Hengst. Doch wie viele Punkte hatte diese Taktunsicherheit gekostet?

Carinas Spannung stieg. Ben und Champion beendeten die Prüfung mit Bravour, keine Fehler waren ihnen mehr unterlaufen, somit war diese kleine Taktgeschichte das einzige Manko.

Ben kam zu ihr herüber. »Ich hab doch gesagt, es wird Zeit, sich Gold zu holen«, sagte er überzeugt. »Dass er aus dem Takt gekommen ist, war mein Fehler, ich war einen Touch zu spät mit dem Bein dran ... diesmal geht Gold an dich, mein Schatz!«

»Wart's ab, ihr wart doch super bis auf den kleinen Patzer.«

Ben schüttelte den Kopf. »Wetten?«
Schon kam die Durchsage.
»... Ben Richter erreicht mit Champion dreiundachtzig Prozent.«
Ben grinste. »Glaubst du's mir jetzt?«
Carina war sprachlos.
»Na komm, wir müssen zur Siegerehrung. Worauf wartest du?«, rief Ben vergnügt, nahm sie kurzentschlossen bei der Hand und trabte Champion an.
Rolf musste bei dem Anblick schmunzeln, der sich ihm bot: Da ritten Ben und Carina Hand in Hand zum Viereck zurück und beide strahlten wie die Sieger.
»Klasse, Carina! Ein super Ritt war das. Und Ben, dir kann ich nur dasselbe sagen, gratuliere!«
»Danke! Champ war super«, lobte Ben und klopfte seinem Pferd den Hals.

Carina fühlte sich wie in Trance. Niemals hätte sie gedacht, dass sie jemals vor Ben siegen würde, solange er Champion ritt. Es war ein herrliches Gefühl, die goldene Schleife für Mister X und den Ehrenpreis zu erhalten, neben Ben zu stehen und auf die Ehrenrunde zu warten.
Pro forma gratulierte Ben ihr förmlich zum Sieg, während die Juroren jedem platzierten Reiter die Hand schüttelten, und zwinkerte Carina zu.
Als Carina allen voran mit Mister X die Ehrenrunde ritt, wusste sie, dass sie diesen Tag niemals vergessen würde. Sie war sich sicher, dass sie jeden weiteren Ritt mit Mister X in vollen Zügen genießen würde. Sie verdankte ihm so unsagbar viel und heute hatte sie mit ihm einen bedeutenden Sieg errungen – sie hatte namhafte Reiter hinter sich gelassen!

Die Kür, die Ben mit Champion genannt hatte, fand am späten Nachmittag statt. Carina wollte Ben unbedingt zusehen und überredete ihre Eltern, sie nochmals zum Turnier zu fahren, nachdem sie Mister X und Twister nach Hause gebracht und versorgt hatten. Sie hielt sich lange bei Mister X auf und war unsagbar froh, ihn zu haben.
Auch für Twister nahm sie sich noch viel Zeit, bis sie beide auf nebeneinanderliegende Koppeln brachte. Auf der Heimfahrt hatten Carina und ihr Trainer viel über Twisters zukünftiges Training gesprochen. Er war gut, aber unerfahren und nervös – daher sollte der Schwerpunkt des Trainings nun bei ihm liegen. Mister X war in Hochform. Rolf war froh, dass Carina beide Pferde zu dem

Lehrgang mitnehmen konnte und hoffte, dass dort die Harmonie und Routine zwischen Carina und Twister wachsen würde.

Carinas Eltern sahen die Bilanz des Tages wie ihr Trainer: Twister und sie mussten sich erst aneinander gewöhnen und Mister X war ihr Ass im Ärmel. Sie waren stolz auf ihre Tochter, auch wenn Carina ihnen gesagt hatte, dass es allein Bens Taktfehler war, der ihm den Sieg um Haaresbreite verpatzt hatte.

Ben nahm das Ganze locker, er war zufrieden mit Champion. Carina schätzte ihn sehr dafür, dass er sich seine Fehler so ehrlich eingestand und seinem Pferd keinen Vorwurf machte. Sie war sich sicher, dass viele Reiter bei diesem Patzer die Schuld zunächst beim Pferd gesucht hätten. Sie selbst hinterfragte stets zuerst ihre eigenen Handlungen, wenn ihr Pferd eine Aufgabe nicht korrekt ausführte. Darauf hatte Rolf seit Beginn ihrer Zusammenarbeit Wert gelegt und sie war dankbar dafür.

Ben konzentrierte sich auf die Kür und freute sich für seine Freundin. Er war sehr stolz auf Carina, denn sie hatte viel geschafft in den letzten beiden Jahren. Und das, ohne einen Stall voll eigener Pferde zur Verfügung zu haben. Sie hatte nur Mister X und jetzt Twister und verzeichnete dennoch großartige Erfolge.

So gesehen hatte er es stets leichter gehabt. Schon mit D'Artagnan hatte er in Kindertagen einen Profi geritten. Zugleich hatte sein Vater immer dafür gesorgt, dass noch ein bis zwei weitere hervorragende Ponys im Stall standen. Mit Silverano hatte er beim Umstieg auf Großpferde einen Veteranen gehabt, von dem er lernen konnte. Als Zweitpferd stand ihm zusätzlich ein ebenfalls bewährter Wallach seines Vaters zur Verfügung. Diese Pferde hatten erfolgreiche Reiter durch internationale Prüfungen getragen. Sein Vater hatte sie nur erwerben können, weil man ihnen die dauerhafte Belastung durch die internationalen Aufgaben, die ständiges Reisen in ferne Länder beinhaltete, altersbedingt nicht mehr zumuten wollte. So wurden sie in erster Linie Lehrpferde für Ben. Er war sich dieser Glückstreffer bewusst, denn durch die Erfahrungen, die er mit diesen Pferden sammeln konnte, war es ihm möglich, sich mit Champion selbst einen zukunftsträchtigen Nachfolger aufzubauen. Und derzeit standen die Chancen gut, dass sein Vater Déjà-vu noch nicht so bald verkaufen würde. Er war mittlerweile von seinem Potenzial überzeugt und hatte sich überreden lassen, ihm noch Zeit zu geben, um sich nervlich an die Atmosphäre der großen Turniere zu gewöhnen.

Er hatte es schon immer leicht gehabt, und hatte sich nie Gedanken machen müssen, welches Pferd er reiten konnte.

Insofern war die finanzielle Situation seines Vaters durchaus praktisch. Allerdings erwartete sein Vater deshalb entsprechende Leistung, was ihn sehr unter Druck setzte. Mittlerweile ließ er das nicht mehr so sehr an sich heran, doch es gab Tage, an denen ihm der Druck sehr zu schaffen machte. Das waren die Tage, an denen er mit seinen Jungs auf Tour ging und meist erst am frühen Morgen besoffen und bekifft nach Hause kam.

Völlig in Gedanken hatte Ben seinen Schimmel nochmals geputzt und ihm die Beine abgewaschen.

»Na, mein Guter, dir macht das alles nicht mehr viel aus, wie?«, murmelte er und brachte seinen Pferden frisches Wasser und ein Bündel Heu. Champion stand seelenruhig in dem kleinen Areal, das er mit portablen Paddockgittern für ihn abgetrennt hatte. So konnte er sich frei bewegen und sich ein wenig entspannen. Déjà-vu stand neben ihm und hatte sich mit seiner Situation abgefunden. Mittlerweile entlastete er ein Hinterbein und döste.

»Siehst du, Kleiner, das wird doch«, murmelte Ben und strich dem Fuchs sachte über den samtweichen Hals. Déjà-vu stupste seinen Arm an und wandte sich dann dem Heu zu, das Ben, auf zwei Haufen verteilt, auf den Boden gelegt hatte.

Ben verließ den kleinen Auslauf und zündete sich eine Zigarette an, dann sah er Champion und Déjà-vu beim Fressen zu.

›Eigentlich ziemlich blöd, dass nächstes Jahr schon Abi ist‹, sinnierte er, ›gerade jetzt, wo Champ sich so super macht und Déjà-vu Vertrauen fasst. Aber mit der vielen Lernerei werde ich im Frühjahr kaum dazu kommen, beide Pferde so zu trainieren, dass ich sie vernünftig vorstellen kann. Aber ich brauche den Einser-Durchschnitt für die Zulassung zur Tiermedizin.‹

Sein Trainer kam zu ihm und brachte die finale Starterliste mit. »Die Konkurrenz ist stark. Rohrmüller, Klein und Schwarz starten mit ihren Top-Pferden«, erklärte er. »Aber du hast großartige Chancen. Und wenn du nächstes Jahr nahe der Uni trainieren kannst, wirst du mit Champion ähnliche Erfolge feiern wie mit Silverano. Da bin ich mir ganz sicher.«

»Mh ...«, murmelte Ben. ›In Uninähe trainieren – was für ein Quatsch‹, überlegte er.

»Stell dir vor, wie stolz dein Vater auf dich sein wird, wenn du erst Anwalt bist und bei Olympia mitreitest!«

»Bis dahin dauert es wohl noch ein bisschen«, sagte Ben und wandte sich ab.

›Jura und Olympia, alles klar. Das kann er vergessen. Da mach ich nicht mit.‹ Musste sein Vater eigentlich immer alles planen und herum erzählen? Es war doch seine Zukunft und nicht die seines Vaters. Er fragte sich, ob Carina letztendlich selbst über ihre

Zukunft entscheiden durfte, oder ob es bei ihrer Familie auch vorwiegend darum ging, Ansehen zu erhaschen und ›jemand‹ zu sein. Für seinen Pa zählte vor allem Geld und der Status in der Gesellschaft und er ließ keine Gelegenheit aus, jedem auf die Nase zu binden, wie talentiert Ben doch war und wie leicht es ihm fiel, nebenbei noch das Abi zu machen und dass er später Jura studieren würde.

Er schluckte den aufkommenden Ärger hinunter und stützte die Arme auf die Umzäunung, um Champion weiter zu betrachten. Er versank völlig in Gedanken.

Als Carina ihn plötzlich umarmte, erschrak er und zuckte zusammen.

»Hey, wo warst du denn gedanklich?«, fragte sie.

Ben versuchte, zu lächeln. »Darüber reden wir später. Nicht jetzt«, sagte er leise und zog sie an sich.

Carina legte die Stirn in Falten. »Ist alles okay?«

»Schau nicht so besorgt, alles gut, ich hab nur ein wenig gegrübelt«, erklärte er. »Mit dir hatte die Grübelei nichts zu tun, also lach wieder!«, ergänzte er schnell und Carina atmete auf. Er nahm sie bei der Hand und schlenderte mit ihr zum Bistrozelt.

»Und, wie geht's deinen Herren?«, fragte er schließlich.

»Bestens, die tummeln sich schon auf der Weide.«

»Das haben sie sich verdient!«

»Stimmt, das haben sie. Und jetzt ist es auch nicht mehr so schlimm, dass die Vorstellung mit Twister so mies gelaufen ist.«

»Was habt ihr jetzt vor? Viel Training und zusätzlich im Gelände?«

Carina bestätigte. »Vorwiegend, ja. Rolf meinte, ich soll mehr ausreiten mit ihm, damit er sich mit neuer Umgebung auseinandersetzen muss. Er meinte, ich bräuchte nur jemanden mit einem ruhigen Pferd nebendran. Mal sehen, wie Twister auf Bettys Bella reagiert. Wenn es nicht geht, reitet sie Mister oder eins der Schulpferde. Hauptsache viel Tumult und neue Dinge, meinte Rolf.«

»Ich hab mit Déjà-vu dasselbe vor. Trifft sich super, dann können wir uns mal auf halber Strecke treffen und zusammen reiten«, freute sich Ben. Seine Laune besserte sich wieder.

»Das wäre klasse!«, sagte Carina.

Sie fragte sich dennoch, was Ben so beschäftigt hatte. Es war ihr mittlerweile klar geworden, dass Ben nach außen hin viel cooler wirkte, als er tatsächlich war.

Eine Weile saßen sie auf den Klappstühlen, die etwas abseits vom Bistrozelt unter den Sonnenschirmen standen, und tranken

Cappuccino. Carina hatte ihren Kopf an Bens Schulter gelegt und genoss seine Nähe.

Ben hielt sie fest im Arm. Es würde schon alles gut werden. In ihrer Gegenwart fiel der ganze Druck, den sein Vater ihm bereitete von ihm ab und er konnte einfach er selbst sein. Er würde ihr erzählen, was ihn beschäftigte. Vielleicht würde es dann leichter werden. Ben beschloss jedoch, dass heute nicht der richtige Tag dafür war.

Er zog Carina auf seinen Schoß und küsste sie innig. Sie schlang ihre Arme um seinen Nacken und erwiderte seinen Kuss so intensiv, dass er nicht mehr klar denken konnte. Er wünschte sich, die Zeit würde spontan stehen bleiben.

Dr. Stefan Walter, der Trainer des Jugendkaders, holte ihn abrupt in die Realität zurück. »Hier steckst du also!«, sagte er, nachdem er ihn angetippt hatte. »Entschuldigt die Störung, aber es wird Zeit, Ben. Ich glaube nicht, dass dein Trainer begeistert wäre, wenn er euch so getroffen hätte. Ihr solltet Champion langsam fertig machen. Die ersten Starter sind schon am Abreiteplatz.« Er zwinkerte ihnen zu.

»Danke, Dr. Walter«, antwortete Ben verlegen.

»Keine Ursache. Viel Erfolg! Denk an Den Haag«, sagte dieser im Gehen. Dort fanden in diesem Jahr die Europameisterschaften der Junioren statt.

Hand in Hand erreichten sie den Transporter. Bens Trainer war nicht in Sicht, Déjà-vu verhielt sich jedoch genau so ruhig wie Champion.

»Meinst du, dass du Champ bandagieren kannst? Dann sattle ich schnell.«

»Na klar!«

Ben reichte ihr die Tasche mit den weißen Bandagen und den weichen Unterlagen. Sorgsam wickelte Carina die Beine des Hengstes ein und achtete darauf, dass keine Falten entstanden, die womöglich drücken konnten.

Während Ben seinen Frack anzog und zuknöpfte, hielt sie Champion am Zügel und streichelte sein seidiges, weißgraues Fell, während sie den Hengst bewundernd betrachtete. An den Beinen war er noch dunkelgrau, in der Mähne und im Schweif waren noch einige dunklere Haare zu sehen. Am Körper war Champion jedoch schon weitestgehend weiß geworden. Er war groß und muskulös und wirkte gegen Twister beinahe schwer, doch der Schein trog. Champion war großrahmig und etwa zehn Zentimeter größer als Mister X.

Carina ging neben dem Schimmel her, als Ben zum Abreiteplatz ritt.

»Ich bin gespannt auf eure Kür«, sagte Carina. Sie wusste zwar, welche Musik Ben gewählt hatte, und in etwa, wann er welche Lektionen geplant hatte. Dennoch war es etwas anderes, das Ganze komplett zu sehen.

Ben war bei der Startreihenfolge in der Mitte an der Reihe. Es waren vierzehn Starter. Das erste Paar hielt sich schon bereit. Die Sonne stand noch immer hoch am Himmel, sodass Ben sein Sakko wieder auszog und es Carina in die Hand gab. Sie blieb am Rand des Abreiteplatzes stehen und sah Ben fasziniert zu, wie er seinen Hengst aufwärmte.

Es sah so kinderleicht aus bei ihm, man sah kaum, wie er seine Hilfen gab, so fein war seine Verständigung mit Champion. Sie waren eins, genau so wie sie und Mister X. Champion zeigte keine Spur von Ermüdung nach der Prüfung am Morgen. Im Gegenteil, beim ersten Angaloppieren bockte er und quiekte vergnügt. Ben lachte und ließ ihn gewähren. Mit weiten Sprüngen galoppierte er den Schimmel um den Abreiteplatz. Champion brauchte diese Aufwärmgalopps, um locker zu werden. Bald schnaubte er kräftig ab und ließ sich wenig später versammeln.

Carina war hin und weg von den beiden. Wie locker Ben auf dem großen Hengst saß. Seine Haltung war aufrecht, ohne verkrampft zu wirken. Seine breiten Schultern gingen geschmeidig mit der Bewegung seines Pferdes mit, er gab immer wieder deutlich in der Hand nach, was Champion traumhaft umsetzte. Bens Haare glänzten in der Sonne fast schwarz und fielen ihm leicht in die Stirn. Er fing ihren Blick auf und lächelte, bevor er zu den Einerwechseln ansetzte, die Champion zeigte, als wäre er dafür geboren.

Kurz bevor Ben aufgerufen wurde, ließ er den Schimmel in Schritt fallen und ritt zu Carina hinüber, die Champion ausbandagierte und Ben Frack und Zylinder reichte. Das Kaderlogo zierte die Schultern des Sakkos und war auf Champions Schabracke aufgenäht.

»Viel Glück, Ben! Ihr seht spitze aus.«

»Danke, mein Schatz! Champ tanzt heute nur für dich«, verkündete er übermütig und wendete Champion in Richtung Viereck.

Die Reiterin vor ihm war zu einem Mix von Michael Jackson Songs geritten, der passend zu ihrer Schlussaufstellung ausklang. Auf der Anzeigentafel erschienen kurz darauf 73 Prozent als Endwertung. Die Note setzte sich aus der Bewertung der

Lektionen, der sogenannten A-Note, sowie er Bewertung der künstlerischen Gestaltung, in Form der B-Note, zusammen.

Ben stellte Champion korrekt an die Hilfen und richtete ihn noch ein wenig mehr auf. Der Hengst kam hervorragend auf die Hinterhand und betrat im starken Trab im Takt der Musik das Viereck. Die Grußaufstellung klappte perfekt. Carina wagte nicht zu atmen vor Spannung. Jede Bewegung des Hengstes war genau auf die Musik abgestimmt, jeder Gangartenwechsel und jede neue Lektion wurde mit passenden Klängen untermalt. Ben hatte sich für einen Mix aus instrumentalen Rockklassikern entschieden, die hervorragend zu dem Schwung und der kraftvollen Ausstrahlung seines Pferdes passten. Champion war hochkonzentriert, genau wie sein Reiter. Ben fühlte, dass er alles gab und lächelte. Die halben Pirouetten klappten wie am Schnürchen, ebenso die Traversalverschiebung. Es unterliefen ihnen keine Taktfehler, Champion reagierte sofort auf Bens kaum sichtbare Hilfen und blieb konstant in elastischer, dynamischer und schwungvoller Versammlung. Der starke Trab durch die ganze Bahn ließ die Zuschauer den Atem anhalten.

Allen, die Ben und Champion kannten, war klar, dass der Schimmel sich noch nie besser gezeigt hatte. Von den Tribünen erklang Beifall, als Ben seinen Ritt beendete, Dr. Walter blickte stolz und voller Anerkennung zu Reiter und Pferd hinüber.

Carinas Herz raste. Sie starrte auf die Anzeigentafel, während sie Ben entgegenging.

›82 Prozent‹ zeigte die Tafel sogleich an.

Carina stieß einen Freudenschrei aus.

Soeben erhielt Ben ein Lob vom Kadertrainer, der ihm die Hand schüttelte und ihm auf die Schulter klopfte. Das war ein grandioser Kür-Auftakt für Ben Richter!

Der sprang aus dem Sattel als Carina ihn erreichte und wirbelte sie voller Freude durch die Luft.

»Du bist einfach der Wahnsinn, Ben! Zweiundachtzig Prozent in der ersten M-Kür – irre!«, flüsterte sie dicht an seinem Ohr.

»Champi wollte dir imponieren«, lachte Ben. Bisher war noch niemand von den anderen über die achtzig Prozent gekommen.

Bens Wangen glühten. Er hatte zwar gefühlt, dass Champion eine grandiose Leistung gezeigt hatte, aber mit dieser hohen Prozentzahl hatte er nicht zu rechnen gewagt. Immerhin waren die Favoriten der Prüfung bereits alle vor ihm gestartet und seine Kaderkollegin, Sandra Schwarz, war ein Profi in der Kür.

Sandra stand mit ihrer dunkelbraunen Stute Douglas Queen nicht weit entfernt und nickte ihm freundlich zu. Sie waren lange genug zusammen im Kader, um untereinander zwar Konkurrenz, jedoch ehrliche Anerkennung und Fairness walten zu lassen.

Auch Kristin Klein, die eine sehr lange Anreise hinter sich hatte und mit Ben seit Jahren befreundet war, hatte heute mit weniger Punkten abgeschnitten. Sie kam mit ihrer Rappstute Intermezzo herüber geritten und freute sich für Ben.

»Klasse, Ben! Da konnten wir heute nicht mithalten. Wir hatten einen etwas hektischen Tag«, erklärte sie, lächelte ihm zu und strich ihrer schwarzen Stute über den Hals. Intermezzos Zeit würde kommen. Sie war noch jung und man merkte es ihr an, wenn sie weit gereist war.

Von den restlichen Startern erreichte niemand mehr die Achtzigprozentmarke, somit hieß der Sieger der Prüfung Ben Richter mit Champion.

Carinas Magen flatterte vor Aufregung, als Ben in der Siegerehrung zu ›We are the Champions‹ anmutig vorweg galoppierte. Ihr wurde heiß vor Stolz und Freude, und ihre Finger krallten sich um die Umzäunung des Vierecks.

Bens Trainer stand neben ihr und telefonierte mit Raimund Richter, der sich nach dem Turnierverlauf erkundigte. Er konnte zufrieden sein, als Braun von Bens Ritt in der Kür detailliert berichtete und letztendlich stolz die Punktezahl verkündete.

Nachdem Bens Pferde in den Lkw verladen waren, stiegen er und Carina in seinen BMW. Carinas Eltern hatten ihre Tochter nur gebracht und sich kurz darauf verabschiedet. Ben zog es stets vor, selbst zu fahren. So musste er sich nicht auf der Fahrt noch irgendwelche Erwartungen seines Trainers anhören.

Er fuhr Carina nach Hause. Bevor sie ausstieg, beugte sich Ben jedoch noch zu ihr hinüber und küsste sie zart.

»Ich glaube, wir haben was zu feiern heute, hm? Zweimal Gold, das hat doch was.« Seine Augen funkelten tiefblau.

»Klingt gut! Das sollten wir uns nicht entgehen lassen.«

»Wollen wir was essen gehen oder ist dir mehr nach feiern?«

»Ich muss morgen nicht reiten, ich bin für alles zu haben«, meinte Carina ausgelassen.

»Okay, ich hol dich um halb neun ab. Lass dich überraschen«, sagte Ben leise und zog sie an sich.

Als Carina die Haustür öffnete, wurde sie von Sky regelrecht überfallen. Carina streichelte ihre Hündin überglücklich und ging noch eine kleine Runde mit ihr spazieren. Die Pleite mit Twister war beinahe vergessen.

Am Sonntag konnte Ben in der S-Dressur einen hervorragenden vierten Platz erreichen. Carina war völlig fasziniert von den beiden und träumte davon, nächste Saison selbst S zu reiten. Twister hatte Potenzial, er musste nur seine Nerven in den Griff kriegen.

Rolf hatte kurz nach der Pleite mit Brehms telefoniert. Mirko war sehr nachdenklich geworden. Warum Twister sich so aufgeregt hatte, war ihm doch etwas schleierhaft. Er erzählte Rolf, dass Twister bei seinen ersten Turnieren ähnlich reagiert hatte, aber dass er sich durch die wachsende Erfahrung immer mehr beruhigt habe. Daher waren er und seine Frau davon ausgegangen, dass die Nervosität des Pferdes an die fehlende Routine gekoppelt war. Sie bedauerten den Verlauf des Turniers und überließen es Rolf, eine geeignete Strategie für den Hengst auszuarbeiten.

Rolf vereinbarte daraufhin mit Carina, Twister zum Dressurtraining zusätzlich im Gelände zu gymnastizieren und ihn auf die nächsten Turniere mitzunehmen. Sie nannten Twister noch bei zwei Turnieren nach, um ihn baldmöglichst wieder mit dieser Situation zu konfrontieren. Zudem war sich der Trainer sicher, dass Twister mit zunehmender Eingewöhnung auf seinem Hof und wachsendem Vertrauen zu seinen neuen Bezugspersonen gelassener werden würde.

Ben und Carina trafen sich daher ab und an zum Ausreiten. Twister und Déjà-vu verstanden sich recht gut, und mit Bettys Stute Bella gab es keinerlei Probleme. Ben und Betty kamen ebenfalls gut miteinander aus, sodass die drei sogar gelegentlich zusammen ausritten.

Bald schon wurde aus Twisters aufgeregtem Prusten und Passagieren nur noch ein häufiges Umsehen mit unruhigem Ohrenspiel. Er schien sich stark an den Pferden zu orientieren, die ihn begleiteten, denn schon nach wenigen Tagen wurde er ruhiger und seine Schreckenssprünge zur Seite nahmen stark ab.

»Wirst sehen, Carrie, morgen benimmt er sich schon ganz anders«, erklärte Betty ihrer Freundin am Freitagabend voller Überzeugung, als sie mit Carina und Ben durch den Wald ritt.

»Hoffentlich hast du Recht!«, sagte Carina und strich Twister gedankenverloren über den Hals.

Am morgigen Tag stand eine M-Dressur an, zu der Rolf sie mit beiden Pferden fahren würde. Betty wollte als Begleitung mitkommen.

Carina wünschte sich so sehr, dass Twister sich ordentlich benehmen würde. Bei der Vorstellung, erneut auf einem ähnlichen Pulverfass wie bei dem Turnier in München zu sitzen, bildete sich ein gewaltiger Kloß in ihrem Hals.

»Mach dir nicht so viele Sorgen!«, meinte Ben. »Bestimmt wird er sich viel mehr auf dich einlassen. Ihr habt euch inzwischen besser kennen gelernt. Das wird schon!«

Betty lächelte Ben dankbar an. Sie war froh, dass er ihrer besten Freundin stets so viel Mut zusprach. Insgesamt schien er schwer in Ordnung zu sein, so dass sie ihn mittlerweile richtig gern mochte.

»Na, wenn ihr euch da beide so sicher seid, wird schon was dran sein!« Carina blickte erst zu Betty, die links von ihr ritt und ihr übermütig zuzwinkerte, und dann zu ihrem Freund zu ihrer Rechten.

»Wir können gern tauschen morgen, wenn du zweifeln solltest: Die Begleitung meines Vaters gegen dein Nervenbündel«, erklärte Ben und verdrehte genervt die Augen.

Er hatte zwei S-Dressuren mit Champion und Silverano genannt. Diesmal wollte ihn sein Vater unbedingt begleiten. Ben wäre es lieber gewesen, wenn er zu Hause geblieben wäre. Er hasste es, ständig unter seiner Beobachtung zu stehen.

»Wird schon werden«, versuchte Carina, ihn zu beschwichtigen. »Ist doch nur das eine Mal ...«

Ben winkte grummelnd ab. »Das eine Mal reicht für ein ganzes Jahr. Aber du weißt ja mittlerweile, wie er ist.«

Natürlich hatte auch sie auf einigen Turnieren mitbekommen, wie anstrengend Bens Vater war. Er musste mit jedem namhaften Reiter und sämtlichen Trainern sprechen, die ihm unter kamen, und Ben in den höchsten Tönen herausheben. Daher kam es, dass manch einer, der Ben nicht so gut kannte, ihn für einen eingebildeten Schnösel hielt.

Bevor sie sich kennengelernt hatten, musste Carina sich eingestehen, hatte sie ein ähnliches Bild von Ben gehabt.

Seit einiger Zeit prahlte Raimund Richter, neben dem Talent und dem Können seines Sohnes, vor allem mit Bens geplanter Zukunft als künftiger Anwalt.

»Gute Lust hätte ich, mal eine Aufgabe richtig zu versemmeln«, brummte Ben.

»Spinnst du?«, empörte sich Carina.

Fast gleichzeitig rief Betty entsetzt: «Hast du 'nen Knall?«

»Ne. Aber es würde mich mal jucken, damit er 'nen Dämpfer kassiert. Ich bin doch nicht sein Vorzeigepüppchen.«

»Ich weiß nicht, was ich dazu sagen soll, Ben«, sagte Carina traurig, »meine Eltern sind selten dabei und halten sich aber immer sehr zurück. Klar freuen sie sich, wenn es gut gelaufen ist, aber es würde ihnen niemals einfallen, damit hausieren zu gehen.« Sie schwieg einen Moment. »Ich glaube, für meinen Vater ist es ganz schön, Erfolge zu sehen, aber insgeheim hofft er noch immer, dass ich BWL oder so studiere ...«

»BWL«, grummelte Betty, »das passt zu dir genauso wie Jura zu Ben. Ist doch beides völliger Käse.«

Carina seufzte, dann blickte sie auf ihre Armbanduhr. »Au weia, schon so spät. Habt ihr was gegen 'nen Galopp? Wir müssen noch Pferde waschen und einflechten, und wenn wir dann noch Mathe machen wollen ...«

Ben gab Déjà-vu wortlos das Kommando und schoss davon. Twister buckelte erfreut und galoppierte hinterher. Bella folgte ihnen mit ein wenig Abstand. Die Freunde ließen die Lichtung hinter sich und genossen den ausgelassenen Galopp.

Am nächsten Morgen brachen Betty und Carina schon sehr früh auf zum Stall. Betty hatte bei Carina übernachtet und ging ihr nun, wie immer, wenn sie mit von der Partie war, zur Hand. Sie übernahm Mister X, den sie zunächst putzte und seine eingeflochtene Mähne kontrollierte. Einen Zopf musste sie neu zusammendrehen und umwickelte ihn mit weißem Klebeband. Als sie mit der Mähne zufrieden war, verlas sie den Schweif des Wallachs und fuhr ihm abschließend mit einem Lammfellhandschuh über das seidige Fell.

»Fertig, mein Junge! Hübsch siehst du aus. Du weißt doch, dass du unser Bester bist, nicht?«, murmelte Betty und streichelte den braunen Wallach. Dann legte sie ihm die Transportgamaschen an und warf ihm eine leichte Decke über.

»Wir sind fertig. Ist bei euch alles klar?«, erkundigte sie sich.

Carina blickte sie über die Boxenwand hinweg an und nickte. »Ja, wir sind fertig.«

In dem Moment betrat Rolf den Stall und wurde von den Pferden mit brummelndem Wiehern begrüßt.

Dem Trainer ging das Herz auf. Jedes einzelne Pferd, das er in seinem Stall beherbergte, lag ihm am Herzen und er war stets bemüht, sie so zu versorgen, dass es ihnen an nichts fehlte. Er kannte jedes Pferd in- und auswendig, kannte seine Vorzüge und seine Schwächen. Er wusste, was jedes Tier mochte und was nicht. Wenn ein Neues hinzukam, nahm er sich viel Zeit, um es kennen zu lernen. Deshalb bestand er darauf, die Morgenfütterung selbst zu übernehmen, zumal sie für ihn ein Jahrzehnte lang gewohntes Ritual darstellte.

»Na, Mädels, können wir verladen?«, rief Rolf den Freundinnen zu.

»Wir kommen schon!«, antwortete Betty und führte Mister X aus der Box. In gewohnter Manier folgte der Braune dem Mädchen und stieg vorbildlich und ohne Zögern die Laderampe des Hängers hinauf, den Rolf am Vorabend bereits im Hof geparkt hatte. Twister dagegen blieb vor der Rampe zunächst stehen und begann, aufgeregt zu schnorcheln. Er folgte Carina aber, nach ein paar Apfelschnitzen und viel Zureden, in den Transporter und interessierte sich sogleich für das Heunetz, das im Frontbereich aufgehängt war. Nach einer kurzen Überprüfung, ob alles eingepackt war, was sie benötigten, stiegen Rolf und die Mädchen ein und machten sich auf den Weg.

Sie fuhren gute zwei Stunden.

Während der Fahrt las Carina die Aufgabe der bevorstehenden Dressurprüfung noch einmal und ging sie geistig durch. »Ich hoffe, ich vergesse nichts«, meinte sie.

»Blödsinn, ist dir doch noch nie passiert, also stress dich nicht«, beruhigte Betty sie und öffnete ihren Rucksack, in den sie ihren Proviant gepackt hatten. Sie nahm ein belegtes Brötchen aus einer Papiertüte und reichte es Carina. »Iss lieber was, sonst knallst du noch vom Pferd. Es soll heiß werden heute und mit leerem Magen soll man so oder so nicht reiten«, erklärte sie besorgt. Sie wusste, dass Carina vor Aufregung meist keinen Bissen hinunterbrachte.

Bis zur Ankunft hatte Carina immerhin das Brötchen gegessen und einen Kaffee getrunken, so dass Betty dahingehend beruhigt sein konnte.

Rolf parkte den Transporter am Ende des dafür vorgesehenen Areals und hoffte, dass sie mit dieser Distanz etwas Ruhe vor dem üblichen Tumult haben würden. Doch gleich nach dem Ausladen regte sich Twister wieder schrecklich auf. Diesmal war Carina darauf vorbereitet und griff konsequent durch, als er wieder anfing, seine Zirkel zu drehen und sie dabei anzurempeln. Entschlossen ruckte sie am Führstrick und Twister schnaubte empört, beendete seine Eskapaden dann jedoch.

»Na also«, murmelte Carina und band ihn am Hänger an.

Sie war unter den ersten Startern und wollte ihm genügend Zeit für die Vorbereitung geben. Betty würde Mister X fertig machen und ihn warmreiten, das vereinfachte alles enorm. Von Ben war noch nichts zu sehen, seine Prüfung begann erst später.

»Wir sind unterwegs, bis du einreitest, bin ich da!«, stand in der SMS, die Carina auf der Fahrt erhalten hatte. Sie freute sich, dass er extra wegen ihr eher losgefahren war. Sein Vater hatte zwar getobt, weil er noch immer gegen ihre Beziehung war und ohnehin vorhersagte, dass sie nicht lange halten würde. Doch Ben hatte gedroht, nicht zu starten und nur zum Zuschauen zu kommen, wenn sein Vater ihm Steine in den Weg legen sollte. Da hatte Raimund Richter schließlich zähneknirschend nachgegeben.

Rolf hielt Twister fest, während Carina aufstieg. Er tänzelte nervös und bog dabei den rot-weiß melierten Hals. Sein Fell glänzte in der Morgensonne.

»Warte«, sagte Betty und trat an seinen Hals. »Da geht ein Zopf auf«, erklärte sie, zog einen Gummi aus der Hosentasche und befestigte einen der zu Knöpfen gedrehten Zöpfe der Mähne neu. Anschließend umwickelte sie ihn nochmals mit weißem Klebeband.

»Perfekt«, stellte Betty zufrieden fest. Dann widmete sie sich wieder Mister X, dessen Schweif sie noch mit Glanzspray einsprühen wollte. Wenn Betty Hand anlegte, musste alles perfekt sein.

»Danke, Süße!« Carinas Stimme klang heiser. Vor Aufregung nagte sie nun auf ihrer Unterlippe.

»Ruhig, Carina. Nimm ihn kurz und lass ihn arbeiten, wenn er sich aufregt. Wenn er ruhig wird, lass ihn locker«, ordnete Rolf an. Carina nahm die Zügel auf.

Auf dem Weg zum Abreiteplatz ging Rolf neben ihr her. Twister tänzelte und verfiel wieder ins Passagieren, sein Wiehern erklang weit über das Gelände. Er schnaubte aufgeregt und schüttelte den Kopf. Die Kinnkette der Kandare klirrte dabei leise.

›Er ist explosiv, aber ich glaube, es geht‹, dachte Carina schließlich und strich ihm beruhigend über den Hals.

Als er den Abreiteplatz betrat, wieherte Twister schrill und stieg mehrmals. Rolf griff in die Zügel, während Carina mit der Bewegung des Pferdes mitging. Anschließend schickte sie ihn vorwärts, vorerst im Schritt, und ritt ihn zunächst auf großen, gebogenen Linien, bis sie ihn schließlich antrabte und abgaloppierte.

Bald schon wurde Twister ruhiger und orientierte sich mehr und mehr an seiner Reiterin, die ihm immer wieder beruhigend über den Hals strich und ihm gut zuredete.

Carina lächelte. Twisters Fell schimmerte herrlich und allmählich entspannte er sich. Konzentriert ließ sie ihn in Versammlung arbeiten und begann, sich wohler zu fühlen.

Als Twister einen entsetzten Satz zur Seite machte, weil ein Trainer neben ihm das Aufgabenheft aufblätterte, lachte Carina und klopfte ihm beruhigend den Hals. Twister schnaubte noch mehrfach empört und trabte danach anständig weiter.

Ben stand am Zaun und beobachtete Carina still. Er wollte sie jetzt nicht stören. Sie war ganz bei ihrem Pferd und wirkte heute sehr ruhig, was sich offenbar auf Twister auswirkte. Er erschien ihm an diesem Tag viel harmonischer als in München, und Ben wünschte Carina, dass es diesmal besser laufen mochte. Er sah sich kurz um und stellte fest, dass sein Vater nicht in der Nähe war. ›Zum Glück‹, dachte er, ›seine Reden gehen mir jetzt schon auf den Geist.‹

Er ging langsam zum Einlass vor und lehnte sich lässig an den Zaun. Er zog eine Zigarette aus der Jackentasche, zündete sie an und nahm einen tiefen Zug.

Als Carina ihn entdeckte, trabte sie auf ihn zu und hielt Twister vor ihm an. »Hey, du bist ja schon da!«, rief sie erfreut.

»Guten Morgen, Sonnenschein«, begrüßte Ben seine Freundin lächelnd und warf den Glimmstängel auf die Erde, um ihn auszutreten. »Sieht doch gut aus heute!«, sagte er überzeugt.

»Ich hoffe es! Er fühlt sich zwar immer noch an wie ein Bündel Dynamit, aber er benimmt sich viel besser als in München.«

Ben griff in Twisters Zügel und streichelte ihm ruhig über den Hals, dann bückte er sich und bandagierte Twister aus.

Der Hengst schwitze, so dass sein Fell stellenweise dunkler geworden war.

»Mach dir keine Sorgen, Carrie, reite einfach wie gerade eben«, riet Ben seiner Freundin schließlich, als er die letzte Bandage abgewickelt hatte und sich wieder aufrichtete. Er nahm ihre Hand und drückte sie fest. »Du kannst das! Du siehst, dass er sich schon viel mehr auf dich einlässt, als letztes Mal!«, schärfte er seiner Freundin ein.

»Okay!«, murmelte Carina und löste ihre Hand nach einem sanften Druck aus der ihres Freundes, um ihr Jackett zuzuknöpfen, die Zügel zu sortieren und Twister nochmals über den Hals zu streichen.

In diesem Moment erklang die Startglocke. Sie durfte einreiten!

Als sie tief durchatmete, fing Ben ihren Blick auf und hielt ihn einen Moment gefangen. Leise sagte er: »Viel Glück, Chérie!«

Carina war es, als fiel ein Großteil ihrer mühsam unterdrückten Anspannung tatsächlich von ihr ab. Sie trabte Twister an und versammelte ihn erneut. Ein letztes Mal drehte sie sich zu Ben um, der ihr eine Kusshand zuwarf, dann ritt sie schnurgerade auf der Mittellinie ein.

Twister schnaubte aufgeregt und prustete laut, als sie an zwei Blumenbuketts vorbeitrabten. Dabei schwenkte er leicht nach links, doch er ließ sich schnell wieder geraderichten und hielt in korrekter Aufstellung an. Kurz bevor Carina ihn wieder antreten ließ, begann er jedoch nervös zu tänzeln und mit dem Kopf zu schlagen.

»Schsch«, flüsterte Carina, als sie den Richtern den Rücken zukehrten. »Ruhig!«

Twisters Ohren drehten sich nervös nach allen Seiten. Der starke Trab, der auf den Arbeitstrab nach dem Halten folgte, gelang sehr gut. Carina schaffte es dieses Mal, ein Ausbrechen zur Seite zu verhindern, als Twister sich beim Anblick des Richterhäuschens erneut anspannte. Er schnaubte kräftig, während er daran vorbei trabte, begann jedoch wieder zu kauen, und traversierte anschließend gehorsam.

›Nicht ganz perfekt im Takt‹, dachte Carina, ›aber immerhin glotzt er nicht ständig und konzentriert sich einigermaßen.‹

Das Galoppprogramm verlief solide. Twister kam seiner Reiterin nicht so locker vor, wie erwünscht, aber sie war sehr zufrieden, als sie das Viereck verließ. Sie strahlte und schwang sich neben Ben aus dem Sattel, der sie mit Rolf zusammen am Einlass erwartete und sofort freudig umarmte.

»Super! Ich habs doch gesagt, dass ihr heute schon viel besser durchkommt!«, freute sich Ben.

Rolf legte Carina väterlich eine Hand auf die Schulter und lobte sie: »Na siehst du, das lief doch prima, ihr macht Fortschritte! Gut gemacht!«

Der Trainer lachte seine Schülerin an und lobte den Hengst, der sich aufmerksam umblickte. Seine feinen Nüstern waren weit gebläht und bebten. Es knackte im Lautsprecher, als der Ansager die nächste Starterin aufrief. Wenig später verkündete er einundsiebzig Prozentpunkte für Carina und Twister.

»Na also. Das ist doch ein ganz ordentliches Ergebnis!«, rief Ben erfreut und schlug mit Rolf ein, der ihn kurz umarmte und Carinas Pferd erneut den Hals klopfte.

Carinas Herz schlug heftig. Sie war mehr als zufrieden mit Twister und küsste ihn glücklich auf die samtigen Nüstern.

»Siehst du, Twister, es geht doch«, sagte sie liebevoll.

Rolf schlug vor, Twister zum Transporter zurückzubringen und ihn dort abzusatteln, damit sich Carina gleich um Mister X kümmern konnte.

Ben begleitete sie dorthin und ging Rolf zur Hand, während Carina sich einen Moment auf den Radkasten des Transporters setzte und ein paar Schlucke aus ihrer Wasserflasche nahm. Ihr Blick schweifte über den Abreiteplatz, den sie vom Parkplatz aus gut einsehen konnte und sie entdeckte ihre Freundin mit Mister X. Betty arbeitete den dunkelbraunen Wallach bereits im Trab und schickte ihn gerade ins Schulterherein.

Sie selbst fühlte sich mit Mister X so eng verbunden, dass sie oft das Gefühl hatte, dass er ihre Hilfen schon ausführte, wenn sie nur daran dachte.

Ben nahm Carinas Hand und schlenderte mit ihr zum Abreiteplatz. Betty erblickte sie und kam ihnen schon entgegen, um den Wallach zu übergeben. »Er ist super drauf, Carrie!«, rief sie und sprang vom Rücken des Braunen.

Ben half Carina in den Sattel, die von oben die Steigbügel um zwei Löcher verstellte und schließlich die Zügel aufnahm.

»Na komm, mein Bester!«, flüsterte sie liebevoll und streichelte das seidige Fell des Wallachs, der gehorsam antrat. Sofort fühlte sich Carina wie zuhause. Die Bewegungen des Pferdes waren ihr so vertraut, als hätte sie ihr Leben lang nur dieses eine Pferd geritten. Twister wuchs ihr mehr und mehr ans Herz, aber Carina war sich sicher, dass Mister X für immer etwas ganz Besonderes für sie bleiben würde.

Mister X war hochmotiviert und zeigte mit Carina eine seiner besten Vorstellungen.

Betty stand mit Ben am Zaun, während Carina die Prüfung ritt. »Ehrlich, Ben, ich finde, sie hat nochmal gewaltige Fortschritte gemacht. Jetzt darfst du dich in Acht nehmen!«, erklärte sie erfreut, als der Braune in der Trabverstärkung über sich hinaus zu wachsen schien.

»Allerdings. Wenn das jetzt mit Mister kein Goldritt wird, weiß ich's auch nicht.«

Betty lächelte ihn an und beobachtete Carina weiter. Man sah ihre Hilfengebung kaum, während der Dunkelbraune durch das Viereck zu schweben schien. Er war voll auf seine Reiterin konzentriert, die eins war mit ihm. Betty fiel auf, wie sich ein Lächeln um Bens Mundwinkel zog, als Carina und Mister fehlerfreie und taktklare Traversalverschiebungen zeigten.

›Schön, dass sie sich gegenseitig unterstützen. Ben ist wirklich okay‹, dachte sie.

Als der Sprecher die aktuell höchste Wertnote für Carina und Mister X verkündete, fielen sich Ben und Betty laut jubelnd in die Arme.

Ben sollte mit seiner Prognose Recht behalten: Carina gewann die Prüfung mit Mister X und konnte sich mit Twister platzieren.

Bei der Siegerehrung blieben die Richter eine Weile bei Carina stehen und unterhielten sich mit ihr. »Noch etwas nervös, dein Twister, aber er hat Potenzial. Ein siebter Platz ist ein toller Erfolg mit so einem Nervenbündel. Nächste Saison mischt ihr sicher weiter vorne mit, Carina!«

»Danke, das hoffe ich«, entgegnete das Mädchen glücklich, bevor sie die Ehrenrunde mit Mister X anführte. Sie war vollauf zufrieden mit ihren beiden Pferden und wollte die ganze Welt umarmen!

Da Carina natürlich Ben bei seinen Ritten zusehen wollte, kümmerten sich Rolf und Betty anschließend um Mister X und Twister. Rolf war der Meinung, dass Carina viel von ihrem Freund lernen konnte und bedauerte es sehr, dass Bens Vater so engstirnig war. Es war doch positiv, dass die beiden sich gegenseitig unterstützen und das Hobby eher als Teamsport sahen, als eine bittere Konkurrenz walten zu lassen.

Doch Raimund Richter interessierten nur Siege und es ärgerte ihn, dass Ben das nicht ebenfalls mit aller Gewalt zu wollen schien. Warum sonst, dachte sein Vater, gab er seiner Freundin sonst Tipps? Er konnte nicht nachvollziehen, warum man die eigene Konkurrenz stärken wollte, und bezog dies darauf, dass Ben bereits seinen eigenen Ehrgeiz schleifen ließ. Raimund Richter hatte zwar so viel Anstand, in der Öffentlichkeit nicht lauthals darüber zu schimpfen, aber es störte ihn, dass Carina seinem Sohn nun beim Vorbereiten seiner Pferde half.

›Die Konkurrenz holt man sich nicht ins eigene Lager!‹, dachte er erbost und stampfte zur Meldestelle, um die Starterlisten zu studieren.

»Willst du Champi warmreiten, Carrie?«, fragte Ben, als er die Starterliste wenig später in der Hand hatte. Bevor sein Vater etwas erwidern konnte, erklärte Ben: »Es sind nur wenige Teilnehmer und Champ braucht Zeit, bis er in die Gänge kommt.«

»Gerne«, sagte Carina erfreut. Ihr wurde schlagartig heiß. Sie durfte Bens Champion reiten!

»Danke, das hilft mir echt weiter«, antwortete Ben und küsste sie direkt vor seinem Vater, der sich zornig abwandte.

Ben überließ seiner Freundin den Schimmel und kümmerte sich selbst um Silverano. Der Rappe stand geduldig am Lkw und döste.

Als Champion gesattelt, gezäumt und bandagiert war, fragte Carina: »Soll ich auf irgendwas besonders achten?«

»Reite einfach nach Gefühl. Viel Schritt am Anfang und wenn er warm ist, ein wenig Galopp zum Lockern. Lass ihn ruhig ausgreifen, der braucht das. Danach fange ich immer an, ihn zu versammeln. Aber er zeigt dir schon, wie er es haben will.«

»Alles klar. Ist mir eine große Ehre, deinen Champ zu reiten«, sagte sie und schwang sich in den Sattel des Schimmels.

»Außer mir sitzt da normal keiner drauf«, erklärte Ben stolz. Nebeneinander ritten sie zum Vorbereitungsplatz.

Rolf Niebaum traute seinen Augen nicht, als er am Abreiteplatz ankam. Carina saß auf Bens Champion – damit hatte er nun wirklich nicht gerechnet.

›Ben ist in Ordnung‹, dachte er, ›und Champion steht Carina sehr gut.‹

Als sein Blick auf Raimund Richter fiel, wurde er nachdenklich. Man sah Richter an, dass es ihm nicht passte. Er war schon gegen die Beziehung an sich, und nun saß Carina tatsächlich auf Bens Pferd. Bens Vater stand mit geballten Fäusten am Zaun und kaute missmutig auf seiner Pfeife.

»Bring ihn auf Touren«, schnauzte er Ben an, der Silverano antraben ließ und dabei die Zügel locker in einer Hand hielt. Ben reagierte gar nicht auf die Worte seines Vaters, sondern warf Carina einen langen, vielsagenden Blick zu, die ihn ebenso erwiderte. Sie saß geschmeidig auf seinem großen Schimmel und ließ ihn noch am langen Zügel Schritt gehen.

Als Ben mit Silverano bei der Galopparbeit war, begann sie allmählich, Champion zu traben, und galoppierte ihn wenig später, wie Ben empfohlen hatte, an. Mit großen Sprüngen galoppierte der Hengst um den Sandplatz. Carina war fasziniert, wie leichtfüßig er sich anfühlte und konnte kaum glauben, dass der großrahmige Hengst so einfach zu solch federleichten Bewegungen fähig war. Sie hatte danach das Gefühl, dass Champion alle geforderten Lektionen spielend leicht und auf minimalste Hilfen ausführte. Es bestand kein Zweifel daran, dass Ben sein Pferd mit viel Feingefühl und äußerst korrekt ausgebildet hatte!

Ben sah immer wieder zu ihr hinüber und staunte nicht schlecht, wie gut sein Hengst unter Carina lief. Er nahm ihre Hilfen willig an, stand bereits in Versammlung und kaute eifrig auf der Kandare.

»Klasse, Carrie!«, rief er ihr zu, als sie Übergänge zwischen versammelten und starkem Trab ritt. Champion bewegte sich locker und harmonisch.

Als Ben mit Silverano in das Dressurviereck einritt, gönnte Carina dem Schimmel eine Pause im Schritt. Ben und der Rappe zeigten eine sehr gute Vorstellung, die Einerwechsel beeindruckten sie enorm. Ihr wurde bewusst, dass Ben wirklich um Einiges weiter war als sie. Es war eine Freude, ihm zuzusehen, wie er mit seinem Routinier die Aufgabe beendete und erwartungsgemäß eine ordentliche Wertnote bekam. Ben saß freudestrahlend ab, drückte Silverano nach einem lobenden Halsklopfen seinem Vater in die

Hand, der den Wallach sofort kommentarlos umherführte, dann schlenderte er zu Carina hinüber. »Schaut gut aus, wie du ihn reitest«, bestätigte er.

Sie saß ab und küsste ihren Freund. Strahlend meinte sie: »Danke, dass ich ihn reiten durfte, er ist fantastisch!«

»Ich muss dir danken, dass du ihn vorbereitet hast! Ohne dich hätte ich jetzt gar nicht starten brauchen.«

Sie sahen sich verliebt an, als Ben ihre Hand drückte und dann seine Steigbügel einstellte. Er spürte die bohrenden Blicke seines Vaters im Rücken und atmete tief durch.

»Hey, Chérie!«, flüsterte er leise. Er legte eine Hand an ihre Wange, dann küsste er seine Freundin zärtlich. Er wollte sie nicht loslassen, doch er vernahm die Startglocke, welche die Teilnehmerin vor ihm ins Viereck läutete, und besann sich. Champion musste in Bewegung bleiben.

»Viel Glück, Ben!«, wünschte ihm Carina und hielt den Schimmel fest, während Ben sich in den Sattel seines riesigen Pferdes schwang.

Ben trabte Champion kurz darauf an und stellte fest, dass der Hengst absolut locker war und sich von ihm sofort in eine wunderbare Versammlung bringen ließ. Er bewegte sich geschmeidig und schwungvoll. Ben war sich sicher, dass Carina sein Pferd bestens vorbereitet hatte, sonst wäre Champion jetzt nicht so weich zu reiten gewesen.

Er strich dem Schimmel über den Hals und ließ ihn wieder Schritt gehen.

Carina kam zu ihm hinüber und bandagierte den Hengst aus, dann musste Ben einreiten.

Champion überzeugte an diesem Tag mehr denn je. Er zeigte allen, dass er Klasse hatte, und dass eine großartige Zukunft auf ihn und Ben wartete.

Raimund Richter stand zähneknirschend mit Silverano abseits des Abreiteplatzes. Er wusste, dass Champion niemals zu solch einer Leistung fähig gewesen wäre, wenn ihn nicht jemand korrekt vorbereitet hätte. Aber dass dieser Jemand ausgerechnet Bens größte Konkurrenz sein musste, passte ihm gar nicht. Mit keiner seiner vorherigen Freundinnen hatte sein Sohn je den Eindruck erweckt, es sei ihm ernst. Bisher war das Ganze stets ein Spaß für ihn gewesen, ohne Verpflichtungen und ohne Gefühle. Gerade jetzt, wo es auf das Jurastudium und den Olympiakader zuging, konnte er das einfach nicht brauchen, dass er sich von Emotionen beeinflussen ließ. Bens Vater weigerte sich daher strikt, seinem Sohn das Gefühl zu geben, es sei richtig. Daran änderte sich auch nichts, als Ben seine Punktezahl mit Silverano mit diesem Ritt noch überbot und klar mit Champion siegte.

Am Abend trafen sich Ben und Carina mit ihren Freunden am Weiher zum Grillen und Feiern. Sie hatten Zelte aufgestellt, da sie über Nacht bleiben wollten. Bettys Freund Frank war angereist und würde ein paar Tage bleiben, sodass die beiden mitkamen. Mike und Dom hatten die Feuerstelle unter ihre Obhut genommen und verköstigten ihre Freunde mit Würsten, Steaks und allerlei Grillgemüse. Als alle gegessen hatten, ließen sie das Feuer ausglimmen und setzten sich im Kreis rundherum.

Ben und Carina hatten sich ein wenig zurückgezogen. Er hatte sie im Arm und hatte zusätzlich zu der Decke, auf der sie saßen, eine zweite um sie herum gewickelt, als der kühle Abendwind aufkam. Über ihnen tat sich ein funkelnder Sternenhimmel auf. Die Musik aus Mikes Anlage untermalte das Zirpen der Grillen und das Knistern des Feuers. Drüben am Ufer scherzten Bens Kumpels mit Carinas Freundinnen. Frank und Betty saßen dicht beieinander am Feuer, Betty hatte sich eng an ihren Freund geschmiegt, der sie fest im Arm hielt.

Carina fühlte sich unendlich glücklich, sie kuschelte sich an Ben und legte ihre Wange an die Seine.

»Schön, nicht wahr?«, flüsterte Ben dicht neben ihrem Ohr.

»Wunderschön, Ben. Das ist der schönste Sommer, den ich je erlebt habe«, sagte Carina leise und spürte, wie Bens Lippen ihren Nacken liebkosten.

»Ich hab mich noch nie so vollkommen gefühlt«, gestand Ben. »Das auf dem Turnier heute war so toll, Carrie, das ist ganz was anderes als allein mit Pa oder dem Trainer. Champ hat sich offenbar sehr wohlgefühlt heute und eine tolle Leistung gezeigt.«

»Er war toll, ja! Und ich seh dich so gern siegen«, sagte sie und küsste Ben, der sie noch fester an sich zog.

»Willst du Champ nächstes Wochenende in Wettersbach wieder reiten?«, fragte Ben schließlich. »Der war noch nie so locker in einer Prüfung wie heute, nachdem du ihn geritten hast!«

Carinas Herz pochte heftig. »Wenn du das willst, gerne! Er fühlt sich toll an.«

»Freut mich, Carrie! Übrigens ist Pa dann nicht dabei.«

»Hat er denn noch was gesagt vorhin?«

Ben zögerte. »Ja. Aber nichts, was man ernst nehmen sollte. Der wird sich entweder dran gewöhnen müssen, dass ich meine eigenen Entscheidungen treffe und ihn nicht mehr in jeder Angelegenheit um Erlaubnis frage, oder er muss irgendwann die Konsequenzen tragen.« Ben wurde nachdenklich. »Aber darüber reden wir, wenn es so weit ist. Was haben deine Eltern zu deinem Erfolg gesagt?«

»Pa war richtig stolz auf mich und Mam meinte, dass Twister vielleicht in München nur noch nicht genug Vertrauen zu mir hatte. Damit könnte sie Recht haben.«

»Gut möglich. Gib ihm Zeit, bei Déjà-vu war's genauso. Der wird auch stetig gelassener und dadurch besser.«

»Er macht sich wirklich gut. Aber Champ ist einfach der Hammer. Du musst unheimlich stolz auf ihn sein.«

»Allerdings. Er ist das Einzige, was mir gehört, worauf ich wirklich stolz bin. Ich meine – also, das klingt jetzt blöd ... mir gehört ja eigentlich verdammt viel, schau dir den BMW an, an der Kohle fehlt es nie, und so ... aber an all dem Zeug liegt mir nichts. Das ist alles ersetzbar. Aber mit Champ ist das was anderes. Der ist unbezahlbar und wirklich meiner«, erklärte Ben. Dann hauchte er ihr ins Ohr: »Und mit dir ist das was ganz Besonderes, ma Chérie. Auf dich bin ich dermaßen stolz, dass du meine Freundin bist. Und du bist für kein Geld der Welt zu haben.«

Carina war überwältigt von Bens Worten. Wenn er sie auf Französisch ansprach, machte ihr Herz einen Sprung. Bis vor Kurzem war ihr nicht klar gewesen, dass Ben zweisprachig aufgewachsen war. Sie hatte schon ein paar Mal festgestellt, dass Ben mit Champion oft französisch sprach, insbesondere dann, wenn er ihn putzte oder fütterte. Sie fand ohnehin, dass diese Sprache sehr sanft klang, und empfand die gesprochenen Worte noch viel gefühlvoller. Ben hatte Carina eine Seite an sich offenbart, die, wie sie vermutete, nicht einmal seine Kumpels kannten und das bedeutete ihr unendlich viel. Als Ben sie nun sachte anhob und in seinen Schoß zog, küsste er sie so leidenschaftlich, dass sie das Gefühl hatte, den Boden unter den Füßen zu verlieren. Langsam ließen sie sich ins Gras sinken, wo Ben sie fest in den Armen hielt. Im Sternenlicht hatten seine tiefblauen Augen einen sagenhaften Glanz.

Als Ben am nächsten Morgen mit Carina in den Armen erwachte, blieb er eine ganze Weile liegen und betrachtete sie voller Zärtlichkeit. Unheimliches Glück durchströmte ihn.

Liebevoll streichelte er ihre Wange und richtete sich vorsichtig auf. Als er ins Freie trat, war Dom bereits dabei, Frühstück zu machen.

»Hey Alter, Morgen«, sagte er.

»Morgen, Dom«, erwiderte Ben und steckte die Hände in die Taschen seiner Shorts. »Alles klar?«

»Alles bestens.« Dom musterte ihn und bot ihm eine Zigarette an. Sie setzten sich ans Seeufer und rauchten eine Weile schweigend.

»Gehts dir wirklich gut, Bro?«, fragte Dom schließlich.

»Klar, wieso nicht?«, antwortete Ben und sah seinen Kumpel verwundert an.

Dom zögerte. »Weil du so anders bist. Also nicht falsch verstehen Bro, du bist mein bester Kumpel! Aber – das mit Carina, das passt nicht zu dir.«

»Wieso nicht?«

»Weil du eine nach der anderen aufreißt, egal ob du grad offiziell 'ne Freundin hast oder nicht. Pia hast du noch nie links liegen lassen, das war letztens schon komisch. Du verknallst dich doch nicht einfach so in eine und hast keine Augen mehr für eine andere und gestern Abend hat man dich plötzlich gar nicht mehr gesehen, weil ihr euch klammheimlich verzogen habt.«

Ben lachte. »Dom, ich dachte bisher selbst nicht, dass es sowas gibt.«

»Bisher?«

»Ja, bisher. Aber ... hm ...« Ben zog an der Zigarette und sah Dom von der Seite an. »Sie haut mich total um.«

»Ah ... und das heißt?«

»Ich will gar keine andere mehr sehen. Und das mit Pia ... Dom, ich wollte sie nicht mehr! Ich denk die ganze Zeit immer nur noch an Carina und ich will sie am liebsten permanent in meiner Nähe haben – ja Mann, is so, schau mich nicht so an! Und, lach mich jetzt nicht aus, aber am Anfang, da war das total komisch weil ... weil es fast unheimlich war, wie ich mich gefühlt habe. Ich war echt überfordert«, gestand Ben.

Dom lachte. »Du und überfordert? Wo du sonst nur mit dem Finger schnippen musstest und sie alle gekriegt hast?«

»Erinner mich nicht da dran Dom. Da war nie was dahinter ... weil ... ich gar nicht wusste, wie sich das anfühlt, wenn’s nicht nur um ein bisschen Spaß geht«, wehrte Ben nachdenklich ab und tippte mehrmals mit dem Finger auf seine Zigarette. Die glimmende Asche rieselte zu Boden, wo Ben sie gleich mit dem Schuh austrat.

Dom lachte wieder. »Alles klar. Du bist echt verliebt. Aber is okay. Und nicht übel nehmen, aber die anderen wollten, dass ich mal nachhake, ob's dir wirklich gut geht.«

»Dom, du kannst ihnen sagen, dass es mir nicht besser gehen könnte, wirklich!«, versicherte Ben und blickte zum Zelt hinüber.

»Dann bin ich froh! Hab übrigens gehört, dass du wieder gewonnen hast. Ich find ja an den Viechern nix, aber es freut mich, dass du Erfolg hast«, sagte Dom und klopfte seinem besten Freund auf die Schulter.

»Wow, danke Dom!«

»Weißt du, ich hab mir schon Sorgen gemacht, dass dein Pa wieder rumspinnt.«

Ben seufzte. »Ja, das tut er die ganze Zeit.«

»Wird Zeit, dass du ausziehst«, meinte Dom.

»Wenn's so einfach wäre ...«, sinnierte Ben.

»Du weißt, dass mein Angebot steht. Wenn's dir zu viel wird, ich hab Platz«, sagte er. »Und zur Not auch für deine holde Maid«, fügte er grinsend hinzu, als er merkte, dass Ben wieder in Richtung des Zeltes blickte, in dem Carina noch schlummerte.

Ben nickte langsam und sah seinen Kumpel nachdenklich an. Dom hatte ihm bereits mehrfach angeboten, bei ihm einzuziehen. Seine Eltern hatten ihm zum achtzehnten Geburtstag die renovierte Wohnung im Dachgeschoss des Hofes überlassen. Neben einer geräumigen Wohnküche und dem Bad hatte Dom zwei weitere Räume zur Verfügung, von denen er aber derzeit nur einen nutzte. Die Freunde kannten sich seit der Grundschule und trafen sich schon immer häufig bei Dom zuhause, sodass Ben und Doms Eltern ein gutes Verhältnis pflegten. Er hatte zwar nie direkt mit ihnen über die Spannungen zwischen ihm und seinem Vater gesprochen, doch Dom hatte ihm mehrfach versichert, dass sie familiäre Probleme ahnten und nichts dagegen hätten, falls Ben bei ihm einziehen sollte. »Danke, Alter. Vielleicht komm ich wirklich drauf zurück. Aber weißt du ... ich will mal was allein hinkriegen. Wird Zeit für mich, mein Leben selber in die Hand zu nehmen.«

»Vernünftig. Steht dir doch ganz gut. Vor allem trifft man dich mal nüchtern an und nicht dauernd bekifft. Hat was«, überlegte Dom und zündete sich eine zweite Zigarette an.

»Hm?«

»Ich meinte, dass du nicht mehr so der krasse Checker bist. Und ich glaub, das passt schon mit Carrie«, sagte Dom langsam.

»Du bist mein bester Kumpel Dom. Ja, ich hab mich total verliebt, und ich sag dir, es fühlt sich großartig an!«, schwärmte Ben.

»Okay, Bro, dann bin ich beruhigt. Und hat für mich durchaus 'nen Vorteil«, sagte er grinsend.

Ben sah seinen Freund fragend an.

»Na, wenn du Pia nicht mehr willst, hab ich freie Bahn.«

Ben lachte. »Bro, wenn du das so siehst: Ja, du hast freie Bahn!«

Beide lachten und rauchten zu Ende.

»Frühstück?«, fragte Dom schließlich und drückte seinen Glimmstängel aus.

»Gute Idee.«

Ben konnte am Wochenende darauf auf dem Turnier in Wettersbach mit Silverano im Grand Prix einen fantastischen dritten Platz erreiten und mit Champion wurde er knapp zweiter in der S-Dressur. Carina hatte in jeder Prüfung mitgefiebert und befand sich bei der anschließenden Party im selben Siegestaumel wie Ben, als wäre sie selbst geritten, anstatt ihn nur zu begleiten und ihm zur Hand zu gehen.

Sie träumte mehr denn je davon, selbst im Grand Prix zu starten. In diesen Träumen ritt sie dabei Twister, mit dem sie immer besser zurechtkam.

Mittlerweile kam er auf der Koppel sofort brummelnd angelaufen, wenn sie nach ihm pfiff und seinen Namen rief. Dabei ging ihr jedes Mal schier das Herz auf. Twister fühlte sich mehr denn je an wie ›ihr‹ Pferd!

Mister X nahm einen Ehrenplatz in ihrem Herzen ein, jedoch wurde ihr täglich aufs Neue bewusst, wie sehr sie an Twister hing und wie eine Verbindung zwischen ihnen wuchs, die sich gut anfühlte. Sie trainierte, wie Ben, eifrig für den Lehrgang.

Sie war die Einzige unter den Teilnehmern, die aufgrund ihrer Erfolge erst jetzt in den Kader nachrücken durfte. Es war eine Ehre, eingeladen worden zu sein, und sie hoffte, dass sie dort mit den übrigen Teilnehmern mithalten konnte. Deshalb wollte sie gut vorbereitet dort hinfahren, um während des Aufenthalts ebenso durch ihr Können zu überzeugen, wie auf den Turnieren.

Natürlich hatte sie auch stets die von Ben erwähnte Sichtung zur Europameisterschaft im Hinterkopf.

Da der Bundestrainer, Werner Bruhns, die finale Auswahl für die Mannschaftsaufstellung treffen würde, konnte sie sich kaum vorstellen, große Chancen auf eine Teilnahme zu haben. Schließlich gab es mehrere Kandidaten im Juniorenkader, die sich schon über mehrere Monate oder gar Jahre hinweg bewährt hatten. Dass Werner Bruhns ausgerechnet sie aufstellen sollte, die noch nie internationale Prüfungen bestritten hatte, erschien ihr doch sehr fantastisch. Ben schärfte ihr jedoch immer wieder ein, dass er sich genau das sehr gut vorstellen konnte, da sich ihre Leistungen permanent steigerten. Er war seit Jahren im nationalen Dressurkader und seit diesem Jahr in der internationalen Mannschaft aufgestellt, so dass Carina davon ausging, dass ihr Freund wusste, wovon er sprach. Schließlich hatte er nicht nur eine Sichtung für eine Meisterschaft erlebt und sie glaubte nicht, dass

Ben von einer möglichen Chance sprechen würde, wenn er davon nicht selbst absolut überzeugt war. Somit war sie mehr als aufgeregt, als sie, zusammen mit Rolf und Betty, am Sonntag zum Turnier nach Steinheim fuhr. Ben hatte an diesem Wochenende in Wiedmühlen genannt, sodass sie diesmal getrennt unterwegs waren.

Twister war an diesem Morgen seelenruhig auf den Hänger gestiegen und hatte sich sofort über das Heu her gemacht. Mister X betrat den Hänger wie immer völlig gelassen.

Nach rund eineinhalb Stunden Fahrt erreichten sie das Turniergelände und bekamen einen angenehm schattigen Parkplatz am Ende des Areals. Rolf und Carina nahmen gerne lange Wege in Kauf, wenn sie ihre Pferde dafür etwas abseits vom gewöhnlichen Trubel eines Turniers vorbereiten konnten.

Auch beim Ausladen am Vorbereitungsplatz waren beide Pferde ganz ruhig. Twister ließ sich nicht mehr so sehr von der Umgebung ablenken und aufregen und orientierte sich mehr an Mister X, der dösend am Hänger stand und sich die Arbeitsbandagen anlegen ließ.

»Ich werde Twister ablongieren, Carina, dann hast du keinen Stress«, meinte Rolf. Das Starterfeld war nicht so groß wie sonst, sodass zwischen ihren beiden Starts nur eine dreiviertel Stunde Zeit blieb.

Betty blieb bei Carina, um ihr mit Mister X zu helfen und ihn nach der Prüfung trocken zu reiten. Sie sah ihrer besten Freundin dabei zu, wie sie Mister X aufwärmte und hatte zugleich das Prüfungsviereck im Auge. Als die vorletzte Starterin vor Carina eingeläutet wurde, signalisierte sie Carina, dass sie Mister X ausbandagieren würde. Carina ritt zu ihr und Betty wickelte flink die weißen Bandagen von den Beinen des Pferdes ab. Der Wallach rührte dabei keinen Muskel. Er kannte die Prozedur und schnaubte ab.

Betty strich ihm liebevoll über die Nase. »Guter Junge, Mister, du weißt, wie man sich benimmt, nicht wahr?«, lobte sie den Braunen.

Auch Carina streichelte ihn sanft. »Er ist einfach ein Schatz, Betty!«, schwärmte sie und umarmte den Wallach glücklich, ehe sie ihn antreten ließ, um ihn warm zu halten.

»Ich geh mal zur Tafel vor und wink dir, wenn du rein darfst«, schlug Betty vor.

»Danke, du bist die Beste!«, rief Carina.

»Ich weiß!«, konterte Betty und machte sich auf zur Anzeigetafel neben dem Einlass.

Carina nahm die Zügel wieder auf und versammelte Mister X erneut. Er stand leicht an den Hilfen und reagierte so sensibel, dass Betty stets zu sagen pflegte, man würde keine Hilfen sehen.

›Ob das mit Twister auch irgendwann so wird?‹, dachte sie und strich Mister X liebevoll über den Hals. Der schnaubte und kaute auf dem Gebiss.

Carina ging die Aufgabe im Geiste nochmals durch, dann sah sie Betty winken.

»Na dann, mein Großer, auf geht's!«, murmelte sie und ritt ihn zum Viereck. Sie umrundete es im Trab, bis die Startglocke erklang und sie einreiten durfte. Mister X lief heute traumhaft, er glänzte mit einer durch und durch soliden Leistung, sodass Carina ihm nach dem Ausreiten aus der Prüfung glücklich um den Hals fiel.

»Mensch, Carrie, der langweilt sich langsam in M!«, rief Betty lachend und kraulte dem Braunen die Stirn, was er sichtlich genoss und sich an ihrer Schulter rieb.

»Ich glaub's auch langsam«, antwortete Carina. »So schade, dass es seine letzte Saison ist ...«, sagte sie dann leise und spürte einen Kloß in ihrer Kehle.

»Lässt du ihn noch ein wenig Schritt gehen?«, fragte sie ihre beste Freundin dann, als Rolf mit Twister herüberkam.

»Klar«, bestätigte Betty und schwang sich bereits in den Sattel.

»Gut gemacht, Carina, super!«, lobte Rolf seine Schülerin.

»Danke. Mister ist einfach klasse, Rolf.«

Er lächelte. »Ich weiß. Aber Twister auch, Carina. Er ist zwar explosiv, seit wir uns dem Abreiteplatz genähert haben und den Trubel mitbekommen hat, aber er ließ sich trotzdem gut regulieren und sollte dir heute wenig Probleme bereiten.«

»Hoffentlich hast du Recht!«, sagte Carina und tätschelte den Rotschimmel. »Hörst du, Twister? Rolf hat gesagt, heute geht es problemlos«, raunte sie dem Hengst zu und ertappte sich bei der Frage, ob sie den Hengst oder vielmehr sich selbst damit beschwören wollte.

Rolf blickte sie aufmunternd an und half ihr beim Aufsitzen, indem er ihr auf der rechten Seite gegenhielt.

Als Carina im Sattel saß, stellte sie erstaunt fest, dass sie zittrige Hände hatte. Sie atmete tief durch und nahm entschlossen die Zügel auf.

»Arbeite nur gleich mit ihm, damit er gar nicht so viel Zeit hat, sich aufzuregen. Versuche, seine Aufmerksamkeit zu dir zu holen und halte ihn schön beschäftigt. Je mehr er sich auf dich konzentriert, umso weniger wird er sich für das Drumherum interessieren.

Außerdem war er an der Longe wirklich anständig und hat sich keine Eskapaden erlaubt«, ermunterte sie ihr Trainer, dem die Anspannung natürlich nicht verborgen blieb.

Carina trabte den Rotschimmel an. Er kaute ruhig auf der Kandare und ließ sich gut versammeln. Lediglich seine Ohren, die nach allen Richtungen schnellten, verrieten seine Nervosität und Unsicherheit. Ein paar erschrockene Sätze passierten doch, als ein Reiter neben ihm sein Sakko auszog, und ein Helfer sein Aufgabenblatt verlor, welches Twister direkt vor die Füße flatterte. Ansonsten schnorchelte er zwar hin und wieder empört, regte sich jedoch längst nicht so auf wie in München.

»Ruhig, Twister – wir machen das schon«, murmelte Carina und war sich nicht sicher, ob sie damit nur Twister beschwichtigen wollte oder sich selbst. Sie sah einer Reiterin zu und stellte fest, dass sie recht gut war. Das schwarzbraune Pferd, das sie ritt, bewegte sich grazil durch das Prüfungsviereck. Carina erkannte Sandra Schwarz. Es würde sicher eng werden heute, Douglas Queen schien in Hochform zu sein und Carina konnte keinen Fehler erkennen.

Nach Sandra war sie selbst an der Reihe. Rolf bandagierte Twister aus und nickte seiner Schülerin aufmunternd zu.

»Das sieht heute schon sehr, sehr gut aus. Reite einfach wie im Training. Bleib locker!«

»Ich werde mich bemühen.« Carina zwang sich zu einem Lächeln und klopfte Twister den schweißnassen Hals. Dann wurde sie aufgerufen.

Sie trabte an und stellte den Rotschimmel korrekt an die Hilfen, dann ritt sie ein und stellte erleichtert fest, dass Twister den Blumentrog am Eingang keines Blickes gewürdigt hatte!

In der Grußaufstellung wippte er zwar von einem Vorderbein auf das andere bis er wieder antreten durfte, aber ansonsten blieb er wenigstens stehen. Das Trabprogramm war solide, der Galopp sehr stark - bis Twister sich eine Sekunde ablenken ließ und aus dem Takt kam. Dasselbe passierte noch einmal kurz in einer der Traversalverschiebungen, jedoch konnte Carina diese Patzer blitzschnell korrigieren und stellte Twister erneut und etwas strenger an die Hilfen. Der Rest der Prüfung verlief wieder solide, sodass Carina zufrieden aus dem Viereck ausritt.

»Na siehst du, es geht doch«, lobte Niebaum.

»Puh«, seufzte Carina nur.

»Ein bisschen fest hast du dich gemacht, das hat ihn verunsichert. An manchen Stellen hättest du etwas schneller eingreifen müssen, um ihn zu dir zurückzuholen«, erklärte Rolf.

»Ich weiß, hab's gemerkt – ist einfach noch was anderes als mit Mister.«

»Die Routine kommt auch bei ihm bald, da bin ich mir sicher. Aber ich würde mal sagen, heute ist wieder eine Platzierung drin mit ihm!«

Carina strahlte glücklich. Sie freute sich sehr, dass Twister so gut gewesen war. Solche Ablenkungspatzer kamen vor, das wusste sie, und im Vergleich zum Fiasko in München war Twister spitzenmäßig gelaufen. Wenn sie an das letzte Turnier dachte, fragte sie sich ohnehin, warum sie heute nicht noch zuversichtlicher in den Sattel gestiegen war.

Als die letzte Reiterin das Viereck verlassen hatte, grinste Betty beim Blick auf die Ergebnistafel. »Tja, Carrie, nun wirst du ungarische Post reiten müssen!«

Carina schaute sie verständnislos an.

»Weil du wieder zweimal platziert bist! Gratuliere«, erklärte ihre beste Freundin.

Carina wurde ganz heiß vor Freude – sie war erneut platziert mit Twister! Sie umarmte den Rotschimmel stürmisch, der daraufhin einen erschrockenen Sprung zur Seite machte. Um ein Haar hätte er sich dabei seiner Reiterin entledigt, die nun lachend und mit hochrotem Kopf im Sattel saß. Betty hatte zum Glück schnell reagiert und in Twisters Zügel gegriffen, um ihn anzuhalten, und streichelte ihn nun beruhigend.

»Na, ein Sturz wegen eines überschwänglichen Lobes wär's jetzt noch gewesen«, japste Betty.

Da Mister X schon abgesattelt am Hänger stand, ritt Carina die Ehrenrunde mit Twister. An seinem Zaum hefteten die silberne Schleife von Mister X, und Twisters eigene für den vierten Platz. Carina war überglücklich, als sie hinter Sandra Schwarz an zweiter Stelle zu ›We are the Champions‹ um das Viereck galoppierte und strahlte über das ganze Gesicht. Sie hatte ihre erste vordere Platzierung mit Twister errungen!

Am Abend radelte Carina zu Ben. Zunächst wurde, wie in den letzten Wochen regelmäßig, Mathe geübt, da die wichtige Arbeit unmittelbar bevorstand. Carina war mittlerweile so routiniert in den Aufgabenstellungen, dass sie sich durch kleine Unsicherheiten nicht mehr komplett aus dem Konzept bringen ließ. Meist fand sie den richtigen Lösungsweg auch in schwierigeren Aufgaben, so dass sie diese immer öfter korrekt zu Ende bringen konnte.

Dennoch wurde ihr richtig übel, wenn sie an den nächsten Tag dachte – es hing so viel von dieser Klausur ab!

Nachdem sie eine sehr umfangreiche und schwere Aufgabe richtig gelöst hatte, entschied Ben, dass sie bestens gerüstet war.

»Du musst nur ruhig bleiben, Chèrie!«, versicherte er ihr.

Carina sah ihn nachdenklich an. »Ich weiß ... nur hab ich zugleich so Bammel vor 'nem Blackout, dass mir total schlecht wird bei dem Gedanken.«

»Hey«, sagte Ben zärtlich und zog sie auf seinen Schoß. »Jetzt hör mir mal zu«, meinte er sanft, »wir haben jetzt wochenlang gepaukt und ich weiß, dass du das kannst. Du hast wahnsinnige Fortschritte gemacht und konntest heute alle Aufgaben lösen! Warum sollte das morgen schiefgehen?« Mit diesen Worten drückte er ihre Hände und sah sie ernst an.

»Ich weiß nicht, es hängt eben so viel davon ab. Ich hab einfach Angst, dass es in die Hose geht und ich dann nicht zum Vorbereitungslehrgang fahren darf. Wie soll ich denn ohne das Intensivtraining auf der Deutschen Meisterschaft nur den Hauch einer Chance auf eine gute Platzierung haben? Am meisten Angst hab ich aber davor, dass Papa seine Drohung wahr macht und ich, wenn ich das Jahr nicht schaffe, gar nicht mehr reiten darf und ich womöglich Twister wieder hergeben muss!«, gestand Carina.

»Sag mir einen Grund, warum das daneben gehen sollte Carrie! Du hast Aufgaben gelöst, die wirklich anspruchsvoll waren. Ich hab dir alte Aufgaben von mir gegeben - schwieriger wird's nicht werden, glaub mir doch.« Ben wusste nicht mehr, wie er sie beruhigen sollte. Es war doch bescheuert, dass ihre Eltern ihr so einen Druck machten. Er konnte sich gut vorstellen, wie Carina sich fühlte, da sein Vater im Sport Bestleistungen von ihm erwartete und stets mit dem Verkauf der jeweiligen Pferde drohte, wenn ihre Platzierungen nicht seinen Vorstellungen entsprachen.

»Ich weiß ja, dass du Recht hast. Und ich weiß, dass ich dir glauben kann, wenn du sagst, ich bin fit, und ich hatte eigentlich auch ein gutes Gefühl. Aber ich neige zum Brett vorm Hirn in Mathe, wenn's drauf ankommt.«

»Wenn du dich auf dem Turnier verreitest, so dass die Richter dich abklingeln, was tust du dann?«, fragte Ben ruhig.

»Was hat Dressur ...«

»Was machst du, wenn du in einer Aufgabe nicht mehr weiter weißt?«

»Wenn die Richter klingeln, sollte mir möglichst fix der richtige Weg wieder einfallen, das heißt, ich fange bei der letzten Lektion nochmal an, gehe sozusagen einen Schritt zurück ... ist mir aber Gott sei Dank noch nie passiert.«

»Eben. Also wird das morgen auch nicht der Fall sein. Und sollte es doch so kommen, dass du an irgendeiner Stelle nicht gleich weiter weißt, dann versuche es genau so: Geh zum letzten Rechenschritt zurück und atme tief durch, dann fällt dir der Lösungsweg bestimmt wieder ein.«

Carina schaute ihn lange an. »Okay, Ben. Wenn du das sagst, dann will ich mich bemühen, damit du Recht behältst.«

»Na also, warum nicht gleich so?«, sagte Ben und küsste sie. »Ich dachte schon, wir könnten heut unsere vielen Schleifchen gar nicht mehr feiern«, fuhr er leise fort, ohne seine Lippen von den ihren zu lösen.

Carina schmiegte sich verliebt an ihn und verschwendete keinen weiteren Gedanken mehr an Mathe.

»Lass uns den restlichen Abend an die schönen Dinge denken, Carrie. An deinen Erfolg heute mit Twister und Mister X zum Beispiel«, hauchte Ben und zauberte eine Flasche Sekt unter dem Schreibtisch hervor. »Und Champis zweiter Platz ist auch nicht zu verachten gewesen«, fuhr er fort.

»Vergiss Déjà-vu nicht! Ich bin so stolz auf euch«, lächelte Carina und sah ihn verliebt an. Ben hatte heute einen hervorragenden dritten Platz mit dem Fuchs errungen.

Als sie mit klirrenden Gläsern anstießen und das sachte Schaukeln der Hollywoodschaukel auf Bens Balkon genossen, murmelte Carina gedankenverloren: »So könnte es doch jeden Tag sein, tagsüber reiten und abends mit dir einen Sekt auf der Schaukel, unter Sternen ...«

Eine Weile betrachteten sie eng umschlungen den nächtlichen Himmel.

Plötzlich sagte Ben: »Da, eine Sternschnuppe! Wünsch dir was!«

Carina lächelte und dachte an einen Sieg mit Twister.

Ben ahnte, woran sie dachte, und zog sie eng an sich.

»Hab Vertrauen, dann geht dein Wunsch in Erfüllung«, flüsterte er und küsste sie.

»Meinst du?« Carina sah zu ihm auf.

Ben fuhr mit dem Zeigefinger zart die Konturen ihrer Lippen nach. Erst ganz zart, dann wurde er vorsichtig fordernder.

»Ich hab mir auch was gewünscht«, murmelte er dann und strich ihr zärtlich über die Wange.

Carina ließ sich in seine starken Arme sinken und wollte, dass dieser Moment ewig anhielt.

»Ich will dich heut Nacht nicht loslassen, ma Chèrie ...«, flüsterte Ben und wagte kaum zu atmen. Er wusste, dass ihr Vater darauf bestand, dass sie abends nach Hause kam.

Sie fing seinen Blick auf. Das Mondlicht spiegelte sich in seinen tiefblauen Augen, dass sie funkelten wie die Sterne. Ihr Herz schlug heftig, als sie ihre Hände in seinem Nacken verschränkte und flüsterte: »Dann halt mich doch einfach fest ...«

Ihre Lippen fanden sich erneut, und Ben war sich sicher, dass ihre beiden Herzen im Takt Purzelbäume schlugen.

An diesem Morgen blieb Ben nicht wie sonst an der Raucherecke stehen, sondern begleitete Carina bis zum Prüfungsraum.

Ben fühlte sich Carina seit der vergangenen Nacht näher als je zuvor und fragte sich, ob es ihr wohl genauso ging? Neben einem elektrisierenden Prickeln, das er in jeder Faser seines Körpers spürte, erfüllte ihn eine wohlige Wärme, wenn er nur wenige Stunden zurückdachte.

Immer wieder schauten sie sich mit tiefen Blicken an. Sein Griff um ihre Hand festigte sich. Sämtliche Schülerinnen und Schüler aus der Oberstufe, die ihnen begegneten, und schließlich Carinas Klassenkameraden, beobachteten sie beide. Er, der große Aufreißer, wirkte total glücklich mit seiner Freundin. Nadine warf ihm vernichtende Blicke zu, die er jedoch gar nicht wahrnahm.

Es war bereits kurz vor acht. Etwas abseits vom Rest der Klasse machte er Carina nochmals Mut und schärfte ihr ein, ruhig zu bleiben, bevor es ernst wurde. Sie lehnte an der kalten, mit Ziegeln besetzten Wand und atmete tief durch. Ben strich ihr zärtlich über die Wange und nahm ihr blass werdendes Gesicht liebevoll zwischen die Hände. Seine Stirn berührte ihre, als er leise sagte: »Vetrau mir. Du kannst das! In Ordnung?«

Carina nickte zögernd.

»Du vertraust mir doch?«

»Klar vertrau ich dir!«.

»Dann denk jetzt an was Schönes. Und genau da dran denkst du, sobald du wieder Bammel kriegst. Ja?«

»Okay.«

Herr Lohmeier schritt mit Blätterstapeln in den Händen an ihnen vorüber und sperrte den Raum auf. Ben merkte, wie sich seine Freundin anspannte.

»Denk an was Schönes, Chèrie ...«, flüsterte Ben und küsste sie. Carina wollte ihn nicht loslassen. Sie wusste, dass sie den Prüfungsstoff einigermaßen beherrschte – aber sie hatte trotzdem Angst, plötzlich nicht mehr weiter zu wissen.

»Komm, zeig's ihm. Du willst das Jahr schaffen und ich weiß, dass du's kannst! Ich will nämlich noch viele Siege mit dir feiern.« Seine Augen glänzten. »So wie heute Nacht«, hauchte er ihr ins Ohr und fing ihren Blick auf.

Sie zog ihn so nah an sich, dass sie seinen Herzschlag spüren konnte und flüsterte, ihre Wange dicht an seine geschmiegt: »Ich auch!«
Als Ben sie erneut küsste, fiel schlagartig die ganze Anspannung von ihr ab.

»Carina, wir fangen in einer Minute an. Ich glaube nicht, dass Sie auch nur auf eine Minute verzichten können«, rief Herr Lohmeier aus dem Klassenzimmer zu ihr herüber.
Ben zog eine Grimasse. »Jetzt erst recht, oder?«

Zehn Sekunden vor Klausurbeginn marschierte sie dann betont lässig ins Klassenzimmer. Bevor sie die Tür zu zog, drehte sie sich nochmal nach Ben um. Er schmunzelte und warf ihr eine Kusshand zu.
Herr Lohmeier legte ihr das Prüfungsblatt auf den Tisch und sah sie missbilligend an.
»Spinnst du?«, zischte Betty kopfschüttelnd, als Carina sich auf den Stuhl neben ihrer besten Freundin fallen ließ. »Der legt's doch drauf an, dass du durchfällst«, sagte Betty schnell, bevor Lohmeier an ihr vorbei ging.
»Und ich leg's drauf an, weiter zu kommen«, flüsterte Carina und legte ihren Taschenrechner, Kugelschreiber, Lineale und den Zirkel zurecht.
Betty musste lachen. So kannte sie ihre Freundin in Bezug auf Mathe nicht, aber es war gut so. Ben musste ein Wunder bewirkt haben. Sie musterte Carina. Irgendetwas war anders und Betty war sich sicher, dass es mit Ben zu tun hatte. »Auf geht's - und schreib leserlich«, raunte sie ihr zu.
»Okay!«, versprach Carina.
Als der Lehrer zur Stille aufrief, atmeten beide tief durch und drehten die Aufgabenblätter um. Jetzt wurde es ernst. Es ging um die Versetzung!
Als Carina die erste Aufgabe überflog, überkam sie doch leichte Panik. Sie besann sich rasch auf Bens Worte und dachte an den vergangenen Abend. Ja, sie wollte weitere Siege feiern. Zusammen mit Twister und Ben.
Auf einmal wurde sie völlig ruhig, las den Text erneut durch und begann, zu rechnen.

Nach der Klausur packte Betty ihre beste Freundin am Ärmel und schleifte sie zum Biotop hinter dem Schulgebäude, wo sie sich auf eine Holzbank setzten.

»So, meine Süße, dann schieß mal los!«, forderte sie Carina energisch auf.

»Was ...?« Carina schaute sie irritiert an.

»Tu nicht so«, empörte sich Betty. »Deine Mam ruft mich abends an und fragt, ob du bei mir bist, du gehst nicht ans Handy und jetzt hast du seinen Pullover an und leuchtest wie ein Glühwürmchen«, sagte sie mit gespieltem Ernst.

Carina bekam schlagartig feuerrote Wangen. »Ich leuchte?«, fragte sie verständnislos.

»Ja. Sieht doch ein Blinder. Gut, dass ich nicht deine Mam bin.«

Carina biss sich verlegen auf die Unterlippe. »Au backe, was hast du ihr gesagt?«

Betty schwieg kurz.

Der Wasserzulauf plätscherte vor sich hin und die Vögel, die sich in großer Vielzahl im Geäst der Büsche tummelten, welche das Biotop zum Schulhof hin abschirmte, zwitscherten lautstark. Hummeln und Bienen flogen summend über die Seerosen. Zwischen dem Schilf am Ufer flatterten einige Schmetterlinge.

»Dass wir uns zum Mathelernen getroffen haben und du auf dem Sofa eingeschlafen bist, während ich kurz in der Küche war. Da meinte sie, ich soll ich dich lieber schlafen lassen«, sagte Betty schließlich todernst.

Beide schauten sich eine Sekunde lang an und fielen sich dann lachend in die Arme. »Betty, du bist die Beste! Die aller, aller Beste«, beteuerte Carina, als sie sich wieder beruhigt hatte. Sie wischte sich die Lachtränen aus den Augen.

»Weiß ich. Du hattest aber Glück, dass du mir noch eine SMS geschrieben hast, dass du abends zum Lernen bei Ben bist. Sonst hätte ich nicht so leicht improvisieren können und mir vermutlich selbst wirklich Sorgen gemacht«, sagte Betty ernst. »Also, schieß los: Wie war's?«, wiederholte sie ihre Frage von vorhin.

Carina setzte eben zu einer Antwort an, als Betty sie liebevoll in die Seite boxte. »Scherz, meine Liebe. Lass mal – so wie du strahlst, kann ich's mir denken.«

»Ach echt?«, feixte Carina.

»Ja«, gab Betty kichernd zurück. »Pass bloß auf, dass du deine Mam nicht auch so anstrahlst. Sonst glaubt die mir kein Wort mehr.«

Beide prusteten erneut los.

»Und, was hast du für ein Gefühl wegen Mathe?«, fragte Betty schließlich.

Carina zuckte die Achseln. »Passt. Ja, ich glaube, es ging ganz gut.«

»Na also! Dann hat sich mein Schwindel ja gelohnt. Deine Mam wird's mir verzeihen, wenn du mit einer Eins nach Hause kommst«, scherzte Betty.

Vergnügt kehrten sie zur Aula zurück, wo ihre Freundinnen sie bereits erwarteten. Endlich lag die gefürchtete Mathe-Klausur hinter ihnen. Nun galt es nur noch, die Ergebnisse abzuwarten!

Die wenigen letzten Schultage vergingen wie im Flug. Alle Arbeiten waren geschrieben und Carinas Versetzung in die Kollegstufe war gerettet. Mit einer guten Vier als Gesamtnote kam sie in Mathe durch und gelobte vor ihren Eltern, das Ganze nicht wieder schleifen zu lassen.

Immerhin hatte sie in der letzten Klausur eine Zwei geschrieben, was ihre Eltern schwer beeindruckt hatte. Sie versicherten ihr, dass ihrer Teilnahme am Vorbereitungslehrgang für die Deutsche Meisterschaft nichts mehr im Wege stand. Sie überraschten Carina sogar mit einem Gutschein für eine neue Reithose, um ihr zu zeigen, dass sie ihre Mühen und den schulischen Fleiß durchaus schätzten.

Während der letzten Schultage gaben die Lehrer ihren Schülern kaum noch Hausaufgaben auf. Carina verbrachte bereits die Nachmittage direkt nach der Schule und auch die Abende mit Betty oder Ben. Da der Sommer sonnige Tage und milde Abende bot, trafen sie sich am Abend häufig mit ihren Freunden am beliebten Wildsee, wenn die Pferde trainiert und versorgt waren. Carinas Eltern beschwerten sich bereits, dass sie ihre Tochter kaum noch zu Gesicht bekamen. Jedoch freuten sie sich für Carina, dass sie im Moment so glücklich war.

Sowohl Twister, als auch Déjà-vu wurden ausgeglichener und lernten mehr und mehr, mit unbekannten Situationen umzugehen. Twister erschrak zwar noch immer sehr schnell, fasste jedoch zunehmend Vertrauen zu seiner Reiterin.

Beim nächsten Turnier, das am ersten Ferienwochenende stattfand, konnte sich Carina mit ihm auf einen dritten Platz vorarbeiten und war mehr als zufrieden mit dem Hengst.

Nun rückte auch der Lehrgang immer näher, so dass Ben und Carina schon in den Planungen schwelgten. Es wurde langsam ernst. Aufgrund eines organisatorischen Engpasses konnten Ben und zwei weitere Kadermitglieder erst am Montag anreisen. Carina und der Rest durften bereits am Freitag ihre Pferde bringen, da ihre Pferde im Hauptstall untergebracht werden sollten. Der Lehrgang begann aber eigentlich erst am Montagabend, daher gingen Ben, Dirk und Susann keine Trainingseinheiten verloren. Für Carina war es praktisch, früher zu kommen, da die Lehrgangsteilnehmer auf Wunsch bereits kursunabhängigen Unterricht erhalten konnten.

Ben wollte am Montagvormittag losfahren und hatte über das Wochenende mit beiden Pferden nur leichte Arbeit geplant. Er half Carina am Donnerstag, ihre beiden Pferde vorzubereiten. Gemeinsam verzogen sie zunächst die Mähnen der Pferde neu.

Diese Prozedur war wohl das Einzige, was Mister X an seinem Turnierpferdeleben hasste. Er wollte nie ruhig stehen, wenn Carina seine Mähne kürzte und ausdünnte, hampelte von einem Bein auf das andere, schlug mit dem Kopf und gab erst Ruhe, wenn Carina den feinen Kamm beiseitegelegt hatte. Twister war hingegen lammfromm dabei und döste während des Verziehens entspannt vor sich hin. Anschließend wurden beide Pferde gewaschen.

»So, Twister, jetzt darfst du dich sonnen, mein Schatz«, beschloss Carina, nachdem sie allen Schaum abgewaschen und mit dem Schweißmesser die Nässe aus dem Fell gezogen hatte. Sie brachte den Rotschimmel unter das stalleigene Solarium, was der Hengst liebte. Er schloss genießerisch die Augen und entlastete sofort ein Hinterbein, senkte den Kopf und döste in der wohligen Wärme. Mister X hatte das Solarium ebenso genossen und stand bereits wieder in seiner Box, wo er sein Abendheu fraß. Er wusste, dass etwas Besonderes im Gange war. Dennoch war ihm keine Aufregung anzumerken. Er war lediglich aufmerksamer als sonst und an allem interessiert, was um ihn herum geschah.

Während Twister unter dem Solarium trocknete, machten sich Ben und Carina an die Lederpflege. Sättel und Zaumzeuge mussten gereinigt und gefettet werden. Hier leistete ihnen Kater Jerry Gesellschaft und umschmeichelte sie zunächst gurrend. Neugierig beschnupperte er die Lederriemen der auseinandergebauten Zaumzeuge und forderte seine Streicheleinheiten ein. Schließlich rollte er sich auf einer der Satteldecken zusammen, die Carina zum Waschen beiseitegelegt hatte, und hielt ein Nickerchen.

»Kater müsste man sein!«, scherzte Ben.

»Du meinst wohl, Jerry müsste man sein!«, verbesserte Carina ihren Freund lachend.

»Ich glaube, für ihn ist der Hof ein Schlaraffenland. Felder, Mäuse, jede Menge Schlafplätze und da ihm niemand widerstehen kann, unzählige Kuscheleinheiten und genug zu fressen jeden Tag!«

»Ja, er hat es hier wirklich sehr gut getroffen. Schafft er das denn alleine, als Mäusefänger, meine ich?«

»Bisher schon noch. Zumindest hatten wir, seit ich denken kann, nie ein großartiges Mäuseproblem. Aber selbst wenn er irgendwann alt wird und den Mäusen nicht mehr Herr werden würde ... er akzeptiert keine anderen Katzen, weder die der Nachbarn, noch die Streuner, die Rolf gern behalten hätte. Daher haben wir keine weiteren Versuche unternommen, ihm Verstärkung anzuschaffen.«

Carina erinnerte sich an die beiden Streuner, die vor Jahren Rolfs Mitleid erregt hatten, so dass er sie mit Jerry vergesellschaften wollte. Er war davon ausgegangen, dass auf seinem Hof genügend Platz für mehrere Katzen sei. Jerry hatte jedoch sein Revier mit Krallen und Zähnen derart verteidigt, dass die ›Eindringlinge‹ sogar tierärztlich versorgt werden mussten. Da hatte Rolf die Katzen einer Reitschülerin überlassen, die damals frisch in ihr neues Haus eingezogen war und ohnehin auf der Suche nach einem Katzenpärchen gewesen war.

»Welche Schabracken nimmst du mit, Carrie?«, fragte Ben schließlich, als er in der Sattelkammer vor der Box mit den Satteldecken stand.

»Keine Ahnung, Mister kriegt seine Grüne mit Namen drauf ... Mam hat mir die Dunkelblauen für Twister gewaschen, ich hoffe, sie sehen nicht allzu alt aus. Rolf meinte, ich soll die neuen Weißen mitnehmen. Aber die bleiben ja nicht lange weiß. «

Ben lächelte. »Da hab ich ja Glück!«

Carina schaute ihn verständnislos an.

»Ich hab was für dich«, sagte Ben verheißungsvoll und nahm sie bei der Hand. Er führte sie zu ihrem Spind und zog hinter der Tür eine große Tüte hervor. Sie schien prall gefüllt zu sein.

»Das ist für dich Carrie, kleines Startpaket sozusagen für dich und Twister.«

Carina war eine kurze Zeit lang sprachlos.

»Wow, danke Ben! Womit hab ich das denn verdient? Ich hab doch gar nicht Geburtstag oder so.«

»Nein, das nicht, ma Chèrie, aber du hast eine klasse Saison hinter dir und fährst auf einen tollen Lehrgang!« Er machte eine kurze Pause und grinste dann. »Außerdem will ich bei denen mit dir angeben.«

»Spinner.« Carina lächelte zärtlich und küsste ihn. Dann packte sie das Geschenk sorgfältig aus. »Ben, du bist ja wahnsinnig! Ist die schön!«

Überwältigt hielt sie eine nachtblaue Samtschabracke in den Händen, auf die in geschwungenen Lettern Twisters Name gestickt war. Passende Bandagen lagen ebenfalls in dem Paket. Sie fiel Ben um den Hals. »Danke, Ben, danke! Wunderschön, Twister wird klasse aussehen!« Ihr war ganz heiß vor Freude, sie spürte, wie ihre Wangen rot wurden.

»Ganz bestimmt. Ich weiß ja, dass du nachtblau magst, und zu Twister passt das ganz wunderbar.«

»Oh ja, ich kann's kaum erwarten, ihn damit zu reiten«, schwärmte Carina. Sorgsam legte sie die Schabracke und die Bandagen in die Stallkiste, die sie mitnehmen wollte. »Nun hab ich sogar ein Andenken an dich dabei, wenn ich dich das ganze Wochenende nicht sehe«, meinte Carina.

Ben küsste sie. »So war's unter anderem gedacht.«

»Schade, dass du erst am Montag kommst. Aber der Lehrgang wird bestimmt super! Den ganzen Tag an den Lektionen arbeiten und Erfahrungen sammeln, herrlich! Auf die Videoanalyse freue ich mich auch schon, und soweit ich weiß, gibt's dort sogar einen Wellnessbereich.«

»Den gibt es zwar nicht direkt auf der Trainingsanlage, aber nebenan ist ein Fitnesspark. Da ist alles geboten, vom Badmintonfeld, über einen Kraftraum mit vielen verschiedenen Geräten, mehrere Saunen und so weiter, bis hin zum Whirlpool. In Warendorf und der Umgebung gibt es zudem ein paar coole Bars – Carrie, das wird wie Urlaub mit Training als Krönung«, freute sich Ben. Er kannte die Reitanlage, auf der sie trainieren würden, bereits von früheren Kursen.

»Wie sind denn die Zimmer dort?«

»Ganz gut. Normal gibt's immer Vierbettzimmer.«

»Was heißt normal?«

Ben grinste. »Ich hab auf ein Doppelzimmer für mich allein bestanden. Manchmal ist es doch praktisch mit meinem Pa, oder besser, mit seiner Kohle, weißt du. Ich muss schließlich nebenbei in Ruhe fürs Abi pauken können«, erklärte Ben und zog eine Grimasse.

»Das wird so toll werden Ben! Ich bin schon ganz aufgeregt. Meinst du denn wirklich, die übernehmen mich in den Kader? Es ist noch immer nicht offiziell bestätigt worden.«

Ben seufzte und zog sie an sich. »Jetzt schau dir mal deine Erfolgsbilanz an. Das geforderte Soll hast du längst erreicht. Es geht nur noch um die Bürokratie und deren Mühlen mahlen bekanntlich langsam. Aber was soll dabei noch schiefgehen? Ich kann mir keinen Grund vorstellen, warum sie einen Rückzieher machen sollten. Schau dir deine beiden Pferde an – besonders den

Herrn da drüben im Solarium. Ihr seid eine Bereicherung für das Team - auch für die Europameisterschaft, wenn ich meine Meinung dazu nochmal sagen darf. Da müsste schon irgendwas ganz ganz Blödes passieren, dass das nichts wird, da bin ich mir sicher.«

»Okay, Chef«, salutierte Carina. »Wär zu schön, um wahr zu sein ...«

»Glaub dran Carrie. Du musst an deine Träume glauben. Dann werden sie auch wahr«, sagte Ben ernst.

Carina war aufgeregt. Hoffentlich hatte Ben Recht. Sie wollte nicht nur an der Deutschen Meisterschaft überzeugen, sondern auch endlich dem Kader angehören und natürlich liebend gerne bei der Europameisterschaft starten – mit ihrem Twister!

Nachdem beide Pferde trocken und gut versorgt waren, räumten Ben und Carina den Transporter ein. Danach fuhren sie, völlig erledigt, zu Carina nach Hause. Ihre Eltern hatten Ben zum gemeinsamen Abendessen eingeladen.

Sky führte einen Freudentanz auf, als Carina die Haustüre aufsperrte, und bellte laut. Sie sprang Carina mit den Pfoten auf die Schultern und winselte ihr ins Ohr. Carina ließ sie gewähren und wuschelte sie liebevoll.

»Du Wilde, du. Pass auf, dass Papa das nicht sieht«, sagte sie lachend und wies die Hündin wieder zu Boden.

Sky begrüßte auch Ben und begab sich dann, den beiden voran, ins Wohnzimmer.

Dort warteten Carinas Eltern bereits.

»Hi Mam, hi Pa! Sorry, es hat wieder mal länger gedauert, aber da ist immer so viel einzupacken«, entschuldigte sich Carina mit einem Blick auf die Uhr.

Auch Ben grüßte.

»Hallo ihr beiden! Hatten wir uns schon gedacht, wir wissen ja mittlerweile, wie das abläuft«, begrüßte Frau Reinders ihre Tochter und deren Freund. »Kannst du eben den Tisch decken, Carina?«, bat sie. »Ich hole Florian.«

»Klar«, bestätigte Carina und Ben folgte ihr in die Küche.

»Lass nur, ich mach das schon«, meinte sie, als Ben fragte, was er helfen könne.

»Ich möchte aber gerne helfen, Chérie!«, entgegnete Ben bestimmt. »Daheim darf ich nie«, erklärte er grinsend. Zu Hause war die Küche ausschließlich das Reich seiner Mutter.

Carina zeigte ihm daher den Schrank mit den Tellern und die Schublade, in der das Besteck lag. Sie selbst griff nach den Gläsern und dem Getränkekorb, den ihre Eltern schon vorbereitet hatten. Gemeinsam traten sie auf die großzügige Terrasse hinaus und deckten den Holztisch, der sich um die Ecke unter Weinranken befand. Die Pergola hatte Carinas Vater selbst gebaut und war zu Recht stolz darauf. Seit der Wein sich an den Holzbalken entlang gerankt hatte, war die Ecke, fand Carina, richtig gemütlich geworden. Man saß gegen Wind und etwaige neugierige Blicke der Nachbarn geschützt und konnte die lauen Sommerabende draußen genießen.

Kurz darauf saßen sie bei dem köstlichen Braten beisammen, den Carinas Mutter zubereitet hatte.

»Carrie, darf ich mit Sky Gassi gehen, wenn du weg bist?«, fragte Florian.

»Na klar, da freut sie sich bestimmt. Aber lass sie nicht von der Leine, wenn eine Straße in der Nähe ist!«

»Weiß ich doch«, maulte Flori.

»Du kannst ganz viel spielen mit ihr!«

»Au ja«, freute er sich, »Sky kann super Fußball spielen, hast du das gewusst?«

»Nein, aber du zeigst mir das doch sicher bald?«

»Logisch«, meinte Flori mit vollem Mund und nahm gleich den nächsten Löffel Kartoffelpüree.

»Florian, langsam!«, mahnte Herr Reinders.

Flori grinste nur.

»Dann geht es morgen also los«, stellte Frau Reinders fest.

»Wann wollt ihr losfahren?«, erkundigte sich ihr Mann.

»So gegen neun dachte Rolf. Wir fahren gute sechs Stunden. Dann kommen wir nachmittags an und die Pferde können sich in Ruhe eingewöhnen und möglicherweise noch auf die Koppeln«, erklärte Carina.

Ihre Eltern nickten zustimmend, das klang vernünftig.

»Und du kommst erst später dazu?«, fragte ihre Mutter zu Ben gewandt.

»Ja, es gab eine Überschneidung mit dem Trainerlehrgang, sodass die Boxen erst am Montag frei werden. Alternativ hätten unsere Pferde in die alte Scheune ziehen müssen, aber das war der Geschäftsleitung dort nicht recht, weil die Boxen dort keine Paddocks haben. Mir ist es auch lieber, dann nachzukommen. Meine Pferde sollen sich schließlich wohlfühlen, es ist ohnehin immer eine arge Umstellung für die beiden, wenn sie auswärts untergebracht werden müssen.«

»Da hast du Recht. Die Pferde werden es dir danken. Fährst du den Transporter selbst?«

»Ja, den fahre ich selbst. Ich habe gleich den großen Führerschein gemacht, so dass ich alle Gespanne und Transporter fahren darf.«

»Das ist schon praktisch«, stimmte Carinas Mutter zu.

»Ich wär schon froh, wenn ich den normalen Führerschein endlich hätte«, beteuerte Carina.

»Ach, das schaffst du doch locker. Hast du dich schon angemeldet?«, fragte Ben und drückte ihre Hand.

»Nein, ich wollte erst die Saison beenden und mich dann anmelden, wenn weniger Turniere sind.«

»Sehr vernünftig, dann kommt die Schule auch nicht zu kurz«, stellte ihr Vater fest.

»Allerdings«, stimmte ihm Ben schnell zu.

»Wie läuft der Lehrgang dann ab, ihr beiden?«, erkundigte sich Carinas Mutter und reichte die Schale mit dem Püree an Flori, der gierig Nachschlag verlangte.

»Soweit ich das richtig gehört habe, reiten wir morgens und abends, einzeln oder zu zweit. Je nachdem, wie der Trainer uns dann einschätzt, auch nachmittags nochmal gezielt in Zweiergruppen. Dazwischen zeigt er uns Lehrvideos und wir besprechen den Ablauf der Deutschen Meisterschaft.«

»Klingt nach viel Arbeit, noch dazu mit zwei Pferden.«

»Das ist es, Pa. Aber ich will unbedingt gut gerüstet sein für die Meisterschaft!«

»Da hast du wohl Recht. Wie benimmt sich Twister denn im Moment?«

»Super! Echt, er wird richtig toll und er hat schon riesige Fortschritte gemacht! Ich bin gespannt, wie er sich auf dem nächsten Turnier zeigt«, freute sich Carina.

»Die beiden werden ein richtiges Team. Champ und ich dürfen uns bald in Acht nehmen«, bemerkte Ben.

«Na, das wird eine spannende Saison«, sinnierte Herr Reiners.

»Und wie! Solange Twister sich nicht wieder so aufregt ...«

»Ach, mach dir keine Sorgen, Carrie, das wird schon. Hast du ja die letzten Male gesehen.« Ben war zuversichtlich.

Carina nickte.

»Mit welchem Pferd reitest du denn die Deutsche Meisterschaft?«, fragte Carinas Mutter.

»Mit Champion. Déjà-vu ist noch nicht routiniert genug dafür, außerdem will Pa ihn ohnehin verkaufen. Und Champ ist in Hochform«, erklärte Ben.

»Wie oft bist du schon auf der Deutschen Meisterschaft mitgeritten?«, wollte Flori wissen.

»Zwei Mal.«

»Hast du gewonnen?«

Ben lächelte. »Ja, beide Male.«

Flori saß mit offenem Mund da und war sprachlos.

»Wie, du hast beide Meisterschaften gewonnen?«, fragte Carinas Mutter ungläubig.

Carina spürte, wie sie vor Stolz auf Ben errötete.

»Ja, vorletztes Jahr mit Silverano und letztes Jahr mit Champ. Aber letztes Jahr war es knapp, Kristin Klein war mir mit ihrer Stute Intermezzo dicht auf den Fersen«, meinte Ben verlegen.

»Und heuer soll's dann den Hattrick geben, nehme ich an?«, fragte Herr Reinders. Unglaublich, was der Freund seiner Tochter schon erreicht hatte! Gleich zwei Mal hintereinander Deutscher Juniorenmeister, das wollte schon was heißen!

»Na, ich hätte nichts dagegen.« Ben schmunzelte. »Allerdings haben wir starke Konkurrenz dieses Jahr.«

Er und Carina schauten sich an, dann erklärte sie: »Kristin und Sandra vom letzten Mal werden auch dabei sein.«

Frau Reinders legte die Stirn in Falten. »Ach, alle beide?«

»Ja, und noch etliche mit Rang und Namen mehr.«

Ben erklärte: »Kristin bedeutet harte Konkurrenz. Aber sie hat sich die Lorbeeren hart erarbeitet und letztes Jahr war es bereits sehr knapp zwischen uns. Es war ihr erstes gutes Jahr nach einer ziemlichen Durststrecke. Kristin hat ziemliches Pech gehabt nach dem Ponykader ...«

»Oh, du kennst sie schon länger?«, hakte Herr Reinders nach.

»Ja, wir sind schon viele Jahre befreundet und treffen uns häufig auf Turnieren. Den ein oder anderen Lehrgang haben wir auch schon gemeinsam besucht.«

»Ben ist lange im Ponykader geritten und hat dann umgesattelt«, ergänzte Carina.

Carinas Vater pfiff anerkennend durch die Zähne. »Ich wusste gar nicht, dass man auch mit Ponys in den Kader kommt. Na, du scheinst schon immer hoch erfolgreich gewesen zu sein!«

»Na ja, an sich schon. Ich hatte ein unglaublich tolles Pony – und gleich danach Silverano und Salvador.« Ben dachte an sein Pony D'Artagnan, das mittlerweile schon grau wurde an der Stirn. Dann fuhr er fort: »Kristin und Mario Huberth, der auch am Wochenende schon zum Kurs anreisen wird, hatten zwischenzeitlich mal nicht viel Erfolg. Auf den Lehrgängen haben wir uns aber oft getroffen.«

»Verstehe. Früh übt sich also. Ich bin gespannt auf den neuen Deutschen Meister, und ich hoffe doch, dass ›unser‹ Pferd auch vorne mitmischt«, meinte Frau Reinders.

»Was willst du eigentlich nach der Schule machen? Du machst doch nächstes Jahr Abitur?«, fragte Carinas Vater.

Carina verdrehte die Augen. Sie hasste das Thema Schule am Tisch, und Ben wollte das Thema ebenfalls vermeiden, da er sich nicht sicher war, ob Carinas Eltern verstehen würden, warum er nichts von den Plänen seines Vaters hielt.

Deswegen sagte er nur schulterzuckend: »Erstmal die Saison nutzen und dann vermutlich studieren. Da lass ich mir Zeit. Ich will Champion nach dem Abi nochmal ordentlich fördern und fordern, wenn ich schon den ganzen Sommer frei habe.«

»Da hast du Recht, so viel Freizeit hat man nie mehr wieder, wie nach dem Abitur. Welche Fachrichtung soll es denn dann beim Studium werden?«

»Ach, wissen Sie, da habe ich mich noch nicht festgelegt. Mein Pa will, dass ich Anwalt werde, aber noch bin ich nirgends eingeschrieben«, wich Ben aus.

Carinas Mutter bemerkte, wie unwohl Ben bei dieser Frage war. Ihre Tochter hatte bereits angedeutet, dass Ben und sein Vater nicht immer einer Meinung waren.

»Na, du hast ja noch genug Zeit. Genießt erstmal eure Ferien. Was habt ihr denn vor, die ganzen sechs Wochen lang?«, wollte sie wissen. »Also, außer reiten und Turnieren natürlich«, ergänzte sie augenzwinkernd.

Ben lächelte. Auf diese Frage hatte er gewartet. Er sah Carina einen Moment lang verliebt an, legte einen Arm um sie und nahm dann all seinen Mut zusammen: »Also ich hatte eigentlich vor, Sie zu fragen, ob ich mit Carina nach der Deutschen Meisterschaft noch ein paar Tage wegfahren darf?«

Carina war so überrascht, dass sie keinen Ton hervorbrachte. Ihr Bruder wäre ihr wohl ohnehin ins Wort gefallen, als er sofort rief: »Boah, wohin?«

Carina blickte ihre Eltern gespannt an. Was würden sie sagen? Niemals hatte sie mit dieser Frage gerechnet. Die Überraschung war Ben absolut gelungen.

Mit klopfendem Herzen beobachtete Carina ihren Vater, dessen Miene zwar Überraschung zeigte, jedoch keinen Schluss auf eine Antwort zuließ. Ob er zustimmen würde? ›Vermutlich hat er was dagegen‹, dachte Carina, ›er besteht doch immer darauf, dass ich unter der Woche um elf abends zuhause bin, wieso sollte er mich mit Ben verreisen lassen?‹

Ein Blick in die Augen ihrer Mutter verriet ebenfalls keine Entscheidung. Würden sie sich überhaupt so spontan hier beim Abendessen dazu äußern? Oder würde ihr Vater gleich sagen, dass sie sich nach dem Essen besprechen wollten?

Ben spürte Carinas Unsicherheit und drückte ihre Hand. Er wagte nicht zu atmen. Würden ihre Eltern zustimmen? Er hielt das Schweigen kaum aus. Die Sekunden, die vergingen, fühlten sich für sie an wie Stunden.

Florian schob sich einen großen Löffel voll Kartoffelpüree in den Mund und schaute forschend zwischen den Eltern, seiner Schwester und deren Freund hin und her.

Ihre Eltern tauschten kurz einen Blick aus, dann sagte ihre Mutter lächelnd: »Wieso nicht, ein paar Tage mal was anderes sehen, tut euch sicher beiden gut.«

»Wow, danke Mam!«, freute sich Carina und schmiegte sich an Ben. Was für eine Überraschung! Sie war plötzlich sehr aufgeregt. Eine erste gemeinsame Reise und ihre Mutter hatte, ohne große Fragen zu stellen ›ja‹ gesagt! Erwartungsvoll ruhten nun die Blicke aller auf Carinas Vater, der sich zunächst nachdenklich das Kinn rieb. Dann stimmte auch er zu: »Das sehe ich genauso. Ein wenig Abstand vom Alltag habt ihr euch beide verdient. Bei dir ist sie, denke ich, gut aufgehoben, Ben!«

»Danke, Herr Reinders, das freut mich, wenn Sie das so sehen!«, sagte Ben erleichtert.

»Na, nun sag doch einfach Karl zu mir, und meine Frau heißt Clara«, schlug Carinas Vater vor.

»Gerne«, freute sich Ben.

»Wo fahrt ihr denn hin?«, wiederholte Florian seine Frage und starrte Ben voller Spannung an.

»Tja, weißt du Flori, ich könnte mir Spanien gut vorstellen, denkst du, es würde deiner Schwester dort gefallen?«, antwortete er.

»Gibt's da ein Meer?«, hakte Flori nach.

»Ja klar!«

»Dann gefällt es ihr bestimmt, Carina mag das Meer. Stimmt's, Carina?« Florians Augen leuchteten.

»Ja, ich liebe das Meer!«, gab Carina überwältigt zu, »Spanien klingt super!« Sie war überglücklich – es würde ein wunderschöner Sommer werden! Sie freute sich unheimlich auf den Lehrgang, auf die Deutsche Meisterschaft, und schließlich auf einen Urlaub mit Ben. Besser konnte es doch gar nicht kommen.

Der Sommer versprach großartig zu werden! Carinas Gedanken schweiften ab zu Twister, der diesen verheißungsvollen Sommer in ihren Träumen perfekt machte. Wie er sich wohl in den nächsten Wochen entwickeln würde? Er hatte bereits große Fortschritte gemacht und die Entscheidung, ob sie ihn oder Mister X zur Meisterschaft reiten sollte, würde nicht einfach werden. Beide waren erstklassig, dessen war sich Carina bewusst. In ihrem Magen schienen tausende Schmetterlinge wild zu flattern bei diesen Gedanken. Aufregung und große Freude, und ein großartiges Glücksgefühl erfüllten sie. Als Ben ihr schnell einen Kuss gab und Flori sich angewidert abwandte, lachten ihre Eltern.

Später brachte Carinas Mutter eine selbst gemachte Creme als Nachtisch und ihr Vater öffnete feierlich eine Flasche Rotwein. Florian musste mit Traubensaft vorliebnehmen.

Ben hielt Carina fest im Arm und fühlte sich wohl im Kreise ihrer Familie.

Bald begann Florian, von seinem geplanten Zeltlager mit den Pfadfindern zu schwärmen und erklärte Ben stolz, wie gut er im Spuren lesen war und welche verschiedenen Knoten er schon beherrschte. Ben hörte gespannt zu. Schließlich wollte der Kleine seine Knotenkünste vorführen und flitzte wie der Blitz ins Haus, um kurz darauf mit mehreren Seilen verschiedener Dicke und Länge zurückzukommen. Er demonstrierte zunächst etliche Knoten und forderte seine Familie und Ben anschließend auf, sie ihm nachzumachen. Sie alle scheiterten kläglich, so dass der Abend mit herzhaftem Gelächter zu Ende ging.

In Warendorf bezogen Twister und Mister X zwei nebeneinanderliegende Boxen im hinteren Drittel des Stalles. Neben Mister X standen die beiden Pferde von Sandra Schwarz und sahen nur kurz von ihrem Heu zu den neuen Kollegen auf. Die Boxen nebenan waren für die weiteren Teilnehmer vorgesehen.

Twister war erstaunlich ruhig, als er nach der langen Fahrt seine Box betrat, und orientierte sich an Mister X, der nur kurz in der Streu wühlte und sich dann schnell seinem Heu widmete. Rolf verriegelte die Box des Braunen, während Carina die Tür bei Twister schloss. Sie blieben noch einen Moment bei den Pferden stehen, um sie zu beobachten.

»Ich glaube, dass sie sich gut eingewöhnen werden.« Rolf klang zuversichtlich und hängte den Führstrick von Mister X an den Haken, der an der Boxentüre angebracht war. Sorgsam fixierte er die obere Gittertür so, dass sein Pferd in die Stallgasse hinaus schauen konnte und sicherte auch das Gitter bei Twister. Er bestand darauf, dass seine Pferde nicht komplett hinter Gittern standen, er störte sich schon an den vergitterten Trennwänden zwischen den einzelnen Boxen. Natürlich war ihm klar, dass diese Sicherheitsmaßnahme in einem Trainingsstall unumgänglich war, schließlich herrschte ein ständiges Kommen und Gehen und es standen selten Pferde nebeneinander, die sich kannten oder sich über einen längeren Zeitraum anfreunden konnten. Er war jedoch froh, dass die Boxen mit Paddocks ausgestattet waren, die man dauerhaft öffnen konnte. Wer das nicht wollte, verriegelte eben die Türe nach außen.

Twister marschierte soeben auf seinen Paddock hinaus und inspizierte schnorchelnd jeden Quadratzentimeter. Seine Nase schnoberte dicht über dem gepflasterten Boden entlang, bis er am hinteren Ende stehen blieb und ausgiebig flehmte. Mister X folgte seinem Kollegen nebenan und beugte sich dann weit über den Zaun, um ihn zu beschnuppern. Twister folgte der Einladung des Wallachs und stellte sich neben ihn. Sogleich begannen die Pferde damit, sich über den Zaun gegenseitig den Widerrist und die Mähnen zu kraulen.

»So gefallt ihr mir, Jungs«, sagte Carina erleichtert.

Rolf legte ihr väterlich einen Arm um die Schultern und schlug vor, sich auf der Anlage umzusehen. Er wollte Carina anschließend noch beim Ausladen und Verräumen des Gepäcks helfen und erst am frühen Abend nach Hause zurückfahren, wenn er sich sicher sein konnte, dass alles in Ordnung war.

Das Mädchen und der Trainer schlenderten aus dem Stalltrakt hinaus. Die Pferde der Lehrgangsteilnehmer waren im äußersten der vier Stallgebäude untergebracht, die parallel zueinander standen. Zwischen jeweils zwei Gebäuden führten breite gepflasterte Wege hindurch, die zu den Koppeln führten. Die vorderen Eingänge der Stallgebäude waren in Richtung der beiden großen Reithallen ausgerichtet. Carina stellte fest, dass sich links neben der Stallung, in der ihre Pferde untergebracht waren, eine große Scheune und eine Longierhalle befanden. Einen weiteren überdachten Longierzirkel gab es zwischen den ersten beiden Ställen. Das Verwaltungsgebäude, welches an das Gästehaus anschloss, lag auf der gegenüberliegenden Seite des großen Innenhofes. In der Mitte stand ein großer Brunnen, in dessen Zentrum zwei graphitfarbene Pferdeskulpturen angebracht waren. Diese stellten zwei Pferde dar, die sich mit wehenden Mähnen und hochgetragenen Schweifen anstiegen. Neben diesen Statuen plätscherte gleichmäßig ringsum das Wasser in das runde Auffangbecken.

Hinter dem Verwaltungsgebäude konnte man die Parkplätze sehen. Es standen dort einige Lkws und Pferdehänger. Pkws und Kleintransportern war eine Fläche nebenan zugeteilt worden. Carina fand, dass die ganze Anlage aussah, wie aus dem Ei gepellt. Ihr fiel auf, dass überall Angestellte unterwegs waren, die fegten, Schubkarren in die hinter jedem Stalltrakt aufgestellten Mistcontainer entleerten und Futterwägen von hier nach da schoben. Pferde wurden aus den Stallungen hinein und hinaus geführt. Auf einem der großen Außenreitplätze baute jemand einen Parcours um, auf dem Sandplatz nebenan wurden einige Pferde dressurmäßig geritten. Carina fragte sich, ob es sich dabei um die Teilnehmer des Trainerlehrgangs handelte, denn außer den Reitern befanden sich zwei Reitlehrer in der Bahn und ihre lauten Stimmen hallten bis zu ihnen hinüber.

Rolf und Carina betraten das Verwaltungsgebäude und teilten der Dame an der Anmeldung, die ihnen zuvor die Boxen zugewiesen hatte, mit, dass die Pferde wohlauf und in den Boxen eingezogen waren. ›Annette Reuter‹ stand links auf der weinroten Softshellweste der schwarzhaarigen Frau aufgestickt. Sie rückte ihre ebenfalls weinrote Hornbrille zurecht und blickte die Gäste unter ihrem Lockenkopf freundlich an, während sie sich danach erkundigte, ob sie noch etwas bräuchten.

Rolf fragte nach dem Tagesablauf. Er wollte sicherstellen, dass die Pferde täglich auf die Weiden kamen.

»Sollen Ihre Pferde auf Einzelkoppeln oder gemeinsam auf eine Weide?«, erkundigte sich die Dame freundlich.

»Bei uns zuhause gehen sie zusammen raus, wenn die Weide groß genug ist, wäre das hier auch sehr schön«, erklärte Rolf und bekam daraufhin zwei laminierte Boxenschilder ausgehändigt.

›K 24‹ stand auf beiden Schildern.

»Die bringen Sie bitte sichtbar an den Boxentüren Ihrer Pferde an, dann wissen die Pfleger, wo sie hinsollen. Wenn Sie Ihre Pferde selbst rein und raus bringen möchten, oder sie nicht hinaus sollen, drehen Sie die Schilder einfach um.«

Sie zeigte Rolf und Carina, dass auf der Rückseite ein großes rotes ›X‹ aufgedruckt war.

»Was bedeutet denn ›K 24‹?«, fragte Carina.

»Koppel 24. Bei uns sind alle Auslaufflächen nummeriert. Sie finden die Weide hinter dem Stall, in dem Ihre Pferde stehen. Es ist eine der vorderen Weiden, bei Ihnen geht es bei ›20‹ los«, erklärte die Dame geduldig.

»Gibt es feste Koppelzeiten? Ich habe vom Trainer noch keinen Zeitplan für die Reitstunden erhalten.«

»Das ist kein Problem. Die Pfleger füttern bereits um halb sechs morgens und bringen die Pferde nach dem Frühstücksheu so gegen sieben Uhr hinaus. Wenn Ihre Pferde Gamaschen tragen sollen, legen Sie diese bitte in den Korb an der Boxentür. Regulär werden sie, je nachdem, wie warm es wird, gegen zehn Uhr wieder rein gebracht. Wenn Sie in der Zeit reiten, drehen Sie einfach das Koppelschild um, damit Ihr Pferd drinnen bleibt. Natürlich können Sie Ihre Pferde auch jederzeit selbst auf die zugewiesenen Koppeln bringen, die steht Ihnen während Ihres Aufenthaltes allein zur Verfügung. Die Wasserbottiche auf der Weide füllen unsere Pfleger täglich auf.«

»Alles klar, vielen Dank! Das klingt prima. Wie ist das mit dem Kraftfutter, kann ich das selbst nach dem Reiten geben?«

»Damit keine Unruhe entsteht, wird das Füttern von unserem Personal übernommen, so können wir sicherstellen, dass alle Pferde zugleich ihr Futter bekommen. Sie finden an jeder Box unterhalb der Futtertröge eine Luke, die sich von innen wie außen aufschieben lässt. Dort können Sie bis zu drei Kraftfutterrationen vorbereiten. Alle Schalen sind mit den Nummern eins bis drei gekennzeichnet. Eins ist morgens, zwei mittags und drei ist für abends. Wenn Ihre Pferde keine drei Mal Kraftfutter bekommen sollen, lassen Sie die entsprechende Schale leer. Heu wird morgens, mittags und abends aufgefüllt.«

Frau Reuter lächelte Carina freundlich an, die bemüht war, ihren Erläuterungen zu folgen. Dann gab sie Carina einen Schlüsselbund, damit sie Zugang zu ihrem Zimmer und der Sattelkammer hatte. Das Mädchen steckte ihn sorgfältig in die Reißverschlusstasche ihrer Steppweste, dann kehrten Rolf und Carina zum Transporter zurück, um diesen auszuladen. Als sie später im ersten Stock an Carinas Zimmer mit der Nummer vierundvierzig ankamen, stand die Türe bereits offen und ein schwarzhaariges Mädchen hievte eine große Reisetasche auf das Bett, das ganz links im Raum stand.

»Hallo!«, grüßten Carina und Rolf.

Das Mädchen drehte sich um.

Beide erkannten Kristin Klein, die sie freudig begrüßte.

»Cool dass du auch schon da bist! Ich war so frei und hab mir das linke Bett geschnappt, ist das okay für dich?«, fragte sie gleich.

»Na klar, kein Thema, es sind ja noch drei Betten frei!«, erwiderte Carina schnell. Sie dachte mit klopfendem Herzen daran, dass sie ab Montag vermutlich ohnehin nicht mehr in diesem Zimmer schlafen würde. Sie wollte jedoch in Rolfs Gegenwart nicht verraten, dass Ben sich ein Doppelzimmer gesichert hatte.

»Wir können uns gerne den Schrank hier drüben teilen!«, schlug Kristin vor und deutete auf den Massivholzschrank, der gegenüber dem von ihr gewählten Bett an der Wand stand.

Zwischen jeweils zwei Betten befanden sich großzügige Fenster mit Blick auf den Hof.

»Gerne, danke! Ich packe aber erst nachher aus, ich möchte vorher nochmal nach meinen Pferden sehen.«

»Du, ich mach das auch später, wollte nur den Krempel aus dem Auto haben, damit meine Eltern wieder heimfahren können. Die sind gerade noch bei den Pferden. Bel Air hat sich ein wenig aufgeregt und ich wollte ihn nicht allein lassen«, erklärte Kristin besorgt.

»Wenn du willst, können wir gleich gemeinsam runter gehen«, schlug Carina vor.

»Ja, gerne! Wie geht es deinen Buben?«, erkundigte sich Kristin und nahm ihr Handy aus der Tasche. Dann verließen sie zu dritt das Zimmer und zogen die Tür zu.

Sie unterhielten sich auf dem Weg zum Stall über die Pferde. Rolf ließ die Mädchen quatschen und freute sich, dass Carina offenbar schon Anschluss gefunden hatte. Kristin hatte eine herzliche Art, die ihm gefiel, und er war sich sicher, dass Carina nicht nur reiterlich Einiges von dem Lehrgang mitnehmen würde. Bestimmt würde sie viele Kontakte knüpfen, die für ihren weiteren Werdegang wichtig waren. Er wusste, dass Kristin schon einen Arbeitsvertrag als Bereiterin bei einem namhaften Gestüt unterschrieben hatte. Der ›Falkenhof‹, ein bekanntes Gestüt, das viele erfolgreiche Dressurpferde hervorbrachte, konnte sich glücklich schätzen, dass Kristin sich für die Stelle entschieden hatte, fand Rolf.

Auch ein paar der andren Kursteilnehmer hatten sich bereits beruflich an die Pferde gebunden oder planten dies fest. Er hoffte inständig, dass Carina die Reiterei zu ihrem Beruf machen würde und möglicherweise würden die Jugendlichen sich in den kommenden Tagen auch hierüber austauschen. Rolf hatte sich fest vorgenommen, sollte Carina in diese Richtung gehen zu wollen, sie nach allen Möglichkeiten zu unterstützen. Angefangen damit, dass er ihre Eltern davon würde überzeugen müssen, dass ein akademischer Beruf zwar sicher vernünftig war, aber möglicherweise keine Arbeit für Carina darstellte, der sie gerne nachgehen würde.

Mister X und Twister standen ruhig in ihren Paddocks, als die Drei am Stall ankamen. Dort trafen sie auf Sandra Schwarz, die gerade ihren Wallach Paparazzi putzte.

»Hey, Sandra, ich hab gar nicht mitbekommen, dass du schon da bist. Da haben wir uns vorher sicher knapp verpasst!«, rief Kristin ihr zu.

»Ja, ich wollte eigentlich erst meine Sachen aufs Zimmer bringen, aber dann bin ich bei den Pferden hängen geblieben. Nicht wundern, die Taschen hier vor der Box kommen gleich weg«, versprach Sandra.

Erst jetzt fielen Rolf und den Mädchen der Trolly, zwei Reisetaschen und ein prall gefüllter Rucksack auf, die vor Douglas Queens Box standen.

»Kein Problem, wir können dir nachher gerne tragen helfen?«, bot Carina an. »Du bist sicher bei uns im Zimmer oder?«

»Klasse, danke, da sag ich nicht nein. Ich war ehrlichgesagt noch gar nicht drinnen. Glaube aber schon, dass wir alle zusammen sind, Lisa-Marie kommt dann noch dazu.«

»Und was ist mit Susann? Die kommt am Montag, meinst du nicht, dass sie ihr vielleicht ein Zimmer mit Lisa-Marie gegeben haben?«

»Kann sein. Jetzt wo du es sagst, könnte ich mir auch vorstellen, dass sie uns Mädels auf zwei und drei aufteilen!«

»Kennst du Lisa-Marie schon, Carina?«, erkundigte sich Kristin.

»Ich hab sie ein paar Mal gesehen, aber nie viel Gelegenheit gehabt, sie näher kennenzulernen. Euch hab ich wenigstens schon öfter getroffen«, gestand Carina, während ihr klar wurde, dass die andren Mädchen sich offenbar schon länger und wohl sehr gut kannten. Die beiden hatten sie herzlich aufgenommen und gaben ihr das Gefühl, dazu zu gehören. Aber würde das mit Lisa-Marie und Susann ebenso sein? Wie würden die Jungs auf sie reagieren? Mario kannte sie nur flüchtig und sie war sich nicht sicher, ob sie ihn überhaupt erkennen würde, wenn er nicht im Sattel seiner bildschönen kastanienbraunen Stute Zalimba saß. Diesem Dirk Neu war sie noch nie begegnet. Sie spürte, wie die Aufregung der letzten Tage vor der Abreise erneut aufflackerte.

»Mach dir keine Sorgen, Carina, wir beißen alle nicht. Jede von uns war irgendwann zum ersten Mal dabei und neu im Kader!«, sagte Sandra.

»Dito«, bestätigte Kristin, »also mach dir keinen Kopf. Mario ist ein cooler Typ, bei dem hast du sicher von Anfang an das Gefühl, ihn schon ewig zu kennen. Dirk ist ein bisschen still und wirkt dadurch manchmal etwas abweisend. Der taut aber schnell auf. Wir hatten bisher immer viel Spaß auf den Kursen von Dr. Walter, auch wenn der uns ordentlich hat schwitzen lassen!«

Während die Mädchen sich unterhielten, betrat Rolf erst Twisters Box und vergewisserte sich, dass der Hengst wohlauf war. Er befühlte sorgsam alle vier Beine und zauste ihm anschließend die Mähne. Dann kontrollierte er auch Mister X. Bei seinem Wallach hielt er sich ein wenig länger auf.

Carina beobachtete ihn aus dem Augenwinkel. ›Als würden die beiden Zwiesprache halten!‹, überlegte sie.

Nach ein paar Minuten strich Rolf seinem Pferd liebevoll über den Hals und die Nüstern und verließ die Box. Dann wandte er sich den Mädchen zu: »Hier scheint ja alles ok zu sein, dann mache ich mich auf den Heimweg, in Ordnung?«

»Na klar, danke dir Rolf, dass du uns her gefahren hast!«

Der Trainer verabschiedete sich von den Mädchen und strich den beiden Pferden nochmals über die Nasen, bevor er zum Transporter zurückkehrte. Kristins Eltern machten sich ebenso auf dem Heimweg, da sich Bel Air nun beruhigt hatte und mittlerweile erschöpft in seiner Box neben Intermezzo döste. Carina und Kristin setzten sich auf die oberen Latten der Paddockabtrennung und unterhielten sich mit Sandra, die nun anfing, ihre Stute zu putzen, über ihre Pferde. Carina war, als würde sie Kristin schon ewig kennen. Sie wirkte so offen und freundlich, dass sie sich wohl fühlte in ihrer Gegenwart.

Die Mädchen gaben ihr das Gefühl, dazu zu gehören, was sich gut anfühlte. Carina war gespannt darauf, die weiteren Teilnehmer kennenzulernen. Ob die sie tatsächlich ebenso freundlich aufnehmen würden, wie Kristin und Sandra? Oder würden sie in ihr eine plötzlich aufgetauchte Konkurrenz sehen, weil sie bisher noch nicht für den Kader gestartet war und sich bewährt hatte wie die anderen, und dennoch zu dem Vorbereitungslehrgang für die Meisterschaft kommen durfte?

Kurz nach den Mädchen reiste Mario Huberth mit Zalimba an. Er entließ seine kastanienbraune Stute gleich nach dem Ausladen aus dem Hänger auf eine der Koppeln und blieb eine Weile bei ihr. So stieß er erst später zu den Mädchen, die ihre Utensilien in der Gästesattelkammer verstauten und in Erzählungen schwelgten. Natürlich drehte sich alles um die Pferde und die Reiterinnen sprachen ihre Hoffnungen und Sorgen bezüglich der bevorstehenden Meisterschaft aus. Carina war erstaunt, dass selbst die routinierten Reiterinnen wie Kristin und Sandra diesem Ereignis offensichtlich ebenso aufgeregt entgegenfieberten, wie sie selbst. Dass gerade Sandra, die wie Kristin und Ben bereits mehrere Meisterschaften bestritten hatte, erzählte, dass sie jetzt schon kaum schlafen konnte vor Aufregung, hätte Carina nicht gedacht. Insgeheim war sie jedoch froh, dass die anderen so offen darüber sprachen. So konnte sie ihre eigenen Bedenken, was Twisters Verhalten betraf, ebenso aussprechen und stellte fest, dass es guttat, diese Sorgen zu teilen.

Sandra, Kristin, Mario und Carina beschlossen, am ersten Abend in der Kantine zu Abend zu essen. Am nächsten Tag wollten sie ein Restaurant in der Stadt aufsuchen, die, laut Sekretariat, mit dem Bus gut erreichbar war.

»Hat jemand eigentlich was von Lisa-Marie gehört?«, fragte Sandra, als sie den ersten Löffel ihres Desserts, einer Panna Cotta mit Erdbeersoße, nahm.

Die anderen schüttelten den Kopf.

»Sie hat nicht mehr geantwortet, als ich ihr vorhin eine SMS geschrieben habe«, meinte Mario, »aber gestern hat sie mir noch geschrieben, dass sie heute kommen wird, weil sie die nächsten Tage niemand fahren kann. Heute früh haben wir noch telefoniert und alles war gut.« Er legte die Stirn in Falten. Offensichtlich sorgte er sich.

Carina ertappte sich bei dem Gedanken, ob Mario und Lisa-Marie möglicherweise mehr verband, als eine reine Freundschaft, wagte es aber nicht, danach zu fragen.

In diesem Moment ging die Tür der Kantine auf und ein braunhaariges Mädchen betrat den Raum.

»Gerade haben wir von dir gesprochen!«, rief Mario erfreut und stand auf, um ihr entgegen zugehen und sie sogleich in die Arme zu schließen.

»Hey, tut mir leid, dass es so spät geworden ist, das war so nicht geplant«, entschuldigte sich Lisa-Marie und blickte schüchtern in die Runde.

»Wir haben uns schon Sorgen gemacht, weil du dich nicht gemeldet hast.«

»Der Akku meines Smartphones war leer«, sagte Lisa-Marie zerknirscht und fragte sodann, ob ihr jemand mit einem passenden Ladegerät aushelfen konnte, da sie ihres in der Aufregung vergessen hatte. Ihre Stute Nightdancer hatte sich zum ersten Mal in ihrer Karriere als Turnierpferd vehement geweigert, in den Hänger zu steigen.

»Wir standen geschlagene vier Stunden im Hof, und sie hatte nicht einmal einen Huf auf der Rampe. Bis Papa dann beschlossen hat, dass wir uns von einem Bekannten dessen Sprinter leihen. Die Sprinter haben statt der Ladefläche Platz für zwei Pferde. Das Schöne dran ist, dass die Pferde seitlich einsteigen können. Papas Bekannte haben Traber und fahren gerne mit den Kleintransportern, weil man für die nur den normalen Führerschein braucht und dann fast jeder Angestellte die Pferde fürs Training zur Rennbahn fahren kann. In dieses Ding stiefelte Nighty rein, als wäre nichts gewesen. «

»Hauptsache ihr seid jetzt da!«, sagte Kristin mitfühlend.

Lisa-Marie fuhr sich erschöpft mit einer Hand durch die braunen langen Haare und fasste diese zu einem Pferdeschwanz zusammen.

»Ich hoffe, dass es für sie nicht zu viel Trubel war. Sie war klatschnass geschwitzt, schon bevor es losging«, fuhr sie besorgt fort. Sie konnte sich das Verhalten ihrer Stute nicht erklären und hatte während der ganzen Fahrt schon darüber gegrübelt.

»Ach, mach dir keine Sorgen, bestimmt ist sie morgen wieder ganz die Alte, wenn sie ausgeruht ist«, versuchte Sandra, sie zu trösten.

Mario organisierte der Jüngsten im Bunde noch etwas zu essen, dann versanken die Jugendlichen wieder in lange Gespräche und Lisa-Marie kam schnell auf andere Gedanken.

Twister hatte sich in den letzten Wochen sehr positiv entwickelt und schien Carina als Bezugsperson zu erkennen. Am nächsten Morgen wieherte er ihr lautstark entgegen, als sie den Stall betrat. Ein paar Schulpferde, die den Rössern der Lehrgangsteilnehmer gegenüber aufgestallt waren, stimmten in die Begrüßung mit ein. Carina freute sich über dieses Verhalten von Twister. Sie hatte sich viel mit ihm befasst und angefangen, ihn mit Bodenarbeit zu konfrontieren. Sie hatte das Gefühl, dass diese Art der Zusammenarbeit ihre Vertrauensbasis noch weiter gestärkt hatte, und wollte künftig regelmäßig vom Boden aus mit dem Hengst arbeiten. Sie wünschte sich so sehr, dass er auf den Turnieren ruhiger wurde und sich seine Bestleistungen entlocken ließ und hoffte, dass das wachsende Vertrauen zwischen ihnen dazu beitragen konnte. Bisher hatte sie sein Potenzial in den Prüfungen aufgrund seiner Aufregung noch nicht vollends abrufen können. Dies war aber nötig, um den Hengst für die Meisterschaft zu nennen. Gedankenverloren betrat sie die Box und schmiegte ihre Wange an den Hals des Rotschimmels, der ihr vertrauensvoll den Kopf auf die Schulter legte.

»Was denkst du, mein Junge, schaffen wir das in den nächsten paar Wochen?«, murmelte sie und atmete den Duft ihres Pferdes tief ein.

Nur noch drei Wochen trennten Carina von ihrem großen Traum!

Zusammen mit Sandra, Kristin, Mario und Lisa-Marie überquerte sie wenig später den Hof in Richtung des Verwaltungsgebäudes, wo sie zusammen frühstücken würden. Sie unterhielten sich unterwegs angeregt über die laufende Saison und ihre Zukunftspläne. Kristin und Mario standen wie Ben kurz vor dem Abitur und würden auf jeden Fall weiter aktiv Turniere reiten. Beide hatten bereits Trainerscheine und Mario hatte sich, wie Kristin, mittlerweile eine feste Anstellung als Bereiter in einem renommierten Turnierstall gesichert. Sie blickten einer Zukunft entgegen, von der Carina träumte. Lisa-Marie hatte noch ein wenig Zeit und würde nach den Ferien erst die zehnte Klasse des Gymnasiums besuchen. Sie war sich noch nicht sicher, ob sie ihre Leidenschaft zum Beruf machen wollte, versicherte den anderen jedoch, dass sie fest vor hatte, auch während eines möglichen Studiums weiter zu reiten. Sie konnte sich nicht vorstellen, ihre sportlichen Ambitionen aufgrund des Lernens hintenan zu stellen. Sie hatte deshalb vor, sich für einen Studiengang zu entscheiden, der mit ihrem zeitintensiven Hobby vereinbar war.

Carina war ehrlich zu den anderen, und sagte offen, dass sie sich noch nicht sicher war, was nach dem Abitur kommen würde. Sie erwähnte, dass sie zwar am liebsten Bereiterin werden wollte, aber dass ihre Eltern davon noch nicht überzeugt waren und stattdessen wünschten, dass sie ›etwas Vernünftiges‹ studierte, wie ihr Vater immer zu sagen pflegte.

»Was hat Ben nächstes Jahr vor?«, fragte Mario sie.

»Ach, ehrlich gesagt redet er da nicht gerne drüber. Sein Vater erzählt überall rum, dass er Jura studieren wird ...«, sagte Carina vorsichtig und bezweifelte, dass es Ben Recht war, wenn sie dieses heikle Thema vor den anderen ausbreitete.

»Ben und Jura, alles klar.« Mario lachte und schüttelte dann den Kopf. »Na, ich bin gespannt, vorstellen kann ich mir das bei ihm absolut nicht.«

»Dass ihr beide zusammen kommt, hätte ich übrigens nie gedacht. Bisher hatte er doch immer so Tussen, die mit Pferden gar nichts am Hut hatten«, stellte Kristin fest. Sie hatte nie verstanden, was Ben an den anderen Mädchen gefunden hatte und schließlich angenommen, dass Ben in dieser Hinsicht möglicherweise tatsächlich ziemlich oberflächlich war - oder nur seinen Spaß wollte.

Carinas Herz klopfte heftig, als sie an ihren Freund dachte, der im Moment so weit von ihr entfernt war. Ben hatte versprochen, sie am Abend anzurufen. Schon jetzt vermisste sie seine Nähe und freute sich darauf, vor dem Schlafengehen seine Stimme zu hören.

Nach einem ausgiebigen Frühstück holten die jungen Reiter ihre Pferde zu einem leichten Training. Carina begann mit Mister X und ritt ihn locker auf dem Reitplatz. Der Wallach zeigte sich souverän wie immer. Dass er eine lange Anfahrt hinter sich hatte und seit einer Nacht in einer ihm fremden Umgebung lebte, schien ihm überhaupt nichts auszumachen. Carina lobte den Braunen überschwänglich und war unheimlich dankbar dafür, dass sie sich in jeder Situation auf ihn verlassen konnte. Sie selbst war tatsächlich ein wenig aufgeregt und schielte immer wieder verstohlen zu den anderen hinüber, die ihre Pferde zugleich auf dem Außenplatz ritten. Sie war schließlich neu zu der Truppe dazu gestoßen, und bestimmt musterten die übrigen Teilnehmer sie ganz besonders. Mario, Sandra, Kristin und Lisa-Marie schienen sich alle bereits länger zu kennen. Sie dagegen hatte sie bislang nur auf Turnieren getroffen und nie die Möglichkeit gehabt, ihnen beim Training zuzusehen oder sich mit ihnen darüber auszutauschen. Lisa-Marie und ihre schwarzbraune Stute traversierten gerade.

›Wie spielend leicht die Lektion bei den beiden wirkt!‹, dachte sie und ließ ihren Blick zu Mario hinüber schweifen, der seine kastanienbraune Zalimba noch locker vorwärts-abwärts schickte und auf großen gebogenen Linien ritt. Er wirkte völlig entspannt und das übertrug sich offenbar auf seine Stute, die nun mehrfach abschnaubte und wie ein Uhrwerk gleichmäßig ihre Runden trabte.

Kristin hatte zuerst Intermezzo gesattelt. Die Rappstute wirkte müde und schlapp, war jedoch bemüht, ihrer Reiterin willig zu folgen. Kristin bemerkte dies natürlich und beschloss, sie nur leicht zu bewegen und keine anstrengenden Lektionen zu fordern. Schließlich hatten sie eine lange Fahrt hinter sich, was Intermezzo augenscheinlich noch immer zusetzte. Daher machte sie sich zunächst wenig Sorgen darüber und beendete das Training früher als die anderen.

Sie brachte ihre schwarze Stute in den Stall zurück und kam wenig später mit ihrem Wallach Bel Air wieder auf den Reitplatz. Auch der Fuchs wirkte wenig motiviert, als sie ihn an der Longe auf den Zirkel schickte. Das kam dem Mädchen seltsam vor. Normalerweise drehte Bel Air in fremder Umgebung eher auf und hatte Stress, als dass sie ihn, wie jetzt, energisch vorwärts bitten musste, weil er derart wenig Elan zeigte.

Dr. Walter, der die Reiter während ihrer Arbeit mit den Pferden still beobachtet und sich einige Notizen zu ihnen gemacht hatte, beruhigte Kristin, dass am nächsten Tag sicher alles anders aussehen würde.

Als Mister X versorgt war, sattelte Carina Twister. Sie hatte Rolfs Rat angenommen und gleich für diesen Tag eine Unterrichtseinheit mit Dr. Walter vereinbart. Der hatte sie schon darauf vorbereitet, dass er beim ersten Mal viel beobachten wollte, um sich ein Bild davon zu machen, wie sie mit ihrem Pferd arbeitete. Aufgeregt zäumte sie den Rotschimmel und überlegte bereits, wie sie das Training aufbauen sollte.

«Reite einfach wie immer!«, riet ihr Kristin, der die Aufregung ihrer Kameradin nicht verborgen blieb.

»Das sagst du so einfach!«, antwortete Carina und bemühte sich um ein Lächeln. »Ich bin so nervös, Kristin, ich bin schon lange bei keinem neuen Trainer mehr geritten, und weiß gar nicht, was Dr. Walter erwartet, was er sehen möchte ...«

Kristin betrat die Box des Rotschimmels und legte Carina freundschaftlich eine Hand auf die Schulter. »He, mach dir nicht so 'nen Kopf! Er wird dich sicher nicht auflaufen lassen. Vermutlich wartet er erstmal ab, wie du Twister löst und wie du vorgehst, bis du ihn versammelt hast. Wenn ihm was besonders auffällt, sagt er schon was. Und wenn er nichts sagt, ist das auch nicht zwangsläufig negativ.«

Carina schaute Kristin zweifelnd an. »Kannst du mir 'nen Tipp geben, wie ich die Einheit aufbauen soll?«

Kristin lachte. »Ach Carina, geh das Ganze einfach locker an. Dr. Walter steht auf Seitengänge, bereits am Anfang. Aber glaub mir, er wird das checken, wenn du dein Training heute komplett anders gestaltest, als sonst. Es geht ihm doch darum, uns für unsere Reiterei zuhause was mitzugeben. Sei einfach du selber, und reite Twister, wie du ihn immer reitest.«

Carina schwieg einen Moment und schloss den Kehlriemen an Twisters Zaum. Vermutlich hatte Kristin Recht. Sogar Ben hatte ihr am Vorabend schon eingeschärft, sich nicht so viele Gedanken zu machen. Sie hatte sich fest vorgenommen, genau das zu tun. Dass ihr das heute so schwerfallen würde, hatte sie nicht erwartet.

»Ach, ich bin so unglaublich aufgeregt, Kristin! Du glaubst gar nicht, wie sehr ich mich auf diesen Lehrgang gefreut habe! Es hat eine ganze Weile gedauert, bis es sich ›real‹ angefühlt hat, dass ich wirklich teilnehmen werde!«

»Oh, ich weiß, wie sich das anfühlt!«, bestätigte Kristin und kicherte. »Frag mal meinen Freund, wie hibbelig ich die letzten Tage war. Der hat mich kaum noch ertragen und ist jetzt, glaube ich, ganz froh, dass er endlich seine Ruhe hat. Und das, obwohl es weiß Gott nicht mein erster Lehrgang und nicht meine erste Meisterschaft ist.«

Die Mädchen lachten und führten Twister aus dem Stall. Kristin hielt Carina noch den Sattel beim Aufsteigen gegen und machte sich dann auf den Weg zu den anderen, die sich zum Kaffee verabredet hatten. »Komm rüber ins Bistro, wenn du fertig bist!«, rief Kristin ihr noch hinterher, »wir sitzen sicher länger dort.«

Carina freute sich, dass sie mit den anderen Teilnehmern so gut auskam und sagte zu, dass sie natürlich gerne kommen würde. Sofort forderte Twister jedoch ihre volle Aufmerksamkeit, da ihm wohl urplötzlich einzufallen schien, dass er sich auf unbekanntem Terrain befand. Mit einem Mal tänzelte er unaufhörlich, schnorchelte laut und prustete nahezu jeden Zaunpfahl empört an, den sie auf ihrem Weg zum Reitplatz passierten.

»Ach komm schon, Junge, ist das dein Ernst? Jetzt auf einmal?«, tadelte Carina den Hengst und strich ihm beruhigend mit der behandschuhten Hand über den muskulösen Hals.

Eine fremde Reiterin kam ihnen auf einer Schimmelstute entgegen. Sofort wieherte Twister und legte sich kräftig ins Zeug, um der Stute zu imponieren. Carina hatte alle Hände voll zu tun, um ihn an den Hilfen zu halten. Seine eisenbeschlagenen Hufe schlugen Funken auf den Pflastersteinen.

»Sag mal, jetzt benimm dich aber endlich!«, tadelte sie, lauter als gedacht, und fasste die Zügel noch etwas mehr nach. Twister schnorchelte laut und begann, zu schwitzen.

Endlich erreichten sie den Dressurplatz. Carina war froh, dass Dr. Walter ihr das Gatter öffnete und dieses sogleich wieder schloss, kaum dass sie hindurch geritten war.

»Was für ein Macho!«, rief Dr. Walter kopfschüttelnd und verschränkte die Arme vor der Brust.

›Na großartig, Twister, du machst ja einen tollen Eindruck‹, dachte Carina unglücklich. Was der Trainer jetzt wohl von ihr dachte, wo sie ihren Hengst nur mit Mühe im Schritt und seine Aufmerksamkeit kaum bei ihr behalten konnte?

»Lass ihn gleich arbeiten, Carina, reite ihn ordentlich vorwärts. Da hat sich wohl Einiges an Energie aufgestaut, wie?« Der Trainer blickte sie aufmunternd an und musterte den Rotschimmel, der kurz vor dem Zerspringen zu sein schien.

Carina lockerte die Zügel ein klein wenig, was schon genügte, damit der Hengst mit einem enormen Schub aus der Hinterhand im Trab von dannen schnellte.

Das Mädchen holte tief Luft und versuchte, seine Gedanken zu ordnen. Twister trabte energisch durch den Sand, seine roten Ohren spielten aufgeregt zu allen Seiten und fingen jedes noch so kleine Geräusch aus der neuen Umgebung ein. Carina redete beruhigend auf ihn ein und versuchte, das Tempo ein wenig zu drosseln. Sachte gab sie mehrere halbe Paraden und stellte fest, dass der Hengst allmählich wieder zugänglicher wurde.

»Gut«, murmelte Carina sanft und kraulte ihn kurz mit der inneren Hand am Widerrist. Twister begann endlich, ruhig auf dem Gebiss zu kauen und schnaubte ab. Jetzt wurde Carina selbst ruhiger und leitete die ersten lösenden Lektionen ein. Willig folgte der Hengst ihr ins Schulterherein. Sein Ohrenspiel wurde langsamer und seine Atmung ging nicht mehr stoßweise.

Erleichterung erfüllte seine Reiterin, deren Wangen glühten. Nach einigen weiteren Minuten wagte Carina sich an versammelnde Lektionen. Dr. Walter stand die ganze Zeit am Zaun und beobachtete sie still. Als sie die erste Traversale forderte, trat er in die Mitte der Bahn und begann, sie zu unterrichten.

Carina, Kristin, Sandra, Lisa-Marie und Mario saßen an diesem Abend lange beisammen. Natürlich waren die anderen gespannt, wie Carinas erste Trainingseinheit verlaufen war, und baten sie, zu erzählen. Bei ihrer Schilderung, wie Twister sich zu Beginn benommen hatte, erntete sie von allen Kameraden mitfühlende Blicke. Dass Twister sich anschließend jedoch besonnen hatte und darauf eine sehr lehrreiche, wenn auch anstrengende Unterrichtseinheit folgte, freute nicht nur Carina selbst.

»Na siehst du, dann hat es sich doch schon gelohnt!«, sagte Mario aufmunternd.

»Dein Twister wird sich schnell hier eingewöhnen, da bin ich mir sicher. Du hast ja gestern schon erzählt, dass er sich in neuer Umgebung manchmal ein wenig schwertut.«

»Ja, das kann man wohl so sagen«, meinte Carina, »wobei er sich bei den letzten Turnieren schon viel weniger gestresst hatte. Vielleicht hat er auch meine eigene Aufregung gespürt«, überlegte sie.

»Gut möglich«, stimmte ihr Lisa-Marie zu.

»Ja, bestimmt. Unsere Pferde merken das«, bestätigte Kristin.

»Aber jetzt, wo du weißt, dass Dr. Walter zwar kritisch und sehr genau, aber kein Unmensch ist, kannst du morgen etwas entspannter ran gehen, oder?« Kristin lächelte sie aufmunternd an.

»Ja, ganz bestimmt, ich hatte das Gefühl, dass ich heute schon unheimlich viel aus der Stunde mitgenommen habe!«

Bald kam das Gespräch wieder auf die bevorstehende Deutsche Meisterschaft.

»Weißt du schon, wen du für die Deutsche nennen willst?«, fragte Mario.

»Da bin ich mir noch unsicher – im Moment tendiere ich zu Mister X, auch weil es das letzte Mal sein wird, dass ich ihn bei so einem großen Turnier reiten kann. Wir wollen ihn nächstes Jahr in Rente schicken«, erklärte Carina. »Außerdem konnte ich Twister noch nicht so oft auf Turnieren testen. Ok, die M Dressur kürzlich verlief ganz gut, aber die Prüfung in München war 'ne halbe Katastrophe ...«

»Ja, ich hab's gesehen damals. Du hast mir ganz schön leidgetan auf deinem Pferd«, sagte Kristin mitfühlend. »Bel Air war letztes Jahr manchmal ähnlich blöd drauf, aber mit jedem Start wurde er ruhiger und mittlerweile ist er erstaunlich gelassen.«

»Wen wollt ihr denn nennen?«, erkundigte sich Carina.

Entgegen den üblichen Turnieren, bei denen zumeist unkompliziert das Pferd auch am Turniertag noch gewechselt werden konnte, wenn Altersbegrenzungen und Ranglistenpunkte der Ausschreibung entsprachen, mussten alle Reiter der Meisterschaft ihre Erst- bzw. Zweitpferde bereits vorab bekannt geben. Wer kein Ersatzpferd nannte, durfte, falls das Erstpferd ausfallen sollte oder dem Reiter nicht in der entsprechenden Verfassung erschien, kein weiteres Pferd mehr melden. Die endgültige Entscheidung musste am Tag vor der ersten Prüfung schriftlich bestätigt werden. Ein Pferdewechsel während der Meisterschaft war nicht mehr zulässig.

Mario rechnete fest mit Zalimba, da sein Zweitpferd, Clarence, verletzungsbedingt pausieren musste und seine andere Stute nach langer Pause erst wieder antrainiert wurde. Kristin setzte auf ihre jüngere Stute Intermezzo, da sie eine starke Saison gelaufen war, und hatte Bel Air als Reserve im Kopf. Lisa-Marie wollte mit ihrem Erfolgspferd Nightdancer antreten. Sandra blieb bei Douglas Queen und hatte ihren jungen Wallach Paparazzi als Zweitpferd dabei. Alle machten die endgültige Entscheidung jedoch vom Lehrgangsverlauf abhängig und hatten vor, sich mit Dr. Walter zu beraten, ehe sie sich endgültig festlegen würden.

Bevor sie schließlich zu Bett gingen, drehten sie noch eine Kontrollrunde durch den Stall. Carina stand lange bei Mister X und kraulte ihm die Nüstern. Einerseits wollte sie die Meisterschaft unbedingt mit ihm reiten; andererseits war sie neugierig, wie Twister abschneiden würde, wenn seine Nerven mitspielten.

»Wir werden sehen, meine Lieben«, flüsterte sie und streichelte beide Pferde, bevor sie sich zum Gehen wandte. Als sie die Stalltür erreicht hatte, hörte sie ein Pferd mehrfach husten.

»Hast du das gehört?«, fragte sie Kristin, die hinter ihr stand.

»Ja, aber ich konnte nicht genau zuordnen, wer es war! Es kam aus unserer Ecke.«

Mario war schon draußen gewesen, hatte es auch gehört und kam zurück. »Was ist los?«

»Irgendein Pferd hustet.«

Sie warteten noch eine Weile, es blieb jedoch alles still. Die Tränkeleitung rauschte leise, hier und da war ein ruhiges Malmen und Schnauben zu hören.

»Na, wird sich wohl jemand verschluckt haben«, schloss Lisa-Marie und lauschte ein letztes Mal. Beruhigt suchten sie ihre Zimmer auf und fielen bald müde in ihre Betten.

Am nächsten Morgen begann der Tag mit einem herrlichen Frühstück. Dr. Walter hatte an diesem Vormittag den benachbarten Fitnesspark für sie reserviert, da der Trainer auch auf die körperliche Fitness der Reiter und Reiterinnen großen Wert legte. Sie konnten zwischen einem Waldlauf mit Trimm-Dich-Elementen, einigen Geräten für das Krafttraining sowie Beachvolleyball wählen. Die Entscheidung fiel klar auf Letzteres.

Um elf Uhr hatten die Teilnehmer die Möglichkeit, ihre Pferde auf dem Viereck zu bewegen. Am Abend war der Platz nochmals zwei Stunden frei. Diejenigen, die mit zwei Pferde angereist waren, ritten also bereits nach dem Volleyball. Mario und Lisa-Marie hatten nur ein Pferd dabei und gönnten sich nach dem Ballspiel einen ruhigen Vormittag im benachbarten Schwimmbad.

Carina sattelte Twister.

»Solange ich noch fit bin, mein Großer«, scherzte sie und führte ihn aus der Box. Twister schaute interessiert zu Douglas Queen hinüber, die Sandra erst am Nachmittag reiten wollte. Doch die dunkelbraune Stute stand desinteressiert mit dem Hinterteil zur Boxentür und schien zu dösen.

»Nimm dir ein Beispiel an dieser Ruhe«, erklärte Carina ihrem Hengst im Spaß. Sie war die Letzte im Stall, da sie bei Twister unbedingt mit Ruhe zu Werke gehen wollte und dabei hin und wieder die Zeit übersah. Sandra und Kristin waren bereits vor einigen Minuten aufgesessen und würden ihre Pferde bestimmt schon auf dem Dressurplatz warm reiten.

Als Carina dort ankam, führte Kristin ihre Stute gerade am Zügel zum Ausgang.

»Was ist los?«, fragte Carina, »Hast du was vergessen?«

»Ne«, erwiderte Kristin geknickt, »sie hustet. Ich reite später Bel Air. Intermezzo gefällt mir gar nicht, ich werde gleich Fieber messen. Sie hat ganz dicke Ganaschen und die Lymphknoten kann ich deutlich tasten.«

»Oje, hoffentlich erholt sie sich schnell!«

Kristin tat ihr leid. Carina hoffte, dass Intermezzo nicht ernsthaft krank wurde, so kurz vor der Meisterschaft. Sie wusste, dass manche Turnierpferde am Saisonende oft an die Grenzen ihrer Immunabwehr stießen, wenn sie so oft an verschiedenen Orten gewesen waren, wo sie jedes Mal mit anderen Keimen konfrontiert wurden.

Twister war heute erstaunlich ruhig und wieherte nur einige Male, blieb jedoch im Schritt und regte sich nicht mehr sonderlich auf.

»Vielleicht wird es ja doch noch was mit deiner Teilnahme an der Meisterschaft, Twister«, wagte Carina zu hoffen.

Der Hengst ließ sich gut lösen und arbeitete konzentriert mit. Die anderen Pferde störten ihn heute wenig, solange sie ihm nicht zu nahe kamen. Carina fühlte sich zuversichtlich und entspannte sich. Es machte so eine Freude, auf diesem Pferd zu sitzen, eins zu werden mit seinen Bewegungen, dass Carina wieder ins Träumen geriet. Twister reagierte weich und sensibel auf ihre Hilfen und trabte bald in korrekter Versammlung durch das Viereck. Der Trainer nickte anerkennend und beobachtete sie weiter.

Lisa-Marie traversierte mit Nightdancer quer durch die Bahn. Die dunkelbraune Stute wirkte graziös und leichtfüßig. Carina fand, dass Lisa-Marie und diese Stute große Konkurrenz darstellten. Da sie vom ganz anderen Ende Bayerns kam, trafen sie sich jedoch nur selten auf Turnieren.

Carina ließ Twister ordentlich arbeiten und ritt zum Schluss eine der Prüfungsaufgaben durch, die sie im Kopf hatte. Zufrieden beendete sie danach das Training und brachte den Hengst in die Box zurück.

Kurz darauf rief Ben an und erkundigte sich, wie es lief.

Er bedauerte Kristin und hoffte ebenfalls, dass Intermezzo nicht wirklich ausfallen würde. Kristin und er trafen relativ oft aufeinander, und sie war durchaus in der Lage, ihn mit Intermezzo zu schlagen. Die schwarze Stute hatte enormes Potenzial und Kristin genau das richtige Händchen für sie. Ben freute sich immer wieder auf die Herausforderung, sich mit ihr zu messen. Sie plauderten eine ganze Weile, während Carina bei Twister in der Box hockte und ihm beim Heufressen zusah.

»Hey ... auch wenn es nur ein paar Tage ohne dich sind ... tu me manques tellement, ma Chèrie!«, sagte Ben leise, beinahe flüsternd. »Ich vermisse dich!«

»Du fehlst mir auch, Ben!« Carina umklammerte ihr Handy und wünschte sich, Ben wäre hier.

Sie hatte gerade aufgelegt und war aus dem Stroh aufgestanden, als sie Kristin ihre Rappstute aus der Box führen sah.

»Und?«, fragte Carina. »Hat sie Fieber?«

»39,4«, antwortete Kristin betrübt. »Ich habe mit Dr. Walter gesprochen, er will sie lieber isolieren, falls sie wirklich etwas ausbrütet und ihr Immunsystem das nicht selber in den Griff bekommt. Wir ziehen in die leerstehende Scheune um.«

Carina bedauerte Kristin. Dass Intermezzo ausgerechnet jetzt Fieber bekam, konnte das Aus für die Meisterschaft bedeuten!

»Kann ich dir irgendwie helfen?«, bot Carina schnell an.

Kristin überlegte kurz. »Kannst du Intermezzo nehmen und rüber bringen? Ich streue schnell eine Box für sie ein.«

»Na klar«, sagte Carina, trat aus Twisters Box und übernahm die Stute, die den Kopf hängen ließ. Ihre Augen waren verklebt und tränten. Ihr sonst so glänzendes schwarzes Fell wirkte stumpf. Kristin lief zur Scheune auf der anderen Seite des Stallgebäudes und zerrte zwei Säcke Späne von der Palette neben dem Scheunentor, die sie schließlich zu Intermezzos Quarantänebox manövrierte. Carina hielt die Stute vor der Box an, bis Kristin die Einstreu verteilt hatte.

»Fertig!«, keuchte diese wenig später und wischte sich mit dem Handrücken über die Stirn.

»Na los, gehen wir«, forderte Carina die Stute auf, die ihr müde folgte. In der Box scharrte sie zweimal lustlos in den Spänen und schnaubte daraufhin kräftig. Gelber Rotz rann ihr aus beiden Nüstern.

»Shit«, sagte Kristin und sah Carina ratlos an. »Und jetzt?«

»Sieht tatsächlich nach einem dicken Infekt aus ...«, bestätigte Carina betrübt.

»Ich habe schon den Tierarzt angerufen. Der meinte, er kommt heute Abend vorbei und ich soll nachmittags nochmal Fieber messen. Vielleicht kann sie den Infekt abwehren. Vielleicht ist es in ein paar Tagen überstanden ...«

Kristins Stimme jedoch klang mutlos. Beiden Mädchen war klar, dass Intermezzo wahrscheinlich nicht an der Meisterschaft teilnehmen konnte. Die Stute war offensichtlich krank und selbst, wenn sie sich binnen weniger Tage erholen würde, tat sich die Frage auf, inwieweit sich dieser Infekt auf ihre Leistungsfähigkeit niedergeschlagen haben würde.

Gemeinsam gingen sie zur Pension, wo die anderen bereits zu Mittag aßen.

»Wie geht es Intermezzo?«, fragte Lisa-Marie sorgenvoll.

»Rotzt, hustet und hat Fieber«, antwortete Kristin traurig und stocherte mit der Gabel in ihrem Essen herum.

Ihre Kolleginnen versuchten, sie mit einem Themawechsel aufzuheitern. Doch sie schaute nur betrübt auf ihren Teller und brachte keinen Bissen hinunter. Dass es ausgerechnet ihre Stute erwischen musste, auf der so große Hoffnungen lagen!

Am Nachmittag hatte Intermezzo über vierzig Grad Fieber und schwitzte stark. Der Tierarzt verschob die anderen Termine und eilte herbei. Die Stute wurde abgehört, bekam ein Antibiotikum und ein fiebersenkendes Medikament gespritzt. Nun stand es definitiv fest, dass die Deutsche Meisterschaft für sie gelaufen war. Alle standen betrübt in der Scheune, als Dr. Flemming die Rappstute behandelte.

»Wenn das Fieber nicht zurückgeht, oder später nochmal steigen sollte, gibst du ihr diese Paste. Morgen früh sollte das Fieber deutlich gesunken sein. Wenn nicht, ruf mich bitte sofort an«, erklärte der Veterinär und übergab Kristin eine Tube, die aussah, wie die einer Wurmpaste.

»Wie geht es euren Pferden?«, fragte er in die Runde.

Bisher hatte niemand großartige Veränderungen bemerkt. Lediglich Douglas Queen stand noch immer matt in ihrer Box. Sandra war sich jedoch sicher, dass sie nur müde war und ihr der Umgebungswechsel zusetzte, versprach aber, sie im Auge zu behalten und später vorsichtshalber Fieber zu messen.

Niedergeschlagen begab sich die Truppe ins Bistro zurück. Für Kristin war ein Traum geplatzt und keiner wusste so recht, was er sagen sollte. Natürlich hatte sie noch Bel Air, mit dem sie weiter für die Meisterschaft trainieren würde. Jedoch war Intermezzo ihr ein und alles und sie hatte so sehr gehofft, dass sie die Stute reiten konnte. Sie hatte so lange darauf hin gearbeitet. Nicht nur Kristin empfand es als unfairen Schicksalsschlag, dass ihr Pferd gerade jetzt, wo sie endlich die entsprechende Erfahrung und das Können, sowie die mentale Stärke für so eine Meisterschaft hatte, ausfiel. Im letzten Jahr war sie in der finalen Prüfung der Meisterschaft so angespannt gewesen, dass sie wertvolle Punkte verloren hatten. Bis dahin war sie mit Ben nahezu punktgleich gewesen. Das Abendtraining verlief daher recht schweigsam, Kristin brachte Bel Air kaum in die Versammlung und war schrecklich enttäuscht.

»Es liegt an mir, er kann nichts dafür«, erklärte sie, als der Trainer sie geduldig korrigierte. »Er merkt natürlich, dass ich wegen Intermezzo traurig bin und keinerlei Elan habe.«

›Hoffentlich bleibt Bel Air fit und steigert sich. Aber um Intermezzo ist es schade‹, dachte Dr. Walter und wandte sich Carina zu. »Du und Twister rauft euch auch langsam zusammen, hab ich heute Morgen gesehen.«

Carina strahlte. »Der Hengst ist ein Traum und langsam wird die Verständigung so fein wie mit ihm hier!« Sie strich Mister X über den Hals. Der schnaubte und kaute eifrig auf dem Gebiss.

»Mister X ist großartig, Carina. Schade, dass er in Rente geht, aber die hat er sich verdient. Wenn du dran bleibst, kannst du mit Twister nächste Saison viel erreichen!«

Solch ein Lob aus dem Mund des Landestrainers freute sie ganz besonders. Sie spürte, wie ihre Wangen glühten.

»Wir haben ja schon lange ein Auge auf dich geworfen, und die Bürokratie läuft. Du müsstest bald Post vom Verband bekommen«, verriet Dr. Walter und zwinkerte ihr zu.

Carina wurde heiß vor Freude! Es war also tatsächlich nur noch eine Frage von kurzer Zeit, bis sie offiziell für den Landeskader auf Turnieren antreten durfte! Diese Nachricht machte sie unglaublich stolz. Sie würde gleich, wenn Mister X versorgt war, Ben nochmals anrufen, sie musste ihm unbedingt davon erzählen! Sie streichelte den Hals ihres braunen Wallachs und bereitete die nächste Lektion vor.

Mister X schnaubte, trat auf ihre Hilfen korrekt im Trab an und ließ sich in den Renvers dirigieren.

Dr. Walter rieb sich sein Kinn und nickte zufrieden. Sie hatte Talent und zwei ausgezeichnete Pferde – er war gespannt auf das Ergebnis bei der Juniorenmeisterschaft.

Nach dem Training verabredeten die jungen Reiter sich zum Kinoabend, um Kristin abzulenken. Bei Pizza und einigen Drinks ließen sie den Film später Revue passieren und amüsierten sich gut.

Carina fühlte sich wohl unter den Kaderleuten. Sie hatte das Gefühl, dazu zu gehören, was sie unheimlich glücklich machte. Besonders mit Kristin verstand sie sich prima, sie hatte eine tolle Art und Carina verstand, dass auch Ben sie sehr gern mochte. Lisa-Marie war eher der stille Typ, fand sie. Sandra hielt sich ebenfalls eher zurück. Dafür zählte Mario zu der Sorte Stimmungsmacher. Er schaffte es tatsächlich, Kristin zum Lachen zu bringen, und beschäftigte sie so, dass sie keine Zeit hatte, um nachzudenken.

Als sie nach Mitternacht zu Bett gingen, war noch lange nicht an Schlaf zu denken. Die Mädchen hatten sich zu viel zu erzählen und Mario kam, obwohl er sich schon zur Nacht verabschiedet hatte, nochmals auf ihr Zimmer und hatte Uno-Karten dabei. Schnell waren die Fünf im Kartenspiel-Fieber und fanden erst nach zwei Uhr endgültig in ihre Betten.

Am nächsten Morgen ging es Intermezzo noch schlechter, zudem hustete nun auch Douglas Queen und hatte stark verdickte Lymphknoten. Der Tierarzt kam erneut und wies als nächstes Sandra an, ihre Stute zu isolieren. Da alle anderen Pferde unauffällig und fieberfrei waren, ließ er ihnen nur vorsorglich einen pflanzlichen Sirup für gereizte Atemwege da, welcher leichte Infekte im Vorfeld verhindern sollte.

Kristin und Sandra trainierten nun mit ihren Zweitpferden. Bel Air zeigte sich vorbildlich, sodass Kristin wieder lächeln konnte.

»Vielleicht wollte das Schicksal, dass ich ihm eine Chance gebe«, sinnierte sie später.

Dr. Walter ließ die Reiter und ihre Pferde ordentlich schwitzen. Alle hatten das Angebot genutzt, vor Lehrgangsbeginn Unterricht zu nehmen. Er hatte vorgeschlagen, dass diejenigen, die gerade nicht an der Reihe waren oder ihre Pferde fertig machten, zusehen konnten, um zu lernen. Er unterrichtete mit lauter und fester Stimme und erklärte, warum er die Anweisungen jeweils gab. Carina erinnerte diese Art des Unterrichts sehr an Rolf, der ebenso stets darauf bedacht war, dass seine Schüler verstanden, warum sie etwas so machen sollten, wie er das wünschte. Sie fand, dass die Anweisungen dadurch im Alltag präsenter waren und konnte bislang im Unterricht Gelerntes eigenständig umsetzen. Dieses Ziel verfolgte auch Dr. Walter, dem es wichtig war, seinen Schülern, neben den korrekten Dressurlektionen, ein Gefühl für die Biomechanik des Pferdes zu vermitteln. Er wollte, dass die Reiterinnen und Reiter wussten, warum sich ihre Pferde so bewegten, wie sie es taten, und wie sie dies beeinflussen konnten. Die Zeit verging daher wie im Flug. Ehe sich die Fünf versahen, nahte das Abendessen.

Carina beobachtete ihre beiden Pferde genau, während sie die Futterschalen für den nächsten Tag vorbereitete. Keiner war nur im Geringsten auffällig: Weder Twister noch Mister X husteten oder waren schlapp. Beide standen fit und munter im Stall und fraßen ihr Abendheu. Carina blieb zuversichtlich, dass ihre beiden Pferde ein starkes Immunsystem hatten.

Sie telefonierte noch lange mit Ben. Auch er glaubte, dass Twister und Mister X in ausgezeichneter Verfassung waren und sich nicht infizieren würden. Er fand den Vorschlag des Tierarztes gut, den Pferden prophylaktisch das pflanzliche Gel unters Futter zu mischen. Thymian und Spitzwegerich waren bekanntermaßen gut für gereizte Atemwege und schadeten auf keinen Fall.

Ben fehlte ihr. Sie hatten sich schließlich die letzten Wochen täglich gesehen und nahezu jeden Abend zusammen verbracht. Ihr Freund klang heute seltsam, als hätte er etwas auf dem Herzen. Er versuchte jedoch, sich nichts anmerken zu lassen.

Carina beruhigte sich selbst, indem sie sich immer wieder sagte, dass er schon auf sie zukommen würde, wenn er reden wollte.

»Ich freu mich auf dich«, sagte er schließlich. »Du fehlst mir ganz gewaltig!«

Carina zählte schon die Stunden, bis Ben endlich ankommen würde. Die Boxen für die restlichen Pferde würden am nächsten Morgen frei werden, da die Teilnehmer des Trainerlehrganges abreisten.

Nach dem Telefonat mit Ben wählte sie Bettys Nummer. Das Freizeichen erklang gerade einmal, da ertönte schon Bettys fröhliche Stimme: »Hey, Carrie, das wird aber Zeit, dass du anrufst, alles paletti bei euch?«

Carina hörte im Hintergrund Hufeklappern und ein Pferd schnauben und vermutete, dass sich Betty noch zu später Stunde auf einem Ausritt befand.

»Uns gehts gut, Betty, die Jungs sind super beim Training! Heute hatten wir einen intensiven Unterrichtstag - wenn der ganze Lehrgang so wird, dann sind meine grauen Zellen hinterher genauso urlaubsreif wie meine Muskeln!«, berichtete Carina und lachte.

»Na das will ich hoffen, ihr sollt schließlich für eine Meisterschaft fit gemacht werden! Unsereins bummelt derweil gemüüüüütlich durchs Gelände!«

»Hab ich angesichts des Hufeklapperns schon vermutet! Bist du allein unterwegs?«

»Na klar, meine liebste Begleitung weilt ja etliche Autostunden von mir entfernt und plagt sich im Dressurviereck!«

Die Freundinnen telefonierten fast eine Stunde, bis der Akku von Carinas Handy mit einem regelmäßigen Piepton seinen niedrigen Stand ankündigte. Natürlich hatte Carina Betty von Intermezzos und Douglas Queens Infekt berichtet.

»Ich drück die Daumen, Carrie, dass sich deine Burschen nicht angesteckt haben. Aber bestimmt ist es nicht so dramatisch, wie es jetzt aussieht, und die beiden Stuten sind morgen schon wieder viel besser drauf. So ist es doch, Gott sei Dank, meistens!«

Carina lächelte. Das war typisch für Betty, alles immer zuerst positiv zu sehen, was sie sehr an ihr bewunderte. Sie selbst neigte dazu, sich schnell zu sorgen und schwarz zu sehen.

»Hoffentlich hast du Recht, Betty!«

Die Freundin kicherte. »Hab ich doch immer. Na ja, meistens jedenfalls.«

»Ich drück dich! Danke fürs immer wieder erden. Deine gute Laune tut einfach gut!«

Carina kam es so vor, als hätte sich Bettys Optimismus tatsächlich auf sie übertragen, so dass sie an diesem Abend davon überzeugt war, dass ihre beste Freundin Recht behalten würde und es Douglas Queen und Intermezzo am nächsten Morgen bestimmt schon besser ging.

Die Stimmung unter den Lehrgangsteilnehmern war beim Frühstück bereits nicht mehr so gedrückt wie am Vortag, alle freuten sich auf die erste offizielle Trainingseinheit am Abend, wenn Ben, Susann und Dirk auch angereist sein würden. Kristin und Sandra konnten wieder lachen, da Bel Air und Paparazzi ihre Sache gestern wirklich gut gemacht hatten. Als Kristin gerade herzhaft in ihr Brötchen biss, klingelte ihr Handy.

»Hi Mam!«, meldete sie sich.

Plötzlich wurde sie kreidebleich. »Ist das sicher?«, stieß sie hervor. Dann hörte man sie tonlos »Okay, mach ich sofort!«, stammeln, ehe sie auflegte und das Handy sinken ließ.

»Kristin? Alles in Ordnung?«, fragte Mario unsicher.

Sie schüttelte den Kopf wie in Trance. »Einer unserer Jährlinge hat eine Art Druse – wohl eine völlig neue Art oder so ...! Ich weiß auch nicht so genau ... ich hab sowas noch nie gehört - Jedenfalls sind obendrein zwei ältere Pferde auffällig und der Tierarzt hat meiner Mam gesagt, sie soll uns Bescheid geben – und Intermezzo geht's so, wie den Pferden bei mir zuhause! Sie haben hohes Fieber, dicke Lymphknoten, sie husten, rotzen und sind total schlapp. Der Kleine ist vorgestern auffällig geworden und kam sogar in die Klinik, weil das Fieber weiter stieg und er eine Infusion brauchte. Die beiden älteren Wallache fingen gestern mit den gleichen Symptomen an und eben kam das Testergebnis von dem Abstrich, den der Arzt in der Klinik bei unserem Kleinen genommen hat. Ich muss sofort Dr. Walter verständigen!« Mit diesen Worten stürzte sie aus dem Frühstücksraum und rannte zum Sekretariat der Anlage.

Druse! Alle wussten, wie ansteckend diese Erkrankung war und dass sie, besonders bei jungen Pferden, oft einen schweren Verlauf nahm.

Die Mädchen und Mario folgten ihr Sekunden später, niemand brachte auch nur einen Ton heraus. Was hatte Kristin bloß mit dieser ›neuen Art‹ der Erkrankung gemeint?

Dr. Walter hatte sein Frühstück stehen lassen und war nach dem Anruf der Sekretärin sofort ins Auto gestiegen. Es sei dringend, hatte sie gesagt, es gehe um die Sicherheit aller Pferde. Sie hatte ihm kurz berichtet, was Kristin ihr erzählt hatte und ihm daraufhin die Telefonnummer ihrer Mutter mitgeteilt. Noch während der Autofahrt zur Reitanlage telefonierte er über die Freisprechanlage mit Frau Klein.

»Dr. Walter, es tut mir schrecklich leid!«, beteuerte Kristins Mutter eingangs, »aber wir haben den Jährling erst kürzlich als Hengstanwärter gekauft und die Ankaufsuntersuchung war ohne

Befund, so dass wir ihn letzte Woche auf unseren Hof geholt haben. Es bestand kein Anlass, ihn zu separieren! Im Nachhinein hätten wir das aber besser getan ...«

»Frau Klein, beruhigen Sie sich!«, versuchte der Trainer, die aufgelöste Frau zu beschwichtigen.

»Ich bin mir sicher, dass Sie entsprechend gehandelt hätten, wenn sich ein Verdacht auf eine ansteckende Krankheit angebahnt hätte, als das Pferd zu Ihnen auf den Hof kam. So wie Sie das schildern, müssen Sie sich keine Vorwürfe machen.«

»Danke, Dr. Walter, das beruhigt mich ein klein wenig. Wie schlimm steht es um Intermezzo? Unser Monsun, also unser Jährling, befindet sich in der Klinik unter Quarantäne und wird noch immer behandelt, weil das Fieber nicht sinkt und er nichts fressen mag, er hat wohl Schluckprobleme. Kristin erzählte, dass auch Intermezzo mit Fieber und starkem Husten von den anderen separiert wurde.«

»Das stimmt, wir haben sie und ein weiteres Pferd mit Infektanzeichen in ein separates Stallgebäude gebracht, um zu verhindern, dass sich weitere Pferde anstecken, falls dies nicht schon der Fall gewesen ist ...«

»Du meine Güte, dann ist nicht nur unsere Stute betroffen, sondern noch das Pferd eines anderen Lehrgangsteilnehmers?«

»Leider ja, Frau Klein. Douglas Queen zeigte ähnliche Symptome wie Ihre Stute.« Der Trainer pausierte, dann fuhr er ruhig fort: »Können Sie mir etwas mehr zu dieser ›neuen Art‹ der Druse sagen, von der Kristin sprach? Was hat es damit auf sich, wie unterscheidet sich diese von der bekannten Form der Erkrankung?«

»In der Klinik sagte man uns, dass bislang nur wenige Fälle in Deutschland bekannt geworden sind, aber im Ausland schon ein paar mehr Tiere in den letzten Wochen auffielen. Man vermutet, dass es sich um einen Erreger handelt, der mit dem klassischen Drusebakterium nah verwandt sein muss oder gar ... wie sagten die Ärzte noch ... mutiert ist? Sagt man das so? Die ersten Anzeichen sind kaum von der bekannten Druse zu unterscheiden, jedoch verläuft die außergewöhnliche Form, laut den Tierärzten, um Einiges dramatischer und gefährlicher. Angeblich konnten einige Tiere nicht gerettet werden, weil keine bisher bekannte und bewährte Behandlung angeschlagen hat.«

»Das hört sich nicht gut an, Frau Klein. Ich werde unseren Tierarzt bitten, sich mit der Klinik in Verbindung zu setzen, in der Ihr Jährling behandelt wird. Ich denke, dass wir darauf angewiesen sind, dass die Tierärzte uns Anweisungen geben, wie wir nun mit den Pferden vor Ort umgehen sollen, bis wir Klarheit haben, ob es sich tatsächlich um diese Erkrankung handelt. Da es sich nach einer großen Ansteckungsgefahr anhört, müssen wir schnell reagieren.«

»Selbstverständlich, deswegen habe ich Kristin sofort angerufen, als das Laborergebnis vorlag! In der Klinik teilte man uns mit, dass sich Intermezzo natürlich bei Monsun angesteckt haben könnte und empfahlen, einen Abstrich von Nüsternsekret ins Labor zu senden. Darüber sei eine Infektion in diesem Stadium am ehesten nachweisbar.«

»Das werden wir umgehend für die beiden Stuten veranlassen, Frau Klein. Bitte senden Sie mir noch eine Telefonnummer, unter der unser Tierarzt Ihre Klinik zur weiteren Abstimmung erreichen kann. Ich werde zwischenzeitlich mit ihm sprechen, damit wir möglichst sofort die ersten Maßnahmen in die Wege leiten können. Wir müssen jetzt alles tun, was, falls es sich bei Intermezzo und Douglas Queen tatsächlich auch um diese Krankheit handeln sollte, einer Verbreitung entgegenwirkt.«

Frau Klein versprach, dem Trainer umgehend die Namen der behandelnden Tierärzte und die Telefonnummer der Klinik mitzuteilen. Anschließend beendeten sie das Gespräch und Dr. Walter bog bereits in die Zufahrt der Trainingsanlage ein. Er verzichtete darauf, seinen Wagen auf den Parkplatz zu fahren und ließ ihn direkt vor dem Eingang des Verwaltungsgebäudes stehen. Dann eilte er, immer zwei Stufen auf einmal nehmend, die gepflasterten Stufen zum Haupteingang hinauf.

Carina, Kristin, Lisa-Marie, Sandra und Mario saßen bedrückt im Lehrsaal des Trainingszentrums, als Dr. Walter dort eintraf und die Tür hinter sich schloss. Nach einer kurzen Begrüßung erklärte er: »Wie Ihr ja bereits wisst, besteht bei einem Pferd aus Kristins elterlichem Stall eine Druseinfektion, zwei weitere Tiere stehen noch im Verdacht, sich angesteckt zu haben. Es liegt aber bisher nur von dem Junghengst ein bestätigtes Laborergebnis vor. Druse ist hoch ansteckend und kann einen gefährlichen Verlauf nehmen. Soweit ist es jedem hier klar. Aber ...«, er pausierte kurz und sah jeden Einzelnen von ihnen an, »erstens bricht die Krankheit nicht bei jedem infizierten Pferd tatsächlich aus und zweitens muss der Verlauf nicht zwangsläufig hochgradig schlimm sein. Jetzt, wo wir wissen, dass es sich bei Intermezzo und Douglas Queen um Druse handeln könnte, kann der Tierarzt gegebenenfalls gezielt behandeln und in der Regel bleibt bei erkrankten Pferden nichts zurück. Was hinter dieser Vermutung einer neuen Art der Krankheit steckt, werden uns die Veterinäre später sicher erklären können. Da es aber so oder so eine ansteckende Krankheit ist, kommt mit Sicherheit auch ihr als Überträger in Frage.«

Schweigen erfüllte den Saal.

»Wir müssen jetzt strenge Hygienevorschriften beachten. Ich möchte diese noch mit den Tierärzten abstimmen. Daher möchte ich, dass, bis diese feststehen, niemand von euch den Stall betritt. Ich bitte euch zudem, euch nach unserer Besprechung umzuziehen, die getragene Kleidung in Plastiksäcken zu separieren, ausgiebig Hände zu waschen und zu desinfizieren. Unser Sekretariat hat schon entsprechende Lösungen und Beutel auf die Zimmer gebracht und besorgt in diesen Minuten ausreichend Nachschub. Bitte haltet euch bis auf Weiteres von den Stallungen und den Trainingsbereichen der Anlage fern. Die Ansteckungsgefahr scheint groß zu sein, wenn es sich wirklich um eine außergewöhnliche Form der Druse handeln sollte. Daher kann es passieren, dass wir eine Quarantäne verhängen und kein Pferd bis zu deren Aufhebung das Gelände verlassen darf. In meinen Augen macht das Sinn, um die Erkrankung nicht in weitere Ställe zu verbreiten. Möglicherweise können wir dieses Procedere auf den Stalltrakt eurer Pferde beschränken, aber auch das werden wir mit den Tierärzten absprechen. Schließlich habt ihr alle die Reitanlage mit euren Pferden in den letzten Tagen genutzt, so dass theoretisch bereits eine Ansteckung weiterer Pferde erfolgt sein könnte. Aktuell stehen nur eure Pferde, sowie die Schulpferde in diesem Stalltrakt. Die aufgestallten Pferde sollten meiner Meinung nach nicht abreisen dürfen, bis wir Klarheit haben, ob unsere beiden Patienten nun Druse haben oder nicht.«

Die Wanduhr tickte laut und ließ das Schweigen der Jugendlichen gespenstisch erscheinen.

»Wie lange?«, wagte Mario zu fragen.

»Soweit ich weiß, beträgt die Inkubationszeit bei Druse zwischen wenigen Tagen und drei Wochen, aber Genaueres wird der Amtstierarzt feststellen. Druse ist nicht anzeigepflichtig, jedoch stehen hier derzeit zu viele Pferde aus verschiedenen Ställen, um den Amtstierarzt nicht mit ins Boot zu holen. Ich denke, das ist im Sinne von jedem.«

Diese Antwort schlug ein wie eine Bombe. Drei Wochen Ansteckungsgefahr – damit war die Teilnahme an der Deutschen Meisterschaft für sie alle gelaufen!

»Es tut mir leid. Das ist der Stand meiner Information. Aber wir werden versuchen, mit dem Tierarzt eine Lösung zu finden. Umgehend«, fuhr er fort, »müssen wir Ben, Susann und Dirk warnen. Wir müssen die Quarantänebestimmungen festlegen, bevor sie das Gelände betreten, damit ihre Pferde nicht ebenso gefährdet werden!«

Alle nickten betroffen.

»Carina, du versuchst, Ben zu erreichen. Wer hat Kontakt zu den anderen?«

Mario meldete sich und versprach, Dirk anzurufen. Kristin war mit Susann befreundet.

»Ich versuche derweil, eine externe Anlage aufzutreiben, wo sie ihre Pferde hinbringen können«, erklärte Dr. Walter. »Wie wir das mit der Meisterschaft regeln, klären wir später. Jetzt geht die Sicherheit unserer Pferde vor. Wir treffen uns um zwölf wieder.«

»Ich kann nicht fassen, dass du mit einem kranken Pferd auf den Lehrgang kommst!«, rief Lisa-Marie plötzlich und starrte Kristin böse an.

»Aber ...«, stammelte Kristin hilflos, »... wir wussten doch nicht, dass Monsun krank war, er war agil und munter wie ein Junghengst sein soll, und der Gesundheitscheck war unauffällig!«, stieß sie hervor.

»Ein neues Pferd muss immer erstmal beobachtet werden! Das solltet ihr eigentlich wissen!«, empörte sich Lisa-Marie weiter. Ihre Gesicht war rot vor Zorn. »Das weiß doch jeder, der Pferde hat, dass ein Neues sonst was auf den Hof einschleppen kann! Wie könnt Ihr ...«

»Glaubt ihr wirklich, wir hätten Monsun in unseren Stall geholt, wenn wir auch nur den leisesten Verdacht gehabt hätten, dass er krank ist? Denkst du ernsthaft, wir hätten die Gesundheit all unserer Pferde riskiert und ich wäre dann einfach so mit Intermezzo und Bel Air hierher gefahren?«, versuchte sich Kristin zu rechtfertigen.

»Ja ganz offensichtlich! Deine Stute hat Douglas Queen angesteckt und vielleicht auch meine Nighty und Zalimba und ...« Mario griff nach Lisa-Maries Arm, doch sie schlug ihn zornig von sich.

»Das ist alles deine Schuld, Kristin!«, rief Lisa-Marie nun außer sich.

»Hey, aufhören!«, schaltete sich Dr. Walter energisch ein und Lisa-Marie verstummte augenblicklich.

»Jetzt beruhigt euch!«, ermahnte der Trainer die Jugendlichen und verschränkte seine Arme vor der Brust. »Ich verstehe natürlich, dass ihr euch um eure Pferde sorgt und ihr enttäuscht seid, dass ihr vermutlich mit diesen Pferden nicht an der Meisterschaft teilnehmen könnt. Aber ich erwarte, dass ihr euch von jedweden Vorwürfen distanziert! Weder Kristin, noch ihre

Eltern oder sonst jemand von ihrem heimatlichen Hof können etwas für diese Situation! Der Jährling war offensichtlich ohne Beanstandung durch den VetCheck gekommen und es gab keinen Grund, ihn zur Beobachtung zu separieren! Während der Inkubationszeit zeigen die Tiere oftmals noch keine Anzeichen, also konnte niemand ahnen, dass der Hengst krank war!«

»Man hätte ein neues Pferd doch auf ansteckende Krankheiten testen müssen!«, erwiderte Lisa-Marie.

»Du spinnst doch, wie willst du denn jedes Pferd auf jede möglicherweise ansteckende Krankheit testen lassen?«, brachte sich Sandra kopfschüttelnd ein.

»Schon mal was von Blutuntersuchungen gehört?«, echauffierte sich Lisa-Marie weiter.

Nun wurde es dem Trainer zu bunt. »Schluss jetzt!«, rief er laut. »Ich möchte nichts Derartiges mehr hören!«

Er wandte sich zu Lisa-Marie: »Für einen Bluttest braucht es einen Verdacht, auf welche Krankheit man testen möchte, junge Dame! Hast du deine Stute auf alle möglichen Krankheiten testen lassen, bevor du sie zu euch in den Stall geholt hast?«

Lisa-Marie funkelte Kristin aus blitzenden Augen an, hielt es jedoch für besser, den Mund zu halten.

»Ich hoffe, ich habe mich klar ausgedrückt!« Dr. Walters Tonfall ließ keinen Widerspruch zu.

Kristin sendete dem Trainer einen dankbaren Blick.

Carina hatte die Szene stumm verfolgt und war fassungslos. Wie konnte Lisa-Marie Kristin nur so angreifen? Natürlich hatte sie selbst Angst, dass Twister oder Mister X sich angesteckt haben konnten. Doch sie fand die Vorwürfe gemein und unfair.

Mario versuchte erneut, Lisa-Marie zu beschwichtigen und legte ihr einen Arm um die Schultern. Daraufhin erntete er die bösen Blicke, als das Mädchen sich erneut von ihm los machte und »lass mich!«, zischte.

Mario wandte sich betroffen ab.

»Am besten geht ihr jetzt auf eure Zimmer und kümmert euch um die Desinfektion und den Kleidungswechsel. Um zwölf Uhr treffen wir uns wieder hier«, schloss Dr. Walter die Versammlung und verließ den Raum.

Carina fühlte sich wie erschlagen, als sie alle zu ihren Zimmern gingen. Niemand sprach ein Wort. Druse! Was, wenn Twister oder Mister X erkrankten? Diese Krankheit konnte, soweit sie wusste, schwere Folgeschäden verursachen und in seltenen Fällen zum Tode führen. Was hatte es nur mit dieser neuen Art der Erkrankung auf sich? Und was, wenn sich ihre beiden infizierten oder dies schon geschehen war? Sie spürte, wie die Panik in ihr hochstieg. Immerhin hatte sie auch Kontakt gehabt zu Intermezzo, als sie die Stute in die Scheune gebracht hatten! Sie machte sich schwere Vorwürfe, dass sie nicht von selbst auf die Idee gekommen war, sich wenigstens die Hände zu desinfizieren, nachdem sie Intermezzo geführt und gestreichelt hatte. Ihr war, als legte sich ein eiserner Ring um ihre Brust, der ihr das Atmen erschwerte. Sie versuchte durchzuatmen, was ihr aber nicht gelingen wollte. In ihren Ohren rauschte es und sie konnte ihren Herzschlag im ganzen Körper spüren. Sie setzte sie sich auf eine der Stufen des Treppenaufgangs zu den Zimmern und wählte mit zittrigen Fingern Bens Nummer.

»Hey, ma Chérie, wir fahren in ein paar Minuten los«, verkündete Ben freudig, als er ihre Nummer auf dem Display aufleuchten sah und das Gespräch annahm.

»Nein, Ben, bleib wo du bist!«, rief Carina ins Handy.

Ben ließ den Futtersack fallen, den er geschultert hatte. Irgendetwas musste passiert sein, Carina klang völlig aufgelöst.

»Was ist los bei euch?«

»Im Stall grassiert die Druse, Ben! Intermezzo und Douglas Queen haben vermutlich Druse!«

»Wer sagt das?«, hakte Ben nach. »Ich meine, ist das sicher? «

»Kristins Mutter hat angerufen. Eins ihrer Jungpferde und zwei Ältere zuhause auf ihrem Hof haben nachweislich Druse und jetzt sind schon zwei Pferde hier im Stall auffällig geworden ... Um zwölf haben wir Besprechung und bis dahin will Dr. Walter versuchen, für euch eine alternative Unterkunft zu finden. Ihr sollt bis dahin auf keinen Fall das Gelände betreten, wegen der Quarantäne.«

Ben verstand. Druse war auch über Menschen auf Pferde übertragbar.

Eine unheimliche Stille entstand.

»Carrie, wie geht's deinen Pferden?«, fragte er besorgt.

»Gut, beide sind bis jetzt munter und symptomfrei. Aber Intermezzo und Douglas Queen haben Fieber, sie husten und rotzen.«

»Okay, pass auf, ich lade meine beiden wieder aus und warte, bis du mich wieder anrufst. Du sagst mir Bescheid, was bei eurer Besprechung rausgekommen ist, ja? Wie behandeln sie Douglas Queen und Intermezzo jetzt, hast du das mitbekommen?«

»Ich weiß nicht genau ... Kristins Mutter sagte was von einer neuen Art Druse oder so, ich war viel zu aufgeregt um mir zu merken, was Kristin und Dr. Walter genau gesagt haben ... Ich gebe jetzt Rolf Bescheid.«

»Ok, mach das. Und Chérie«, Bens Stimme wurde leise, »versuch, ruhig zu bleiben. Vielleicht entpuppt sich die Erkrankung bei Intermezzo und Douglas Queen doch als normaler Virusinfekt. Ich bin heute Abend da, ob mit oder ohne Champ und Déjà-vu. Beobachte deine Beiden, aber versuch, objektiv zu bleiben.«

»Ja, Ben, mach ich.«

»Was hat Dr. Walter wegen der Deutschen gesagt?«, fragte Ben schließlich.

»Dazu hat er noch nichts gesagt, aber die Inkubationszeit dauert bis zu drei Wochen. Ich fürchte, das war's ...«

Carina sprach langsam und ihre Stimme klang traurig und bitter.

Das gab Ben einen Stich ins Herz.

»Jetzt wart erstmal ab. Solange deine Pferde unauffällig sind, ist alles in Ordnung. Die Gesundheit geht vor. Über die Meisterschaft reden wir später.«

»Da gibt's nicht viel zu reden, Ben – ihr drei müsst ran! Du, Susann und Dirk. Eure Pferde stehen nicht unter Quarantäne.«

Ben kam sich so hilflos vor. Er wollte sie in seine Arme schließen und ihr sagen, dass alles gut werden würde. Doch er konnte es nicht und wusste nicht, was er sagen sollte, damit es ihr besser ging.

»Das zählt doch jetzt nicht. Wichtig ist, dass Twister und Mister X fit bleiben.«

»Müssen sie einfach, unbedingt!«

»Ich bin heut Abend bei dir. Ich versprech's dir!«

»Okay«, sagte Carina tonlos. »Ich ruf dich an, sobald ich mehr weiß.«

»In Ordnung, ma Chérie. Und versuch, positiv zu denken! Ihr habt es früh gemerkt, das erleichtert eine Behandlung, immer. Das ist schon die halbe Miete, und heutzutage ist Druse soweit ich weiß zwar schmerzhaft und langwierig, aber durch die fortschrittlichen Behandlungsmöglichkeiten nicht mehr so gefährlich wie früher.«

»Hoffentlich ... sie reden ja von einer ›neuen Druse‹ ...«

Darauf wusste Ben nichts zu sagen. Von einer ›neuen Druse‹ hatte er noch nie etwas gehört.

Sie verabschiedeten sich betrübt.

Carina rief zunächst Rolf an und erklärte auch ihm die Situation. Er versuchte ebenfalls, sie zu beruhigen, war sich dem Ernst der Lage jedoch bewusst. Er bat Carina, dem Tierarzt seine Nummer zu geben. Er wollte die Vorgehensweise persönlich mit ihm abklären. Carina wäre am liebsten sofort wieder zu ihren Pferden gegangen, um sich zu vergewissern, dass es ihnen gut ging. Doch Dr. Walters Anweisungen klangen ihr noch immer in den Ohren. Bis der Tierarzt erläutert hatte, wie sie eine Verbreitung der möglichen

Druse verhindern konnten, durfte niemand den Stall betreten. Immerhin war es bereits kurz nach elf Uhr und in gut einer Stunde würden sie hoffentlich erfahren, wie es weitergehen sollte. Nachdem Carina sich umgezogen hatte, setzte sie sich auf ihr Bett. Sie zog die Knie an ihren Körper, stützte die Stirn darauf und schloss die Augen.

»Wieso lädst du wieder aus?« Raimund Richter schaute seinem Sohn ungläubig zu, wie er Déjà-vu und Champion zurück in den Stall brachte und die Transportgamaschen entfernte.

»Carina hat angerufen. Die Anlage in Warendorf steht unter Druseverdacht.«

»Wie das?«

»Eine Teilnehmerin bekam einen Anruf von Zuhause, dass dort eine Erkrankung festgestellt wurde, die druseähnlich, aber im Verlauf neuartig ist. Zwei der Pferde in Warendorf stehen schon mit Fieber unter Beobachtung.«

»Was passiert jetzt?«, hakte sein Vater nach.

»Dirk, Susann und ich werden ausgelagert.«

Raimund Richter nickte. »Gut. Immerhin sind unsere Pferde in Sicherheit.«

Ben nickte betroffen.

»Und sieh's positiv, Ben, das macht es für dich leichter auf der Deutschen.«

»Pa, darum geht's doch jetzt überhaupt nicht!«, rief Ben aufgebracht. Er kochte innerlich.

»Na, so gesehen schon. Ich denke nicht, dass all die Pferde, die jetzt unter Quarantäne stehen, teilnehmen dürfen. Ich müsste mich schon sehr täuschen, aber die Zeit von der Ansteckung bis zum Ausbruch der Druse kann doch einige Wochen dauern«, entgegnete sein Vater. »Da die meisten ihre Ersatzpferde auch mitgenommen haben, dürfte die größte Konkurrenz ausgeschaltet sein. Kleins, Schwarz', Huberths und Reinders werden zum Beispiel so bald kein Ersatzpferd auftreiben. Bleiben nur noch Susann Kohl, Dirk Neu und ein paar wenige Reiter aus den anderen Bundesländern, die Klasse haben. Da könntest du ja direkt mit Déjà-vu antreten.«

Ben fehlten die Worte. Wütend drehte er auf dem Absatz um und ließ seinen Vater kommentarlos stehen. Er hatte es so satt!

Kurzerhand sattelte Ben seinen Schimmel und eilte trotz des Protests seines Vaters im Trab vom Hof. Als er außer Sichtweite war, parierte er Champion zum Schritt durch und gab ihm die Zügel hin. Er musste einen klaren Kopf bekommen. Er packte das alles einfach nicht mehr. Für seinen Vater zählten nur Geld und Siege, sonst nichts.

»Champ, wir müssen hier raus«, murmelte er und ballte die Fäuste. »Ich hab die Schnauze voll. Was denkt er eigentlich, wer er ist? Wär's nicht so schade um dich, würde ich die Reiterei an den Nagel hängen«, fuhr Ben fort. Champion war das Einzige hier, woran ihm etwas lag. All der andere Luxus seines Vaters brachte ihn mittlerweile mehr und mehr in Rage.

»Champ, wir brauchen einen Plan«, grübelte er.

Seine Gedanken schweiften ab zu Carina. Wie musste sie sich jetzt fühlen! Sie hatte so lange von der Deutschen Meisterschaft geträumt, hatte endlich ein Pferd für die nächste Saison und mit Mister X und Twister zwei klasse Eisen im Feuer – und dann sowas!

Kristin tat ihm genauso leid. Er wusste, wie viel sie und Intermezzo bereits durchgestanden hatten, bis sie den Sprung zurück in den Kader geschafft hatten. Lisa-Marie war erst sechzehn geworden und hatte noch ein paar Jahre Zeit, doch auch für Mario war der Traum nun ausgeträumt, sofern sein bewährter Wallach Clarence nicht schnell wieder auf die Beine kam. Er hatte sich bei der Cavalettiarbeit vertreten und lahmte, soweit er das mitbekommen hatte, noch immer.

Champion fiel unaufgefordert in einen rhythmischen Galopp, als er merkte, dass Ben gedanklich abwesend war.

»He, Champ!«, rief er überrascht und ließ ihn jedoch gewähren. Ein frischer Galopp war genau das, was er jetzt brauchte. Dabei fühlte er sich wunderbar frei und fasste einen Entschluss.

Bedrückt saßen die Lehrgangsteilnehmer erneut im Lehrsaal zusammen. Der zuständige Amtstierarzt hatte die bereits erkrankten Tiere untersucht und alle in eine Klinik in der Nähe eingewiesen. Dies war, laut seinen Aussagen, jedoch nur möglich, weil man dort durch die baulichen Gegebenheiten eine Gefährdung anderer Klinikpatienten nahezu ausschließen konnte. Man hatte die Entscheidung, die kranken Pferde aufzunehmen, aufgrund der vielfältigen Untersuchungs-, Beobachtungs- und Behandlungsmöglichkeiten gewählt, die auf der Trainingsanlage nicht möglich sein würden.

Der Veterinär blickte alle Anwesenden ernst an: »Es sind in der letzten Zeit mehrere Fälle bekannt geworden, bei denen Pferde an einer druseähnlichen Erkrankung eingegangen sind. Daher haben wir sämtliche Risiken gegeneinander abgewogen und uns nach Rücksprache mit der Klinikleitung dazu entschieden, die erkrankten Tiere einzuweisen, um sie schnellst- und bestmöglich zu behandeln. Der Erreger dieser Druse löste zwar druseähnliche

Symptome aus, führte aber in den eben erwähnten Fällen zu einem viel aggressiveren und schneller fortschreitenden Erkrankungsbild. Die betroffenen Pferde fielen mit lebensbedrohlich hohem Fieber, vereiterten Lymphknoten, massiven Atemwegsinfekten und Koliken auf. Bei den bisher bekannten Fällen waren junge und ältere Pferde gleichermaßen betroffen. Wir vermuten, dass der Erreger aus den USA eingeschleppt worden sein könnte, bisher ist das aber noch nicht offiziell bestätigt worden.«

Er bat die Jugendlichen ferner, nicht in Panik zu verfallen, ermahnte sie jedoch, ihre Pferde genau zu beobachten. Es lägen noch wenige Erfahrungswerte über die Behandlungsmöglichkeiten vor. Die Erkrankung habe sich bei den zuvor erwähnten Fällen behandlungsresistenter gezeigt, als die gewöhnliche Druse, jedoch sei eine antibiotische Behandlung im Frühstadium bislang sehr erfolgreich gewesen.

Man vereinbarte, am heutigen Tage von allen Pferden auf der gesamten Anlage Abstriche zu entnehmen. Tiere mit einem positiven Befund, die jedoch noch ohne Symptome waren, würden in die Behelfsboxen in der alten Scheune umziehen. Die Pferde, die Krankheitszeichen ausprägen sollten, würden in der Klinik behandelt werden und sollten, sobald sie Auffälligkeiten zeigten, ebenfalls in die ehemalige Heuscheune gebracht werden, sofern ein Transport in die Klinik nicht umgehend möglich war. Durch diese räumliche Trennung erhoffte man sich, eine weitere Verbreitung einzudämmen.

Er empfahl, allen, die den Stall betraten, vor dem Gebäude leicht zu reinigende Gummistiefel, Einwegoveralls, Mundschutz und Handschuhe anzulegen. Außerdem sollte vor jeder Box eine ständig mit Desinfektionslösung getränkte Matte liegen, um keine möglichen Erreger in die einzelnen Boxen hinein und von dort hinaus zu tragen. Vor dem Verlassen des Gebäudes musste alles wieder ausgezogen und in einer extra dafür aufgestellte Tonne entsorgt und die Schuhe erneut gewechselt werden. Anschließend waren alle angehalten, sich gründlich die Hände zu desinfizieren. Der Tierarzt versicherte, dass eine Verbreitung der Erkrankung durch die Einhaltung der Hygienemaßnahmen unwahrscheinlich sei.

Jeder, der den Stall betrat, hatte diese Desinfektionsmaßnahmen einzuhalten. Schubkarren, Mistgabeln und andere Gerätschaften durften nur in diesem Gebäude verwendet werden. Die Koppeln, die die erkrankten Pferde genutzt hatten, wurden für mehrere Wochen gesperrt.

Jedem Teilnehmer wurde es freigestellt, abzureisen. Die Pferde mussten jedoch so lange vor Ort bleiben, bis drei Abstriche, die im Abstand von je fünf bis sieben Tagen entnommen werden würden, negativ waren. Dies war, den Medizinern zufolge, mindestens notwendig, um die fremden Bestände nicht zu gefährden. Zudem verlangte die Geschäftsleitung, dass die Lehrgangsteilnehmer ausschließlich den Stalltrakt betraten, der ihre Pferde und die Schulpferde beherbergte und untersagte den Zutritt zu anderen Bereichen der Reitanlage. Die Pfleger wurden so eingeteilt, dass nur drei von ihnen diesen Stalltrakt versorgten und wurden ebenfalls angewiesen, keine weiteren Bereiche aufzusuchen, bis die Quarantäne aufgehoben sein würde.

Carina kam das alles nahezu unwirklich vor. Für sie stand fest, dass sie bleiben würde, bis Twister und Mister X sicher nach Hause durften. Ihre Eltern hatten, als sie telefoniert hatten, bereits damit gerechnet, dass man die Pferde nicht so einfach nach Hause schicken konnte und ihrer Tochter bereits erlaubt, vor Ort zu bleiben. Auch sie sorgten sich um die beiden Pferde.

Insgesamt befanden sich zwölf Pferde aus dem Stall der Lehrgangsteilnehmer in Quarantäne. Es wurde festgelegt, die Paddocks zu schließen, so dass die Tiere im Inneren des Stalles bleiben mussten. Man wollte damit verhindern, dass Katzen und andere Kleintiere einfachen Zugang zu den Stalltrakten hatten und die Erreger möglicherweise verbreiteten. Der Tierarzt empfahl, alle Pferde gleichzeitig antibiotisch zu behandeln, und entnahm von allen Tieren Abstriche zur Auswertung im Labor. Nach der letzten Injektion des Medikamentes sollte von jedem Pferd ein zweiter Abstrich entnommen werden. Danach folgten fünf Tage Wartezeit, anschließend würden erneut Proben entnommen und im Labor untersucht werden. Da unter diesen Umständen ein Training jedoch nicht möglich war, würden all diese Pferde von den Starterlisten der Deutschen Meisterschaft gestrichen werden. Die Jugendlichen verfolgten die Empfehlungen des Veterinärs wie in einer Schockstarre. Niemand wagte, etwas zu fragen. In ihnen allen wuchs die Angst vor der Erkrankung, um die es sich möglicherweise handeln konnte.

Dr. Walter ergriff nach den Ausführungen des Tierarztes schließlich das Wort: »Ich habe für die Pferde von Ben, Susann und Dirk auf einem nahegelegenen Hof Boxen organisieren können und in dem dazugehörigen Gasthof Zimmer für sie gebucht. So können wir unseren Lehrgang dort abhalten. Morgen möchte ich mich gleich um zehn Uhr mit euch allen treffen, damit wir über eure Teilnahme an der Deutschen Meisterschaft sprechen können.

Ich teile euch später noch die Adresse der Reitanlage mit und wo wir uns dort genau treffen.« Er machte eine kurze Pause und blickte jeden einzelnen Teilnehmer eindringlich an. »Bitte nehmt die Hygienemaßnahmen sehr ernst! Ich erwarte von euch, dass ihr, wenn wir uns auf dem Gut Aicher treffen, frische Kleidung, inklusive Schuhe, tragt und euch gründlich desinfiziert habt.«

»Was machen wir denn, wenn wir in ein paar Tagen keine frische Kleidung mehr haben?«, fragte Sandra schüchtern, »ich hab tatsächlich ein wenig spartanisch gepackt und natürlich dachten wir alle nicht, dass wir so oft am Tag neue Kleidung brauchen ... «

»Selbstverständlich könnt ihr eure Sachen waschen. Im Keller des Haupthauses gibt es eine Waschmaschine. Unsere Sekretärin hat, neben den Handdesinfektionen, Hygienespüler besorgt, so dass die Kleidung nach dem Waschvorgang unbedenklich sein sollte.«

»Okay, vielen Dank«, murmelte Sandra.

Carina und Kristin verfolgte die ganze Besprechung schweigend.

Lisa-Marie schien ihr noch immer Schuld an der Situation zu geben und warf ihr immer wieder zornige Blicke zu.

Dr. Walter bedankte sich anschließend bei dem Amtstierarzt für sein Erscheinen und die Erläuterungen und teilte den Jugendlichen mit, dass die Behandlung der unter Beobachtung stehenden Pferde durch Dr. Flemming fortgeführt werden sollte. Die Veterinäre würden in ständigem Austausch stehen. Dann schloss er die Besprechung und erinnerte alle Anwesenden nochmals eindringlich an die Hygienemaßnahmen.

Die Jugendlichen machten sich auf zu ihren Pferden. Unterwegs informierte Carina Ben über den Stand der Dinge. Dann betrat sie zuerst die Box ihres braunen Wallachs, der ihr erwartungsvoll entgegenblickte und brummelnd wieherte. Sie schlang die Arme um Mister X' Hals und heulte sich aus. Ihm durfte nichts geschehen, auch Twister nicht! Sie maß anschließend bei beiden Fieber und war ein wenig erleichtert, als die Temperatur bei beiden noch immer im Normalbereich lag. Auch Mario stand bei seinem Pferd und hatte gerötete Augen.

Für sie alle war ein Traum am Platzen.

»Wie geht's Zalimba?«

»Sie hat Fieber«, sagte er tonlos und führte seine kastanienbraune Stute in die alte Scheune. Dr. Walter würde sie in Kürze zur Klinik fahren.

Carina jagten kalte Schauer über den Rücken. Nun waren schon drei der acht Lehrgangspferde erkrankt! Wie sehr konnte sie hoffen, dass Twister und Mister X gesund waren und dies blieben? Natürlich dachte sie auch an Bel Air, Nightdancer und Paparazzi, die bisher ebenfalls noch keine Symptome zeigten. Auch bei den Schulpferden schien noch keines offensichtlich krank zu sein.

Sie telefonierte, nachdem ihre Pferde versorgt waren, lange mit Betty. Die versuchte sie aufzuheitern und war davon überzeugt, dass Intermezzo, Douglas Queen und Zalimba einen Virusinfekt hatten und bestimmt bei den Abstrichen keine Druse herauskommen würde. Auch wenn es Carina schwer fiel, in dieser Sache positiv zu denken, dankte sie ihrer Freundin von ganzem Herzen dafür, dass sie ihr zuhörte und sie ihre Sorgen mit ihr teilen konnte.

Als sie erneut an ihrem Zimmer ankam, um sich umzuziehen, hockte Kristin auf ihrem Bett und starrte mit verweinten Augen an die gegenüberliegende Wand.

»Hey ... ist alles okay?«, fragte sie die Kameradin und kam sich dabei äußerst unbeholfen vor.

Kristin blickte zu ihr auf und schniefte. »Ach, mich macht das alles so fertig! Meine Stute hat hier sozusagen die Seuche eingeschleppt und nun all eure Pferde in Gefahr gebracht ... wär ich doch nur zuhause geblieben ...«

Carina setzte sich rasch neben sie.

»Kristin, so darfst du das nicht sehen. Woher hättest du das denn wissen sollen?«

Sie zuckte mit den Schultern. »Schon, aber wenn euren Pferden was passiert ...«

»Dann ist das nicht deine Schuld!«, schaltete sich Sandra ein, die ebenfalls ins Zimmer gekommen war, «lass dich nicht so runterziehen, Lisa-Marie hat das bestimmt nicht so gemeint. Es war unter der Gürtellinie, dich so anzugehen, aber bestimmt hat sie nur furchtbare Angst um Nightdancer. Sie beruhigt sich sicher bald wieder.«

»Glaub ich nicht. Sie hat mir vorher im Treppenaufgang gedroht, dass sie mir die Hölle heiß macht, wenn ihrer Stute was passiert.«

»Soll ich mit ihr reden?«, bot Sandra an.

Kristin schüttelte den Kopf. »Lieb von dir, danke, aber das hat Mario vorhin noch versucht, da ist sie wie von Sinnen abgedampft. Keine Ahnung wo sie hin ist.«

»Die kriegt sich schon wieder ein! Hör auf, dir Vorwürfe zu machen, das bringt nichts!«, wiederholte Sandra.

»Natürlich hab ich auch Angst um Queeni, ist doch klar! Aber wir alle wissen doch, wie das ist. Sobald wir unsre Pferde vom Hof weg fahren, müssen wir damit rechnen, dass sie sich irgendwo mit irgendwas anstecken.«

»Danke Sandra, dass du das so siehst.« Kristin schniefte.

»Ich sehe das ebenso, obwohl ich eine riesen Angst habe, dass es tatsächlich diese noch gefährlichere Druse ist und sich Twister und Mister X angesteckt haben können«, sagte Carina leise. »Wie geht es eurem Jährling mittlerweile?«, hakte sie vorsichtig nach.

»Mama hat vorhin geschrieben, dass er von der Infusion weg ist und das Fieber gesunken ist. Aber wir müssen weiter abwarten, noch ist er nicht über dem Berg. Er will nach wie vor nicht fressen. Die beiden älteren Wallache sind immerhin nicht ganz so schlimm dran wie der Kleine, zumindest bisher«, berichtete das Mädchen traurig.

Sandra legte Kristin kameradschaftlich einen Arm um die Schultern und zog sie an sich. »Hör auf, dich fertig zu machen. Wir können jetzt nur abwarten. Vielleicht haben wir morgen schon die Laborergebnisse und unsere Pferde haben gar keine Druse!«

Carina dachte an Bettys Worte. Sie hatte ihr am Telefon Ähnliches eingeschärft.

»Zum Glück können Ben, Susann und Dirk woanders unterkommen, so dass ihre Pferde nicht gefährdet werden«, sinnierte Kristin.

Carinas Herz pochte heftig, als sie Bens Namen hörte. Sie sehnte sich nach seiner Nähe und wünschte sich so sehr, er würde sie jetzt in die Arme schließen können und nicht erst am späten Abend.

In diesem Moment vibrierte ihr Handy. Es war eine Nachricht von Ben, untermalt mit einem Kuss-Smiley: »Bin unterwegs, alles wird gut!«

Ben lenkte den Transporter von der Autobahn und bremste das Fahrzeug sachte ab. Er war stets darauf bedacht, dass seine Pferde stressfrei reisten und versuchte, ihnen die Fahrt durch eine vorausschauende Fahrweise so angenehm wie möglich zu machen. An der Ampel nach der Autobahnabfahrt bog er rechts ab. Nur noch wenige Kilometer trennten ihn von dem Gutshof, auf dem der Trainer seinen Pferden Boxen beschafft hatte – und von Carina.

Ihm wurde warm ums Herz, als er an sie dachte. Die wenigen Tage, die sie sich nicht gesehen hatten, kamen ihm vor wie Wochen und er konnte es kaum erwarten, sie wieder in die Arme schließen zu können. Er wünschte sich nur, dass die Umstände erfreulicher wären.

Ben war umgehend losgefahren, nachdem sie ihm Bescheid gegeben hatte, welche Sicherheitsmaßnahmen festgelegt worden waren, und wo seine Pferde aufgestallt werden konnten. Bis dies festgestanden war, hatte Ben sogar überlegt, ohne seine Pferde anzureisen. Auf keinen Fall wollte er sie einem Infektionsrisiko aussetzen. Die Angst vor dem Gedanken, dass Champion oder Déjà-vu schwer krank werden konnten, schnürte ihm die Kehle zu. Andererseits war ihm klar, dass er in nicht Panik ausbrechen durfte. Er hatte die Quarantänebestimmungen und die Hygienemaßnahmen, die auf der Trainingsanlage seit dem heutigen Tage galten, mit seinem eigenen Tierarzt besprochen. Der hatte sie für gut befunden und Ben dahingehend beruhigen können, dass er eine Ansteckung dadurch für äußerst unwahrscheinlich hielt.

Ben hatte ihn auch darauf angesprochen, wie wahrscheinlich eine Übertragung über Carina war. Er konnte sich nämlich nicht vorstellen, sich für die Dauer des Lehrgangs von ihr fern zu halten, und hatte den Veterinär daher gezielt um Rat gefragt. Zudem hatte er eine Idee gehabt, die sich durch die Worte seines Tierarztes in seinem Kopf festigte. Dr. Weber vertrat die Meinung, dass die Hygiene das A und O darstellte, und erinnerte Ben daran, dass er als Tierarzt ja auch von Hof zu Hof fuhr und das ein oder andre ansteckende Tier behandeln musste. Für ihn stand die Desinfektion als wichtigste Maßnahme im Vordergrund, um ansteckende Erkrankungen nicht von Hof zu Hof zu übertragen. Das leuchtete Ben ein und er fühlte sich ein klein wenig besser. Er wollte Champion und Déjà-vu keinesfalls in Gefahr bringen, aber vor allem für seine Freundin da sein, die seit dem Druseverdacht Fürchterliches durchmachte.

Ben erreichte den Trainingsstall kurz nach zwanzig Uhr und wurde freundlich von einem Pfleger empfangen.

Die Reitanlage war, vermutete Ben, etwa so groß wie Rolfs Stall und hufeisenförmig angelegt. Für seine Pferde, sowie die Pferde von Dirk Neu und Susann Kohl hatten die Betreiber vier Boxen mit Paddocks zur Verfügung gestellt. Alibaba und Sundays News fraßen bereits ihr Abendheu, als Champion und Déjà-vu ihre Boxen bezogen. Ben stellte Déjà-vu in die Box neben Sundays News, der nur kurz den Kopf hob, um den neuen Nachbarn zu beäugen, sich dann aber sofort wieder seinem Futter widmete. Champions Box lag am Ende des Stallgebäudes, so dass er nur Déjà-vu neben sich hatte. Der Schimmel inspizierte zunächst seine Box und flehmte einige Male, dann ging er kurz auf den Paddock hinaus um dort die neuen Gerüche aufzunehmen und mehrmals zu wiehern. Er erhielt nur wenige Antworten, wieherte zwei weitere Male und kehrte nach drinnen zurück, wo er begann, das duftende Heu zu fressen. Déjà-vu marschierte dagegen ungeduldig ein paar Minuten lang in seiner Box umher und wühlte im Stroh, ehe er schnaubte und ebenfalls die Nase ins Heu steckte. Sein feiner Kopf schnellte noch mehrmals in die Höhe und seine wachen Augen blickten sich aufmerksam um. Seine feinen Ohren bewegten sich schnell nach allen Richtungen und die Nüstern des Wallachs bebten, während er sie mehrmals an das Trenngitter zu Champions Box presste. Champion schnoberte einmal freundlich in seine Richtung, ließ sich dann aber nicht weiter von dem Kumpan stören und malmte zufrieden sein Heu. Seine Gelassenheit schien sich bald auf den Fuchs zu übertragen, so dass er schließlich ebenfalls zu fressen begann und Ben erleichtert zum Transporter zurückkehren konnte, wo er seine Reisetasche schulterte und zum gegenüberliegenden Gasthaus lief.

Carina war mit dem Bus dort hingefahren und wartete bereits auf ihn. Er schloss sie wortlos in die Arme und drückte sie fest an sich, dabei strich er ihr liebevoll über die Haare.

»Ich bin froh, dass du endlich da bist«, flüsterte sie schließlich. »Ich hab solche Angst um Twister und Mister X ... Zalimba ist nun auch in der Klinik.«

»Kristin hat's mir vorhin am Telefon schon gesagt – aber mit der Behandlung stehen die Chancen doch gut, dass sie alle bald wieder fit sind.«

»Hoffentlich!«

»Wir müssen positiv denken, Carrie! Aber jetzt lass uns erstmal rein gehen, ma Chérie ... «

Er nahm Carinas Hand und öffnete die massive Holztür.

Kaum betraten sie den Gasthof, stieg ihnen der Duft köstlicher Speisen aus der Küche in die Nasen. Der Wirt kam ihnen schon entgegen und begrüßte sie freundlich mit kräftigem Händedruck. Er blätterte hinter der Theke am Eingang kurz in einem Buch, dann händigte er Ben seinen Zimmerschlüssel aus.

»Euer Zimmer ist im ersten Stock. Gleich hier die Treppe rauf und dann am Ende des Ganges rechts«, erklärte der Wirt den beiden. »Frühstück gibt es ab halb sieben hier links.« Der Wirt deutete auf die hölzerne Schwingtür gegenüber der Theke.

Ben und Carina bedankten sich und machten sich auf zu Bens Zimmer.

Dort warf Ben zunächst die Tasche auf das große Doppelbett und zog Carina an sich, die jetzt heftig zu schluchzen begann.

Es dauerte eine Weile, bis sie sich beruhigte. Ben streichelte ihr den Rücken und über die Wangen.

Ihr großer Traum, dem sie so nahe gewesen war, platzte wie eine Seifenblase, und das Schlimmste war, dass ihre Pferde in Gefahr waren. Ben hielt sie weiter fest, ihre Wange an seiner. Seine Kehle wurde trocken und ihm wurde bewusst, wie viel Carina ihm bedeutete. Er hatte die letzten Tage viel gegrübelt und überlegt, ob und wie er das, was ihn beschäftigte, ansprechen sollte. Nun zögerte er einen Moment, weil er sich nicht sicher war, ob der Zeitpunkt möglicherweise unpassend war. Er schloss die Augen und atmete den Duft ihres Haares ein, den er so vermisst hatte, und nahm schließlich allen Mut zusammen.

»Ma Chérie, écoute moi«, begann er leise, »hör zu, ich werd dir jetzt was sagen und ich – ich wünsch mir, dass du mich verstehst ...« Er schaute sie ernst an.

»Muss was Schlimmes sein, wenn du so todernst wirst«, sagte Carina tonlos und wurde kreidebleich.

»Nein, nicht schlimm. Aber viele werden es nicht verstehen.«

Er hielt kurz inne. »Ich will, dass das, was ich dir jetzt sage, nichts zwischen uns ändert«, fuhr er fort, »und ich weiß, dass es ein blöder Zeitpunkt ist, heute, wo es so schlimm um die Pferde steht ... aber ich kann nicht mehr damit warten. Ich halt's nicht mehr aus.«

»Ben, was ist denn nur los?« Carina blickte ihn unsicher an.

Er nahm ihre Hände und drückte sie, bevor er seine Finger mit den ihren verschränkte. »Zuerst musst du wissen, dass – mon dieu, mein Gott, ich hör mich an wie ein Volltrottel ... Carrie, je t'aime! Ich liebe dich! Ich hätte nie gedacht, dass ich das jemals empfinden würde. Aber es ist so und genau deswegen hoffe ich, dass du verstehst, warum ich nur mit dir drüber reden kann.«

»Ben, du kannst mit mir über alles reden«, entgegnete sie und küsste ihn zart. Dicht neben seinem Ohr sagte sie: »Ich liebe dich nämlich auch. Und egal, was es ist, ich halte natürlich zu dir. Dass dich etwas sehr beschäftigt, hast du ja neulich schon angedeutet.«

Ben nickte. »Ich werde nächstes Jahr mein Abi machen Carrie. Mein Pa will, wie du weißt, dass ich Jura studiere, und zwar am liebsten in Berlin oder in München.«

»Jura ...« Carina verzog das Gesicht.

»Genau. Außerdem erwartet er, dass ich nebenbei locker flockig weiter trainiere und anschließend ein olympiareitender Anwalt werde. Er bezahlt natürlich alles, von der Wohnung bis zum Stall und bla bla bla.« Bens Stimme bebte.

»Carrie, ich hab's satt! Ich hab es satt, seine Pferde zu reiten, ich hab es satt, diesen aufgemotzten BMW zu fahren, ich hab es satt, das zu tun, was er will, und ich hab es sogar satt, nur mit dem Finger schnippen zu müssen und sein Geld auf dem Konto zu haben.« Ben sprach so emotionsgeladen, dass er zitterte.

Carina wusste nicht, was sie sagen sollte und ahnte, dass Ben noch nicht fertig war.

»Ich will mein Abi machen, keine Frage, und danach Tiermedizin studieren, ma Chérie.«

Bevor Carina etwas sagen konnte, holte er tief Luft und fuhr fort: »Und ich werde zu Hause ausziehen, weil das sonst niemals funktioniert. Ich halte es einfach nicht mehr aus, immer nach seiner Pfeife zu tanzen ...«

Carina sah ihm fest in die Augen. Es gab keinen Zweifel, Ben meinte es ernst.

»Ich weiß nicht, ob du nachvollziehen kannst, wie sich das anfühlt«, sagte er leise. »Alles stinkt nach der Kohle meines Vaters. Er plant meine ganze Zukunft und jeder erwartet von mir, dass ich genau das mache. Niemand fragt mal, was ich will. Was ich mir für die Zukunft wünsche.

Ich hatte eigentlich nie den Mut, den Mund aufzumachen. Ja, ich hab 'ne große Klappe, wenn ich mit Dom und Mike und den Jungs unterwegs bin, das weißt du ja selber. Aber ich weiß nicht, ob du mitgekriegt hast, dass ich jedes Wochenende besoffen und bekifft war, wenn Pa und ich uns wieder gestritten haben. Also, bevor wir beide ...« Er schwieg und strich ihr zart über die Wange.

»War 'ne klasse Sache, mit dem Stoff von Sid kann man sich echt 'ne ordentliche Dröhnung verpassen und man vergisst eine Weile alles, was einem das Hirn zermartert.« Er drückte sie an sich und hob mit einer Hand sachte ihr Kinn an. »Dann kamst du und ich wollte aufhören, mir die Sinne zu vernebeln. Ich wollte aufhören, mit dem Finger zu schnippen und alles zu bekommen, wonach mir grade war. Nur ... ohne Joints, Alkohol und massig Kippen bin ich leider nicht so der coole Typ, den die ganze Schule kennt und vor dem die Mädels sich verneigen.« Er griff unsicher nach einer Zigarette in seiner Jackentasche und steckte sie gleich darauf wieder weg. »Ich will mein Leben haben, Carrie, und nicht das von Pa oder dem Trainer oder sonst wem. Du und Champion, ihr gehört zu mir – alles andere hab ich sowas von satt ...« Er küsste sie und hielt ihren Blick gefangen. Dann sagte er langsam: »Ich werde daheim ausziehen, und zwar gleich nach der Deutschen, sonst geht das Abi in die Hose. Dieser ganze Luxus – das ist ein goldener Käfig und ohne Sids Joints und diese verdammten Kippen steh ich das nicht mehr durch.«

»Wo willst du hin?«, fragte Carina.

»Keine Ahnung, darüber mach ich mir nach der Meisterschaft Gedanken. Irgendwo findet sich schon eine bezahlbare Bude. Notfalls zieh ich vielleicht wirklich erstmal zu Dom, als Übergangslösung. Ich weiß noch nicht. Ich kann in der Tanke bestimmt die Stunden aufstocken und irgendwo kann ich sicher ein paar Reitstunden geben. Das klappt schon, und notfalls hat mein

Pa schon immer dafür gesorgt, dass auf meinem Konto keine Ebbe herrscht ... so viel wie er da regelmäßig drauf gebucht hat, konnte ich selbst mit Sids Joints niemals ausgeben, da hat sich genug angesammelt ... Notfallrücklagen sind also da, falls mit Champ mal was sein sollte.«

»Und du dachtest ernsthaft, dass das was zwischen uns ändert?«, fragte Carina ihn ungläubig.

»Je ne veux pas te perdre!«,sagte Ben leise. »Ich will dich nicht verlieren!«

»Das tust du doch deswegen nicht! Wie kommst du auf so einen Schwachsinn«, entgegnete sie sanft und sah ihn an. Ihre Hände drückten seine. Ein warmes und prickelndes Gefühl übermannte sie, sodass sie einen Moment lang fürchtete, den Boden unter den Füßen zu verlieren. Ihr Herz klopfte so laut, dass sie glaubte, Ben müsse jeden Schlag hören.

»Das ist noch nicht alles.«

Sie sah ihn fragend an.

»Ich will, dass du Champion nächstes Jahr mit reitest.«

»Ich? Champion?«

»Ja, ma Chérie. Es wäre so schade um ihn, wenn er kaum vorgestellt werden würde. Ich will mein Abi mit einem super Durchschnitt machen und mich aufs Reiten freuen, ohne diesen Druck im Hinterkopf. Es wäre schön, wenn du mir beim Trainieren helfen würdest. Nach dem Abi werde ich die Zeit nochmal intensiv für die Turniere nutzen, aber im Herbst, wenn das Studium losgeht, werde ich nicht mehr so viel Zeit haben, um selber so viel zu reiten, und auf Turnieren zu starten. Dafür ist Champ aber zu schade – deswegen dachte ich, du würdest dann vielleicht einspringen.«

Carina war sprachlos. Sie sollte seinen Champion reiten!

»Wenn du dir da wirklich sicher bist, reite ich ihn natürlich gerne, das ist doch eine große Ehre«, sagte sie erfreut.

»Echt? Und du bist nicht sauer oder so, dass ich die Reiterei hinten anstellen werde?«

»Nein, wieso? Du entscheidest doch über dein Leben. Ich meine, klar ist es schade, dass du ausgerechnet nächstes Jahr zurückdrehen willst, wo du Champ jetzt endlich S-fertig hast. Schließlich wird dir auch niemand verbieten, wieder voll einzusteigen, wenn dir danach ist und wenn es das Studium zulässt.«

Sie spürte, dass er es wirklich wollte. Es würde keinen Sinn machen, es ihm ausreden zu wollen. Außerdem hatte sie in den letzten Wochen natürlich gespürt, wie sehr Ben die Situation mit seinem Vater belastete. Es war im Grunde richtig, die Priorität auf sein Studium auszurichten und wenn er die Möglichkeit hatte, auszuziehen, machte das in ihren Augen tatsächlich Sinn. Das wusste sie und sie bewunderte Ben für seine Disziplin. Die hatte ihn vermutlich auch reiterlich so weit gebracht.

Ben war so überwältigt, dass er sie nur anstarrte.

»Meinst du, dass wir Champi bei euch auf dem Hof unterbringen können? Bei Pa lass ich ihn sicher nicht stehen. Außerdem hat Rolf mir neulich erzählt, dass ihr einen Reitlehrer sucht ...«

Carina lächelte. »Bestimmt ist das möglich! Und du hast Recht, Eva hat gekündigt wegen ihrer Allergie. Sie ist deshalb ständig ausgefallen und ich selber hab sie seit vielen Wochen nicht gesehen. Ihre Unterrichtsstunden haben, neben Rolf, oft Betty und ich übernommen in der letzten Zeit. Rolf könnte doch niemand Besseren finden als dich, wenn du das zeitlich schaffst!«

»Gut, dann werde ich ihn morgen gleich anrufen. Dann gäbe es da nur noch eine Sache«, murmelte Ben und küsste sie zart auf die Stirn.

»Welche denn?«

»Pa meinte, dass ich Déjà-vu auf der Deutschen reiten könnte, weil die ganze große Konkurrenz jetzt ohne Pferde da steht.« Er sah sie ernst an. »Den Gefallen tu ich ihm natürlich gerne.«

»Wie?«, rief sie entsetzt. Sie verstand nicht, worauf Ben hinaus wollte.

Ben lächelte und fuhr fort: »Aber nur, wenn du Champ bei der Deutschen für mich reitest.«

Nun war Carina wie vom Donner gerührt. Ben wollte, dass sie bei seiner letzten Juniorenmeisterschaft sein Spitzenpferd ritt?

»Bist du dabei?«, fragte Ben.

»Wie meinst du das? Glaubst du, er schaut dabei einfach so zu?«

»Wird ihm nichts anderes übrig bleiben. Er will dass ich mitreite und Déjà-vu war sein Vorschlag. Ob er das nun ernst gemeint hat oder nicht – das hat er nun davon. Ich reite Déjà-vu. Und da Champ mein Pferd ist, kann ich ihn reiten lassen, von wem ich will.«

»Ich hatte die Deutsche Meisterschaft schon abgeschrieben, wegen der Quarantäne ...«

»Deswegen sollst du ihn ja reiten. Weil ich der Meinung bin, dass du das verdient hast. Du hast dir jeden einzelnen Erfolg hart erarbeitet, hast nicht zig Pferde im Stall stehen, so wie ich. Wenn eins außer Gefecht war, hat Pa halt schnell ein Neues gekauft, damit ich weiter reiten konnte.« Ben klang verbittert.

»Ehrlich, Carrie. Ich würd mich freuen, wenn du Champi reiten würdest. Wenn du willst.«

Carina fiel ihm um den Hals und küsste ihn. »Klar will ich«, flüsterte sie.

»Gut, dann wäre alles geklärt. Wir müssen nur ganz gewissenhaft auf die Desinfektionsmaßnahmen achten, Chérie ... das kriegen wir doch hin?«

»Natürlich müssen wir penibel darauf achten! Auf keinen Fall dürfen wir Champ und Déjà-vu in Gefahr bringen!«

Ben zog seine Freundin eng an sich und ließ sich mit ihr in den Armen auf das Bett sinken. Seine Hände strichen wie ein Hauch über ihren Körper, bevor sich ihre Lippen erneut fanden. Eine süße Schwäche rieselte durch sie hindurch und sie hatte das Gefühl, dass ihre Herzen synchron schlugen.

Am nächsten Morgen erschienen alle betrübt zur Besprechung.

»Ich kann euch sagen, dass es den Pferden in der Klinik besser geht. Von den Pferden hier im Stall hat kein weiteres Symptome gezeigt, ein gutes Zeichen! Einzig bei Intermezzo tut sich nicht viel. Wir bekommen vielleicht heute Abend, sonst spätestens morgen, die Laborergebnisse des ersten Abstriches. Heute sollten wir zunächst froh sein, dass sich bislang kein weiterer Patient unter unseren Pferden befindet.«

Allgemeine Erleichterung trat trotz des Zustands der schwarzen Stute ein.

»Ich will mit euch über eure Teilnahme bei der Juniorenmeisterschaft sprechen. Die meisten von euch haben ihre Spitzenpferde mitgebracht, die durch diesen Zwischenfall nun ausfallen.« Der Trainer wandte sich Ben, Dirk und Susann zu. »Eure Pferde sind nicht betroffen, ich rechne also mit eurer Teilnahme.«

Alle drei nickten. Dann wanderte sein Blick zu den übrigen Teilnehmern.

»Ich würde mir wünschen, dass ihr teilnehmen könnt! Mario, wie sind die Aussichten, dass Clarence sich erholt?«

Mario schüttelte den Kopf. »Schlecht, er lahmt immer noch. Vermutlich ist es der Fesselträger und das wird noch einige Wochen dauern. Aber ich könnte versuchen, Lambada fit zu bekommen.«

»Kriegst du das hin?«

»Ich denke schon, aber Hochform wird was anderes sein. Sie ist erst seit wenigen Wochen wieder unterm Sattel, aber ich möchte es gern versuchen«, sagte Mario traurig.

»Sandra, was ist mit dir?«

Das Mädchen schüttelte den Kopf. »Nein, ich hab nur die beiden im Moment, weil La Rouge noch nicht wieder voll im Training ist, aber es ist okay. Ich will nur, dass die Pferde wieder gesund werden. Ich könnte eh nicht konzentriert reiten. Ich bin raus«, erklärte sie betrübt und dachte an Douglas Queen und Paparazzi.

Lisa-Marie hatte zu Hause noch einen Wallach in Beritt, dem sie die Prüfungen zutraute und würde später mit dem Besitzer telefonieren, ob er einer Teilnahme zustimmte.

»Carina, was machen wir mit dir? Du hast ja auch beide Pferde mitgebracht ...«

Ben und Carina tauschten einen schnellen Blick aus, dann antwortete Ben an ihrer Stelle: »Sie reitet Champ.«

Verwundertes Raunen erfüllte den Saal.

»Und ich nehme Déjà-vu«, erklärte er.

Dr. Walter nickte wortlos und blickte nachdenklich seinem wohl besten Nachwuchsreiter in die Augen. Was hatte Ben vor, dass er sein Spitzenpferd verlieh? Er beschloss, die Frage für ein Gespräch unter vier Augen aufzuschieben, und stimmte dem Vorschlag erleichtert zu. Immerhin war Carina so ein Start möglich, was ihn erleichterte.

»Gut. Heute Abend um sechs findet das erste Training drüben auf dem Aicher-Hof statt. Wer noch kein Pferd hat, kommt bitte trotzdem, man lernt auch viel durchs Zuschauen. Und denkt an die Desinfektionsmaßnahmen! Auf keinen Fall dürfen wir in der Hinsicht nachlässig werden! Ich erwarte, dass ihr, die Maßnahmen gewissenhaft einhaltet und lieber einmal zu viel duscht und desinfiziert, als zu wenig! Hier und auf Gut Aicher haben wir derzeit Pferde im Gesamtwert von weit über zwei Millionen Euro stehen – euch ist hoffentlich klar, was da auf dem Spiel steht!«

Die Jugendlichen versicherten, sich genauestens daran zu halten, ehe sie sich verabschiedeten.

Dr. Walter telefonierte mit seinen Kollegen. Die Nachricht der Tragödie verbreitete sich über die Medien rasend schnell. Der halbe Bayerische Juniorenkader stand unter Quarantäne - und das so kurz vor der Meisterschaft!

Twister und Mister X waren nach wie vor ohne Symptome und wurden nur aufgrund der fehlenden Arbeit unleidig. Um die eventuell vorhandenen Erreger nicht zu verschleppen, durften sie jedoch nicht einmal spazieren gehen. Täglich bekamen sie nun eine Injektion, das Ganze sieben Mal in Folge, danach begann die Wartezeit von fünf Tagen bis zur dritten Probenentnahme. So lange mussten die Pferde mindestens aushalten. Sie bekamen das Heu aus Netzen, um länger beschäftigt zu sein, und durften stundenweise in der Longierhalle frei laufen. Dies war nur deshalb möglich, da die Halle direkt mit dem Stallgebäude verbunden war, so dass die Pferde nicht über den Hof laufen mussten, den sie mit den eventuell vorhandenen Erregern kontaminieren würden. Das Gebäude würde nach Ende der Quarantänezeit fachmännisch gereinigt werden, wie auch der ganze Stalltrakt.

Ben telefonierte noch am selben Tag mit Rolf und weihte ihn im Vertrauen in seine Pläne ein. Der willigte erleichtert ein, denn einen Reitlehrer und Jungpferdeausbilder wie Ben konnte man sonst lange suchen. Dass er Carina seinen Champion anvertraute, war natürlich fabelhaft, und mit der Boxenmiete für den Schimmel würden sie sich bestimmt einig werden.

Er versprach Ben, das Ganze für sich zu behalten, bis die Meisterschaft vorüber war. Immerhin hatte Rolf nun eine Sorge weniger seit Evas Kündigung.

Der Trainer erkundigte sich noch nach dem Befinden der Pferde und war beruhigt. Vielleicht nahm das Ganze doch noch ein gutes Ende. Ihm war jedoch klar, dass beide Pferde in ihrem Trainingsstand weit zurückgeworfen wurden, auch, wenn sie symptomfrei blieben. Elf Tage annähernde Boxenruhe unter Antibiotika war Gift für jeden Fortschritt, doch das Wichtigste war, dass sie heil nach Hause kamen. Brehms sahen das genauso und baten um Nachricht, sobald sich an Twisters Zustand etwas ändern sollte.

»Danke, Ben, dass du ihr dein Pferd leihst. Das wird sie ein wenig ablenken, sie sorgt sich sehr um Mister X und Twister«, meinte Rolf schließlich noch.

»Das war ein Grund, warum ich es ihr angeboten habe. Außerdem hat sie es verdient, zu starten«, erklärte Ben überzeugt.

Rolf war froh, dass Ben sich um Carina kümmerte. Somit blieb ihm nur die Sorge um Twister und seinen Mister X.

Carina war aufgeregt, als sie Champion in die Reithalle führte und dort aufsaß. Wie schon auf den Turnieren, bei denen sie ihn warm geritten hatte, fühlte sie sich schnell heimisch in seinem Sattel und versuchte zunächst, sich in den Hengst hinein zu fühlen, während er im Schritt weit ausgriff und wohlig schnaubte. Ben ließ sie nach eigenem Ermessen reiten und Carina geriet erneut ins Schwärmen, als sie anfing, den Hengst zu arbeiten. Champion verfügte über enorm starke Bewegungen und reagierte bestens auf ihre Hilfen. Er zeigte sich genauso locker wie an den beiden Turnieren.

Ben stand fasziniert an der Bande. ›Es ist genauso schön, ihn unter Carrie zu sehen, wie ihn selbst zu reiten«, stellte er verwundert fest.

Auch der Trainer zeigte sich begeistert. »War eine gute Idee, Ben, danke!«

Ben und Déjà-vu verständigten sich auch immer feiner, stellte der Trainer wenig später fest, sodass er ihm auf dem unerfahrenen Wallach gute Chancen in der Gesamtwertung vorhersagte.

Marios Stute Lambada war gerade rechtzeitig gekommen, da sein Vater sich sofort in den Lkw gesetzt hatte. Die Stute hatte im Frühjahr verfohlt und war deshalb die letzten Monate nur leicht gearbeitet worden. Marios Schwester hatte sie regelmäßig bewegt, er selbst hatte sich auf Zalimba und Clarence konzentriert, bis dieser sich verletzt hatte. Lambada war nicht in Hochform, doch sie bemühte sich, wie gewohnt, es ihrem Reiter recht zu machen.

Dirk zeigte mit seinem Wallach Sundays News ebenso konstante Leistungen, wie Susann und ihr Alibaba. Dr. Walter konnte sich gut vorstellen, dass die beiden sich auf den vorderen Plätzen wieder finden würden. Besonders Dirk hatte sich mit seinem Schwarzbraunen in den letzten Wochen nochmal immens gesteigert. Dr. Walter beobachtete sie alle in den Trainingseinheiten mit Argusaugen. Ihm schien absolut kein Fehler zu entgehen und oftmals dachten die Reiterinnen und Reiter, dass er die Fehler schon erahnte, bevor sie passierten. Ebenso erkannte sein geschultes Auge jene Momente, in denen eine kleine Hilfe nötig war, um eine Lektion zu perfektionieren.

Lisa-Marie sah beim ersten Training zu. Sie durfte den Wallach haben, den sie in Beritt hatte, jedoch wollte der Besitzer seinen Rappen Loriot selbst bringen und konnte erst am nächsten Morgen losfahren.

Am Abend versammelte Dr. Walter die Jugendlichen erneut. »Die Ergebnisse der ersten Abstriche sind da!«, verkündete er.

Carina biss sich gespannt auf die Unterlippe. In wenigen Sekunden würden sie Klarheit haben, ob es sich um die Druse handelte oder möglicherweise nur um einen Virusinfekt. Sie schickte ein Stoßgebet zum Himmel, dass es letzterer sein mochte.

»Die Abstriche sind eindeutig«, berichtete Dr. Walter. »Es handelt sich bei Intermezzo, Douglas Queen und Zalimba tatsächlich um den Druseerreger.«

Eine gespenstische Stille erfüllte den Raum. Alle starrten den Trainer an und warteten angstvoll auf die weiteren Worte. Wie stand es um Twister, Mister X, Nightdancer, Paparazzi und Bel Air? Wie sahen die Ergebnisse der Schulpferde und der Zuchtpferde im anderen Stallgebäude aus?

»Die Abstriche der Schulpferde sind bis auf einen negativ. Auch bei Paparazzi, Nightdancer, Mister X, Twister und Bel Air konnten keine Erreger nachgewiesen werden. Wir müssen nun hoffen, dass dies so bleibt und wir rechtzeitig eine weitere Verbreitung unterbinden konnten. Ihr seht, dass die Hygienemaßnahmen ungeheuer wichtig sind, ich kann mich da nicht oft genug wiederholen! Den zweiten Abstrich entnimmt Dr. Flemming am Tag der letzten Injektion. Möglicherweise konnte die frühzeitige Medikamentengabe schon Schlimmeres verhindern, auch wenn dies ein alternativer Behandlungsansatz zu sein scheint, da laut Dr. Flemming bereits Pferde verendet sind, die man erst nach Ausbruch der Symptome behandelte. Wir müssen jetzt alles in unserer Macht stehende tun, und eine Verbreitung weiter verhindern. Zum Aufatmen ist es noch zu früh – der zweite Abstrich wird voraussichtlich wegweisend sein.«

»Wie steht es um die Pferde aus Stall eins?«, fragte Mario.

»Bislang alle Abstriche negativ. Gott sei Dank.«

»Und was ist mit den Pferden, die bereits abgereist waren?«, wagte Kristin, mit dünner Stimme zu fragen.

»Die Ergebnisse liegen uns noch nicht vor, die Proben wurden teilweise erst gestern Abend entnommen. Zumindest hat noch niemand berichtet, dass sein Pferd zuhause Symptome gezeigt hätte! Ein gutes Zeichen, würde ich sagen.«

Erleichtertes Raunen erfüllte den Raum. Ihnen allen war, als habe der letzte Satz des Trainers die tonnenschwere Last, die auf ihren Schultern lastete, wenigstens ein kleines Bisschen erleichtert. Doch allen war klar, dass dies erst der Anfang war. Sie hatten nun das erste von mindestens drei Ergebnissen erhalten. Weitere lange Tage des Bangens und Hoffens lagen vor ihnen!

Am dritten Tag der Quarantäne begann eines der Schulpferde im Stall zu husten und zeigte die drusetypischen stark verdickten Ganaschen. Es kam sofort in das Isolationsgebäude und wurde, nachdem die Klinik alle Vorkehrungen für die Aufnahme eines weiteren infizierten Pferdes getroffen hatte, dorthin gebracht.

Carina hatte die Stute entdeckt und wusste kaum noch, wie sie mit ihrer Angst um ihre beiden Pferde fertig werden sollte. Die Stute war Mister X und Twister gegenüber gestanden! Die Wahrscheinlichkeit erschien ihr riesig, dass eine Ansteckung erfolgt war!

Dr. Flemming untersuchte auf Carinas Wunsch hin Twister und Mister X eingehend. Er hörte die Lungen gründlich ab, untersuchte alle tastbaren Lymphknoten und maß Fieber.

»Frau Reinders, im Moment erscheinen ihre Pferde gesund. Ich kann keine Auffälligkeiten feststellen.« Mit diesen Worten schloss der Veterinär seinen Untersuchungsgang ab.

»Jedoch wissen Sie ja bereits, wie lange die Inkubationszeit dauern kann. In vier Tagen entnehmen wir die nächsten Abstriche. Ich kann Ihnen nur empfehlen, Ihre Pferde weiter zu beobachten. Wir haben mittlerweile auch das Antibiogramm der positiven Abstriche erhalten. Zum Glück ist das Medikament, das wir verwenden, auch das, worauf der Erreger, wie bei den vorangegangenen Fällen, am sensibelsten reagiert. Ich bin zuversichtlich, dass wir daher auf einem guten Weg sind!«

»Aber die Stute wurde doch ebenfalls vorsorglich behandelt ...«, wandte Carina besorgt ein.

»Eine vorsorgliche Antibiose verhindert nicht grundsätzlich, dass die Pferde angesteckt werden. Wir hoffen lediglich, dass wir schwere Fälle oder gar Todesfälle, damit verhindern können.«

Kristin war bei der Untersuchung dabei gewesen und hatte sich mit Bel Air angeschlossen, der ihr an diesem Tag matt vorkam. Auch bei ihrem Fuchswallach konnte Dr. Flemming keine eindeutigen Symptome feststellen, riet Kristin aber ebenso dazu, ihn genau zu beobachten und weiterhin regelmäßig Fieber zu messen. Kristins Gesicht war über die vergangenen Tage schmaler geworden, dazu fielen Carina dunkle Augenringe auf. Sie verbrachte die Vormittage bei Bel Air und fuhr dann zu Intermezzo in die Klinik, wo sie die letzten Tage bis zum späten Abend geblieben war. Intermezzos Zustand war gleichbleibend schlecht, sie schien auf keine Behandlung anzusprechen und dem Fieber der Stute war kaum beizukommen. Sie erhielt nun unterstützende Infusionen.

Mario konnte ein wenig aufatmen, da es Zalimba ein wenig besser zu gehen schien. Er fuhr abends, nach dem Training, zusammen mit Sandra in die Klinik. Sie beide wussten, dass sie sich glücklich schätzen mussten, dass ihre beiden Stuten so gut auf die Behandlung ansprachen. Sie husteten zwar beide und die Lymphknoten waren immens angeschwollen. Jedoch war das Fieber bei beiden Pferden durch die Medikamente leicht gesunken und sie wirkten nicht mehr ganz so matt wie am ersten Tag.

Lisa-Marie sprach noch immer kein Wort mit Kristin. Wenn sich die beiden Mädchen begegneten, warf sie ihr böse Blicke zu und behandelte sie anschließend wie Luft.

»Langsam könnte sie sich mal wieder einkriegen«, raunte Sandra Carina zu, bevor sie in Paparazzis Box verschwand.

Carina konnte nicht sprechen. Die Angst um Twister und Mister X schnürte ihr die Kehle zu. Die Worte des Tierarztes wiederholten sich wieder und wieder in ihrem Kopf:

»Wir *hoffen*, dass wir schwere Fälle oder gar Todesfälle, damit verhindern können ...« Sie fühlte sich hilflos. Wenn die Tierärzte schon nur von Hoffnung sprachen, wie konnte sie Twister und Mister X dann in Sicherheit wissen?

Als sie am Abend am Gasthof bei Ben ankam, brach ihre ganze Angst aus ihr heraus. Sie hatte kaum das Zimmer betreten, als sie von heftigem Schluchzen erschüttert wurde, das nicht enden wollte.

Ben strich ihr unentwegt beruhigend über das Haar und den Rücken. Er spürte, wie ihm selbst die Angst um die Pferde zusetzte. Auch wenn er Carina vertraute, dass sie die Hygienemaßnahmen sehr ernst nahm und sich gewissenhaft daran hielt, maß er zweimal täglich bei seinen Pferden Fieber. Heute plagten ihn Zweifel, ob es richtig gewesen war, Champion und Déjà-vu hier her zu bringen. Niemals würde er es sich verzeihen, wenn sie erkrankten! Er versuchte jedoch, seine Zweifel beiseite zu schieben und Carina zu trösten. Allmählich wurde ihr Schluchzen leichter und ihre Atmung beruhigte sich. Ben hörte nicht auf, sie zu streicheln. Wenig später war sie erschöpft in seinen Armen eingeschlafen.

Twister und Mister X waren auch über die nächsten Tage symptomfrei, wurden jedoch zusehends unzufriedener mit ihrer Boxenhaft. Beim Putzen standen sie kaum noch still, und Twister nutzte jede Gelegenheit, in der die Boxentür geöffnet wurde, für einen Versuch, sich hindurch zu drängen. Dass ihm dies jedes Mal aufs Neue einen Rüffel einbrachte, änderte nichts daran, dass er es bei nächster Gelegenheit erneut probierte. Auch Nightdancer zeigte noch keine Anzeichen, verlangte jedoch ebenso nach Auslauf.

Mit zittrigen Fingern maß Carina jeden Morgen und jeden Abend Fieber. Die Werte beider Pferde lagen im Normalbereich. Sorgsam notierte sie die Temperaturen jedes Mal auf den Zettel, den sie an Twisters Box angebracht hatte.

Dennoch konnte Carina abends lange nicht einschlafen. Zu viele Gedanken kreisten in ihrem Kopf. Was, wenn Twister oder Mister X doch noch erkrankten? Am übernächsten Tag sollte es die letzte Injektion des Antibiotikums geben, dann würden weitere fünf Tage Wartezeit folgen.

Mister X war etwas teilnahmslos geworden und fraß schlecht, aber der Tierarzt, den sie deshalb erneut gerufen hatte, beruhigte Carina. Das konnte durchaus eine Nebenwirkung der Medikamente sein, welche sich auf den ganzen Organismus niederschlugen. Dr. Flemming erklärte dem Mädchen, dass Mister X durch die Gesamtsituation und die Medikamente wahrscheinlich Magenprobleme habe, was nicht ungewöhnlich sei. Er ließ ihr eine

Paste zur täglichen Gabe da, die den Magen des Wallachs schonen sollte. Solange keine verdickten Lymphknoten, Husten oder Fieber auftraten, sei der Grund zur Sorge hinsichtlich der Druse nicht gegeben. Zudem erklärte er ihr, dass er es für unwahrscheinlich halte, jetzt noch akute Fälle zu entdecken. Die meisten erkrankten Tiere fielen wohl erfahrungsgemäß in den ersten Tagen auf.

Die Trainingseinheiten wurden für die Reiterinnen und Reiter nun anstrengend: Zweimal täglich nahm sich der Trainer Zeit für sie. Lisa-Marie und der schwarze Loriot machten gewaltige Fortschritte. Marios Stute schien ebenfalls zu spüren, dass es ihrem Reiter wichtig war, gute Leistungen zu bringen. Sie strengte sich mächtig an und wollte alles richtig machen. Dirk und Susann waren seine Felsen in der Brandung. Ihre Pferde zeigten konstante Leistung. Bei Ben und dem unberechenbaren Déjà-vu hatte er von Zeit zu Zeit seine Zweifel, musste sich aber eingestehen, dass er Déjà-vu während der letzten Tage in ausgezeichneter Verfassung und Leistungsbereitschaft erlebt hatte. Möglicherweise durfte er mehr Hoffnungen in ihn setzen, als er bislang angenommen hatte.

Er verstand trotzdem nicht, warum Ben ausgerechnet sein Spitzenpferd verliehen hatte. Er hätte den dritten Sieg in Folge feiern können und musste jetzt jederzeit damit rechnen, dass der Fuchs nervös wurde und ihn um wertvolle Punkte brachte. Er fragte sich, warum er nicht sein Top-Pferd selbst ritt und Carina den Wallach zur Verfügung gestellt hatte. Er traute es dem Mädchen durchaus zu, Déjà-vu zu reiten. Es war jedoch nichts aus beiden herauszukitzeln, somit musste er in Ruhe abwarten, wohin das Ganze führte.

Am letzten Behandlungstag der Quarantänepferde erhielt Ben am Abend einen Anruf von Kristin aus der Klinik. Sie berichtete, dass Zalimba, Douglas Queen und das Schulpferd auf dem Weg der Besserung seien. Bei ihnen war, wie auch bei den Quarantänepferden am Morgen, der zweite Abstrich entnommen worden. Dies war nicht mehr so einfach vonstatten gegangen wie beim ersten Mal; die Pferde ahnten bereits, was auf sie zukam, wenn der Tierarzt durch die Nüstern Rachensekret anspülte, welches im Labor ausgewertet werden sollte. Twister hatten sie dafür zu dritt am Kopf festhalten müssen, da er stieg, sobald er den Plastikschlauch mit der Spüllösung an seinen Nüstern verspürte.

Intermezzo ging es jedoch noch immer schlecht und der Tierarzt hatte bereits zwei Lymphknoten von Eiter befreit. Sie hatte starke Schluck- und Atemprobleme. Es blieb abzuwarten, ob

Folgeschäden zurückblieben. Dies konnte leider kein behandelnder Tierarzt ausschließen. Die Stute war in schlechter Verfassung. Ben vermochte Kristin am Telefon kaum zu trösten. Alle fühlten mit ihr. Niemand wollte sich vorstellen, Intermezzo sei sein Pferd – ihnen allen tat Kristin unendlich leid, zumal auch ihr Junghengst Monsun noch immer in der heimatlichen Klinik behandelt wurde. Sogar Lisa-Marie wirkte betroffen, als Kristin am Abend zu der Truppe stieß, die in gedrückter Stimmung im Billardcafé der Trainingsanlage saß.

Niemand hatte groß etwas zu erzählen, jeder bangte um die Pferde. Carina hatte gerade begonnen, allmählich aufzuatmen, da ihre beiden noch immer stabil waren und Mister X wieder besser fraß. Doch an diesem Abend hatten sie ein weiteres Schulpferd mit dicken Lymphknoten und mit dickem gelbem Schleim verklebten Nüstern vorgefunden. Da war sie wieder, diese Angst. Der Tierarzt hatte am Tag zuvor noch gesagt, es sei unwahrscheinlich, dass weitere Tiere Symptome zeigten, und hatte sich doch getäuscht. Wann durften sie endlich Nightdancer, Twister, Mister X, Paparazzi, Bel Air und die anderen Pferde wirklich sicher wissen?

Kurz vor Mitternacht entdeckte der Pfleger, der täglich einen späten Kontrollgang am Quarantänestall unternahm, Mister X schwitzend und mit den Hufen in der Streu scharrend in seiner Box und rief Carinas Handynummer an, die auf der Stalltafel an der Box des Braunen stand.

Als ihr Handy klingelte, griff sie schlaftrunken danach. Nach wenigen Sekunden jedoch war sie hellwach.

»Ich komme sofort!«, rief sie ins Telefon, löste sich aus Bens Armen und sprang aus dem Bett.

Ben erwachte ebenfalls und realisierte sofort, dass etwas Schlimmes passiert sein musste. Während Ben schnell in seine Hosen sprang, wählte Carina mit zittrigen Fingern die Nummer der Klinik, die sie sich alle ab dem ersten Quarantänetag ins Handy eingespeichert hatten. Was der Pfleger berichtete, klang nach einer Kolik, die sofort behandelt werden musste! Man versprach ihr, sofort den diensthabenden Tierarzt vorbei zu schicken.

Carina griff nach ihrer Jacke und verzichtete darauf, die Schnürsenkel ihrer Schuhe zu binden, dann stürzten sie beide zur Tür hinaus und rannten die Treppe hinunter. Im Dunkeln stolperte Carina auf den Treppenstufen. Ben packte sie rechtzeitig am Arm und verhinderte, dass sie sich verletzte. Dann rannten sie zur Tür hinaus und überquerten die Straße, wo Bens Transporter stand, in den sie eilig hineinsprangen. Am Quarantänestall angekommen, half Ben seiner Freundin, die geforderte Kleidung anzulegen. Ihre

Hände zitterten, als sie die Einweghandschuhe und den Mundschutz überstreifte.

»Hey, mein Junge, ich bin da!«, sagte Carina leise zu dem Wallach, der sich mit den Hinterbeinen gegen den Bauch trat und Anstalten machte, sich zum Wälzen niederzulegen. Schreckliche Angst um ihr Pferd übermannte Carina.

»Das macht er, seit ich Sie angerufen habe«, erklärte der Pfleger. »Ich habe ihn immer wieder aufgerichtet, damit er sich nicht festlegen kann!«

»Danke!«, stammelte Carina.

In diesem Moment versuchte Mister X wieder, sich niederzulegen.

»Nicht hier, mein Junge, nein, du verletzt dich!«, rief Ben und griff in das Halfter des Wallachs, um ihn wieder auf die Beine zu bekommen.

Sofort knickten die Vorderbeine des Pferdes erneut ein.

»Wir müssen ihn bewegen, Chérie! Wir gehen mit ihm in die Longierhalle, da kann er sich nicht so leicht verletzen, wenn er sich wälzen möchte!«, erklärte Ben und bemühte sich, ruhig zu sprechen.

»Brauchen Sie noch Hilfe?«, fragte der Pfleger.

»Ich glaube, wir kommen klar. Vielen Dank, dass Sie uns so schnell benachrichtigt haben und dass Sie bei ihm geblieben sind!«, sagte Ben.

Der Pfleger winkte ab. »Ist doch selbstverständlich! Ich drücke dem Burschen die Daumen!«, sagte er und verabschiedete sich.

Carina griff nach dem Führstrick an der Boxentür und hakte diesen in das Halfter des Pferdes ein.

Mister X scharrte mit den Vorderhufen im Stroh, seine Augen waren weit aufgerissen und er atmete stoßweise durch geblähte Nüstern. Dass er sich unaufhörlich hinlegen wollte, zeigte Carina, dass er arge Schmerzen hatte.

Ben führte den Wallach rasch in die Longierhalle. Auf den wenigen Metern die Stallgasse entlang bis zum Einlasstor musste Carina mehrfach von hinten nachtreiben, damit Mister X sich nicht auf die Pflastersteine warf. In der Halle ließ der Braune sich sofort in den weichen Sandboden nieder und wälzte sich mehrfach. Carina stand wie benommen neben ihrem Freund und beobachtete ihren dunkelbraunen Wallach angstvoll. Einen Moment lang blieb er auf der rechten Seite liegen und atmete schwer. Dann ging ein Ruck durch den Körper des Pferdes, der Wallach richtete sich auf und verharrte einige Sekunden sitzend, dabei streckte er die Vorderbeine weit von sich.

»Ben, was können wir nur tun, wo bleibt denn der Tierarzt!«, stammelte sie.

»Wir müssen ruhig bleiben! Bestimmt ist gleich jemand hier. Wir können Mister jetzt nur bewegen. Manchmal hilft das schon enorm, um die Bauchkrämpfe zu lösen.«

Mister X schnaubte und ließ sich erneut in den Sand sinken.

»Ist es nicht gefährlich, wenn er sich wälzt?«, fragte Carina mit dünner Stimme. Sie hatte einmal gehört, dass dadurch Darmverlagerungen entstehen konnten.

»Früher sagte man, dass das nicht gut sei, heutzutage geht man aber davon aus, dass das Wälzen sogar hilfreich sein kann. Man muss nur achtgeben, dass die Pferde sich nicht festlegen können, deshalb musste Mister aus der Box raus.«

Carina fragte sich, wie Ben so gefasst bleiben konnte und war zugleich unendlich dankbar dafür. Sie hatte selbst noch keine Kolik miterlebt, und soweit sie wusste, hatte Mister X noch nie derartige Probleme gehabt.

Der dunkelbraune Wallach wälzte sich ein weiteres Mal, dann ließ er sich von Ben zum Aufstehen animieren. Ben und Carina führten ihn nebeneinander Runde um Runde, wobei Mister X sich noch zwei weitere Male ablegte. Sein Fell war am Hals und an der Flanke nass geschwitzt.

Es erschien Carina wie eine Ewigkeit, bis endlich die diensthabende Tierärztin erschien. Mister X wurde zunächst untersucht, dann nahm ihm die Tierärztin Blut ab und spritzte ihm anschließend krampflösende Medikamente.

»Das sollte ihm helfen«, erklärte die Veterinärin und wies Carina an, den Wallach noch ein paar Minuten zu bewegen und ihn anschließend weiter zu beobachten.

»Ich werde das Blut zur Sicherheit in der Klinik auswerten. Dass er kein Fieber hat und jetzt bereits ruhiger wird, ist ein gutes Zeichen.«

»Kann die Kolik ein Hinweis auf eine Ansteckung mit der Druse sein?«, fragte Carina ängstlich und streichelte den verschwitzten Hals ihres Pferdes.

»Möglicherweise«, sagte die Tierärztin zögerlich, »aber da er weder hustet, noch fühlbar verdickte Lymphknoten hat und ich keinen Nüsternausfluss feststellen konnte, glaube ich persönlich eher, dass ihm der Mangel an Bewegung und der Stress durch die Quarantäne zusetzt. Er hat von Dr. Flemming doch neulich schon ein Magenmedikament bekommen, weil er schlecht gefressen hat, das würde zusammenpassen. Ich lasse Ihnen noch mehr von dem Mittel da und schreibe Ihnen eine höhere Dosierung auf. In Ordnung? Ich stelle Ihnen eine Pappbox mit seinem Namen drauf vor die Stalltür. Eine Portion geben Sie ihm noch vor dem Mash, das er später kriegen sollte, die Weiteren über die nächsten Tage nach dem Plan, den ich Ihnen dazu aufschreibe.«

»Natürlich! Mister X soll alles bekommen, was er braucht!«, antwortete Carina ohne zu überlegen. Sie wusste, dass Rolf ebenso handeln würde und nur das Beste für sein Pferd wünschte.

»Kann ich ihm irgendetwas Gutes tun?«, fragte Carina voller Sorge.

Mister X ließ den Kopf hängen und wirkte mit einem Mal schwer erschöpft.

»Sie können ihm in drei bis vier Stunden ein Mash anbieten, wenn es ihm bis dahin gut geht. Vorher darf er nichts fressen, er müsste also einen Maulkorb tragen oder angebunden werden. Dann müssten Sie ihn aber beobachten, damit er sich nicht verletzten kann, falls er wieder Schmerzen bekommt und unruhig wird. Wenn es ihm morgen Früh noch immer gut geht, kann er eine halbe Portion Heu bekommen und mittags ebenfalls eine halbe Portion. Danach können Sie ihn wieder wie gewohnt füttern. Ist er denn ein Strohfresser? Weil Sie ja unter den derzeitigen Umständen die Einstreu nicht aus der Box schaffen können, ohne gegen die Quarantänebedingungen zu verstoßen ...«

»Er frisst normalerweise keine Unmengen, aber an sich nimmt er es schon gerne an für Zwischendurch. Ich bleibe ohnehin bei ihm, bis er wieder fressen darf. Ich wüsste nicht dass wir hier Maulkörbe haben, also werde ich ihn gegebenenfalls anbinden. Darf ich Sie gleich anrufen, falls es ihm wieder schlechter geht?«

»Natürlich, ich habe bis morgen früh Dienst. Ich melde mich, falls wir im Blut Auffälligkeiten feststellen. Wenn Sie nichts hören, ist alles in Ordnung. Achten Sie bitte darauf, ihm das Kraftfutter künftig erst nach einer ordentlichen Portion Heu zu geben, das schont den Magen.«

Sie trat nochmals an den Braunen heran und hörte ihn gründlich ab.

»Sein Puls geht schon deutlich langsamer. Ein gutes Zeichen!«, erklärte sie, ehe sie sich verabschiedete.

Ben und Carina blieben die ganze Nacht bei Mister X. Die meiste Zeit schwiegen sie. Carina blickte immer wieder auf ihr Handy und hoffte, dass niemand aus der Klinik anrief, um ihr Auffälligkeiten im Blut ihres Pferdes mitzuteilen. Ben rief zwischenzeitlich bei Rolf an und berichtete ihm von den Vorkommnissen. Carina war froh, dass Ben das Telefonat übernahm, da ihre Kehle noch immer wie zugeschnürt war. Sie konnte ihre Angst um den Wallach nicht in Worte fassen, hatte aber das Gefühl, dass sie das Ben gegenüber auch nicht musste. Dass er hier bei ihr war und mit ihr zusammen die Nachtwache bei Mister X hielt, bedeutete ihr mehr als jedes gesprochene Wort.

Mister X war die restliche Nacht ruhig geblieben.

Als es Zeit wurde für sein Mash, löste Carina den Anbindestrick, damit Mister X den Futtertrog mit dem warmen Getreidebrei erreichen konnte. Der Braune fraß die Portion, wie gewohnt, bedacht und voller Genuss, so dass Carina aufatmete und ihre Sorge ein klein wenig gemildert wurde. Kaum hatte er die Reste seines Mashs aus dem Trog geleckt, schnellte sein Kopf nach unten, um nach Heu zu suchen. Er erwischte ein paar Halme, ehe Carina reagieren konnte und ihn erneut anband.

Wenig später führten Ben und Carina ihn nochmals in der Longierhalle. Als sie zur Box zurückkehrten, versuchte Mister X sofort wieder, an Heu und Stroh zu gelangen, woran die beiden ihn jedoch erfolgreich hinderten. Ben wertete den steigenden Appetit als gutes Zeichen. Wenig später entlastete der Wallach ein Hinterbein, ließ die Unterlippe hängen, und sein Kopf sank so tief, wie es der Anbindestrick zuließ. Dies beunruhigte Carina zunächst, doch Ben erklärte ihr, dass Mister X sicherlich erschöpft war, was er bei Pferden schon mehrfach beobachtet hätte nach Koliken. Als der Wallach wieder munterer wurde und gierig erneut an die Heuhalme am Boden heranzukommen versuchte, bewegten sie ihn nochmals in der Longierhalle, wo er ruhig neben ihnen her schritt und mehrmals schnaubte. Besorgt betrachtete Carina seine Nüstern. Erleichtert stelle sie jedoch fest, dass kein Sekret daran haftete oder herauslief. Kurz darauf verteilte der Pfleger bereits das Frühstücksheu, worauf sich der Wallach freudig stürzte. Carina fiel Mister X um den Hals und verharrte einige Minuten mit ihrer Wange an sein Fell gepresst.

Ben legte einen Arm um sie. »Komm, Chérie, lassen wir ihn frühstücken. Er braucht jetzt auch ein bisschen Ruhe, es war eine anstrengende Nacht für ihn«, sagte er sanft und führte sie aus der Box. Nachdem sie sich vergewissert hatten, dass Twister wohlauf und fieberfrei war, begaben sie sich zur Pension zurück, um selbst zu frühstücken.

Kurz darauf klingelte Carinas Handy.

»Guten Morgen Frau Reinders, hier ist Dr. Reichelt«, begrüßte sie die Tierärztin. Carinas Puls schnellte schlagartig in die Höhe. Ihre Hand krallte sich angstvoll um das Mobiltelefon.

»Ich wollte Ihnen nur mitteilen, dass die Blutwerte ihres Wallachs unauffällig sind.«

»Gut, danke Frau Dr. Reichelt! Oh ich bin so froh, dass Sie nichts gefunden haben!«, stieß Carina erleichtert hervor und konnte endlich wieder lächeln.

»Wir können in der Praxis natürlich nicht explizit auf Druse testen, aber das, was wir in Bezug auf Koliken auswerten können, ist alles in Ordnung. Das Testergebnis des gestrigen Abstriches erhalten wir vielleicht im Laufe des Tages noch, ansonsten spätestens morgen. Wie geht es Mister X? Hat er zwischendurch Kot abgesetzt?«

»Ja, hat er. Zweimal. Es scheint ihm viel besser zu gehen. Er hat eben sein Heu bekommen und frisst mit Appetit! Ich sehe gleich nochmal nach ihm«, berichtete sie weiter.

»Das hört sich sehr gut an. Wenn Sie die Möglichkeit haben, bewegen Sie ihn heute nochmals. Ich weiß, dass dies momentan durch die Quarantäne eingeschränkt ist, aber ein paar Minuten in der Halle sind besser, als gar keine Bewegung. Ansonsten braucht Ihr Pferd jetzt viel Ruhe. Wir behandeln ihn die nächsten Tage weiter mit dem Magenmedikament. Ich bin mir sicher, dass ihm das guttun wird.«

Nach diesem Telefonat fiel Carina Ben um den Hals und küsste ihn.

»Ich bin so froh Ben! Keine Auffälligkeiten im Blut, die Tierärztin meinte, es passt dazu, dass der Magen der Auslöser war!«

»Gott sei Dank!«, flüsterte Ben. »Hoffentlich erholt er sich schnell! Bald bekommen wir die Ergebnisse vom zweiten Abstrich, dann haben wir schon den Großteil der Quarantäne hinter uns!«, murmelte er.

Mit einem Mal überkam Carina eine bleierne Müdigkeit.

Da ihre Trainingseinheit jedoch kurz bevorstand, war an Schlaf nicht zu denken. So raffte sie sich nach einem starken Kaffee und einem Honigbrötchen auf und machte sich, zusammen mit Ben, zum Reiten fertig.

Am selben Tag, dem ersten Wartetag nach der prophylaktischen Behandlung, erschienen die geänderten Starterlisten für die Juniorenmeisterschaft in der Reitsportumschau. Ein ausführlicher Bericht informierte über die Tragödie und bedauerte die betroffenen Reiter, die noch um ihre Pferde bangten. Die Laborergebnisse des gestern entnommenen, zweiten Abstriches, wurden für den nächsten Tag erwartet.

Mario fuhr regelmäßig zu Zalimba in die Klinik, sie sprach gut auf die Behandlung an. Am Freitag würden die letzten Abstriche entnommen und ins Labor geschickt werden, bis zum darauffolgenden Montag wollte die Klinik die Befunde melden.

Sobald ein Abstrich eines Pferdes positiv war, würde die Wartezeit erneut beginnen. Ohne drei aufeinanderfolgende negative Ergebnisse durfte kein Pferd den Stall verlassen, um die heimatlichen Bestände nicht zu gefährden.

Dr. Walter zeigte sich erleichtert, dass bis auf Intermezzo alle Pferde zumindest hinsichtlich der Symptomatik über den Berg zu sein schienen. Der Bundestrainer des Nationalkaders, Werner Bruhns, und Dr. Walter telefonierten an jenem Tag wegen der Europamannschaft.

»Kristin wäre qualifiziert. Meinen Sie, dass ihr Zweitpferd bis zum Termin wieder belastbar ist?«, fragte Bruhns.

»Schwer zu sagen, Bel Air befindet sich ebenfalls in Quarantäne. Genaueres wissen wir jedoch erst in einer Woche, wenn die Abstriche ausgewertet sind. Es stehen alle Pferde unter Antibiotika, was sie deutlich zurückwerfen wird.«

»Wie sieht es mit Ben Richter aus? Ist dieser Pferdewechsel einmalig? Wir brauchen ihn mit Champion in Den Haag!«

Dr. Walter zögerte. »Ich denke schon.«

»Bringen Sie das bitte in Erfahrung, Herr Kollege. Für die Mannschaftswertung brauchen wir Ben und Kristin dringend mit ihren Spitzenpferden. Was ist mit Lisa-Marie und Carina?«

Dr. Walter überlegte kurz, bevor er antwortete. Sie alle hatten sich qualifiziert.

»Carina Reinders wäre durch den Sieg in München nachträglich qualifiziert. Können wir sie aufstellen?«, hakte Bruhns nach.

»Noch sind Carinas Pferde ohne Druse-Symptome, allerdings hat ihr Wallach eine Kolik hinter sich und wird derzeit noch weiter behandelt. Beide Pferde müssten erst wieder antrainiert werden. Lisa-Maries Wallach, den sie für die Deutsche Meisterschaft bekommen hat, ist noch zu wenig erprobt, ich fürchte, dass ihm die Routine für eine so große Meisterschaft wie die EM fehlt. Zumal die Anfahrt nach Den Haag nicht zu unterschätzen ist.

»Wir brauchen zwei Ersatzreiter, damit die Mannschaft komplett ist. Die Nennfrist läuft in einer Woche ab. Diese Geschichte ist wirklich eine Tragödie, unser halber Kader ist außer Gefecht ... Wie schätzen Sie die Stute von Mario ein, die er auf der Deutschen Meisterschaft reitet?«

»Mario hat für die EM zurückgezogen, Herr Kollege. Er möchte Lambada die lange Anfahrt nach Den Haag nicht mehr zumuten.«

Bruhns schwieg am anderen Ende der Leitung.

»Ich werde mit Carina, Ben und Lisa-Marie sprechen«, erklärte Dr. Walter.

»Ist Déjà-vu EM-tauglich?«, fragte Bruhns.

»Ich bin mir nicht sicher. Er schwankt zwischen Genie und Wahnsinn. Die letzten Starts liefen sehr gut, aber er hat ein schwaches Nervenkostüm.«

»Also meinen Sie nicht, dass Richter ihn gegebenenfalls als Ersatz zur Verfügung stellen würde, falls eines der Pferde, das sich jetzt in Quarantäne befindet, nicht teilnehmen kann?«

»Da bin ich überfragt, Herr Kollege, Raimund Richter ist schwer einzuschätzen.«

»Bitte klären sie auch diese Option. Es wäre schade, wenn unser Nationalkader aufgrund dieser eingeschleppten Druse an Qualität einbüßen müsste. Alternativ können wir noch zwei Reiter nachqualifizieren. Einen aus Baden-Württemberg und einen aus Sachsen.«

»Ich werde die Themen klären und rufe Sie morgen Abend an.«

Die Trainer verabschiedeten sich.

Dr. Walter seufzte. Nun würde Ben mit der Sprache herausrücken müssen. Es ging schließlich um die Europameisterschaft.

Ben und Carina putzen am nächsten Morgen Mister X und Twister. Beide standen mit hängenden Köpfen in den Boxen und schauten sehnsüchtig zu den Paddocks hinaus. Es regnete an diesem Tag in Strömen.

»Bald habt ihr es geschafft, Mister«, sagte Carina und streichelte den Braunen liebevoll. Er wandte ihr den Kopf zu und stupste sie auffordernd in die Seite.

»Ich weiß, mein Lieber, ich weiß! Aber wir müssen noch durchhalten bis Montag. Wenn eure Ergebnisse negativ sind, dürfen wir bald nach Hause.«

Sie beobachtete ihn genau, nachdem sie Fieber gemessen hatte. Er hatte Normaltemperatur und seine Augen waren klar. Doch der Braune wirkte traurig. Er hatte nur klaren Nasenausfluss, was der Tierarzt als normal bezeichnet hatte. Kein Husten, keine dicken Lymphknoten. Twister war ebenso unauffällig. Aber würde das so bleiben? Sicherheitshalber tastete Carina die Lymphknoten erneut ab. Alles schien in Ordnung zu sein.

»Sie wirken richtig deprimiert«, sagte Ben und strich dem Rotschimmel tröstend über den Hals.

»Na klar, die beiden kennen das schließlich nicht, dass sie tagein, tagaus nur in der Box stehen müssen«, erklärte Carina betrübt.

»Ich hoffe so sehr, dass wir endlich die Ergebnisse vom zweiten Test bekommen und sie bei allen negativ sind«, fuhr sie fort und bürstete nebenbei die schwarze Mähne ihres Wallachs.

Auf einmal vibrierte Bens Handy. »Au Backe«, sagte er nur. »Pa ruft an.«

Carina verzog das Gesicht. »Und jetzt?«

»Nichts und jetzt. Ich diskutiere nicht.«

Sicher hatte Raimund Richter durch die Fachpresse mittlerweile von dem Pferdewechsel erfahren und kochte vor Wut.

»Willst du nicht wenigstens ran gehen?«

»Sicher nicht. Wozu auch. Er wollte, dass ich Déjà-vu reite und Champ gehört mir. Punkt.«

Carina schaute ihn nachdenklich an.

Ben drückte den Anruf weg, doch sein Handy vibrierte sofort wieder. Sein Vater rief erneut an. Ben trat aus Twisters Box und nahm das Gespräch völlig genervt doch an.

Carina konnte jedes Wort verstehen, das Raimund Richter ins Telefon brüllte.

»Wie kannst du nur? Bist du von allen guten Geistern verlassen? Champion ist dein Pferd, Ben, ich habe das ganze Geld nicht für Carina da reingesteckt!«

Ben hielt das Handy auf Abstand und ließ seinen Vater toben.

»Was denkst du dir dabei? Willst du dich blamieren? Nur weil du derzeit mit diesem Mädel ins Bett steigst, musst du sie nicht gewinnen lassen und ihr dein Pferd geben!«

»Pa verdammt nochmal, niemand lässt hier irgendwen gewinnen. Und hör auf, so über Carrie zu reden! Dass ich Déjà-vu reiten soll, war dein Vorschlag, wenn ich dich dran erinnern darf!«

»Mein Vorschlag? Kannst du einen Scherz nicht mehr von der Realität unterscheiden? Bist du jetzt völlig wahnsinnig geworden? Und ist dir jemals der Gedanke gekommen, dass sie unsere Pferde mit der Druse infizieren kann, weil sie zu ihren Pferden und unseren Kontakt hat? Wie kannst du nur die Gesundheit unserer Pferde aufs Spiel setzen!«

»Pa, ich habe genau diesen Punkt, bevor ich mich entschieden habe, Carina Champ reiten zu lassen, mit Dr. Weber abgesprochen. Du und ich, wir vertrauen seit Jahren auf diesen Tierarzt – also tu das bitte auch weiterhin!«

»Es geht nicht um das, was ein Tierarzt tut, sondern um das, wer mit seinen keimverseuchten Fingern meine Pferde anfasst!«, brüllte Richter ins Telefon.

»Pa, das Thema ist durch! Glaubst du ernsthaft, ich hätte mich dazu entschlossen, wenn ich nur den Hauch eines Zweifels daran gehabt hätte, dass die Hygienemaßnahmen unzureichend sind? Glaubst du, Carrie würde wollen, dass unsere Pferde krank werden? Dass wir wegen ihren eigenen Pferden noch nicht aufatmen können ist Belastung genug – denkst du ehrlich, wir würden wissentlich was aufs Spiel setzen? Ich habe meine Vorgehensweise mit Dr. Weber besprochen und der hat mir versichert, dass die Quarantänemaßnahmen gut ausgearbeitet sind und Champ und Déjà-vu ausreichend schützen! Und natürlich halten wir uns genauestens daran. Wir sind doch nicht bescheuert!«, rief Ben wutentbrannt.

»Ich bin enttäuscht von dir! Wie kannst du, abgesehen davon, dass du die Gesundheit der Pferde riskierst, deine Karriere nur so wegwerfen? Das wäre dein Sieg auf der Meisterschaft! Der Dritte in Folge, Ben! Dir könnten danach alle Türen offen stehen!«, polterte sein Vater weiter.

»Hast du vielleicht einmal einen Moment dran gedacht, dass es wichtigere Dinge gibt, als zu siegen?«, rief Ben.

Carina spürte, dass er kurz davor war, zu explodieren.

»Ben, ich verbiete dir, Champion von ihr reiten zu lassen!«

»Er ist mein Pferd.«

»Und Déjà-vu ist meins. Was machst du, wenn ich ihn abhole?«,

»Ganz einfach Pa, dann reitet dein Sohn dieses Jahr bei der Deutschen genauso wenig mit wie bei der Europameisterschaft. Und mehr sag ich dazu nicht mehr. Carina reitet Champion, ich Déjà-vu – oder ich ziehe zurück.«

»Ben! Himmel nochmal, Du musst doch an deine Zukunft denken! Eure Beziehung kann nicht gut gehen und du wirfst dafür jetzt alles hin! So glaub mir das doch – ihr seid Konkurrenten, was meinst du, wie lange das gut geht? Wie blind kann man denn nur sein wegen einer Tuss-«

»Pa, ich lege jetzt auf.«

»–doch nicht dein Ernst sein, deine Konkurrenz–«

»Mach's gut, Pa. Ich hab keine Zeit mehr für diesen Quatsch.«

»Du wirst nicht auflegen, bis wir fertig diskuti–«

Ben hatte aufgelegt. Er steckte sein Handy in die Hosentasche zurück. Mit hinter dem Kopf verschränkten Armen ging er die Stallgasse auf und ab. Carina schwieg.

»Was denkt er sich eigentlich«, grummelte Ben kampflustig. »Gute Lust hätte ich, wirklich zurückzuziehen. Aber das würde dem Trainer genauso weh tun und wäre unfair.«

»Du, ich muss Champ nicht reiten, wenn er so sehr dagegen ist«, merkte Carina vorsichtig an.

Ben schüttelte zornig den Kopf und trat zu ihr in die Box.

»Nein, Chérie. Du wirst ihn reiten, er hat damit absolut nichts zu tun und ich hab die Nase voll von seinem ›Tu dies‹ und ›Tu das‹. Champion ist mein Pferd, genauso wie du meine Freundin bist und nicht bloß irgend so eine Tussi, mit der man mal eben schnell was hat.

Du bist mehr als nur ein schneller Spaß, Carrie. Und wenn Pa im Dreieck springt, weil wir zusammen sind, das ist mir egal. Ja verdammt, ich hab mich total in dich verliebt! Und wir sind Konkurrenten, wieder ja, taktisch mag es vielleicht unklug sein, mein Top-Pferd nicht selbst zu reiten. Aber ich weiß, dass es richtig ist. Weil – da viel mehr ist, als eine Meisterschaft ... viel mehr als ein Titel. Aber das wird er niemals einsehen. Wichtig ist doch, dass wir beide mit der Situation klarkommen. Wird Zeit, dass er endlich einsieht, dass wir beide mit unserer ›Konkurrenz‹ bestens klar kommen und er sich nicht einzumischen hat.« Ben küsste Carina auf die Stirn. »Ich weiß, dass es richtig ist, dass du Champ reitest. Egal wie es ausgeht, ich will es so. Und ich denke, wir beide sind erwachsen genug, um solche Entscheidungen allein treffen zu können, meinst du nicht?«

Sie lächelte. »Ja, Ben, können wir.«

»Na also. Dann versprich mir jetzt, dass mein Pa niemals sagen wird, dass er Recht hatte damit, dass wir uns eh bald trennen, weil wir uns doch wegen des Sports bekriegen.«

»Ich verspreche es dir! Ich freu mich drauf, Champ zu reiten, und ich werde mein Bestes geben. Für dich.«

Ben drückte sie an sich und schloss einen Moment lang die Augen. Er war froh, dass er seinen Weg gefunden hatte, und dass sie zu ihm hielt. Ohne sie hätte er vermutlich die Kraft dazu nicht aufgebracht und weiter statt nach einer Lösung zu suchen nur einen Joint nach dem anderen geraucht.

»Wie hast du dir das eigentlich vorgestellt bis zur Deutschen? Dein Pa wird mich Champ niemals bei euch auf der Anlage reiten lassen«, fragte Carina nach einer Weile.

Ben schüttelte den Kopf. »Vermutlich nicht. Deswegen zieht Champi sofort zu euch um. Mit Rolf ist alles geklärt und wenns arg kracht zuhause, ziehe ich tatsächlich 'ne Weile zu Dom. Der hat genug Platz und dann bin ich da raus.«

»Hast du es Dom schon gesagt?«

»Nicht direkt. Aber wir haben die Tage kurz telefoniert und er hat mir wieder angeboten, dass ich jederzeit kommen kann«, meinte Ben und war dankbar, dass sein Kumpel ihm helfen würde.

Plötzlich surrte und brummte Bens Handy erneut. Zunächst dachte er, sein Vater würde wieder anrufen und blickte verärgert auf das Display. Als er sah, wer anrief, nahm er jedoch schnell ab.

»Kristin?«, fragte er.

»Hey ... wie? ... ist ja gut ... sollen wir zu dir fahren?«, hörte Carina Ben mit belegter Stimme fragen. »Okay, Kristin, wir kommen. Wir sind in einer halben Stunde da«, sagte er.

»Intermezzo wird es nicht schaffen«, erklärte er Carina.

»Gar keine Chance mehr?«

Ben schüttelte den Kopf.

Carina wurde schlecht.

»Sie hatte heute Nacht eine schlimme Kolik und musste operiert werden. Sie quält sich ...«

Carina ließ die Kardätsche sinken und strich Mister X über den Rücken, bevor sie aus der Box trat.

»Sie hat gefragt, ob wir kommen. Sie ist ganz allein«, erklärte Ben.

Carina war froh, dass Kristin in Ben jemanden hatte, den sie in dieser Situation anrufen konnte. »Natürlich fahren wir hin!«, bestätigte sie.

›Bitte, mach, dass unsere Pferde gesund bleiben‹, betete sie wohl zum hundertsten Mal in den letzten Tagen. Wortlos verließen sie den Stall, zogen das Desinfektionsprogramm durch, das mittlerweile Routine war, und informierten den Trainer. Sie durfte sich gar nicht vorstellen, dass genauso gut Twister oder Mister X an Intermezzos Stelle sein konnten! Besonders nach der Kolik ihres Wallachs fiel es ihr schwer, diese Vorstellung beiseitezuschieben.

Der Trainer lieh Ben sein Auto, damit er nicht mit dem Transporter zur Pferdeklinik fahren musste.

»Das ist eine Tragödie«, meinte Dr. Walter nur und dachte an die schwarze Stute, auf der so große Hoffnungen gelegen waren. Er wusste in diesem Moment nicht, wie er seine Mannschaft noch motivieren sollte. Alle hatten sich auf die deutsche Meisterschaft gefreut. Nun lag eine betrübte Stimmung in der Luft. Alle fürchteten um die Gesundheit ihrer vierbeinigen Partner und niemand konnte sich auf die Meisterschaft freuen, weil so viele durch diesen Schicksalsschlag ihre Träume wie einen Scherbenhaufen sehen mussten. Kristin und Intermezzo war Großes bevorgestanden. Bel Air war gut, aber die Rappstute war unvergleichlich gewesen. Dr. Walter fühlte mit Kristin und schüttelte traurig den Kopf. Das war viel mehr als ein ›Notstand‹ im Kader der Junioren.

Schweigend fuhren Ben und Carina in die Klinik. Sie parkten den Mercedes auf dem Besucherparkplatz und folgten den weißen Tafeln, auf denen in blauen geschwungenen Lettern ›Eingang Pferdeklinik‹ stand. Die an sich idyllische Lage nahmen Ben und Carina kaum wahr. Der Kiesweg führte sie an gepflegten Rosenbeeten entlang bis zum Haupteingang, dessen Tor offen stand. Am Empfang saß eine Tierarzthelferin, die sie fragten, wo sie Kristin finden konnten. Diese führte sie durch einen langen Gang, dessen Wände weiß gestrichen waren. Ein hellgrüner Streifen verlief etwa auf Kopfhöhe an der Wand entlang, darin waren weiße Silhouetten von Hunden, Katzen und Pferden aufgemalt. An den Seiten des Ganges führten mehrere Türen zu Behandlungsräumen und schließlich, ganz hinten, gegenüber eines Treppenaufganges, zum Intensiv-Überwachungsbereich. Dort im Vorraum saß Kristin weinend auf der Eckbank und kam ihnen sofort entgegen, als sie durch die Tür traten.

Eine Weile hielt Ben Kristin einfach nur im Arm. Sie zitterte am ganzen Körper und vergrub das Gesicht in Bens Pullover. Der Anblick gab Carina einen Stich ins Herz. Sie konnte sich gut vorstellen, wie sich die Teamkollegin fühlte. Es musste eine furchtbare Nacht hinter ihr liegen, und nun stand fest, dass ihre geliebte Stute in wenigen Minuten eingeschläfert werden würde. Carina jagten kalte Schauer den Rücken hinab und sie merkte, wie sich ihre Augen mit Tränen füllten. Sie konnte nichts dagegen tun und blickte hilflos zu Ben, der sich ihr just in diesem Moment zuwandte. Täuschte sie sich, oder hatte auch Ben gerötete und wässrige Augen?

Die Tür neben Carina öffnete sich.

Ein Mann mittleren Alters trat ein und schien nach Worten zu suchen. Er hatte die Hände in den Hosentaschen seiner Jeans vergraben. Um seinen Hals hing ein dunkelblaues Stethoskop.

»Gehören Sie zu Frau Klein?«, fragte er Carina schließlich leise.

»Ja, wir sind befreundet«, antwortete Carina mit dünner Stimme.

»Ich bin Dr. Hildebrand. Sicher hat Ihnen Frau Klein schon erzählt, wie schlimm es um ihre Stute steht.«

»Kristin konnte kaum sprechen, sie ist völlig fertig, aber wir wissen von der OP und dass Intermezzo eingeschläfert werden muss«, erklärte Carina und musste gegen den Kloß in ihrem Hals ankämpfen, der ihre Stimme zu ersticken drohte. Sie wurde die Vorstellung nicht los, dass sich hier und jetzt genauso gut Twister oder Mister X anstatt Intermezzo kurz vor dem Einschläfern befinden konnten. Sie wollte die Gedanken verdrängen, aber es gelang ihr nicht. Ihre Pferde waren noch nicht zuhause, niemand konnte ihr aktuell versichern, dass sie gesund bleiben würden und das Ergebnis des zweiten Abstriches stand noch aus – was, wenn sie Twister oder Mister X erkrankten und das Ganze einen ähnlichen Verlauf nehmen würde, wie bei Kristins talentierter schwarzer Stute?

Ben hatte den Tierarzt bemerkt und hob sachte Kristins Kinn an.

»Soll ich mit dem Tierarzt sprechen, Kristin? Vielleicht gibt es doch noch eine Möglichkeit?«, fragte er vorsichtig.

Ben hatte das Gefühl, ihr dies anbieten zu müssen, und hoffte natürlich, dass es noch irgendeine Chance geben würde. Sein Verstand sagte ihm jedoch, dass die Tierärzte Kristin diese, wenn es sie gäbe, mitgeteilt hätten. So wollte er wenigstens, dass Kristin sicher sein konnte, alles versucht zu haben, was in ihrer und der Macht der Tierärzte stand, ehe sie die Stute einschläferten. Vielleicht würde sie den schrecklichen Verlust, der ihr bevorstand, dann ein klein wenig besser verarbeiten können.

»Bitte!«, stammelte Kristin und versuchte, sich verzweifelt die Tränen aus den Augen zu wischen, die unaufhörlich über ihr Gesicht strömten. Ihr zierlicher Körper wurde nach wie vor vom Schluchzen erschüttert.

Carina ging zu ihr und legte ihr eine Hand auf den Arm. »Willst du dich setzen?«, fragte sie.

Kristin nickte wortlos und sackte auf die Eckbank, wo sie sich wie ein Häufchen Elend zusammenkauerte und die Hände vor das Gesicht schlug.

Ben und Carina tauschten einen Blick aus. Carina legte einen Arm um Kristin und wusste sich nicht weiter zu helfen, als sie beruhigend zu streicheln. Sprechen konnte sie kein Wort. Wie furchtbar musste die Situation für Kristin sein, wenn sie ihr selbst schon derart zusetzte, obwohl es sich nicht um eines ihrer eigenen Pferde handelte? Carina konnte ihre Tränen nicht mehr zurückhalten.

Ben nahm den Tierarzt zur Seite und stellte sich kurz vor.

»Gibt es denn keine Chance mehr für Intermezzo?«, fragte Ben direkt heraus mit gedämpfter Stimme.

Dr. Hildebrand atmete hörbar aus, dann erklärte er ruhig: »Herr Richter, ich verstehe, dass Frau Klein an diesem Pferd hängt. Sie hat uns erzählt, dass sie die Stute selbst aufgezogen hat und dass sie für sie nicht nur in sportlicher Hinsicht einen großen Wert hat. Die Infektion hat das Pferd arg geschwächt. Sie hat mehrere Tage mit hohem Fieber hinter sich, was wir mit starken Medikamenten bekämpfen mussten, um es wenigstens für wenige Stunden senken zu können. Die Stute hatte bereits vor der Operation Atemprobleme, was ihre Prognose deutlich verschlechterte. Sie hat nach wie vor hohes Fieber, das wir seit gestern bereits nur für wenige Stunden senken konnten, ehe es wieder bedenklich anstieg. Intermezzos Kolik resultierte aus einem Darmverschluss. Normalerweise hätten wir ein Pferd in Intermezzos Zustand überhaupt keiner Kolik-Operation mehr unterzogen. Sie verstehen bestimmt, dass der Allgemeinzustand vor solch einem großen Eingriff sehr viel Einfluss auf eine mögliche Erholung und Genesung hat. Wir haben Frau Klein darüber aufgeklärt, dass die Stute in dieser Verfassung kaum eine Chance hat, selbst wenn der Eingriff an sich erfolgreich verlaufen sollte. Wir haben ihr auch ehrlich gesagt, dass die Wahrscheinlichkeit groß ist, dass

Intermezzo die Operation nicht überlebt oder sich nicht davon erholen wird.«

Der Tierarzt machte eine kurze Pause und fuhr dann fort: »Natürlich wissen wir, dass die Besitzer erwarten, dass wir ihre Tiere retten, und das versuchen wir nach allen Möglichkeiten. Die meisten von uns haben selber Pferde, Herr Richter, und können das nachempfinden. Wir haben daher allen Prognosen zum Trotz vereinbart, der Stute die Chance zu geben, aber ihr weiteres Leid zu ersparen, wenn sie nach dem Eingriff keine deutliche Besserung zeigt. Intermezzo konnte nach der Operation lange Zeit nicht aufstehen und machte kaum Anstalten dazu. Das ist selten ein gutes Zeichen, Herr Richter. Die meisten Pferde haben, wenn sie aufwachen, naturgemäß den Drang, sich zu erheben. Intermezzo dagegen hat lange Zeit nicht einmal den Kopf gehoben, so geschwächt war sie. Nach Rücksprache mit Frau Klein haben wir die Stute im Liegen medikamentös behandelt, so dass sie letztendlich mit unserer Unterstützung aufstehen konnte. Eine Weile sah es tatsächlich so aus, als würde sich ihr Zustand stabilisieren, deshalb haben wir sie von der Narkosebox in den Stall gebracht. Wir hatten zunächst Hoffnung, dass auch der Darm wieder anfangen würde, zu arbeiten. Dann aber ist das Fieber erneut drastisch gestiegen. Vor zwei Stunden hat sich die Stute in der Box niedergelegt und ist seitdem nicht mehr aufgestanden. Das Atmen fällt ihr jetzt noch schwerer als zuvor. Das aktuelle Blutbild von vor zwei Stunden zeigt gravierende Veränderungen, auch bei den Organwerten, und weist auf ein multiples Organversagen hin. So leid es mir tut, Herr Richter ... wir können der Stute nur noch helfen, indem wir ihre Qualen so bald wie möglich beenden.«

Ben schwieg betroffen.

Kristin saß noch immer zusammengekauert neben Carina. Sie hatte sich an Carinas Arm geklammert, ihr Schluchzen war leiser geworden. Ihre rot verschwollenen Augen, dunkle Augenringe und eingefallene, fahle Wangen zeugten von der Erschöpfung des Mädchens. Auch Carina war kreidebleich und Ben stellte fest, dass sie geweint hatte. Die beiden Mädchen so zu sehen, und nicht helfen zu können, zerriss ihm schier das Herz.

Ben wünschte sich, endlich aufzuwachen aus diesem Alptraum. Das Bild von Champion, der nach Atem ringend im Stroh lag, schob sich vor sein geistiges Auge, ließ seinen Puls in die Höhe schnellen und seine Kehle eng werden. Dennoch nahm er sich zusammen und trat neben die Mädchen. Dann sagte er leise zu Kristin: »Kristin, ... ich bin mir sicher, dass du vorhin die richtige Entscheidung getroffen hast.«

Sofort schossen Kristin erneut Tränen in die Augen. »Keine Chance mehr?«

»Nein, Kristin, du kannst sie nur noch erlösen ... «, erklärte er langsam und mit belegter Stimme. »Sollen wir dich zu ihr begleiten?«

»Ja, ich glaube, ich pack das allein nicht«, stammelte sie mit tränenerstickter Stimme.

»Est-ce que tu traverses ça, ma Chérie?«, fragte Ben seine Freundin sanft. »Stehst du das durch?« Er war schon mehrmals beim Einschläfern eines Pferdes dabei gewesen und wusste, was ihn erwartete. Er fragte sich, ob Carina bisher jemals den Tod eines Pferdes miterlebt hatte.

»Ich weiß es nicht«, gab Carina tonlos zu.

Er griff nach ihrer Hand. »Du musst nicht ... «, sagte Ben schnell. Er wollte sie nicht dazu drängen, einer Situation beizuwohnen, die ihr sicher schwer zusetzen würde.

Sekundenlang war Carina versucht, hierzubleiben und Ben allein mit Kristin zu Intermezzo gehen zu lassen. Doch es kam ihr sofort unfair vor, so dass sie heftig den Kopf schüttelte.

»Nein Ben, dafür sind Freunde da. Wir gehen zusammen.«

Kristin sah sie dankbar an und stand langsam auf.

Dr. Hildebrand öffnete den Dreien die Tür und führte sie zum Quarantänestall.

»Sie müssen bitte Ihre Schuhe ausziehen und sie gegen die Gummiclogs hier austauschen. Dann bekommen Sie Einwegoveralls, Handschuhe und einen Mundschutz«, erklärte der Tierarzt.

Die drei kannten das Procedere und legten, wie gewünscht, die Kleidung an. Dann betraten sie das kleine Stallgebäude, das vier Boxen aufwies. Drei davon waren leer und standen offen. Durch die hoch angebrachten Fenster strömte das Tageslicht herein und ließ winzige Staubpartikel in der Luft tanzen. Es roch nach einem Gemisch aus Ammoniak, Schweiß und Desinfektionsmittel. An der Decke über der vierten Box hingen an zwei großen silbernen Haken zwei Kanister, die zur Hälfte mit klarer Flüssigkeit gefüllt waren. Transparente Schläuche führten von den Kanistern nach unten an den Hals der Stute, die man durch die Gitterstäbe in der Einstreu liegen sah, und versorgten sie über die Halsvene mit Medikamenten.

Ben schob die Tür auf und ließ Kristin eintreten. Er drückte kurz ihre Hand, als sie sich nach ihm umdrehte, bevor sie auf ihre Stute zuging. Ben und Carina blieben an der Tür stehen. Ihre Finger verschränkten sich fest ineinander.

Intermezzo lag in der Mitte der Box. Ihr Kopf war in die Einstreu gegraben. Das schwarze Fell glänzte vor Schweiß, ihre zierlichen Beine zuckten krampfartig. Der Atem der schwarzen Stute ging rasselnd und stoßweise. Dampf stieg von der Decke auf, die man Intermezzo übergelegt hatte. Kristin sank neben dem Kopf ihrer Stute auf die Knie und begann, ihr zunächst die bebenden und angestrengt geweiteten Nüstern, dann den Nasenrücken und die Stirn zu streicheln. Intermezzo bewegte ihren zierlichen Kopf schwach in die Richtung des Mädchens und versuchte, ihn anzuheben, glitt jedoch sofort wieder in die Späne. Von einem weiteren Krampf erschüttert, grub Intermezzo ihren Kopf bis über die Nüstern in die Streu. Kristin säuberte verzweifelt die Nüstern ihres Pferdes, das schwach schnaubte und gequält aufstöhnte.

Ben und Carina konnten die Worte, die Kristin ihrer Stute zuwisperte, nicht verstehen. Kristin hob den schwarzen Kopf in ihren Schoß und strich unaufhörlich über das Fell des Pferdes. Intermezzos Augäpfel bewegten sich schnell unter den schweren Lidern hin und her. Carinas Hand krallte sich um die ihres Freundes. In ihren Gedanken wurde Intermezzo dunkelbraun, Misters Augen blickten sie gequält an. Sekunden später wandelte sich das Bild in ihrem Kopf und die Fellfarbe des Pferdes, das in Fieberkrämpfen vor ihnen lag, war rot-weiß meliert. Carina fröstelte und bemerkte nicht, wie ihr erneut Tränen über die Wangen liefen.

Dr. Hildebrand ging, drei große Spritzen mit hellblauer Flüssigkeit in der Hand haltend, neben Kristin in die Hocke und sprach leise mit ihr, ehe er sich aufrichtete und an Intermezzos Seite trat. Ein weiterer Tierarzt kam in die Box und kniete sich neben Kristin an den Hals der Stute. Er würde den Kopf des Pferdes sicherheitshalber am Boden halten, um das Mädchen nicht zu gefährden. Die Tierärzte vergewisserten sich, dass Kristin nicht zwischen der Wand und dem Pferd eingeklemmt werden konnte und nickten sich dann zu.

Kristin kniete weiter über dem Kopf ihrer geliebten Stute, ihre Hände strichen unaufhörlich über das schwarze Fell. Intermezzos Atem klang immer schwerfälliger.

Dr. Hildebrand stoppte die Infusion und löste den Verbindungsschlauch des Kanisters von der Infusionsleitung, die zum Venenzugang führte. Er hielt das Ende nach unten und wartete, bis langsam dunkelrotes Blut in den Schlauch lief, das schließlich zu Boden tropfte. Dr. Hildebrand setzte nun die erste Spritze an den Zugang an. Das darin befindliche Blut vermischte sich mit der blauen Flüssigkeit, die der Tierarzt langsam injizierte. Als die erste Spritze leer war, steckte er sogleich die Nächste auf und ließ das Medikament langsam weiter in die Vene der Stute laufen. Intermezzos Beine zuckten ein letztes Mal wild, sie atmete laut und rasselnd durch weit geblähte Nüstern ein, dann wurden die krampfhaften Bewegungen ihrer Beine weniger und sie glitten beinahe sanft in die Sägespäne, wo sie reglos erschlafften. Noch einmal entwich ihren Lungen mit einem rasselnden Geräusch Luft und ließ die vom Schleim verklebten Nüstern erbeben, dann wurde Intermezzos Kopf unendlich schwer im Schoß ihrer Besitzerin, die laut aufschluchzte und über ihr zusammenbrach.

Ben und Carina waren mit Kristin an der Klinik geblieben, bis ihre Eltern sie abgeholt hatten. Nachdem sie ins Auto gestiegen war, machten auch Ben und Carina sich auf dem Weg zum Parkplatz.

»Ben, wieso musste sowas passieren?«, murmelte Carina schließlich.

»Ich weiß es nicht. Kristin tut mir so leid. Sie hatte Intermezzo von klein auf. Sie hat mir erzählt, dass ihr Großvater ihr die Stute als Fohlen geschenkt hat. Ihre Mutter war sein Lieblingspferd.« Er machte eine Pause und fuhr dann fort: »Wir waren schon öfter zusammen in Warendorf, und auch auf anderen Lehrgängen. Wir haben uns auf Anhieb verstanden und viel Zeit zusammen verbracht. Sie ist über die Jahre fast wie eine kleine Schwester für mich geworden, weißt du ...«

Carina nahm seine Hand. »Kann ich gut verstehen Ben, ich mag sie auch gerne.«

Ben blickte seiner Freundin tief in die Augen und schwieg.

Er war ihr so dankbar dafür, dass sie verstand, dass ihm die Freundschaft zu Kristin wichtig war.

»Ich darf gar nicht daran denken, dass es genauso gut Champ gewesen sein könnte«, sagte er nach einer Weile des Schweigens.

Mit einem Mal plagten Carina beinahe Schuldgefühle. Sie selbst würde mit Bens Erfolgspferd die Meisterschaft reiten und Kristin, die so viel Zeit und Arbeit in ihre Stute gesteckt hatte, würde um Intermezzo trauern. Für Kristin war Intermezzo mehr gewesen als ein Sportpartner, das wusste sie.

»Weißt du, was das Traurige daran ist?«, fragte sie.

Ben sah zu ihr auf.

»Vor zwei Wochen war ich der glücklichste Mensch auf Erden, weil ich die Deutsche Meisterschaft reiten konnte. Den anderen hier ging es sicher genauso – und jetzt geht's zumindest mir richtig, richtig beschissen. Wer kann sich denn unter diesen Umständen noch auf die Meisterschaft freuen?«

Ben drückte ihre Hand. »Geht mir genauso. Das ist eine Seite am Sport, die ich nicht mag. Du musst egoistisch sein, wenn du gut sein und gut bleiben willst. Du darfst das alles nicht so an dich ran lassen. Und auch wenn ich oft immer recht cool war, nach außen hin, ich ... pack sowas nicht«, sagte er und zog eine Zigarette aus der Hosentasche, die er sich ansteckte, als sie den Wagen des Trainers erreichten.

»Müssen wir denn reiten? Ich meine, versteh mich nicht falsch, du weißt, dass es für mich was ganz Besonderes ist, Champ zu reiten! Aber sollten wir denn nicht aus Solidarität zu Kristin und den anderen zurückziehen?«

Ben sah sie von der Seite an. »Hab ich auch schon überlegt. Nur, stell dir mal vor, was das für eine Außenwirkung hätte, wenn der halbe Kader nicht antreten kann und wir beide dann zurückziehen. Und meinst du wirklich, Kristin, Sandra, Lisa-Marie und Mario würden das wollen? Würdest du es an ihrer Stelle wollen?«

Carina wurde nachdenklich. »Nein, vermutlich nicht ...«

Ben nickte stumm und versank wieder in Gedanken. Er fragte sich, wie Carina damit umgehen würde, dass dieser Leistungsdruck, der keine Emotionen zuließ, immer größer wurde. Würde sie langfristig darüber hinwegsehen können, dass das Glück der einen meist das Pech der anderen war?

Er kam damit klar, wenn auch nicht so leicht wie er es gern gehabt hätte. Das, was hier gerade passierte, war zwar ein seltener, jedoch umso tragischerer Verlauf. Jedoch würde es nicht das letzte Mal sein, dass jemand in eine Mannschaft oder Listenposition nachrückte, weil jemand anders ausfallen musste.

Er zog seine Freundin an sich. Er spürte, dass sie sich elend fühlte.

›Wieso musste das jetzt passieren, wo du so großartige Möglichkeiten hättest‹, dachte Ben bitter. Es hätte das Jahr ihres Durchbruchs sein sollen, und für ihn war es an sich ein Abschied aus dem Jugendkader gewesen. Nun erfüllten sie nur ihre Pflicht als Mitglieder des Juniorenkaders und hofften alle, dass das große Ereignis der Juniorenmeisterschaft schnell vorüber ging.

Nicht nur Carina musste gerade schmerzlich erfahren, dass Erfolg seinen Preis hatte und mit Spaß oftmals nicht mehr viel zu tun hatte.

An diesem Tag fiel das Training sehr locker aus. Dr. Walter wollte den Jugendlichen die Möglichkeit geben, diesen schwarzen Tag zu verarbeiten.

Abends erhielt der Trainer die Laborergebnisse des zweiten Abstriches.

»Es sind alle negativ, Gott sei Dank!«, verkündete er, woraufhin sich seine Schützlinge gegenseitig in die Arme fielen und einige sogar weinten. Dass die Truppe eng zusammengewachsen war durch diese Situation, war ihm bewusst geworden. Sie alle waren mehr als Konkurrenten, die sich nur duldeten. Sie waren Freunde mit denselben Zielen, Träumen und Ängsten. In diesen Tagen saßen sie alle im selben Boot und die sportlichen Leistungen waren nachrangig geworden. Sogar Lisa-Marie hatte sich offenbar besonnen und sich von Ben Kristins Handynummer geben lassen. Sie wollte sich unbedingt bei ihr für ihr Verhalten entschuldigen und erklärte Ben, dass sie schlimme Schuldgefühle plagten, weil sie Kristin solche Vorwürfe gemacht hatte. Nun hatte Kristin ihre Stute verloren, ihr Junghengst zuhause war noch immer in der Klinik und Kristin musste weiter um das dritte Ergebnis von Bel Airs Abstrichen bangen! Sie wollte Kristin am Abend besuchen. Ihre Eltern hatten sich in einer Pension in der Nähe einquartiert und würden zusammen mit Kristin auf das entscheidende Ergebnis Bel Airs warten, um den Wallach schließlich nach Hause zu holen. Es wurde spät, bis Kristin von ihren Eltern zur Trainingsanlage gebracht wurde, um sich von Bel Airs Wohlergeben zu überzeugen. Vor seiner Box wartete Lisa-Marie.

»Es tut mir so leid!«, rief sie und die Mädchen fielen sich in die Arme. Gemeinsam weinten sie um Intermezzo.

Kristin hatte dem Trainer am nächsten Morgen gesagt, dass die Saison für die gelaufen war. Sie wollte dieses Jahr keine Turniere mehr reiten und Bel Air zur Erholung bis zum Winter auf die Weide schicken. Sie war sich aktuell nicht einmal sicher, ob sie je wieder in den Sattel steigen wollte. Intermezzo war ihr Ein und Alles gewesen. Das musste er akzeptieren. Ein großer Stern am Himmel der Nachwuchsreiter war erloschen und Dr. Walter wusste nicht, ob er je wieder erstrahlen würde. Zu oft hatte er erlebt, dass solche Ereignisse das Ende einer Karriere bedeutet hatten.

Er nahm daher am Abend Ben und Carina zu Seite und erklärte ihnen, dass der Nationaltrainer Antworten bezüglich der Europameisterschaft brauchte. Dass Kristin ausfiel, stand nun fest, somit mussten sie die Mannschaft neu besetzen.

»Ben, was hat es mit dem Pferdewechsel auf sich? Steht deine Nennung für die Europameisterschaft noch?«

»Ja, die steht«, sagte er überzeugt.

Carina sah unsicher zu ihm hinüber, als Dr. Walter sich an sie wendete. »Wie sieht's bei dir aus, können wir dich ins Team nehmen?«

Carina zögerte. «Ich weiß nicht, Twister und Mister X sind noch nicht aus der Quarantäne raus ...«

»Und was ist mit Déjà-vu? Können wir ihn als Ersatzpferd aufstellen?«

Ben überlegte und sah Carina nachdenklich an. »Ich fürchte, da hat mein Pa was dagegen.«

»Soll ich mit ihm reden?«, fragte Dr. Walter vorsichtig.

»Sie können's gern versuchen. Allerdings ist er stocksauer, dass ich Carina Champ überlasse. Wegen der Konkurrenz und so und auch wegen der Ansteckungsgefahr.«

Nun war es der Trainer, der schwieg. Dass Raimund Richter diese Beziehung ganz und gar nicht passte, hatte er vermutet und bestimmt war der Pferdewechsel in dieser Angelegenheit nicht förderlich gewesen. Die Lage wurde immer vertrackter.

»Es ist doch eine einmalige Sache, wieso regt er sich so auf, Ben? Bei der EM sitzt du doch wieder auf Champion?«

»Ja, voraussichtlich schon.« Er machte eine kurze Pause und sah Carina an. »Ich behalte mir aber für nächste Saison vor, ihr Champion erneut zur Verfügung zu stellen.«

Dr. Walter sah ihn fragend an.

»Ich mache Abi im Frühjahr und will danach Tiermedizin studieren. Bis dahin können Sie voll mit mir rechnen, alles Weitere möchte ich noch offenlassen.«

Dr. Walter war sprachlos. War das Bens Ernst? Er plante doch nicht etwa, die Reiterei an den Nagel zu hängen? Wut kochte in ihm hoch. Wut auf Raimund Richter, der mit Sicherheit einen großen Teil zu Bens Überlegungen beigetragen hatte. Oft genug hatte er ihn gebeten, weniger Druck aufzubauen. Er hoffte, dass Ben sich noch auf nichts festgelegt hatte. Ben merkte, wie es in dem Trainer brodelte.

»Ich bitte Sie nur, das noch für sich zu behalten. Mein Pa weiß noch nichts davon und geht weiterhin davon aus, dass ich brav Jura studieren und nebenbei voll weiter trainieren werde.«

»Ben, das ist eine Sache zwischen deinem Vater und dir. Von mir erfährt niemand was. Ich würde mich allerdings freuen, dich auch künftig mit Champion im Kader begrüßen zu können. Du hast unglaubliches Talent, Ben, es wäre schade um dich. Und um Champion.«

»Das nehme ich als Kompliment, Dr. Walter, danke.«

»Wenn du Rat brauchst, komm auf mich zu. Es gibt viele Studenten, die erfolgreich weiter reiten und ich traue dir durchaus zu, das ebenfalls zu tun. Es ist vielleicht eine Sache der Organisation, aber nicht unmöglich«, bot er ihm an.

»Danke, werd ich machen.«

»Nun gut, dann hoffen wir, dass Mister X und Twister sich rasch von der Quarantäne erholen, denn ich würde dich gerne für das EM-Team vorschlagen, Carina.«

Unter normalen Umständen wäre Carina nach dieser Aussage völlig aus dem Häuschen gewesen. So nickte sie nur tapfer und bedankte sich für das Vertrauen, das der Trainer in ihr Können setzte.

»Die nächsten Tage trainieren wir wie geplant. Irgendwie müssen wir die Deutsche Meisterschaft ja retten«, beschloss Dr. Walter, bevor er sich schließlich verabschiedete.

Ben und Carina sahen nochmals nach Mister X und Twister und blieben lange Zeit bei ihnen an den Boxen stehen. Was, wenn sie doch noch Symptome zeigen sollten?

Carina maß schließlich nochmals bei beiden Pferden die Temperatur und schrieb erleichtert normale Werte in ihre Liste. Dann steckte sie beiden eine Karotte zu und strich ihnen liebevoll über die Nasen. Ben legte einen Arm um Carina. Schweigend verließen sie den Stall und zogen, wie so oft in den letzten Tagen, das Hygieneprogramm durch. Der Regen, der die letzten Tage angehalten hatte, war seit dem Nachmittag weniger geworden und hatte mittlerweile ganz aufgehört, so dass sie beschlossen, zum Gasthof zu laufen, da ohnehin kein Bus mehr zum Nachbarort fuhr. Die Luft war angenehm frisch. In der Ferne schrien Käuzchen, in den Gräsern zirpten die Grillen. Am Himmel lichteten sich die Wolken allmählich und ein leuchtender Sternenhimmel tat sich über Ben und Carina auf. Ben drückte Carinas Hand.

»Ich freu mich auf die nächste Saison. Was glaubst du, was das für eine herrliche Zeit wird, wenn wir beide mit Champ und Twister losziehen, ohne dass irgendjemand uns Druck macht!«

Carina gefiel diese Vorstellung. Jedoch konnte sie die Sorge um ihre Pferde nicht loswerden. Noch hatten sie keinen negativen dritten Abstrich erhalten, der ihnen die Heimreise gestattete.

»Hoffentlich. Noch sind meine beiden nicht zu Hause.«

»Denk positiv, Carrie. Sie sind stabil«, versuchte er, sie zu beruhigen.

»Wenn wir zu Hause sind, wird sich viel ändern. Ich freu mich drauf, mit dir zu trainieren. Im Übrigen finde ich, dass dir Champ ausgezeichnet steht«, meinte Ben, »und egal, was kommt, egal, wie anstrengend das Abi oder das Studium danach wird: Ich werd mich auf die Reiterei freuen können und vor allem auf die Zeit mit dir. Ohne Pas Druck und sein Geld.«

Carina blieb stehen und zog Ben an sich, dann küsste sie ihn statt einer Antwort. Ben musste seinen Weg gehen, und sie war froh, dass er sie mit einbezog.

Am nächsten Morgen teilte Dr. Flemming dem Trainer mit, dass auch die Abstriche von Douglas Queen und Zalimba negativ waren. Die Reiterinnen und Reiter wagten nun allesamt zu hoffen, dass ihre Pferde in wenigen Tagen nach Hause gebracht werden durften. Die weiteren Trainingseinheiten verliefen zur vollsten Zufriedenheit Dr. Walters. Er war froh, dass alle Teilnehmer den Aufenthalt zum Trainieren verlängert hatten, denn besonders diejenigen, die nun nicht mit ihrem Top-Pferd ritten, brauchten den Unterricht.

Carina und der große Schimmel harmonierten, ebenso Ben und Déjà-vu. Dass der Fuchs sich so positiv entwickeln würde, hätte der Trainer zum Saisonbeginn nicht erwartet. Bens Vater war am Telefon fuchsteufelswild gewesen. Er hatte sich geweigert, den Wallach für andere Reiter als Ersatz zur EM mitzugeben. Er stelle seine Pferde nicht der Konkurrenz zur Verfügung. Immerhin hatte er ihn überreden können, ihn wenigstens seinem eigenen Sohn als Ersatzpferd mitzugeben. Er hatte versucht, Raimund Richter zu verdeutlichen, wie wichtig ihm Ben für die Mannschaftwertung der Europameisterschaft war. Zudem hatte er Bens Entscheidung, auf der Deutschen Meisterschaft den Fuchs zu reiten und Champion an Carina zu geben, als seinen Vorschlag ausgegeben. Er hoffte, dass sich die Wogen damit ein wenig glätten ließen.

Für Mario tat dem Trainer die ganze Geschichte enorm leid. Lambada gab sich Mühe. Mario wusste jedoch, dass er mit ihr keine großen Chancen auf die vorderen Plätze hatte. Dennoch wollte er dabei sein. Er hatte, wie die anderen auch, ein Ziel und konnte nach vorn blicken, seit Zalimba auf dem Weg der Besserung war. Sie würde laut den Tierärzten keine Folgeschäden davontragen und konnte nach einer Erholungspause wieder antrainiert werden.

Lisa-Marie und ihr Loriot machten gute Fortschritte. Dirk und sein schwarzbrauner Sunday's News ließen ebenfalls auf solide Leistungen hoffen. Susann hatte mit ihrem Schimmel Alibaba keinerlei Probleme und würde sicher gute Leistungen zeigen.

Als die letzten Proben bei den Quarantänepferden entnommen wurden, wuchs die Anspannung aller ins Unermessliche. Bislang hatte kein weiteres Pferd Symptome gezeigt, und diejenigen, die in der Klinik standen, waren symptomfrei. Lediglich bei einem der beiden Schulpferde in der Klinik hatte man heute noch ein

Lymphknoten eröffnet, um den Eiterabfluss zu erleichtern. Seit dem Eingriff war das Fieber gesunken und der Zustand der Stute stabil geworden.

Der Tierarzt rechnete bis zum übernächsten Abend mit den Ergebnissen, konnte die jungen Reiter jedoch bereits jetzt beruhigen. Er ging nicht davon aus, dass noch ein Pferd erkrankte, und glaubte, dass auch die Tiere aus der Klinik in Kürze ihre Heimreise antreten durften.

Carina striegelte Mister X am nächsten Abend, bis sein Fell glänzte. Dann nahm sie den Lammfellhandschuh und massierte seinen Hals und den Rücken. Mister liebte das und stand entspannt in seiner Box. Gott sei Dank hatte er bislang keine weiteren Kolikanzeichen mehr gezeigt, was Carina sehr erleichterte.

Er war ihr wahnsinnig ans Herz gewachsen. Sie hatte ihm so viel zu verdanken und sie hoffte so sehr, dass er gesund war. Natürlich sorgte sie sich auch um Twister, doch zu dem Braunen hatte sie in den letzten Jahren eine starke Bindung aufgebaut. Sie sah ihn in Gedanken schon mit den anderen drei Pensionären über die Weide streifen – und ab und an mit Betty im Sattel.

Betty fehlte ihr. Sie telefonierten jeden Tag und Betty drückte von zu Hause aus die Daumen, dass der befreiende Anruf des Tierarztes schon bald eingehen würde.

Mister X schnaubte. Erschrocken betrachtete Carina sofort seine Nüstern. Sie waren trocken und sauber.

Ben legte ihr die Hand auf die Schulter. »Alles okay, Carrie. Es geht ihm gut«, sagte er leise und hielt sie im Arm.

Sie lehnte ihren Kopf an seine Schulter. »Wieso ruft der Arzt aus der Klinik nicht endlich wegen der Ergebnisse an, Ben?«

»Bis morgen meldet er sich. Die paar Stunden kriegen wir noch herum. Schau dir deine Jungs an, beide sind munter und keiner zeigt Symptome, und auch sonst keines von den anderen Pferden.«

»Ich hab trotzdem Angst Ben. Wenn nun doch noch irgendwer einen positiven Abstrich hat, dann heißt es nochmal warten ...«

»He«, sagte er leise und kam sich hilflos vor, »wir müssen noch ein wenig Geduld haben.«

Sie seufzte und schloss die Augen. Mit Ben an ihrer Seite war diese Ungewissheit erträglicher. Dennoch blieb die Angst vor einer schlechten Nachricht.

Als sie zum Abendessen gingen, hatte eigentlich niemand Hunger. Alle blickten ins Leere und stocherten in ihren Speisen herum. Eine unheimliche Stille machte das Ganze nicht angenehmer. Alle waren in Gedanken bei ihren Pferden und hofften auf einen negativen Befund.

Rolf hatte gesagt, dass Twister und Mister X nach ihrer Heimreise noch ein paar Tage Weideurlaub bekommen sollten. Dann würden sie langsam das Training wieder aufnehmen und an die EM denken. Zunächst war es nur wichtig, dass sie aus der Quarantäne entlassen wurden.

Sie dachten an Kristin, die ihre Eltern heute zum Abendessen eingeladen hatten. Sie alle konnten froh sein, dass ihre Pferde noch lebten. Kristin hingegen hatte Intermezzo verloren und bangte noch um das Ergebnis von Bel Air.

Das Ticken der Wanduhr klang unwahrscheinlich laut in dieser Stille und erinnerte Ben an das Warten. Tick-tack. Die ganze Zeit, immer im selben Takt, und die Zeiger bewegten sich nur langsam. Carina rührte keinen Bissen an. Sie war noch schmaler geworden, als sie ohnehin schon war. Aber sie war nicht die Einzige, die seit Tagen keinen Appetit hatte.

Plötzlich flog die Tür des Saales auf, Dr. Walter trat ein und hielt sein Handy in der Hand.

»Entwarnung! Alle Tests sind negativ«, rief er erleichtert.

Schlagartig sprangen die Lehrgangsteilnehmer auf und fielen sich gegenseitig in die Arme. Einige brachen in Tränen aus, als diese schreckliche Anspannung endlich von ihnen abfallen konnte.

»Ihr könnt nach Hause fahren«, ergänzte der Trainer und klopfte Dirk auf die Schulter, der die Hände wie zum Gebet verschränkt gehabt hatte und nun lächelte.

Ben und Carina standen eng umschlungen zusammen und Carina rollten dicke Tränen über das Gesicht. Ben strich sie ihr liebevoll zur Seite und lächelte sie an. »Morgen geht's nach Hause! Es ist vorbei«, sagte er leise.

Der Trainer blickte erschöpft auf seine Mannschaft. Jetzt, da die Pferde in Sicherheit waren, konnten sie sich auf die Meisterschaft konzentrieren. Doch das Ergebnis würde für niemanden von großer Bedeutung sein.

Das Warten hatte ein Ende, und Dr. Walter konnte darauf hoffen, einen Teil von ihnen im nächsten Jahr wieder zu sehen und sie dann auf eine Meisterschaft vorzubereiten, wenn sie sich wieder darauf freuen konnten.

Langsam löste sich die Truppe auf, jeder wollte telefonieren und packen gehen.

»Wir sehen uns nächste Woche!«, sagte der Trainer. »Erholt euch und alles Gute weiterhin für eure Pferde«, wünschte er Ihnen. »Ich denke, ihr solltet auf der Meisterschaft zeigen, was ihr drauf habt. Ihr alle seid im Kader, weil ihr zu den Besten gehört! Lasst uns dieses düstere Kapitel eurer Laufbahn mit einem guten Abschluss beenden.«

»Leute, auch wenn es Intermezzo nicht mehr lebendig macht«, begann Ben, »ich denke, wir sollten an Kristins Stelle alles geben. Sie hatte, wie wir alle hier, einen Traum!«

Alle nickten.

›So soll es sein‹, dachte Carina und fühlte sich mit einem mal schwer erschöpft. Es war vorbei, dieser Alptraum hatte ein Ende. Das Wichtigste war nun, dass Twister und Mister X gesund geblieben waren und abreisen durften.

Als sie Rolfs Nummer wählte, um ihm Bescheid zu sagen, umarmte Ben sie und drückte sie so fest, dass ihr fast die Luft wegblieb.

»Jetzt wird alles gut«, flüsterte er, »unsere Pferde dürfen nach Hause!«

Sie stimmte ihm erleichtert zu. Das war das Einzige, was zählte.

Manuela Nufer wurde 1984 in Rosenheim geboren und wuchs, zusammen mit ihrem jüngeren Bruder, bei natur- und tierliebenden Eltern im oberbayerischen Bad Feilnbach auf.

Nach dem Abitur wurde sie zunächst Bankkauffrau. Danach entschloss sie sich zu einem berufsbegleitenden Studium zur Tierheilpraktikerin und betreibt seit ein paar Jahren nebenberuflich eine mobile Tierheilpraxis für Pferde. Zudem unterrichtet sie in einer pferdefreundlichen Reitschule und vermittelt nicht nur Reit- und Fachkenntnisse, sondern auch Verantwortungsbewusstsein gegenüber dem Sport- und Freizeitpartner Pferd.

Ihre Freizeit verbringt sie am liebsten mit ihren beiden Ponys, dem vielseitigen Haflingerwallach Nutello und dem Minishetty Danny Boy.

Aus ihren Geschichten spricht ihre Leidenschaft für Tiere und insbesondere für Pferde – und natürlich für Romantik und die große Liebe.

Danksagung

An dieser Stelle möchte ich meiner Familie für ihre allgegenwärtige Unterstützung in allen Lebenslagen danken! Danke, Mama, Papa und Michi, dass Ihr wirklich immer für mich da seid und in jeder Situation hinter mir steht – auch wenn sich mein Leben manchmal zu sehr um die Pferde und zu wenig um Euch zu drehen scheint ... gerade deswegen bedeutet es mir unsagbar viel, dass Ihr mir dennoch immer wieder den Rücken stärkt! Ich liebe Euch!

Außerdem gilt meiner besten Freundin Melle ein ganz besonderer Dank:
Melle, ich danke Dir von Herzen für Dein geduldiges Probelesen, Deine konstruktive Kritik und Deinen andauernden Zuspruch, ohne den ich vermutlich heute noch nicht den Mut dazu gehabt hätte, das Manuskript zu diesem Buch einzusenden!

Weitere Bücher aus dem Tierbuchverlag Irene Hohe:

Carina - Wirbel um Déjà-vu

Nach einer erfolgreichen Meisterschaft fiebert Carina bereits den nächsten Turnieren entgegen und nimmt mit Twister und Mister X das Training wieder auf. Währenddessen schwelgt Ben in Zukunftsplänen. Sein Studienwunsch stößt auf heftigen Widerstand seiner Eltern, so dass Ben fest entschlossen ist, zuhause auszuziehen und den eigenen Plänen nachzugehen. Sein Hengst Champion soll bei Carina am Stall bleiben, wo er ihn gut versorgt weiß. Aber was soll aus Déjà-vu, dem sensiblen Fuchswallach seines Vaters, werden, mit dem Ben immer enger zusammenwächst und dem er stetig bessere Leistungen entlocken kann?

Es kommt zum Eklat: Déjà-vu soll verkauft werden, wenn Ben nicht weiterhin den ehrgeizigen Vorstellungen seines Vaters Folge leistet, dem die junge Liebe zwischen Ben und Carina zudem noch immer ein Dorn im Auge ist! Als Ben erfährt, dass Déjà-vu ausgerechnet in den Stall seines Erzrivalen umziehen soll, zweifelt er seine Entscheidungen an und verschwindet.

Carina ahnt, dass Ben in großen Schwierigkeiten steckt und versucht, ihn ausfindig zu machen. Bald realisiert sie, dass nicht nur die Zukunft Déjà-vus auf dem Spiel steht!

Sehnsucht nach Freiheit
Heidi König
IRRLICHT
Pferde fotografieren
Tipps, Tricks und Anekdoten
MAGGIE DANA
Die Zeitreiterin
Die Ponys von Löwenstein
Conny Döring
Eine Chance für NEPOMUK
PFERDEDUFT UND HUFGETRAPPEL
Barbara Morgenroth
EIN SOMMER MIT Pferden
Massimo
Karin und Reinhard Bettländer
Massimo
Turbulente Zeiten
Irene Hohe
TIERBUCHVERLAG
www.tierbuchverlag.de
irenehohe@tierbuchverlag.de

Islandfieber
Irene Hohe
Skratti und Gnyfari
Take it easy, Isi!
Schuldig!
Heidi König
Berglind
Noi
Erfahrungen mit einem Islandpferd
fabelhafte
Islandpferde
Roman
Zwei Mütter
sind eine zu viel
So tickt Island
TIERBUCHVERLAG
Irene Hohe
irenehohe@tierbuchverlag.de
www.tierbuchverlag.de
Wir sind die
ISI-KIDS
Margit Heumann
Donia und die Islandpferde
Antje Dieweрge
Donia auf dem Islandhof
Donia, Island und die Folgen
Antje Diewerge
Tölter bevorzugt
Lebenslänglich
Islandpferde
Ein Hobby mit Konsequenzen
Margit Heumann
Farben und
Farbvererbung
beim Pferd
- Islandpferde -
GLÁMUR
TJALDUR
Antje Diewerge
Neubeginn für Svadilfari
Antje Diewerge
Wo
Hufe sind,
ist auch
ein
Pferd

Annäherung ans Pferd
Elvira Stark

Henriette Arriens
Farben und Farbvererbung beim Pferd

Stephanie Ostendorf
Pferdetraining mit allen Sinnen
Ich lerne von Dir

Stephanie Ostendorf
Pferdetraining mit allen Sinnen
Praxishandbuch